KB267792

산에서 만난 작은 생명들

일러두기

‣ 그림에 사용된 재료는 왁스페인트(이담), 수채화(김근희), 유화(김근희)입니다. 그림 설명에 작가 이름은 생략하였습니다.

‣ 책에 나오는 식물과 동물 이름은 참고문헌과 전문학자의 조언에 따랐고, 지은이의 견해로 작성한 것도 있습니다.

‣ 동식물의 이름은 국가표준식물목록과 국립생물자원관의 표기를 따랐습니다.

설악산, 10년의 기록 | 걷고, 보고, 그리다

산에서 만난 작은 생명들

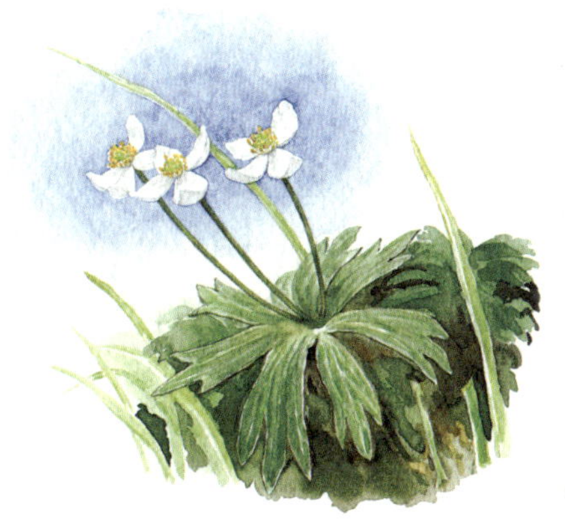

김근희·이담   지음

느린
서재

《산에서 만난 작은 생명들》
이야기를 시작하며

《산에서 만난 작은 생명들》 이야기는 2010년부터 2020년까지 우리의 설악산 걸음을 그림과 글로 기록한 비주얼 에세이visual essay다. 우리는 대학에서 순수미술을 전공하고, 대학원에서는 순수미술의 시각에서 비주얼 에세이에 집중했다. 설악산을 만나기 전까지 우리 그림의 주제는 시선을 멈추게 하는 소박한 삶의 연작이었는데, 설악산 걸음에 빠지면서 사람 주변에 머물던 시선이 어느덧 산으로 옮겨가게 되었다.

산에서 만난 가녀린 풀 한 포기, 작은 벌레 한 마리도 나름의 지혜로 열심히 살아가는 모습을 보며, 그들도 인간과 동등한 단일 생명으로 존중받아야 함을 깊이 느꼈다. 인간만이 아닌 다른 생명의 삶을 들여다 봄으로서, 삶이란 수많은 생명이 점으로 모여 이루는 큰 그림임을 비로소 알게 되었다. 깊은 숲에 잠겼을 때 파도처럼 밀려오는 평화로움은 숲에 존재하는 생명체들 모두가 함께 뿜어내는 거대한 생명의 힘이었다.

높은 산 깊은 숲에서 살아가는 식물과 동물들은 홀로 존재하지 않는다. 그들은 공생하며 살아가는 가족이기에 주변 환경에 관심을 가지게 되면서 몰랐던 풀, 나무도 스르르 알게 되었다. 동식물이 살아가는 조건이 되려면 물 뿐만 아니라 흙, 바위들과도 깊은 관계를 맺으며 숲이 이루어지고, 계절에 따라 일어나는 생명과 소멸하는 생명이 있기에 숲이 순환되고 있었다. 산에서 배운 '공존과 순환'의 법칙은 우리가 향하는 삶의 방식이 되었다.

2020년 4월 16일 마지막 설악산 걸음을 마친 후, 우리는 설악산 일기를 책으로 꾸미는 일에 전념했다. 10년 동안 기록한 두꺼운 일기를 간추리고, 그림을 스캔하고 촬영해서 책에 실릴 목록을 고르고, 디자인 프로그램도 한 걸음씩 익혀나갔다. 여러 일들을 모두 스스로 하려니 진행은 마냥 더뎠지만, 이 또한 산행의 일부라 생각했다. 책으로 향하는 여정은 그간의 모든 산행 중 가장 긴 능선이었다. 군더더기 없는 책을 구상하며 매일 아침 설악산을 바라보았다. 단둘이 가는 이 길을 지치지 않고 끝까지 가게 해달라고 산에 마음을 보냈다.

10년간 우리가 설악산에서 만난 풀, 나무와 벌레를 포함한 작은 동물은 580여 종이다. 그림은 모두 331점을 그렸고, 책에는 199점의 그림이 실렸다. 126회의 걸음에 날짜마다 세세히 기록한 일기는 대폭 줄였다. 우리는 동식물학자가 아니기에, 순수미술 화가로서 사언을 바라본 시각으로 짤막하게 정리했다. 그림 대부분은 식물 본래의 크기를 가늠하여 그렸다. 책에도 실물과 제일 가까운 크기로 앉혔지만, 책의 지면상 큰 풀과 나무는 크기를 살릴 수 없었다.

2022년 봄, 《산의 시간을 그리다 - 설악산일기》가 출간되었고, 부산 도

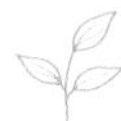

서관에서 《설악산 일기》 전시도 크게 열렸다. 그러나, 《설악산 일기》 책은 초판 매진 후 절판이 되어 뒤늦게 책을 구하려는 독자들의 아쉬움이 컸다.

절판된 원고가 새로운 동행을 만나기 쉽지 않지만, 우리들의 생활 이야기 《느리게 산다》를 출간한 느린서재 출판사가 《설악산 일기》에도 애정을 갖게 되어 《산에서 만난 작은 생명들》이 개정판의 모습으로 태어났다. 우리가 설악산에 다니면서 어려운 일이 생길 때마다 늘 '산님'이 도와준다고 생각했는데, 이번에도 역시 '산님'이 강한 응원의 바람을 보내주었다고 믿는다.

설악산에서의 10년은 행복한 꿈이었다. 마법에 걸린 듯, 풀과 나무에 이끌려 숲 곳곳을 거닐던 동안, 우리에게 손짓한 생명들 덕분에 대자연의 작은 자락이나마 들추어보았다.

우리는 설악산에서 배운 '공존과 순환'을 느껴보고, 흙이 품은 막강한 생명력에 기대고자 시골로 삶터를 옮겼다. 빈 땅에 작업실을 짓고 텃밭을 꾸리며, 우리의 일터를 '느린산'이라 이름했다. 흙에서 만나는 생명들과 더불어 산처럼 닮아가고 싶은 생각에서였다. 느린산 마당에는 설악산 낮은 자락에서 만나던 풀과 나무를 구해서 심고 물을 주며 낯선 곳으로 이주해 온 식물들이 잘 뿌리 내리게 해달라고 마음을 보냈다. 옮겨 온 식물들 중 어떤 것들은 환경이 안 맞아서 사라지기도 했지만, 여러 풀들은 겨울을 넘기고 이른 봄 꽃샘바람 속에서 꿋꿋이 싹을 올렸다. 바람꽃, 솜다리, 앵초, 돌단풍, 우산나물, 노루귀, 잔대, 곤드레나물 등…. 설악산에 가야만 만났던 풀을 가까이서 매일 관찰할 수 있음은 큰 기쁨이 되었다. 특정 풀을 찾아오는 애벌레들까지 만나게 되면서 느린 산 가족은 늘어나고 있다.

지나고 보니 자연을 바라보는 일은 끝이 없다. 자연은 지금까지 스스로 존재해 왔듯이 계속 나아갈 것이다. 앞으로도 우리의 자연 걸음은 이어 지겠지만 이제는 풀, 나무의 겉모습만 보기보다 마음으로 이야기하고 싶다. 풀과 함께 속닥속닥 웃음을 나누고, 나무 둥치를 쓰다듬으며 오랜 세월 견뎌온 이야기를 듣고 싶다.
설악산에서 만난 모든 생명이 고맙다. 풀님, 나무님, 벌레와 새들, 깊은 산속 물고기, 개구리, 돌멩이 하나까지도.
정성을 다한 우리의 설악산 기록이 홀씨로 퍼져나가 새로운 곳에서 싹 트기를 바라며!

― 느린산에서, 김근희. 이담

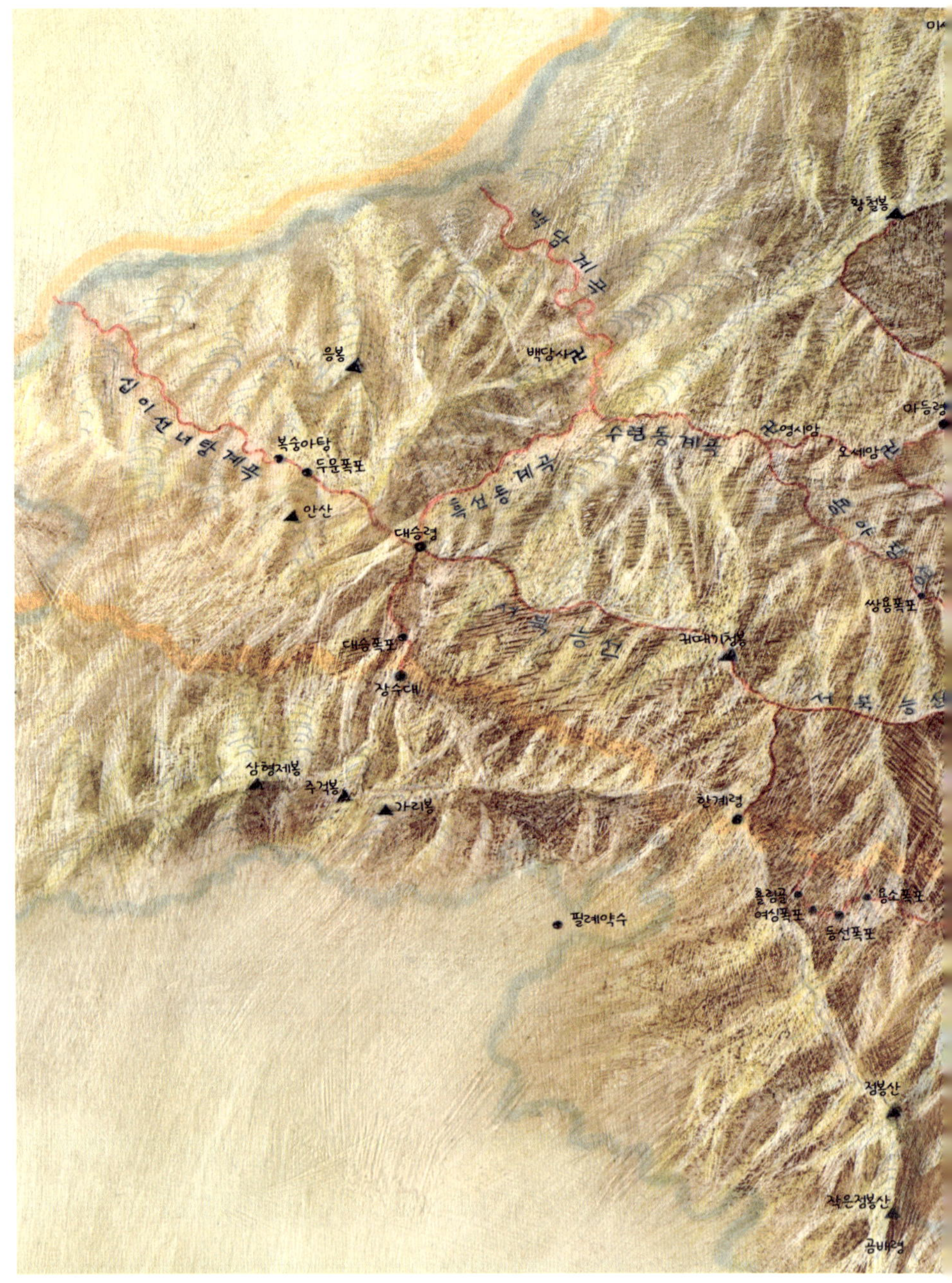
황철봉
백담계곡
백담사권
응봉
마등령
전영시암
오세암
수렴동계곡
길이산너탕계곡
복숭아탕
두운폭포
안산
대승령
흑선동계곡
쌍용폭포
대승폭포
귀때기청봉
장수대
서북능선
삼형제봉
주걱봉
가리봉
한계령
흘림골
용소폭포
여성폭포
등선폭포
필례약수
정봉산
작은정봉산
곰배령

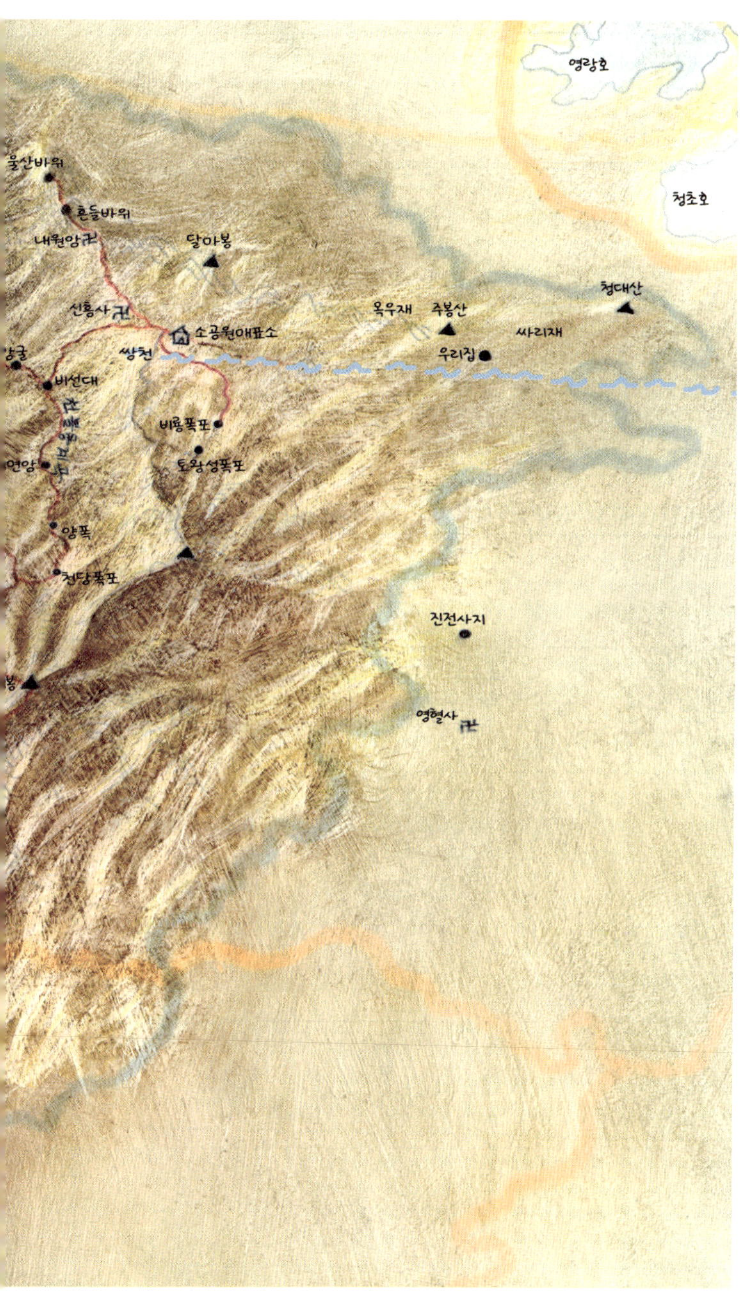

설악산 길
왁스페인트,
34×22cm

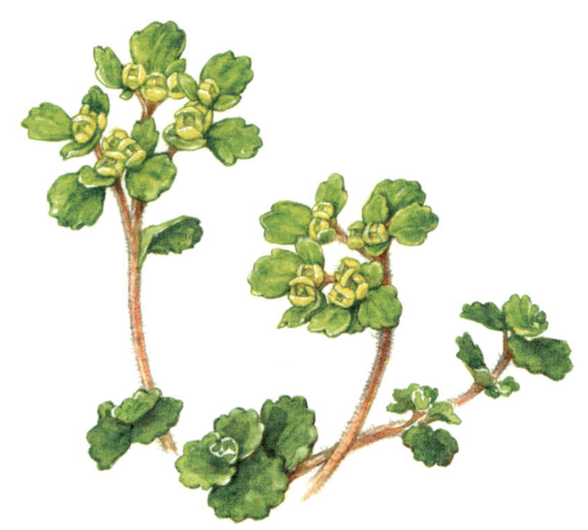

가지털괭이눈
수채화, 16x13cm

II | 찾다

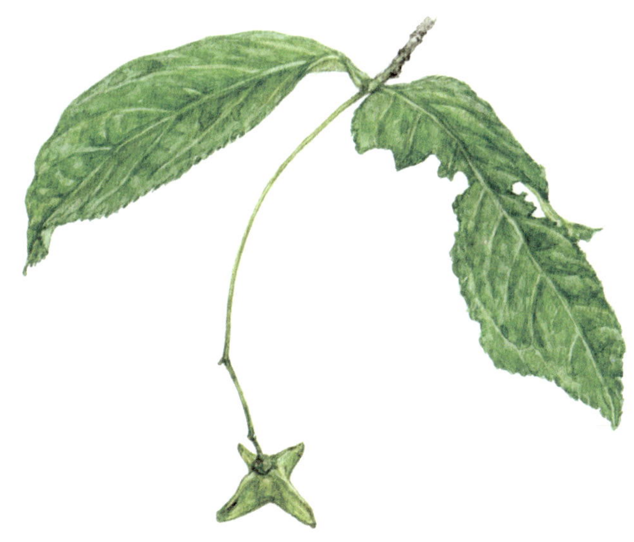

나래회나무 열매
수채화, 14x12cm

III | 보다

그림을 그리며

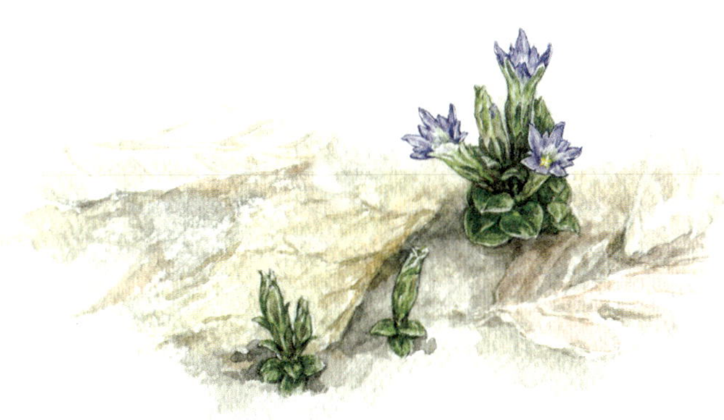

큰구슬붕이
수채화, 18x13cm

I | 걷다

산길을 걷다가
꽃을 만나면
반가운 마음에 뭉클해진다.
어쩌면 이렇게 생겼을까!
요리 보고, 조리 보다 보면 걸어갈 힘이 생긴다.

이 세상 수많은 풀 중에서
나를 부른 너.
그 자리에 있는 것만으로도 고맙다!
고마운 그대,
만난 모습 그대로 그려보고 싶다.
나도 그대에게 고마운 존재가 되어.

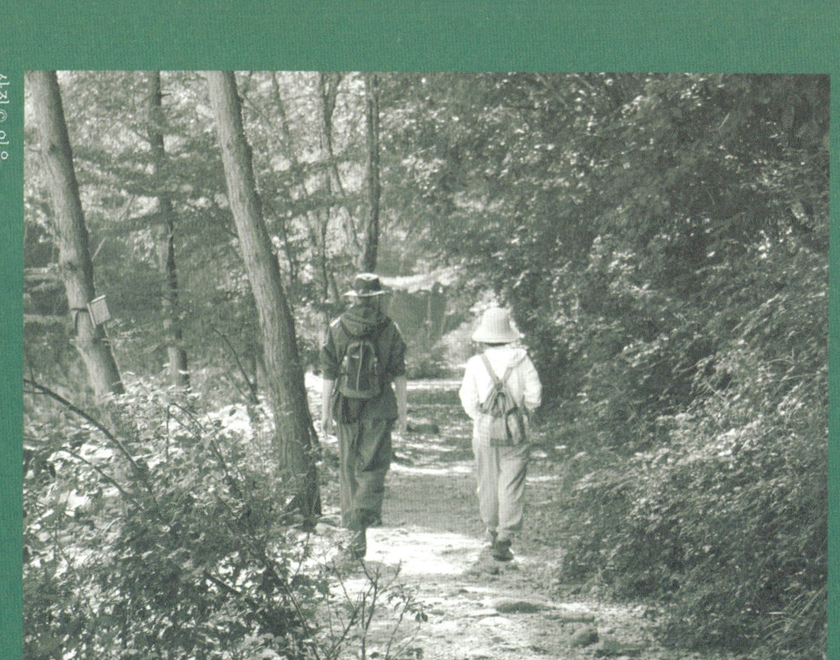
사진 ⓒ 이은

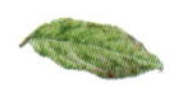

쌀쌀한 숲에서 만난 생명

2009년 9월 속초에 짐을 풀고 6개월쯤 지난 이른 봄 어느 날,
남편(이하 '나무꾼')과 내 생각이 통했다.
"우리 설악산에 한번 가볼까?"

말 나온 김에 당장 나섰다.
오늘은 첫날이니 가까운 비선대까지만 가 보자.
"어? 제법 춥네."
산에는 녹지 않은 눈들이 곳곳에 남아 있고,
숲속은 매우 쌀쌀했다.

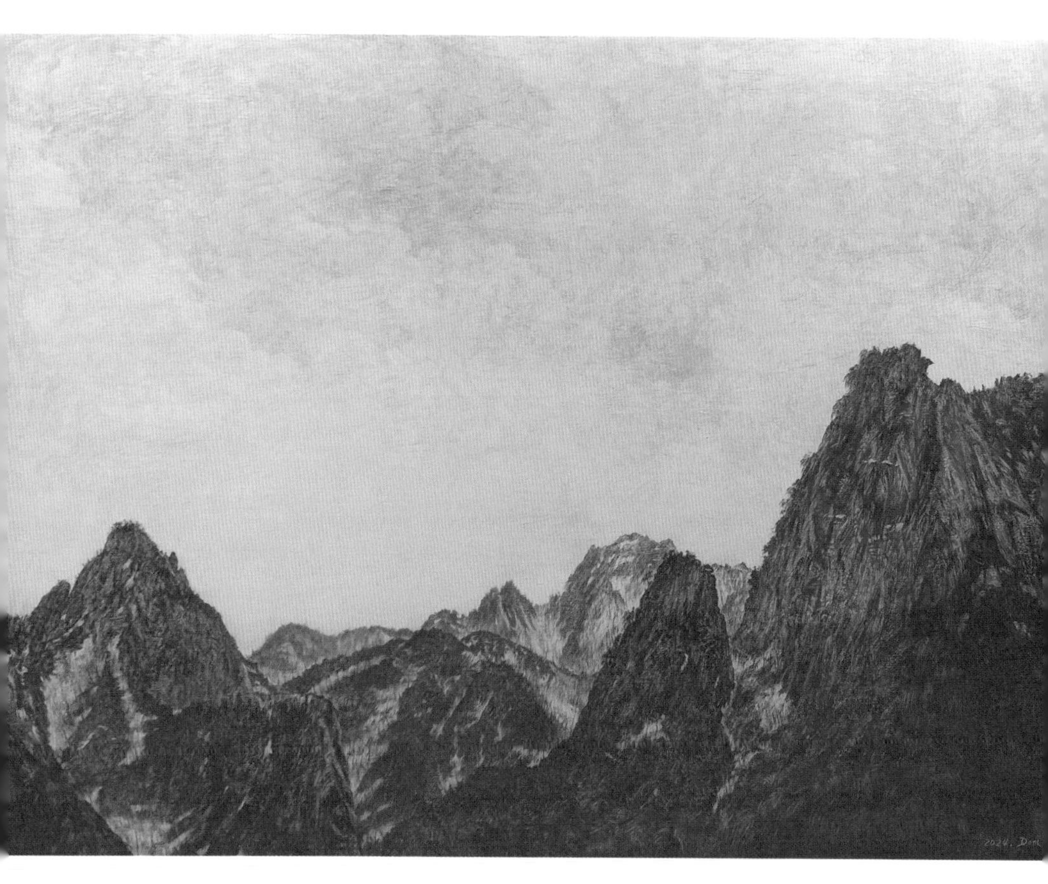

눈이 남아 있는 설악산 봉우리들
왁스페인트, 121×91cm
2010년 4월 16일

그때 연두색 잎사귀 한 점 없는 잿빛 숲에 노란색이 보인다.

가까이 가 보니 튀긴 좁쌀을 붙인 것 같이 자잘한 꽃들이 피어 있다.

나무에 붙어 있는 이름표를 보니, 생강나무다.

겨울이 남아 있는 추운 숲에서 이렇게 꽃이 피다니!

넓디넓은 산속에서 만난 작은 꽃은 예쁜 대상이기 전에

강인한 생명으로 다가왔다.

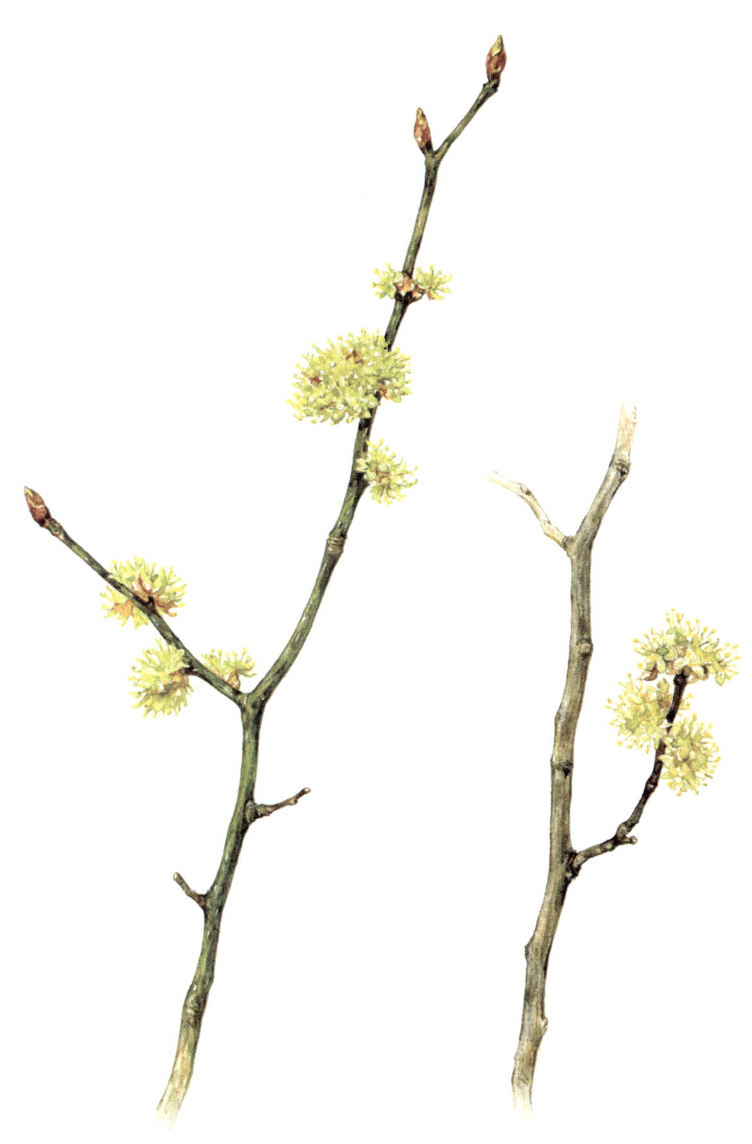

생강나무 꽃
수채화, 20×26cm
2010년 4월 16일

풀들이 깔깔

* 현호색 그림 2부 142쪽

비선대에서 내려오면서 매주 산에 가 보자고 다짐했다.

오늘은 지난번보다 조금 멀리, 금강굴로 향한다.

내딛는 걸음 아래 여기저기 보라색 *현호색이 보인다.

금강굴로 올라가는 길은 경사가 심하다.

헉헉대는 나를 보고, 돌 틈에 서 있는 풀들이 깔깔대는 것 같다.

'겨우 그만큼 걷고 힘드니?'

산속에 들어와 보니, 인간은 풀보다 약한 존재 같다.

내려오면서 한 나무와 눈을 맞췄다.

연회색 바탕에 굵은 회녹색 줄무늬 양복을 입은 듯한 나무.

"왠지 이 나무와 친구가 될 것 같지 않아?"

"산에 올 때마다 나무를 한 종씩 배워가면 좋겠다."

쓰다듬고 올려다본 그 양복쟁이는 바로 서어나무다.

* 현호색 그림 2부 142쪽

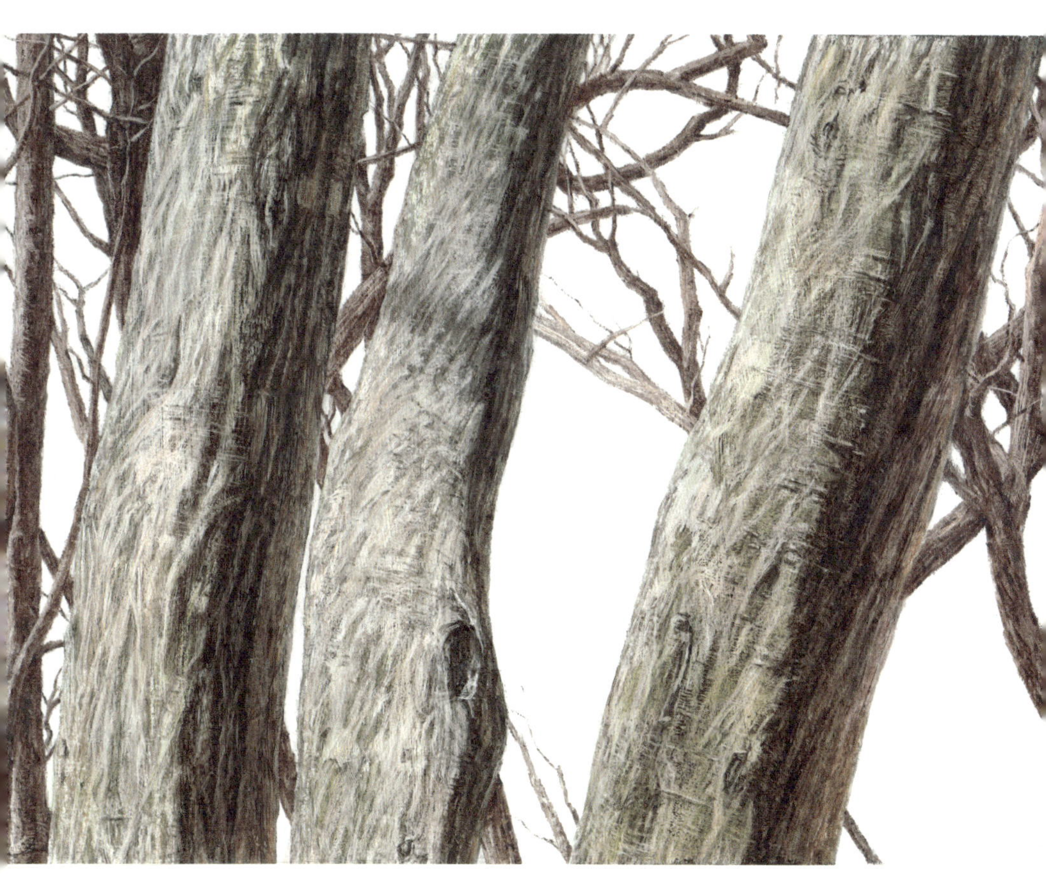

서어나무
왁스페인트, 50×38cm
2010년 4월 21일

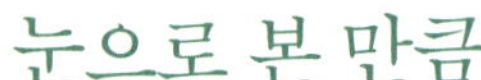

눈으로 본 만큼

날씨가 따뜻해지자 산에 어떤 꽃이 피어 있을지 궁금해진다.

비룡폭포길은 한적했다.

수북한 가랑잎 사이로 동글동글한 작은 꽃들이 보인다.

여린 몸으로 큰 가랑잎들을 비집고 꽃잎을 펼친 노루귀다.

별처럼 흩어져 있는 흰색과 보라색의 노루귀들.

이 순간 만난 노루귀의 모습을

내 눈으로 본 만큼, 만난 모습 그대로 그려보고 싶다.

여린 꽃들이 밟힐세라 조심조심 발자국을 옮긴다.

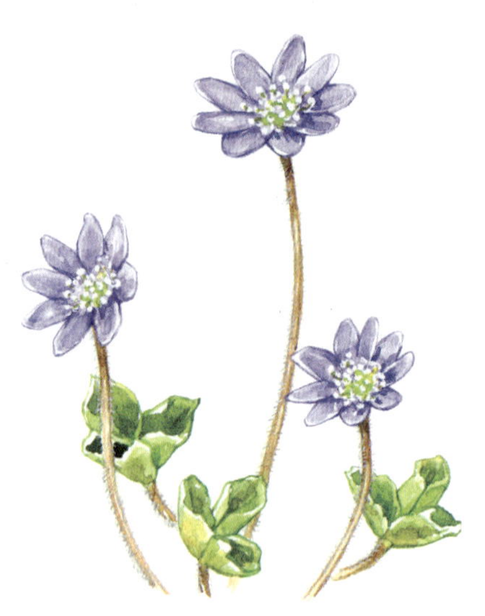

노루귀
수채화, 10×11cm

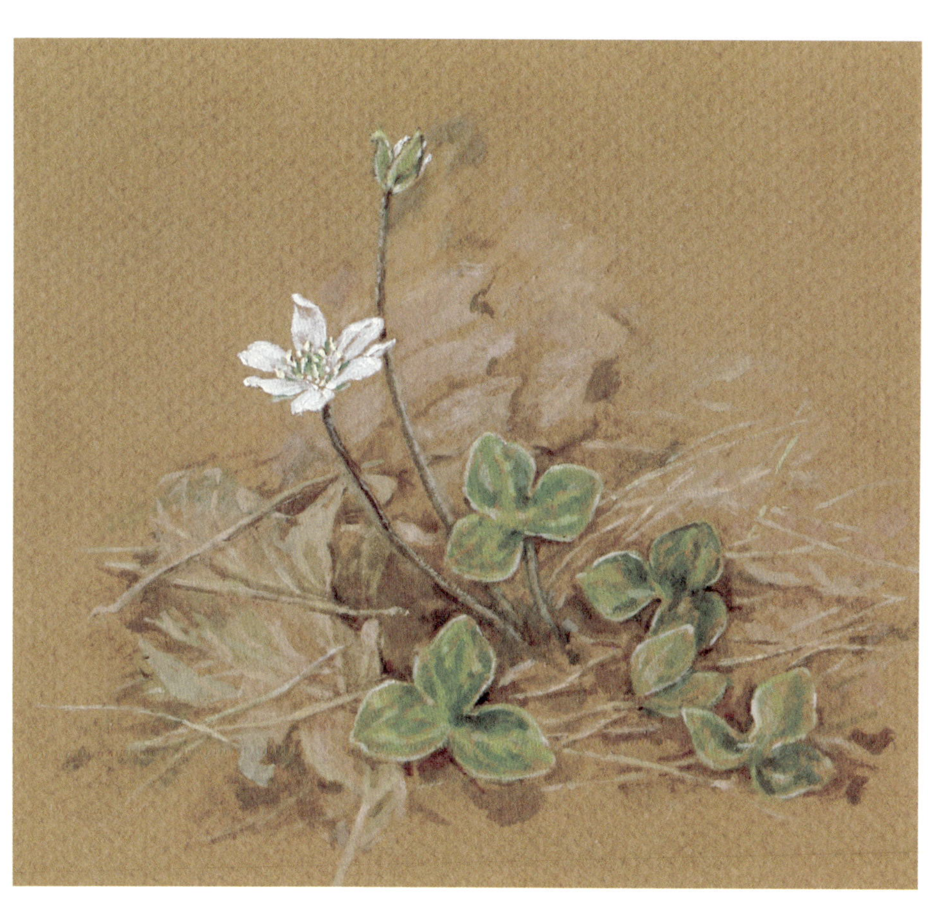

노루귀
유화, 16×13cm
2010년 4월 25일

비룡폭포에서 내려오는 길에 계속 눈에 들어오는 꽃이 있다.

실밥 같은 꽃술을 살랑거리며 온 산 가득 피어 있더랬다.

꽃 이름이 궁금해 집에 돌아와서

온갖 자료를 다 들춰봐도 이름 찾기가 어렵다.

한참 후에야 그 이름이 부산사초라는 걸 알게 되었다.

꽃이 없을 때 만나면 기억조차 못 한 채 지나치는

밋밋한 풀들에도 그렇게 예쁜 꽃이 피는 거였다.

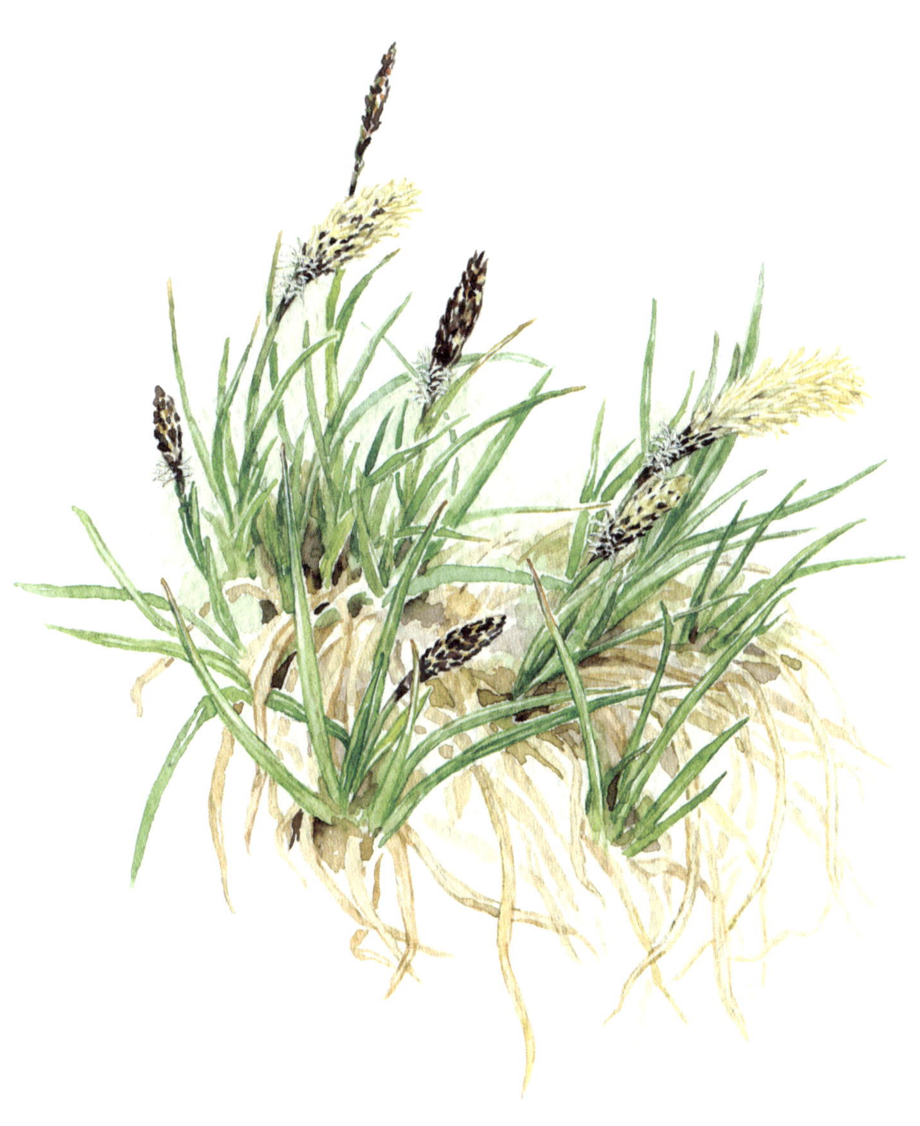

부산사초
수채화, 17×17cm
2010년 4월 25일

산이 부른다

산에 오를수록 산이 우리를 부른다는 생각이 든다.

산은 멀리서 바라보면 멋있고,

가까이 다가가면 더욱 생동감 있고,

직접 그 안에 들어서면 시원한 기운이 가슴속 가득 채워진다.

오늘은 노란색이 자주 눈에 띈다. 노란색 제비꽃이다!

얼굴을 알고 나니 곳곳에 노랑 얼굴이 더 자주 방글거린다.

*노랑제비꽃들 사이에 하얀색 *남산제비꽃도 있다.

흔들바위 앞에서 아저씨 서너 명이 바위를 흔들어대고,

사람들로 왁자지껄하다. 잠시 앉고 싶은데 쉴 만한 곳이 없다.

'그냥 조금 더 올라가 볼까?'

'그래, 여긴 너무 소란한 것 같아.'

우리는 말 없이 울산바위 쪽으로 걸음을 옮겼다.

갈수록 험해지는 길에 보이는 건 바위덩어리들뿐.

거대한 바위틈에 하늘을 향해 고개를 들고 있는 소나무들만이 꿋꿋하다. 드디어 하늘로 치닫는 철 계단 앞에 다다랐다.

정상까지 808계단.

휴, 심호흡을 한 번 하고 또 계단을 오른다.

하나, 둘, 셋, 넷… 백 번째 계단에서 한숨 돌리고.

* 노랑제비꽃, 남산제비꽃 그림 2부 155쪽

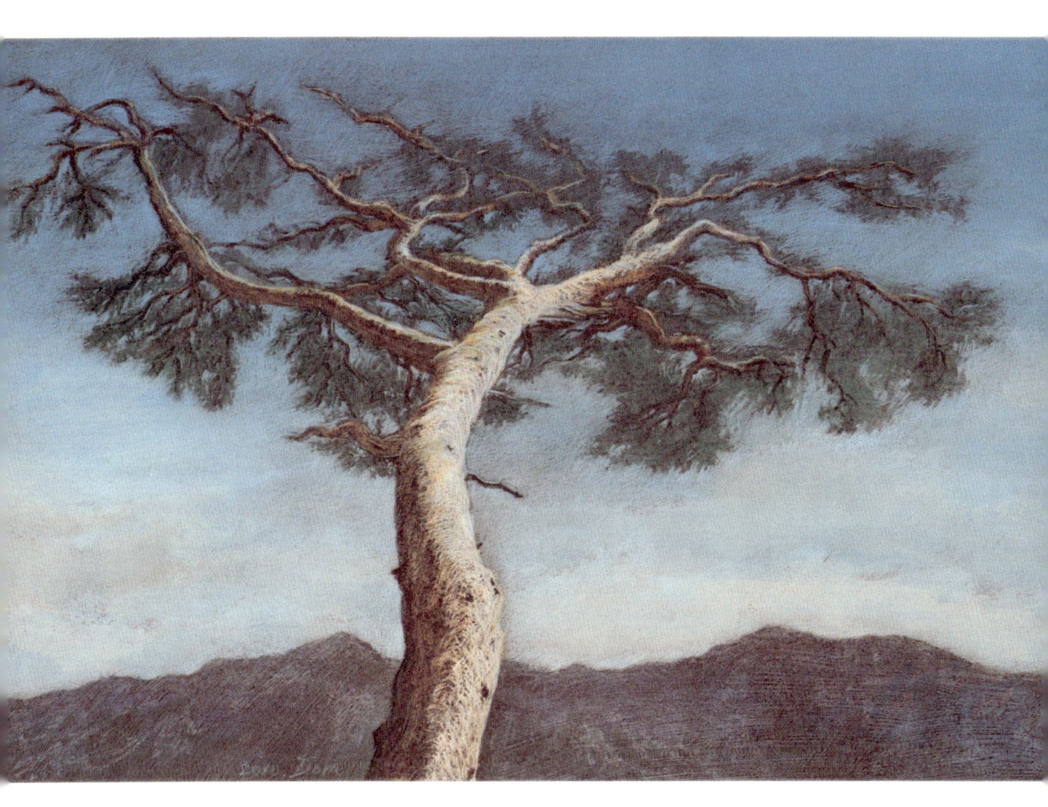

소나무
왁스페인트, 45×25cm
2010년 4월 30일

풀과 나무 이름에 담긴 뜻

이제야 등산화를 장만했다. 지난번 울산바위에 오르며 길이 너무 미끄러워 고생을 했다. 산에 꾸준히 오려면 등산화는 필수품이니, 구입을 더 미루기 어려울 것 같았다. 물건을 들이는 일이 쉽지 않은 내겐 큰 결심이었다.

오늘은 등산화 개시도 할 겸 한계령 쪽으로 나섰다. 한계령 도로 양지바른 터마다 들꽃들이 한창이다. 고개를 바짝 들고 있는 꽃들을 보려고 차를 세웠다. 양지꽃, 고들빼기, 나도냉이, 싸리냉이…

작은 나무에 나팔 모양의 하얀 꽃이 피었다. 무슨 꽃일까 갸우뚱거렸던 그 나무는 찾아 보니, 매화말발도리다. 자그마한 나무 이름치고 꽤 심각하다고 생각했는데, 열매 모양이 말발굽의 편자같이 생겨서 붙은 이름이라고 한다.

7년이 지난 가을, 아주 작은 말발굽 모양의 매화말발도리 열매도 만나게 되었다.

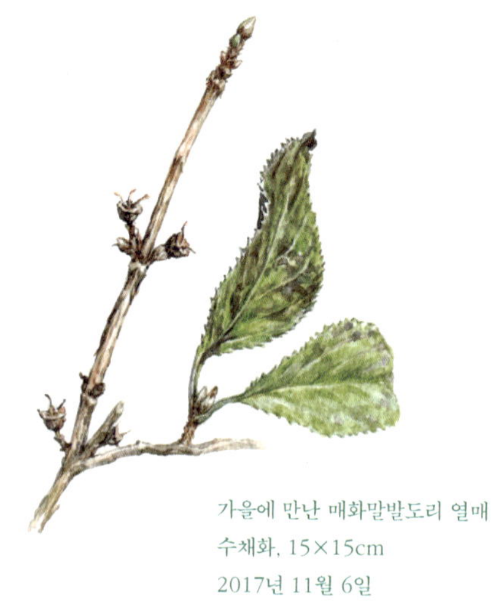

가을에 만난 매화말발도리 열매
수채화, 15×15cm
2017년 11월 6일

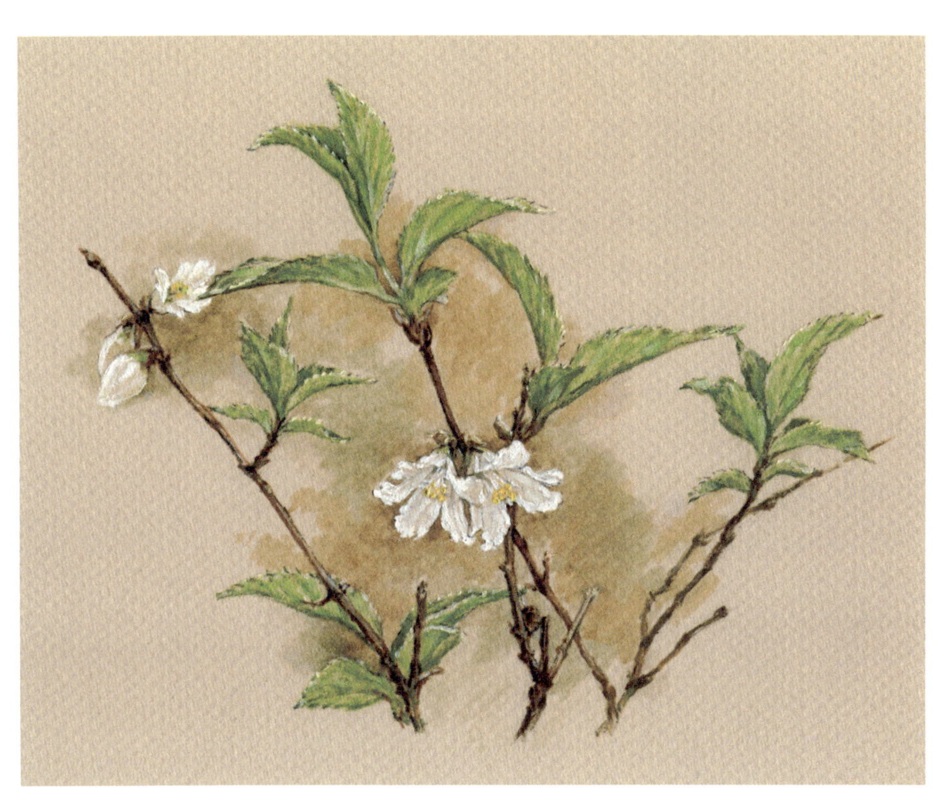

매화말발도리
유화, 19×15cm
2010년 5월 22일

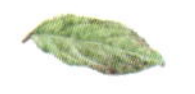

노린재나무 잎사귀는 누가 먹을까

설악산 지도를 펼치면 달마봉에서 주봉산, 청대산으로 이어진다.

요즘 우리는 청대산 신라샘에서 약수를 받아먹는다. 약수터에서 물 받는 동안 물가에 핀 꽃 구경도 즐겁다. 이맘때는 꽃마리와 쥐오줌풀이 한창이다. 물가에서 예쁜 꽃들을 보고 나면 이제 눈이 산으로 향한다.

초여름이 시작되는 숲은 울창해진 나뭇잎이 하늘을 가리고, 응달진 곳에는 애기나리, 은난초, 은대난초가 피었다. 양지바른 터에는 지칭개꽃이 한창이다. 작은 엉겅퀴 같은 지칭개는 가시가 무서운 엉겅퀴에 비하면 사뭇 얌전해 보인다.

물 뜨러 나와서 덤으로 꽃놀이도 했으니 그만 걸음을 돌려야지. 내려오는 길에 알록달록한 색이 눈에 띄어 들여다보았다. 애벌레 한 마리가 나뭇잎을 갉아 먹고 있다.

"어머, 귀여워라! 곧 예쁜 나비가 되겠구나."

노린재나무 잎사귀를 먹는 뒤흰띠알락나방 애벌레다.

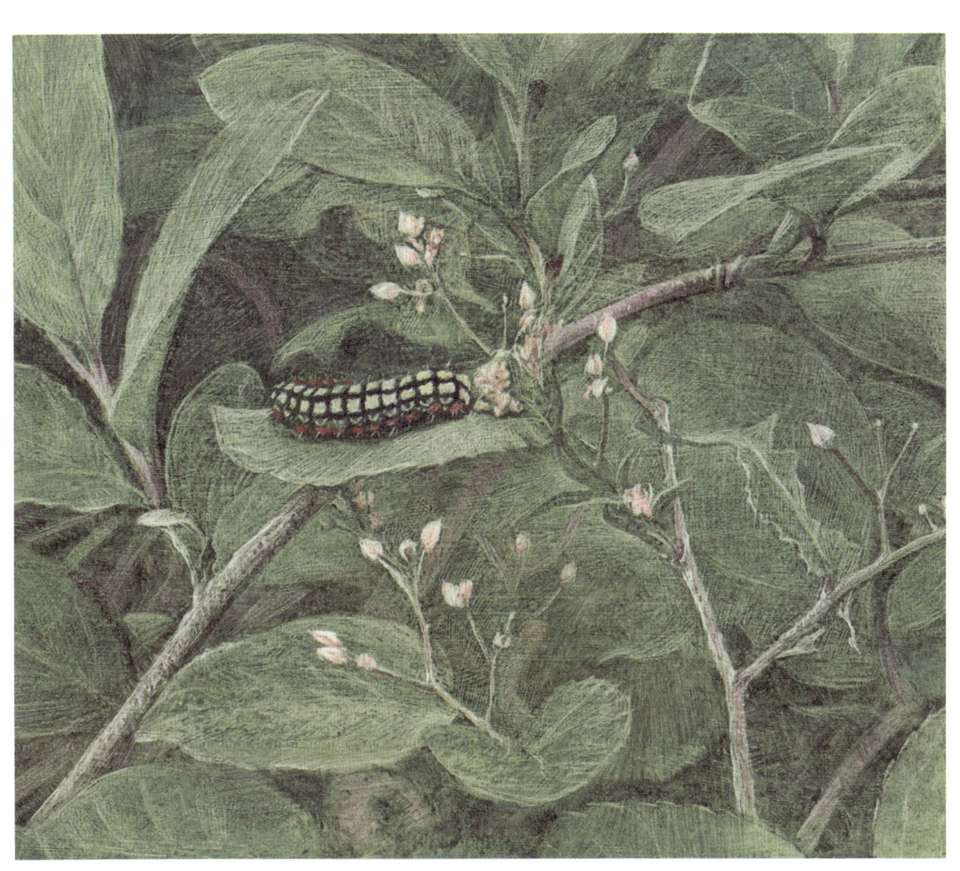

뒤흰띠알락나방 애벌레
왁스페인트, 30×21cm
2010년 5월 28일

예쁜 꽃을 만나니 기운이 생겨

오늘은 높은 곳까지 걸어봐야겠다. 등선대 표지판을 따라 흘림골 길을 올라간다. 계곡에는 집채보다 더 큰 바위들이 어지러이 흩어져 있고, 울창한 숲속에는 원시림같이 뒤엉킨 잡목들이 많다.

산에는 오가는 사람의 그림자조차 없고, 올라갈수록 빽빽한 나무에 적막감마저 감돈다. 이렇게 깊은 숲에도 꽃이 있을까?

잠시 후 고요한 산의 적막을 깨고 나무꾼이 소리를 지른다.

"어! 처음 보는 꽃이다."

"응?! 무슨 꽃일까? 참 예쁘게 생겼네."

예쁘지 않은 꽃이 없다지만, 정말 예쁜 분홍 꽃이다. 그 꽃의 이름은 바로 큰앵초. 예쁜 꽃을 만나니 기운이 생긴다.

오늘도 산에 오르길 잘했네.

다시 걸음을 옮기자 다닥다닥 핀 하얀 꽃이 보인다.

꽃들이 모여 있어서 병을 닦는 솔처럼 생겼다. 그 이름은 *노루삼이다.

이름에 왜 '노루'가 들어갈까? 찾아보니 다음과 같이 나온다.

'노루삼 이름의 정확한 어원을 찾을 수 없지만, 초보 약초꾼이 노루삼의 잎이 산삼의 잎과 유사하여 전문 약초꾼에게 산삼인지 물었더니 노루나 먹는 삼이라 답했다.'

* 노루삼 그림 2부 202쪽

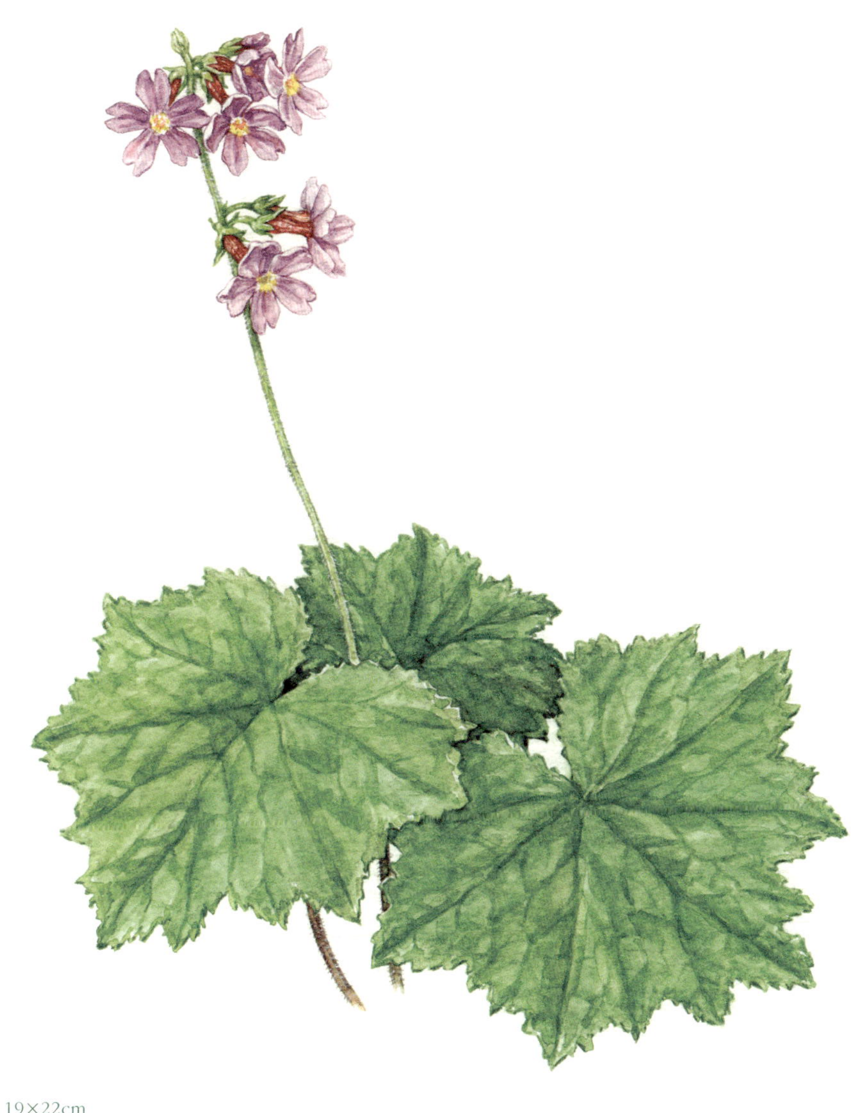

큰앵초
수채화, 19×22cm
2010년 6월 3일

고갯마루에 다다랐다. 등선대 안내판과 용소폭포 2.8km 이정표가 있다. 용소폭포까지 가기 무리일 것 같지만 돌아서자니 아쉽다. 그나저나 신선이 하늘로 올라갔다는 등선대는 어디일까? 마침 아저씨 한 분이 고개 옆의 큰 바위로 성큼 오른다. 우리도 그 길을 따라갔다.

등선대에 오르니 전혀 다른 풍경이 펼쳐진다. 온갖 형상의 거대한 바위가 늘어서 있고, 건너편에 보이는 봉우리들은 '서북주릉'이라고 안내판이 알려준다. 멀리 귀때기청봉에서 끝청~중청~대청봉까지 한눈에 들어온다. 벼랑 끝 발아래로 보이는 기암절벽은 그저 짜릿하다.

우와! 신선이 하늘로 올라갈 만하네.

예쁜 꽃도 만나고, 정상에 올라온 느낌까지 만끽했으니 참 고맙다. 등선대에 한참 앉았다가, '신선놀음에 도낏자루 썩는 줄 모른다'는 말이 생각나 일어섰다.

등선대 정상에서 키 작은 붓꽃을 만났다. 키는 작지만 출렁이는 보라색이 당찬 난장이붓꽃! 높은 산 암벽에 작은 붓꽃이 늠름하게 피어 있다는 사실이 꿈만 같다. 거센 산바람을 견디느라 풀과 나무들이 야무져지는 걸까?

산꼭대기에 자리 잡은 꽃은 크기는 작아도 색은 더욱 진하다.

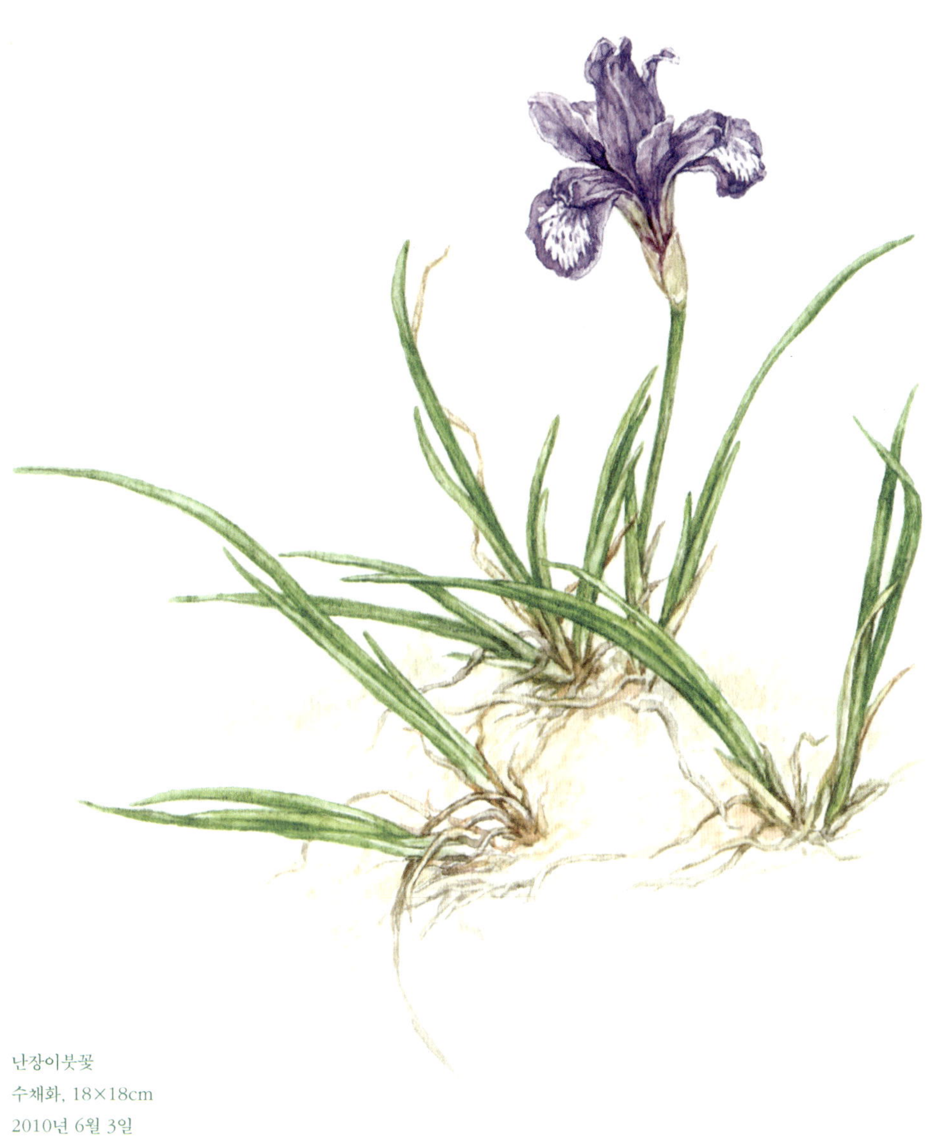

난장이붓꽃
수채화, 18×18cm
2010년 6월 3일

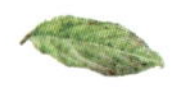

올라갈 때와 내려올 때

마을버스를 타고 백담사 앞에서 내렸다.

오세암을 향해 산길을 걷는다. 나무마다 자잘한 하얀 꽃이 무수히 피어 있다. 하얀 꽃들은 얼핏 비슷해 보여도 자세히 들여다보면 조금씩 다르다. 그중에 아는 꽃을 만나면 더욱 반갑다.

국수나무, 고추나무, 고광나무, 백당나무….

고광나무 꽃 향기가 이렇게 취하도록 진할 줄이야!

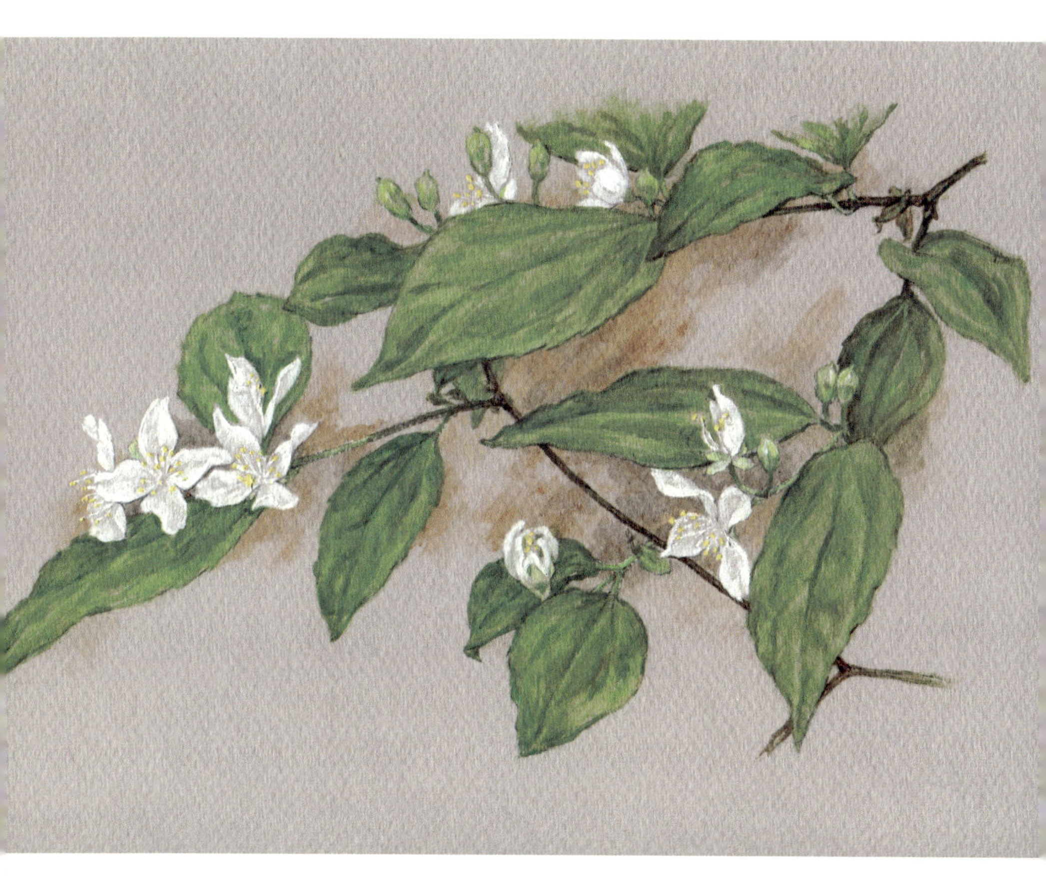

고광나무
유화, 26×17cm
2010년 6월 9일

개울을 건너며 물속을 들여다보았더니, 알록달록한 개구리가 헤엄치고 있다. 산 좋고 물 맑은 곳에 삶터를 잡은 행복한 무당개구리다.

영시암을 지나고 갈래 길에서 등산객 대부분은 봉정암 쪽으로 향하고, 고요한 오세암 가는 길에는 오직 우리뿐이다. 계속 오르막이라 숨이 차다. 고갯길에서 숨을 돌리며 잠시 쉬는데, 아저씨 한 분이 내려오면서 전화하는 소리가 들린다.

"지금 막 깔딱 고개를 넘어왔어요."

'여기가 깔딱 고개인가? 그래서 이렇게 힘이 드는구나.'

기운을 내서 남은 길을 올라가니 바람 시원한 고갯마루다. 고개 아래로 연등 행렬이 보인다. 오세암에 도착했다.

첩첩산중에 자리 잡은 오세암의 본래 이름은 '관음암'이었다고 한다. 다섯 살짜리 동자가 관세음보살을 친견하고 성불해 '오세암'이라 전해지고 있다.

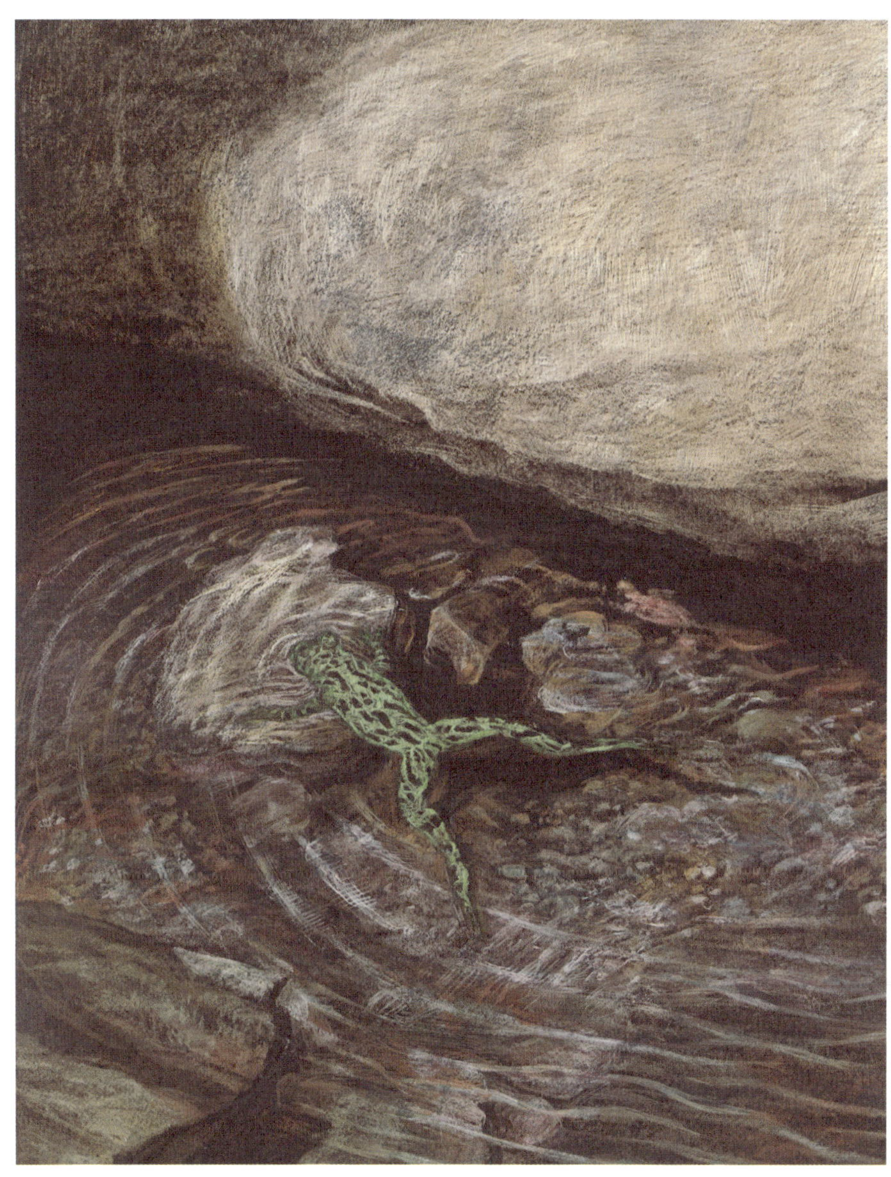

무당개구리
왁스페인트, 22×30cm
2010년 6월 9일

오세암에서 물러 나와 고갯마루까지 돌아왔다. 그늘에 앉아 토마토를 베어 무는데, 앳되어 보이는 비구니 스님이 바위 언덕으로 올라간다. 저쪽에도 길이 있느냐고 우리 옆에 계신 아주머니에게 물었더니, 관음봉이라는 정상이 나온다고 한다.

궁금한 마음에 우리도 스님이 간 바위 언덕으로 올라갔다. 바위에 걸쳐진 밧줄을 잡고 삼십 분 정도 기어오르니 벼랑 끝에 다다랐다. 발아래는 끝을 알 수 없는 낭떠러지, 건너편에 기암절벽과 첩첩 봉우리들이 산수화 그림으로 펼쳐진다. 풍경 속 저 아래로 오세암이 작게 보인다. 방금 다녀왔건만 보이는 거리가 멀어지니 오래전 일처럼 느껴진다.

관음봉에서 내려오다 미끄러졌다. 다행히 중심을 잡고 서니, 크고 하얀 꽃이 눈앞에 나타났다. 꼭 나무에 피어난 연꽃 같은 함박꽃나무다. 처음 만난 함박꽃을 요리 보고 조리 보니, 험한 길을 올라오느라 쌓인 피곤이 가시고 새 힘이 솟는다.

함박꽃나무를 향해 절 한 배 드리고 내려오며 뒤돌아보았는데, 올라갈 때는 볼 수 없었던 위치에 꽃이 피어 있다. 같은 길이라도 올라갈 때 보는 것과 내려올 때 보는 것이 이렇게 다르구나.

세상 일 또한 그럴 것이다. 올려다만 볼 때는 안 될 것 같은 일도, 내려다보면 될 수도 있으니.

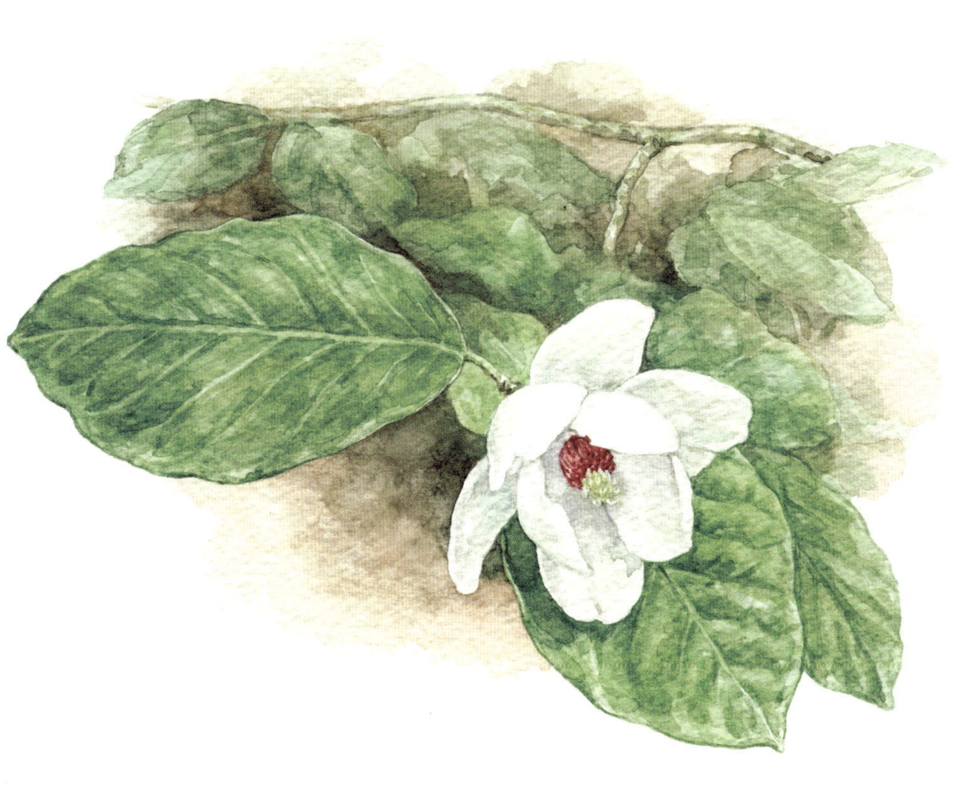

함박꽃나무
수채화, 25×22cm
2010년 6월 9일

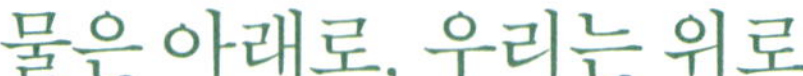

물은 아래로, 우리는 위로

　　오세암을 다녀오면서 봉정암에서 내려오는 많은 사람을 보았다. 봉정암이 사람들을 부르는 힘은 무엇일까? 멀고 험한 봉정암에 가고 또 간다던데, 그 에너지는 어디서 오는 걸까? 궁금한 생각이 꼬리를 문다. 직접 가보면 이유를 알 수 있겠지. 목표가 생겨 준비를 시작했다. 식사를 조절해서 몸을 가볍게 만들고, 다리에 힘을 붙이기 위해 엘리베이터 대신 계단을 이용해 몸을 만든다.

　　드디어 준비를 마치고 출발! 버스가 백담사에 닿자마자 걷기 시작이다. 부지런히 걸어서 영시암에서 약수 한 모금 마시고, 또 걷기. 수렴동 대피소를 지나고, 500m마다 세워진 이정표를 따라가며 목적지에 조금씩 다가간다. 돌이켜보니 이 나이 되도록 먼 길을 걸어 본 적이 없다. 미국에 사는 동안 국립공원을 다니며 캠핑은 많이 했지만, 주로 자동차로 이동했다.

　　잠시 옛날 생각에 젖어 있다가 커진 물소리에 다시 내가 있는 이곳으로 돌아온다. 계곡은 깊어 가는데, 쌍용 폭포는 언제 나올까? 일단 폭포까지 가서 잠시 쉬려고 계속 올라갔다. 드디어 긴 물줄기 둘이 양쪽에서 흘러내린다. 표지판은 없어도 이곳이 분명 쌍용 폭포일 게다.

　　폭포 앞은 쉴 만한 자리가 아니었다. 폭포 옆 계단으로 올라가니, 얕은 물이 흐르는 마당 바위가 나왔다. 세 시간을 쉼 없이 걸어와 마침내 쉴 곳을 만났으니 흐르는 물에 손을 씻고 바위에 벌렁 누웠다.

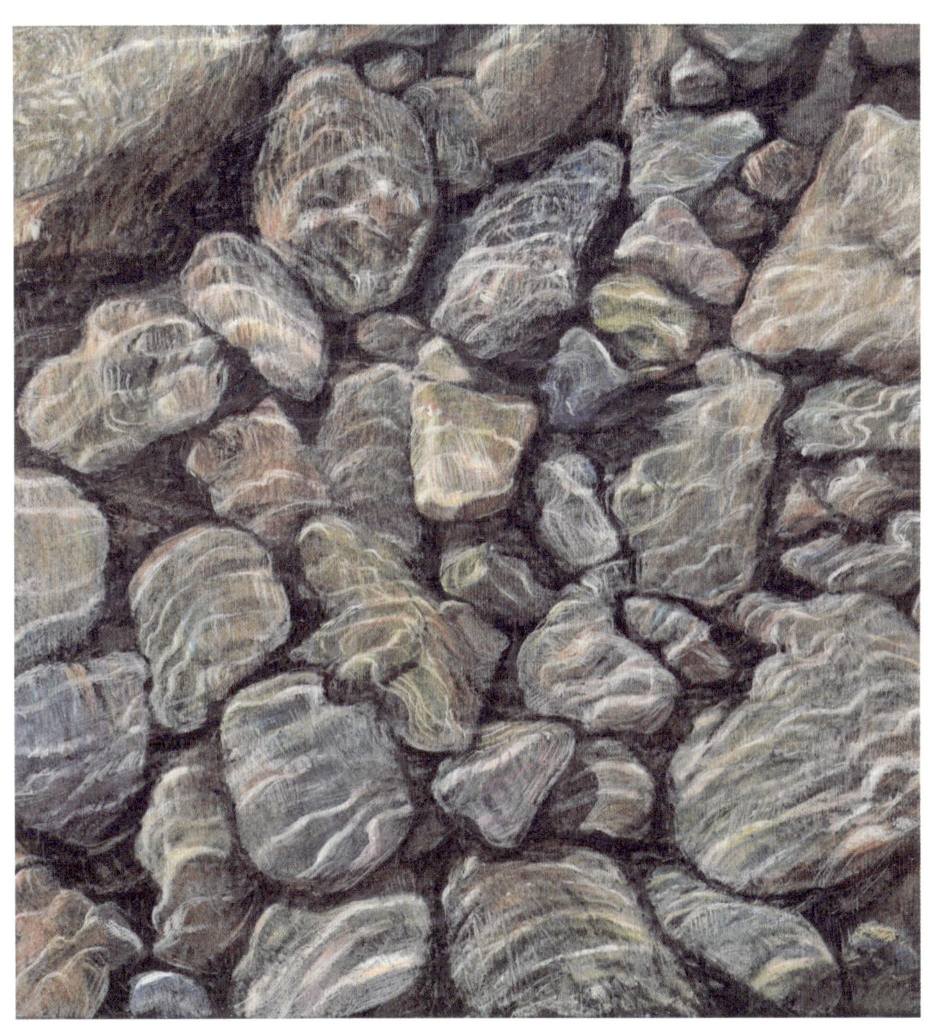

봉정암 가는 길 물 그림자
왁스페인트, 30×30cm
2010년 6월 16일

파란 하늘에 솜털 구름이 떠간다. 아, 좋다! 잠시 후 일어나 저쪽 바위 끝에 뭐가 있나 가 보았다. 물줄기가 세차게 떨어지는 낭떠러지다. 여기가 바로 폭포다.

물은 아래로아래로 흐르지만 우리는 위로위로 가야지.

가자! 봉정암을 향하여, 저 깔딱 고개로.

우리가 살아가는 이승의 삶이 이런 깔딱 고갯길이라면 나는 이 고개의 어디쯤 왔을까? 이 순간은 힘들어도 한 걸음 두 걸음 오르다 보면 어느덧 산마루가 나오고 시원한 산들바람을 만나겠지. 삶에서 만나는 깔딱 순간마다 산들바람이라는 희망을 기다리며 우리는 길을 오른다.

봉정암은 깊은 산속에 자리 잡은 큰 사찰이었다. 약수터에서 물을 마시고, 공양 시간 끝나기 전에 밥을 먹었다. 미역국밥 한 그릇 맛있게 먹었으니 공양미 값이라도 내자고 했다.

"공양미 사고 싶은데요."

"어느 분 이름으로 사실래요? 축원을 써 드릴게요."

2년 전 세상을 떠나신 친정엄마 이름을 쓰고, 천천히 절을 올렸다. 나는 불교 신자는 아니지만, 절에 오면 엄마가 가까이 계신 것 같다. 법당을 나와 하늘을 보니, 빙그레 웃는 엄마 얼굴이 보인다.

'그래, 잘했다. 참 잘했어. 절에 오면 그렇게 하는 거야.'

엄마 목소리가 나직이 들렸다.

사리탑 쪽으로 올라갔다. 벼랑 끝에 세워진 탑이 푸른 하늘을 배경으로 구름 속에 사뿐히 떠 있는 듯 보인다. 천년이 훌쩍 넘는 먼 옛날, 신라시대부터 길고 긴 시간을 견뎌온 돌덩어리가 반가워 탑이 서있는 너럭 바위의 끝자락에 살짝 손을 얹어 보았다.

내려오는 길에 봉정암 조금 아래에서 만난 꽃이 있다. 해당화 같은 꽃이 나무에 피어 있다. 해당화나 장미가 깊은 산속에서도 피나? 갸우뚱거리며 바라보았던 그 꽃은 인가목! 높은 산에만 있는 나무다.

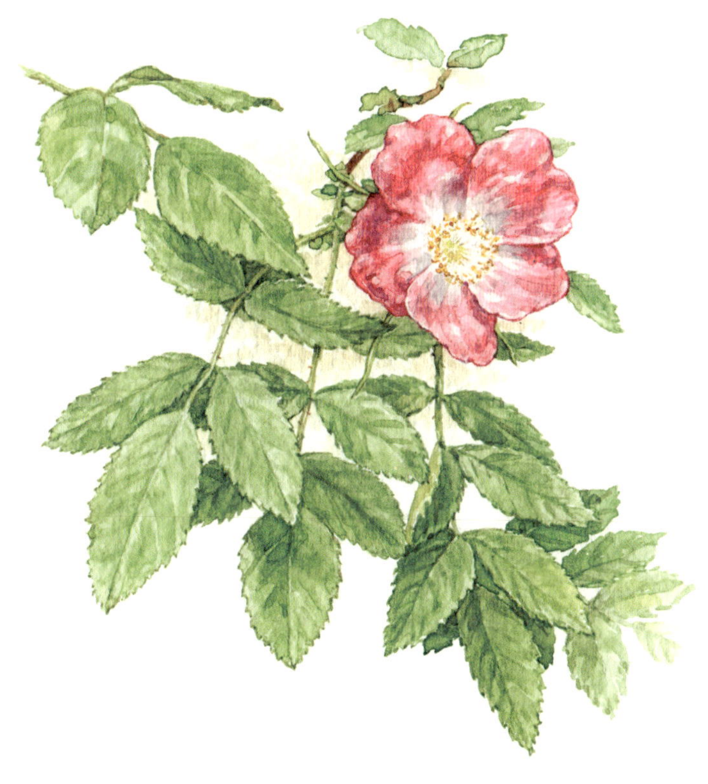

인가목
수채화, 18×18cm
2010년 6월 16일

꽃구경하면서 수렴동까지 왔다. 개울가에서 오세암 갈 때 만난 질빵 풀을 다시 만났다. 질빵 풀을 찾아보니 이런 설명이 나온다.

'할미질빵은 잎사귀가 줄기 양쪽에 대칭으로 한쪽에 3~5개가 나고 잎사귀의 갈라진 각이 깊고 톱니가 있다. 사위질빵은 줄기 양쪽으로 잎사귀가 3개씩 대칭이고, 잎사귀 톱니가 가늘다. 할미질빵 꽃은 5~6월에 피고 사위질빵 꽃은 조금 늦게 피어 8월까지 간다.'

잎사귀를 보니 영락없는 할미질빵이다. 할미질빵의 공식적인 이름은 할미밀망이다.

백담사 앞에 도착해 막차를 놓칠세라 버스에 올랐다. 긴 걸음 끝에 마침내 버스 좌석에 앉으니 온몸이 녹는다.

"드디어 다녀왔다. 봉정암을!"

우리는 서로 마주 보고 웃었다.

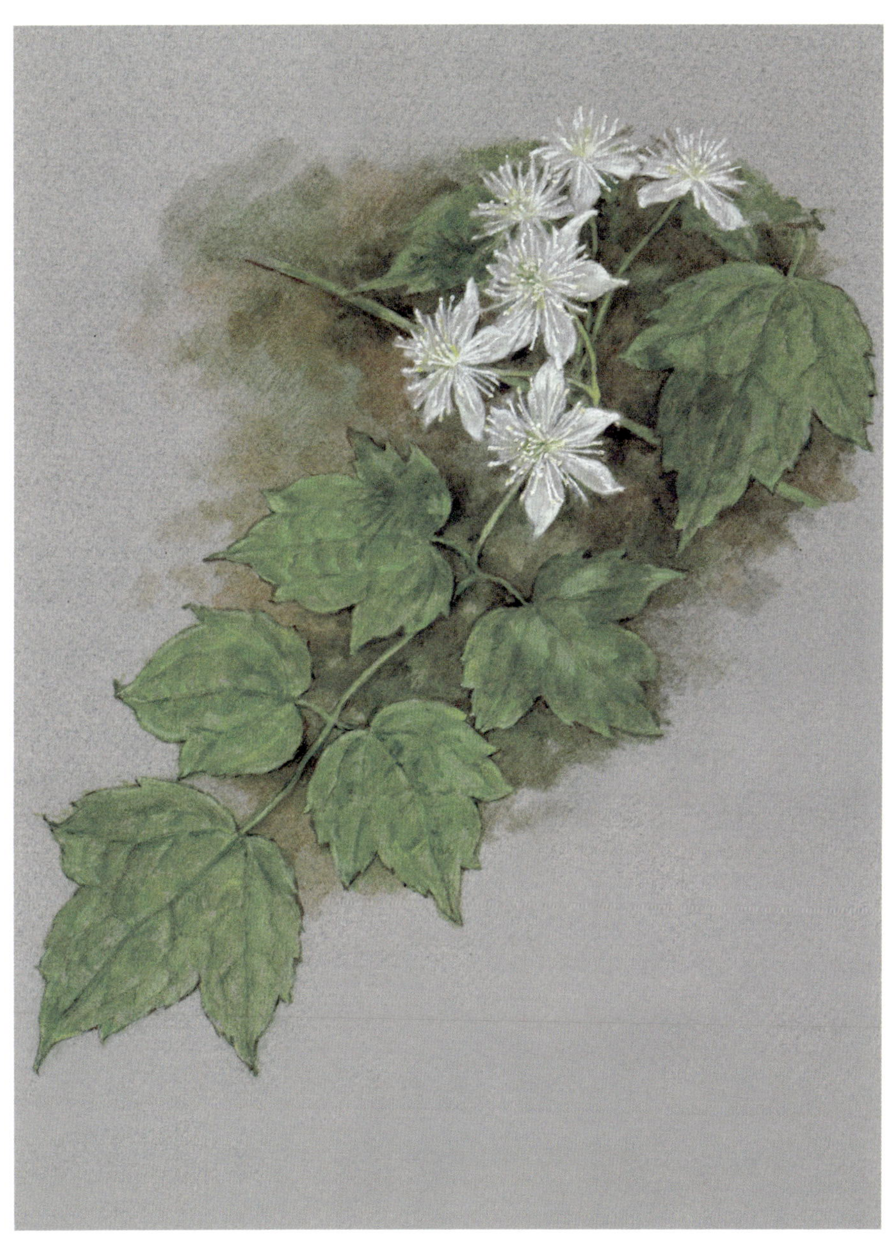

할미밀망
유화, 25×29cm
2010년 6월 16일

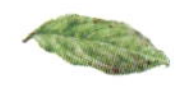

마음은 벌써 저 산속에

구름 한 점 없이 맑은 날에는 산 생각이 저절로 든다. 산이 강한 자석으로 끌어당기는 것 같이 마음은 벌써 산속에 들어가 있다. 우리는 설악산과 사랑에 빠졌나 보다. 자꾸 생각나고, 생각하면 기분이 좋고, 바라보면 더 좋고, 가까이 가고 싶고, 그 안에 있으면 편안하다.

오늘은 천불동 깊은 곳까지 걸어가 보자고 마음 먹었다. 비선대 길을 올라 가며 표찰 달린 나무들을 유심히 본다. 서어나무, 피나무, 다래나무, 산뽕나무, 박쥐나무…. 오늘 만난 박쥐나무에는 꽃도 피어 있다. 박쥐같이 거꾸로 매달려 있는 꽃 모양이 독특하다. 계란 흰자와 노른자 지단을 말아놓은 듯 돌돌 말린 흰색 꽃잎 사이로 노란색 꽃술이 살랑거린다.

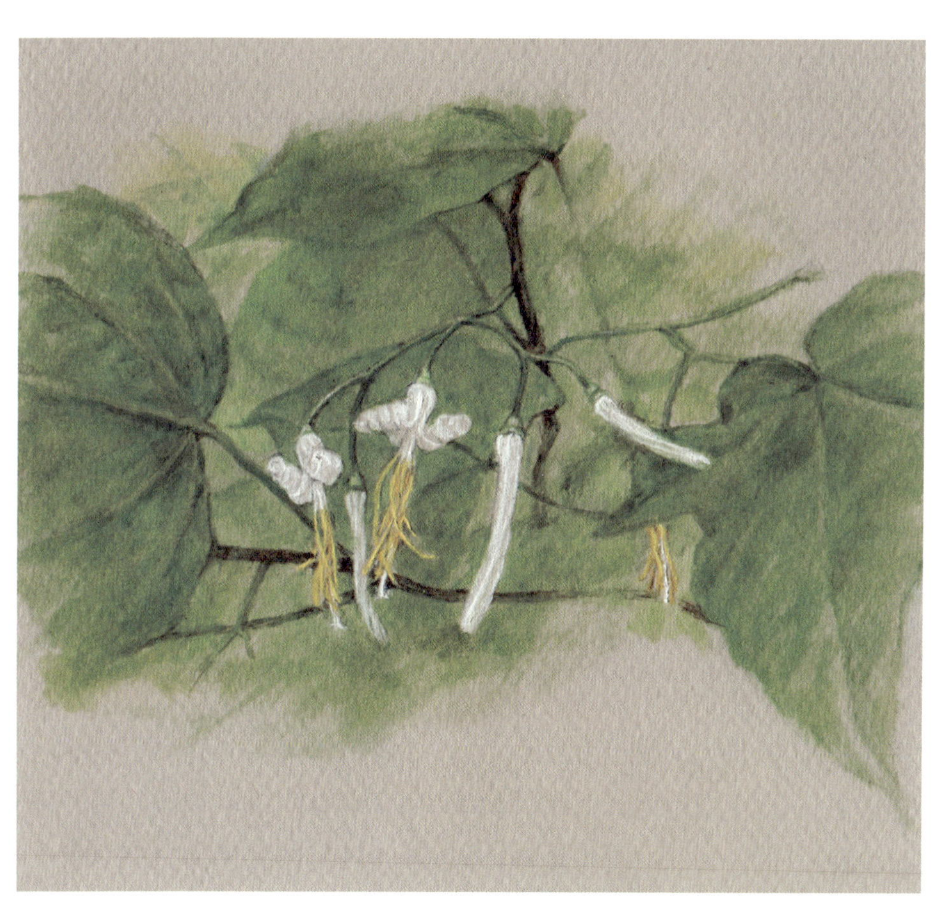

박쥐나무
유화, 21×16cm
2010년 6월 23일

천불동 기암절벽에는 작고 노란 꽃들이 무수히 피어 있다. 돌 틈에 피는 돌양지꽃. 보통 양지꽃보다 작고 잎사귀도 앙증맞다. 골짜기는 오르락 내리락 서서히 깊어간다.

비슷한 나무의 열매를 둘 만났는데, 한 열매는 별 모양, 또 다른 열매는 공 모양이다. 키 작은 나무에 연한 자주색 꽃도 피었다. 납작한 꽃이 잎사귀 위에 사뿐히 앉아 있는 모습이 독특하다. 집에 와서 찾아보니, 별 모양 열매는 회나무, 공처럼 둥근 열매는 참회나무, 납작한 모양의 꽃은 회목나무! 모두 노박덩굴과 가족이다.

양폭까지 가 보자 하고 걷는데, 걸어도 걸어도 폭포가 나오지 않는다. 지도에는 오련폭포도 있고 양폭포도 있는데, 언제쯤 닿을 수 있을까? 한참을 지나서야 양폭 대피소가 나왔다. 대피소에서 길을 물으니, 100m쯤 더 가면 양폭포이고, 거기서 또 100m 더 가면 천당폭포라고 한다.

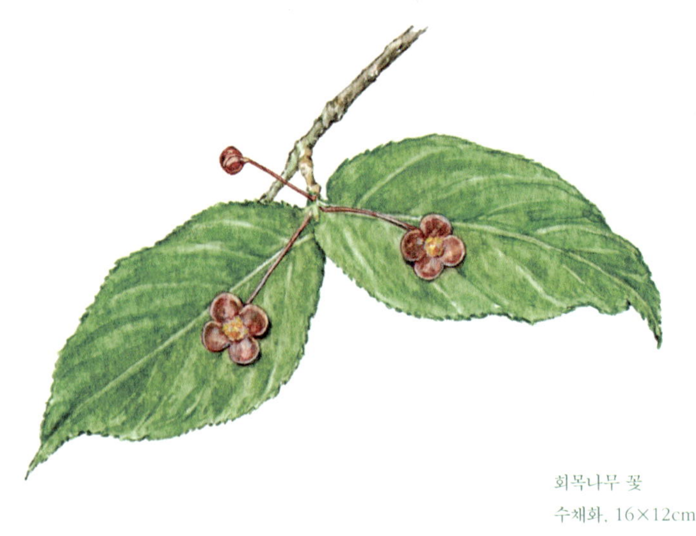

회목나무 꽃
수채화, 16×12cm

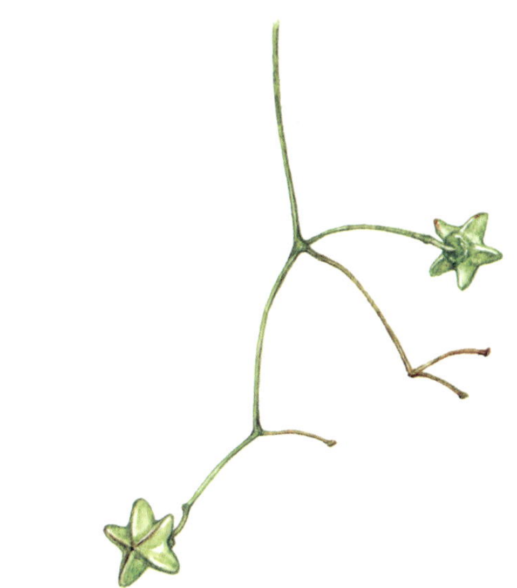

회나무 열매
수채화, 12×11cm

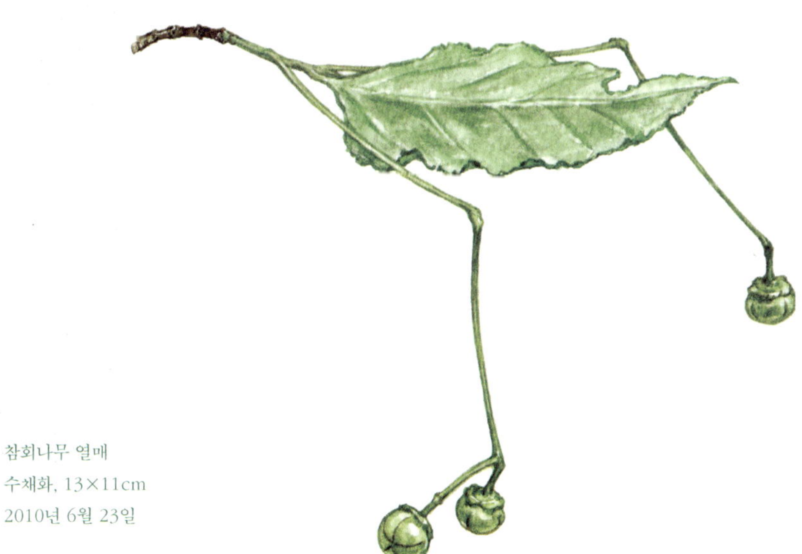

참회나무 열매
수채화, 13×11cm
2010년 6월 23일

힘을 내서 더 들어가니 천당폭포 표지판이 보인다. 폭포 옆 철 계단에 올라가서 겨우 땀을 식혔다. 내려오면서 폭포 아래 물가에 도시락을 폈다. 손을 씻는데 물이 차서 손이 시리다.

"아! 한여름에도 이렇게 시원하니 정말 천당폭포구나."

맑은 물에는 연한 갈색 물고기들이 헤엄치고 있다.

"무슨 물고기일까?"

물고기들과 동무하며 군고구마와 과일로 늦은 점심을 먹었다.

깊은 산속에서 만난 물고기들이 마음에 남아 그림으로 그렸다. 몇 년 후, 지인의 소개로 민물고기 전문학자에게 이름을 문의할 기회가 생겼다. 물고기들은 '버들개'로 보인다는 답을 들었다.

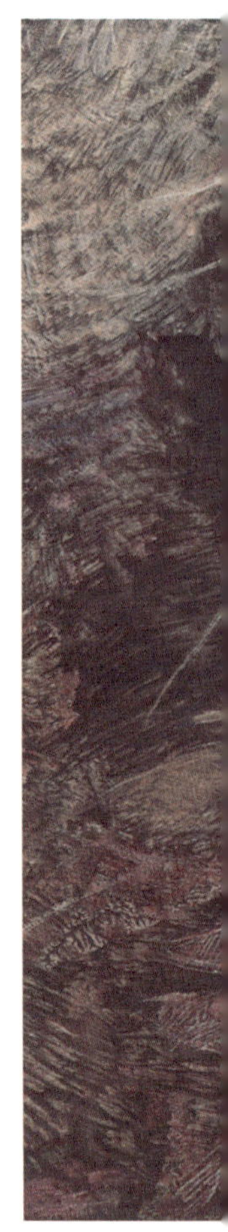

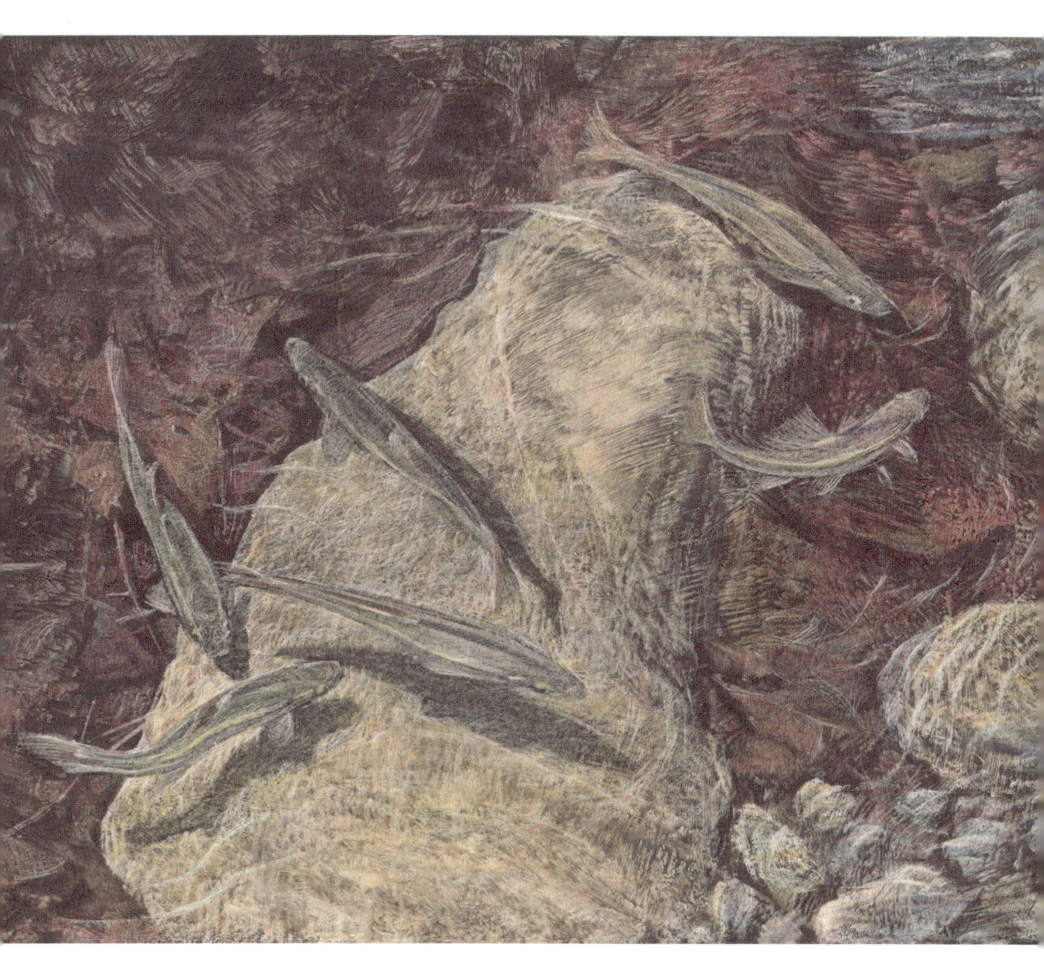

버들개
왁스페인트, 40×22cm
2010년 6월 23일

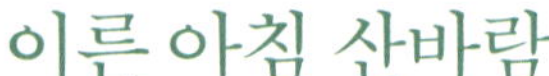
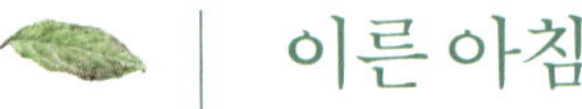

이른 아침 산바람

밤잠 못 이루는 열대야가 이어진다. 지난 일주일은 제대로 잔 날이 하루도 없다. 어차피 잠도 못 자니 아침 일찍 산으로 향했다. 새벽 5시 반, 어둠이 남아 있는 산 공기가 고요하다. 사람들로 붐비던 소공원 입구도 텅 비었고, 산에서 시원한 바람이 내려온다.

"아! 살겠다."

"여기는 하나도 안 덥네."

오랜만에 가슴속 깊이 심호흡을 하며 제대로 숨을 쉬었다. 불과 조금 떨어진 산 밖의 세상은 냉방기구 돌아가는 소음에 상대적인 더위까지 더해져 정신을 차릴 수 없이 흐느적거렸는데, 이른 아침의 산은 별천지다. 우렁차게 울어대는 매미 소리와 계곡의 물소리는 마음속 더위와 갈증까지 말끔히 씻어준다.

하늘이 보이지 않을 정도로 울창한 숲에 셀 수 없이 많은 잠자리 떼가 있다. 잠자리 하나는 땅에서 졸고 있어 밟을 뻔했다.

잠자리도 더위를 피해 시원한 숲으로 들어왔을까? 오늘 이 산의 주인공은 꽃이 아닌 잠자리인 것 같다.

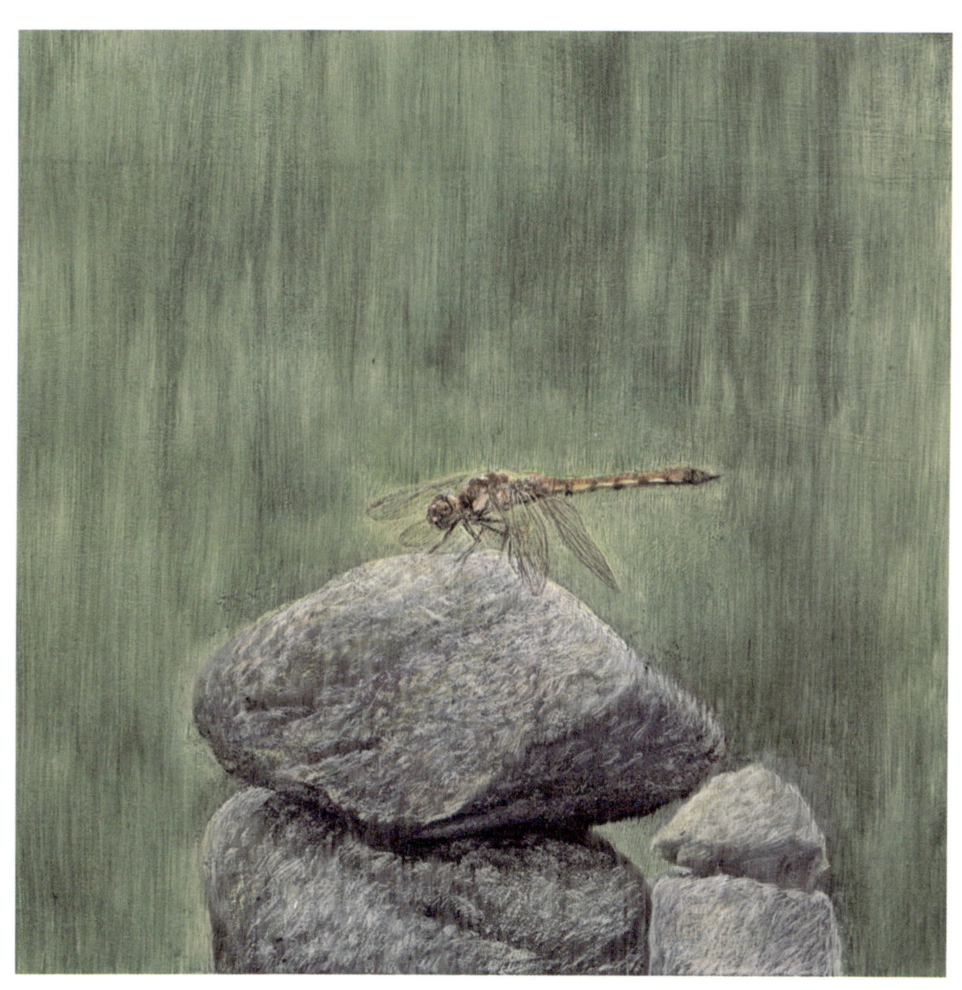

애기좀잠자리
왁스페인트, 31×24cm
2010년 7월 29일

금강굴에 올라와 보니 너무 이른 아침이라 촛대에 불도 없이 텅 비었다. 바위틈 감로수도 물이 말랐다. 가뭄이 심해서 깊은 산속까지 물이 귀하다. 헉헉거리며 사람들 올라오는 소리가 들린다. 굴이 비좁아 다음 사람에게 자리를 내어주고 내려왔다.

내려오는 길에 천불동 계곡이 선명하게 보인다. 봄에 왔을 때는 안개가 끼어 수묵화를 보는 듯했는데, 오늘은 채색이 화려한 진경산수다. 계곡을 이루는 바위들은 하나하나가 얼굴 같다. 천 개의 불상이 늘어선 듯하여 '천불동'이라지만 저 많은 바위가 어찌 천 개뿐일까? 만불동이라 해도 될 것을 옛사람들은 참으로 욕심 없이 이름을 붙인 거 아닌가.

하늘을 가리는 숲에서 양지바른 길로 나오자 꽃들이 보인다. 노란색 짚신나물과 분홍색 무릇이다. 짚신나물 옆에 보일 듯 말 듯 줄기를 뻗치는 꽃은 파리풀이다. 파리풀은 꽃도 작고 희미해서 멀리서 보면 모르고 지나치기 쉽다.

느긋하게 꽃구경하며 내려왔는데도 아직 오전 9시다. 산에는 여름 관광객들이 몰려들고, 계곡의 고요는 이미 사라졌다. 밀려드는 인파를 헤치며 소공원을 나왔다.

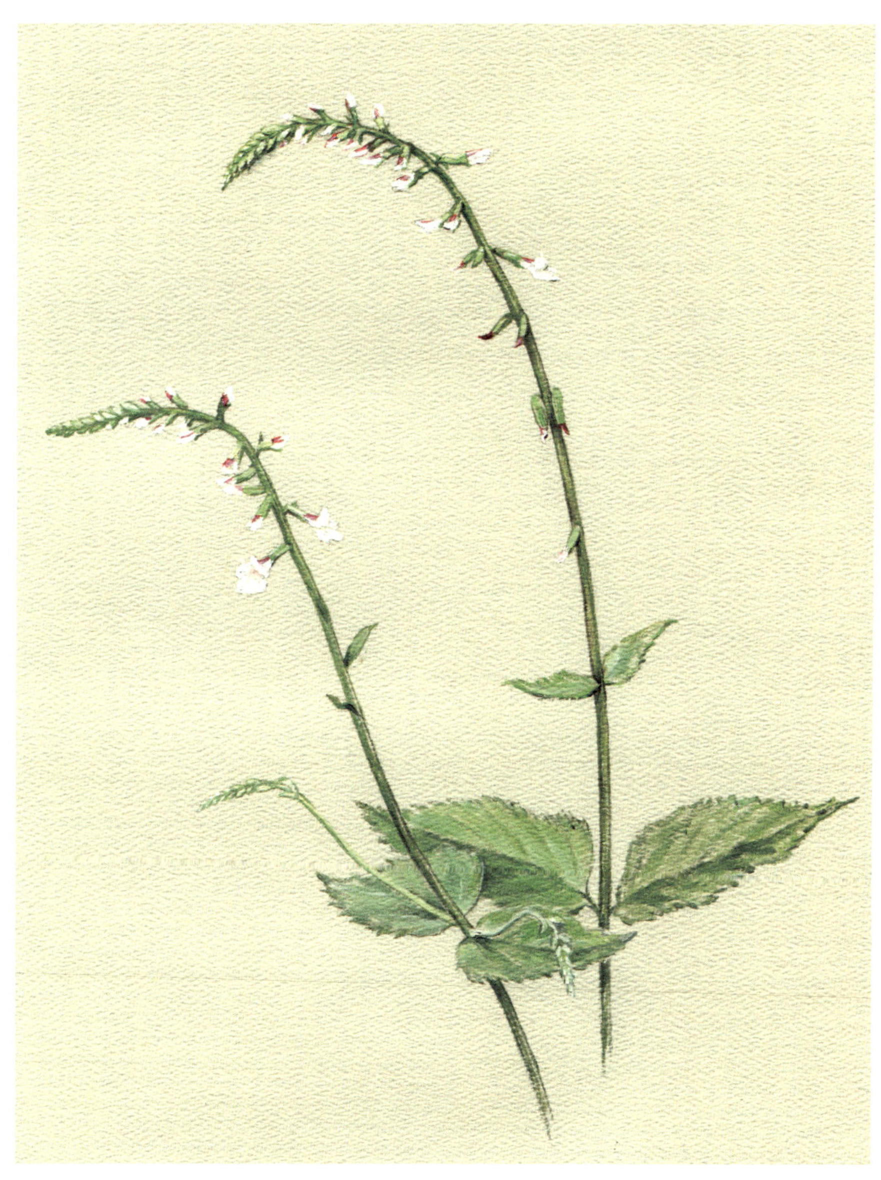

파리풀
유화, 19x24cm
2010년 7월 29일

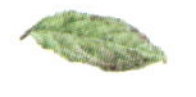

높은 산 위의 여름은

아침 걸음이 좋아서 일찍 집을 나섰다. 한계령 도로를 달려 용소골 숲으로 향했다. 거대한 암벽이 병풍같이 펼쳐지는 용소골 골짜기는 시원함을 넘어 선선하다. 용소폭포를 지나, 우리가 갈 예정인 등선대를 향한 길은 줄곧 오르막이다. 주차장 관리 아저씨는 용소폭포에서 등선대까지 한 시간이 걸린다고 일러줬는데, 예정 시간이 한참 지나도 정상은 보이지 않는다.

예감대로 그때부터가 진짜 등산길이었다. 산에는 지름길이 없다는 말이 그대로다. 가파른 나무 계단과 돌계단을 그저 한 걸음씩 올라가는 수밖에. 마침내 등선대 산마루에 도착했다. 숨을 헐떡이며 주저앉으니 시원한 바람이 불어온다.

등선대 정상인 1000m가 넘는 산꼭대기는 시원한 봄날 같다. 높은 산에는 여름이 없는 걸까? 진기한 꽃들이 피어 있다. 홀로 있는 분홍색 나리꽃이 보인다. 잎사귀가 솔잎 같이 가는 솔나리다. 꽃잎이 솜처럼 폭신한 왜솜다리도 만났다.

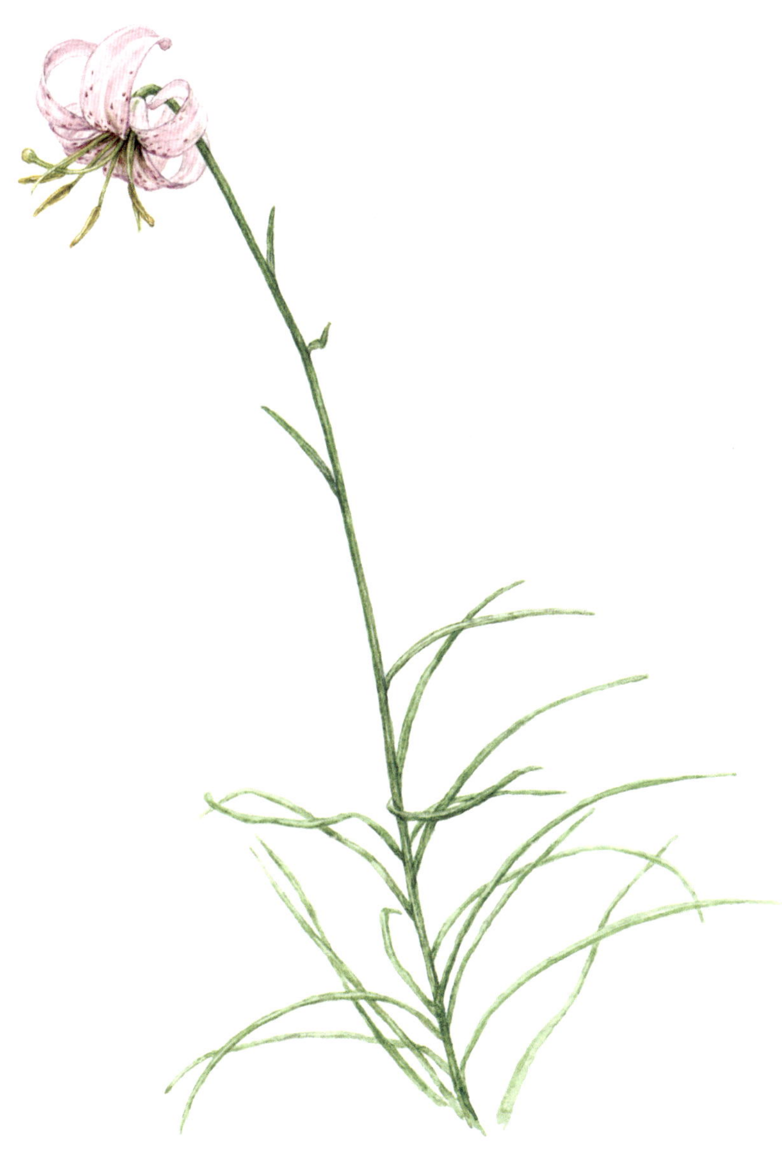

솔나리
수채화, 20x26cm
2010년 7월 30일

높은 산의 꽃구경에 시간 가는 줄 모르던 중, 바람꽃이 얼굴을 내민다.

한 송이, 두 송이 피어 있는 바람꽃을 따라가다가, 벼랑 뒤에 무리 지어 있는 바람꽃 군락을 발견했다.

천 길 낭떠러지 끝에 푸른 하늘을 배경으로 피어난 하얀 바람꽃이,

산에 오르느라 힘들었던 시간을 바람처럼 날려버렸다.

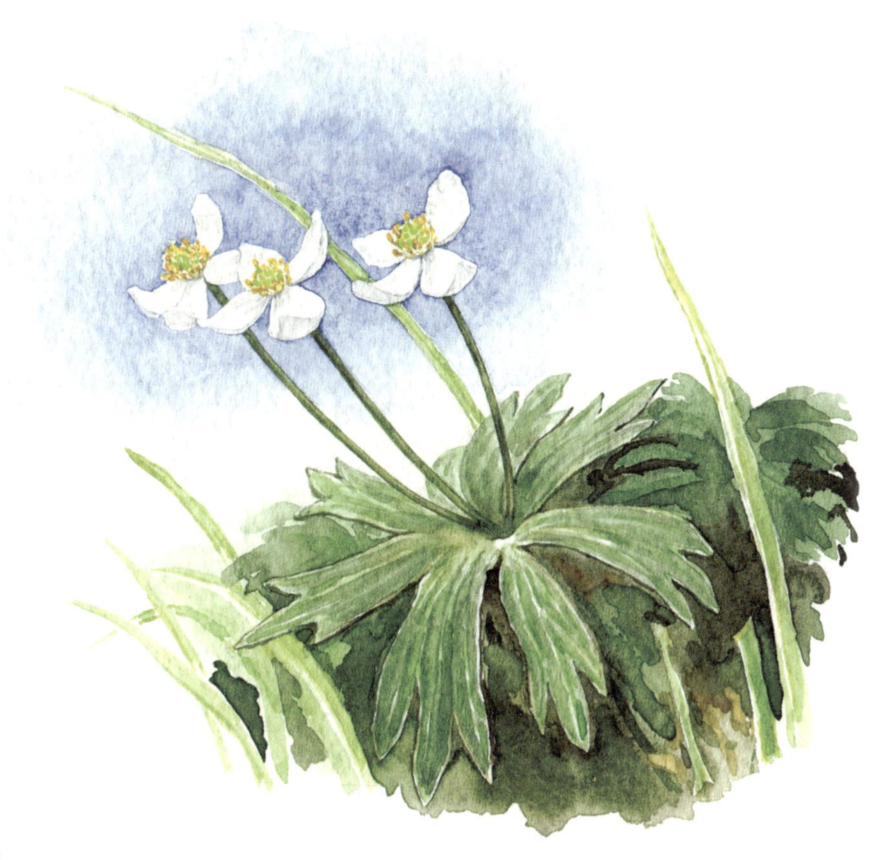

바람꽃
수채화, 20x17cm
2010년 7월 30일

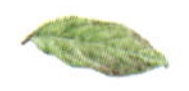# 오는 계절과 가는 시간

지독하게 더웠던 여름이 물러가고 있다. 바람의 느낌이 한결 시원해지는 걸 보니, 역시 오는 계절과 가는 시간은 막을 수 없나 보다. 텅 빈 용소골 주차장에 오직 우리 차 한 대뿐이다. 얼마 전까지 해안도로와 한계령 도로에 차량의 행렬이 이어지더니, 이제 철 지난 관광지 풍경이다.

"휴, 살겠다. 그 많던 사람들이 다 갔네."

"산도 좀 쉬어야지. 조금 있으면 단풍철이라 또 붐빌 텐데…"

지난주 비가 많이 내리고 태풍도 지나가더니 계곡물이 많이 불었다. 골짜기 바위틈마다 돌단풍 잎사귀에 가을 물이 오른다. 따끈한 초가을 햇볕을 쬐며 오색약수까지 왔다. 오색약수는 샘솟는 물이 적은데, 늘 큰 통에 물 받는 사람이 있다. 뒤에 서서 기웃거리니 물 뜨던 아주머니가 한 바가지를 떠준다. 톡 쏘는 맛이다.

약수터 옆에는 분홍색 물봉선이 많이 퍼져 있다. 물봉선은 이름만 들어도 물방울이 뚝뚝 흐를 것 같다.

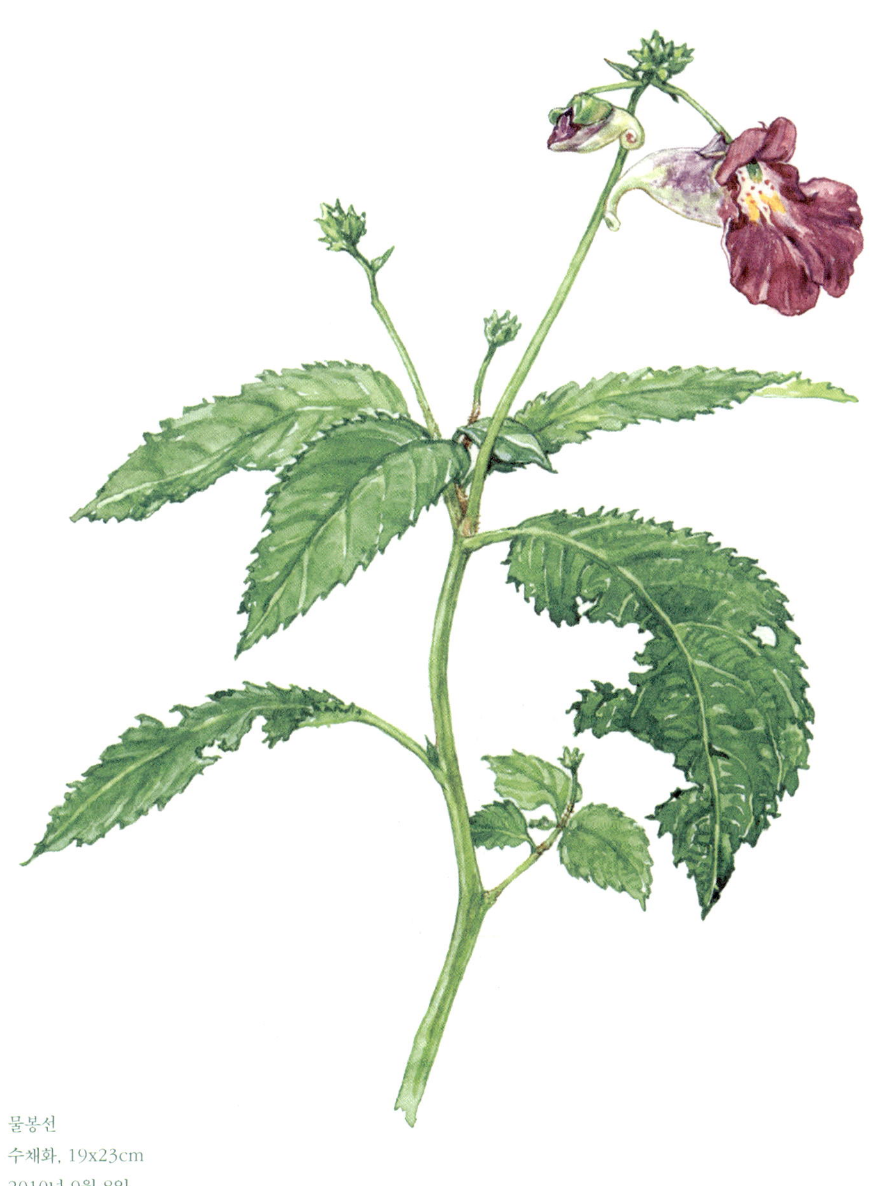

물봉선
수채화, 19x23cm
2010년 9월 8일

물봉선 옆에 꽃은 보일 듯 말 듯하고 줄기가 얼기설기한 풀이 있다. 물가에
서 흔히 볼 수 있는 여뀌 중에 꽃이 드문드문 달리는 바보여뀌다.

꽃도 싱겁게 생겼지만 이름이 더 재밌다.

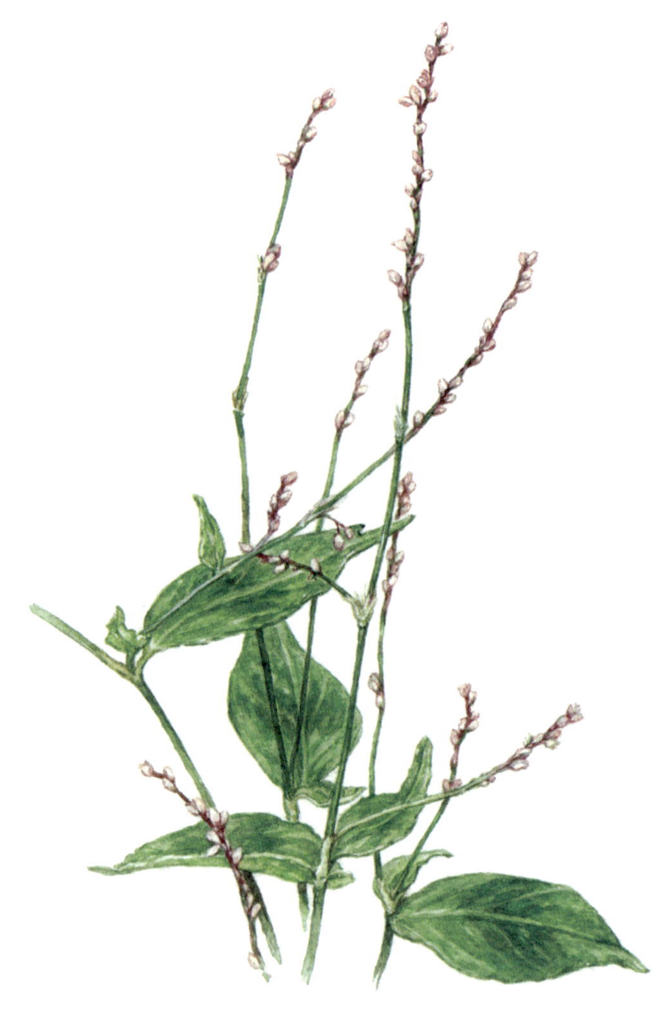

바보여뀌
수채화, 16x22cm
2010년 9월 8일

　　돌아가는 길에 국립공원관리사무소 오색분소에 들러 대청봉 가는 길에 약
수터가 있나 물으니, 약수터가 없으니 물을 준비하라고 한다.
　　언제쯤 대청봉에 올라가게 될까?
　　우뚝 솟은 산을 바라본다.

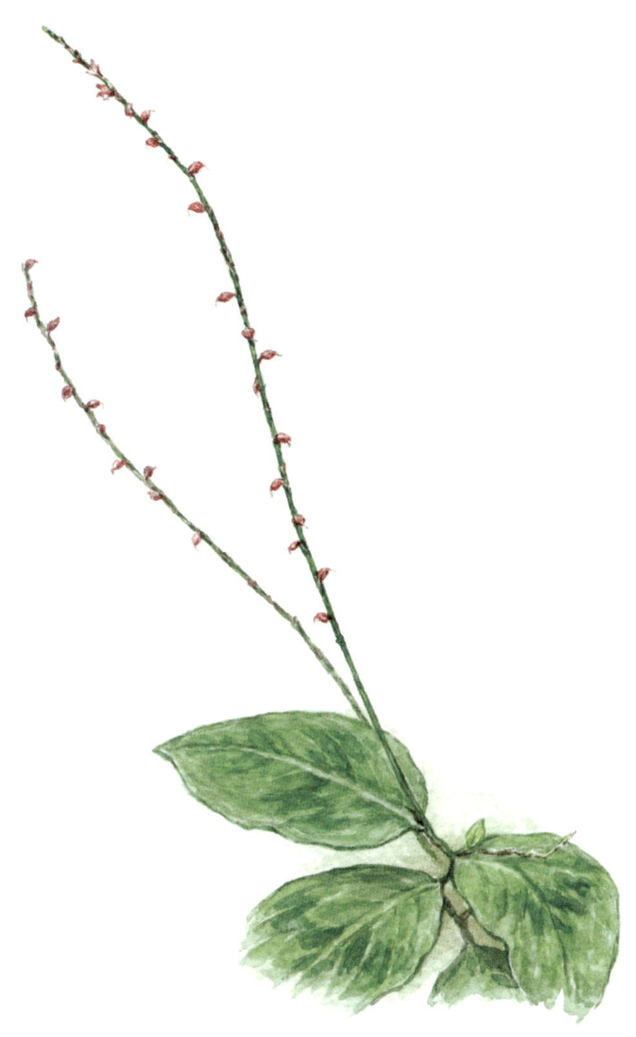

이삭여뀌
수채화, 18x24cm
2013년 8월 21일

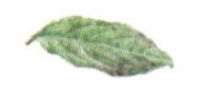# 산도 쉬는 날

하늘이 컴컴해지는 걸 보니 비가 쏟아질 모양새다.

망설이다가, 산에 다녀온 지 좀 되었다 싶어서 길을 나섰다. 20여 분 달렸을까, 후드득후드득 빗방울이 떨어지고 이내 주룩주룩 장대비가 내린다. 조금 있으면 그치지 않을까? 산 저쪽은 날이 갤지도 몰라….

그러나 산에 가까워질수록 빗줄기는 더욱 굵어진다.

오늘의 행선지는 대승폭포였는데 이미 물 구경을 실컷 한 셈이다. 우산을 쓰고 산에 오를 수도 없고, 길도 미끄러울 테니 마음을 접는 수밖에.

무섭게 퍼붓는 장대비 덕분에 모처럼 산이 쉰다는 생각이 들었다. 등산복을 차려입고 커다란 배낭을 메고, 양손에 지팡이를 갖추고, 쾅 쾅 땅을 찍으며 산을 오르는 사람들의 행렬이 오늘은 없다. 살포시 물안개 퍼지는 흙 위로 풀도 쉬고, 나무도 자고, 벌레들까지 잠잠하다. 온 산이 그저 고요하다. 눈을 감으니 빙그레 웃고 있는 거대한 산의 얼굴이 떠오른다. 입가에 웃음을 머금은 채 깜빡 졸고 있는 착한 거인의 모습이다.

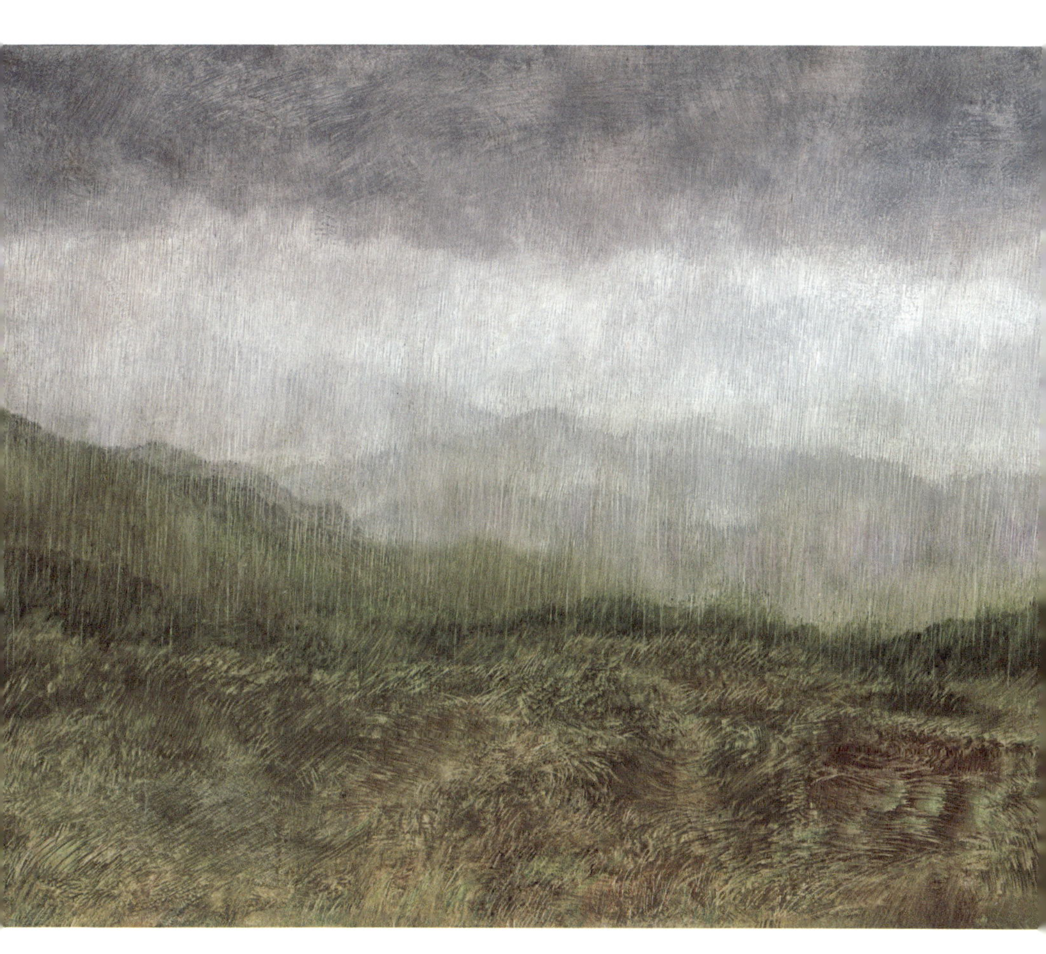

비 오는 산
왁스페인트, 48x34cm
2010년 9월 21일

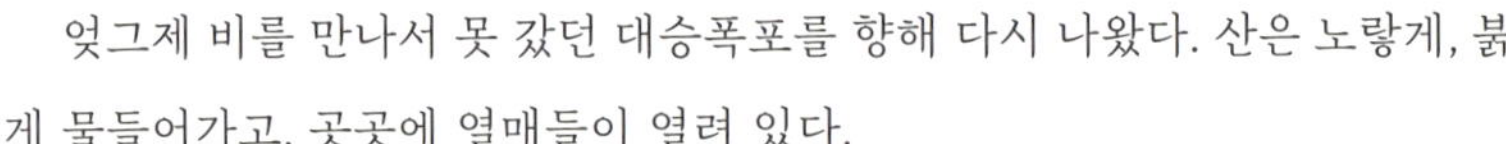

열매와 양식

엊그제 비를 만나서 못 갔던 대승폭포를 향해 다시 나왔다. 산은 노랗게, 붉게 물들어가고, 곳곳에 열매들이 열려 있다.

빨간색 받침에 파란 구슬 같은 열매가 눈길을 끈다. 꽃받침에 붉은 물이 든 채로 아직 남아 있는 꽃도 있다. 여름에 만났을 때 긴 꽃술이 아름다워 기억에 남은 누리장나무다. 가까이 가면 누린내가 난다고 해서 그런 이름이 붙었다는데 이름과는 달리 보석 같은 열매가 맺혀 있다.

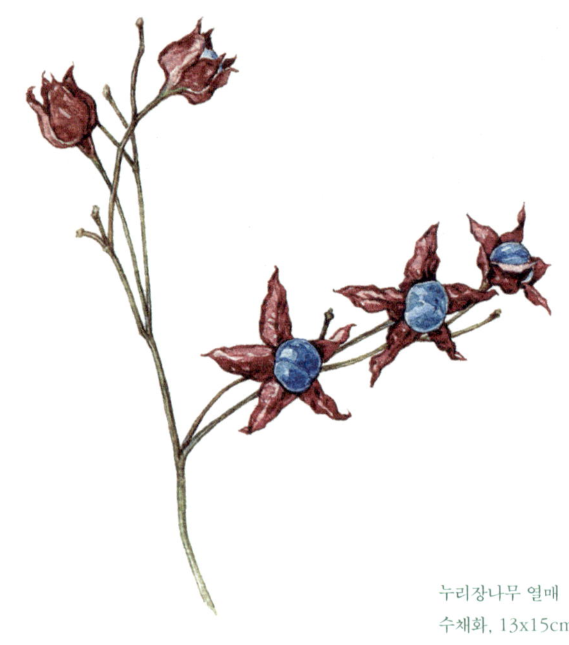

누리장나무 열매
수채화, 13x15cm

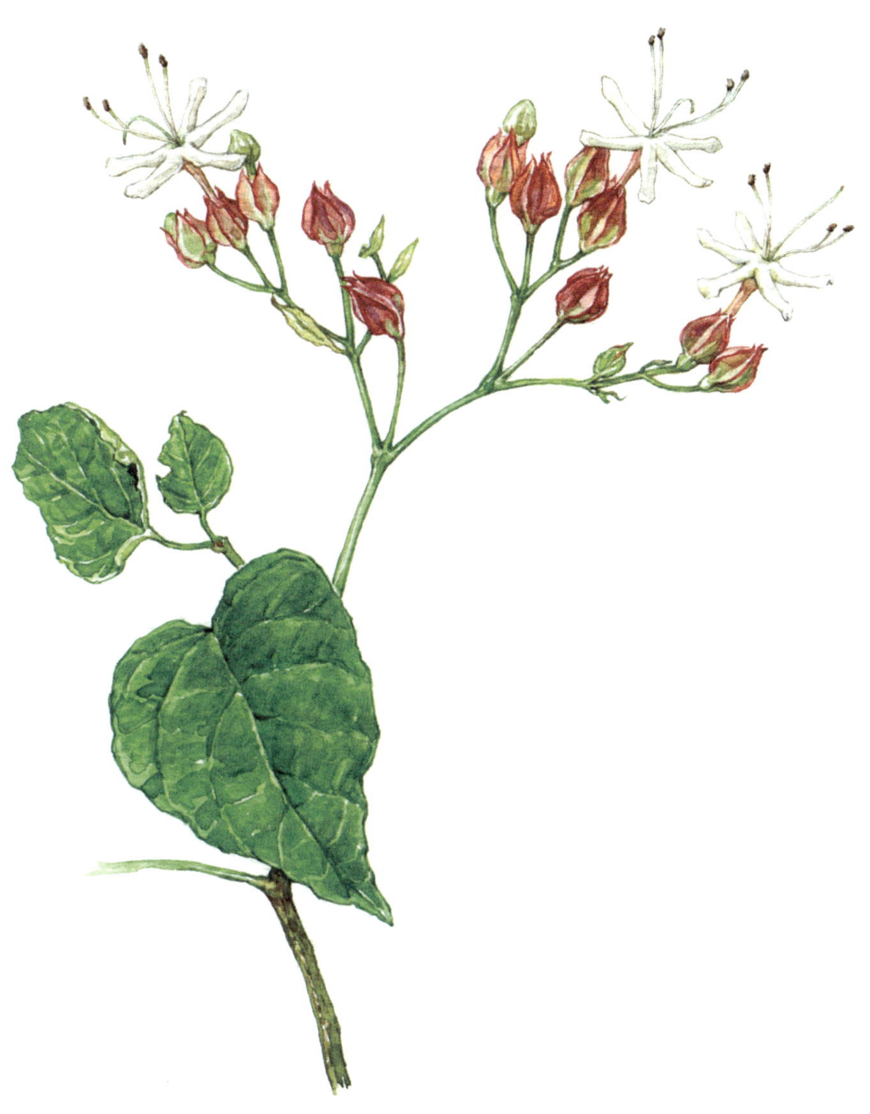

누리장나무 꽃
수채화, 19x25cm
2010년 9월 23일

대승폭포는 높은 곳에서 떨어지는 매우 긴 폭포다. 88m를 내려와서 그런가 물줄기가 굵지 않다. 물이 귀한 날은 떨어지는 물이 없어서 폭포가 쉬기도 한다는데, 오늘은 물을 보았으니 운이 좋은 날이다.

폭포에서 더 올라가면 대승령이 나온다는 표지판을 보고, 발길을 돌렸다. 점심 먹고 나와서 느린 걸음을 옮기다 보니 어느새 오후 해가 많이 짧아졌음을 느낀다.

얼마 안 있으면 추위를 걱정할 계절이 올 것이다. 다람쥐가 양 볼 가득 무언가를 물어가고 있다. 겨울 준비를 하느라 어딘가에 양식을 모으는가 보다. 기특한 녀석! 스스로 내일을 준비할 줄 알다니.

추석 다음 날 저녁 햇살이 따사롭다.

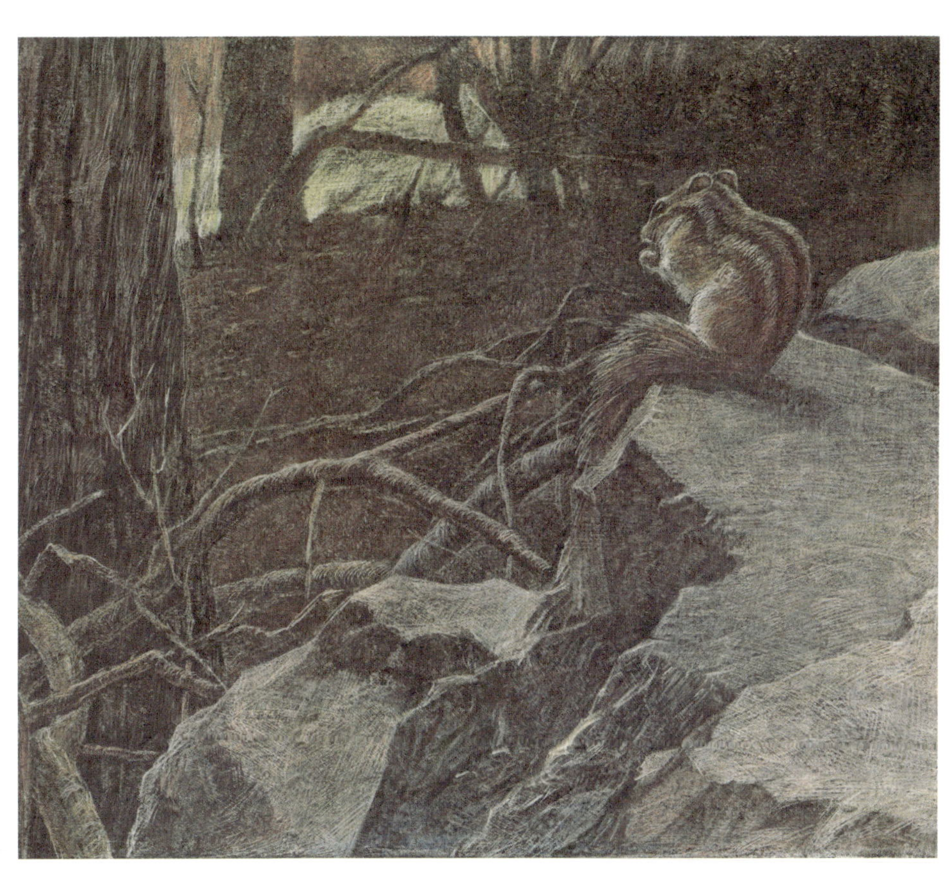

먹이를 물어가는 다람쥐
왁스페인트, 34x25cm
2010년 9월 23일

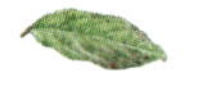 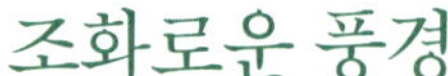

조화로운 풍경

설악산에 자주 오른다고 이야기하면, 주변에서 십이선녀탕 이야기를 자주 했다.

"선녀탕 가 보셨어요?"

"꼭 가 보세요. 참 좋아요."

그리도 사람들이 추천하던 십이선녀탕 길을 드디어 걷는다. 흐르는 물과 숲이 어우러져 조화로운 풍경이 이어지고, 서서히 높아지는 골짜기에 익어가는 가을 색이 풍성하다. 가 본 사람들이 이구동성 '참 좋다!' 말하는 이유를 알겠다.

아름다운 계곡을 두 시간 정도 올라가니 길이 가파르다. 쇠 난간을 붙잡고 바위에 올라갔다. 멀리 둥그런 동굴 앞에 큰 폭포가 쏟아진다. 사람들이 감탄사를 연발하며 카메라를 눌러대는 복숭아탕이다.

내려오는 길, 숲 곳곳에 불쑥불쑥 피어있는 투구꽃을 만났다. 투구꽃은 만나는 투구마다 색깔이 다르다. 청보라 물감에 떨어진 이슬의 농도가 달랐을까? 흰색에 가까운 꽃부터 진보라색까지 넓은 팔레트를 펼친다.

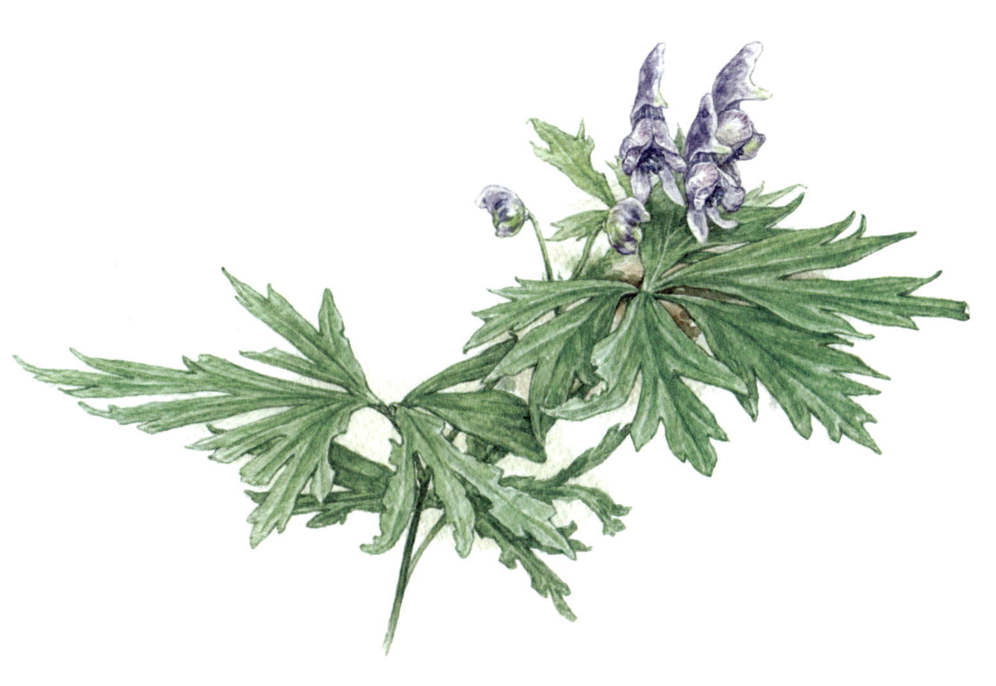

투구꽃
수채화, 31x22cm
2010년 9월 25일

키가 우뚝한 파란색 꽃도 눈에 들어온다. 짙은 파란색 용담꽃이다. 십이 선
녀들이 보내준 선물일까? 진기한 꽃을 만나면 산에게 선물을 받은 기분이 든
다. 오늘 만난 용담은 꽃이 봉오리같이 오므린 채로 피고 잎사귀가 가는 과남
풀이다.

하늘이 안 보이도록 우거진 숲길을 다 내려오니, 따스한 가을볕이 으스스
추웠던 몸을 감싸 준다. 위를 올려다보니 파란 가을 하늘이 반갑고, 땅을 내려
다보니 길가에 늘어선 코스모스들이 반갑고, 멀리 바라보니 누렇게 물들어가
는 들판도 반갑다. 그리고 이제 우리도 한마디할 수 있다. 십이선녀탕을 보지
않고 설악산을 말할 수 없다고.

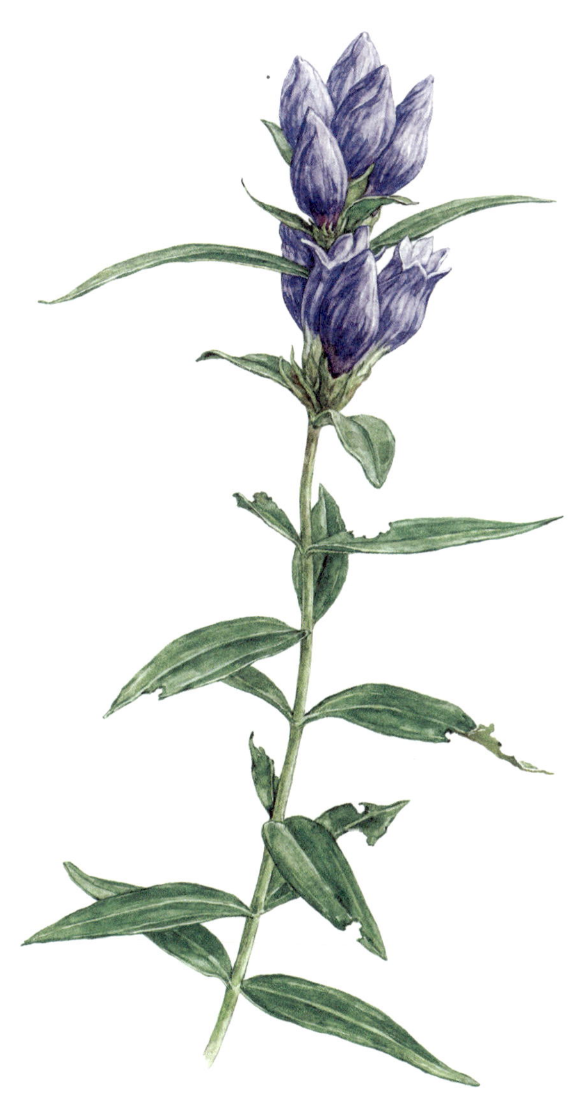

과남풀
수채화, 22x32cm
2010년 9월 25일

끝없는 바위 길

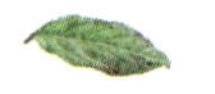

비선대에 첫발을 디딘 후 반년이 지난 지금, 우리의 산 나들이는 많이 발전했다. 이제는 설악산에서 가장 높다는 대청봉에 오르자고 꿈꾸고 있다. 그것도 하루 안에 돌아오는 일정으로. 그래서 예행 연습으로 대청봉 코스와 비슷하지만 조금 짧은 거리를 먼저 다녀오기로 했다.

지도를 보면 서북 능선을 따라 오른쪽에 대청, 중청, 끝청이 나란히 있고, 왼쪽에 홀로 뚝 떨어진 귀때기청봉이 있다. 한계령 휴게소에서 귀때기청봉까지는 4.1Km로 약 세 시간 정도 걸린다고 하니 하루 걸음으로 무리 없어 보인다. 그동안 경험으로 미뤄봤을 때 오르막길을 걷다 보면 더워져서 옷 자체도 짐이 되곤 했으니, 이번에는 복장도 가볍게 나섰다.

그러나 해발 920m 한계령 주차장에 도착하니, 옷깃에 스미는 바람이 몹시 차다. 한계령 돌계단을 오르며 추위를 쫓으려고 몸을 바삐 움직였다. 높이, 더 높이 돌계단을 오르며 돌아올 때도 이 길로 내려올 생각을 하니 아득하다. 끊임없는 깔딱 고개를 계속 가려니 뭔가 잘못됐다는 느낌이 든다. 그러나 우리의 발은 여전히 돌계단을 밟고 있다.

두 시간 정도 오르자 서북 능선 삼거리가 나왔다. 잠깐 숨을 돌리는데, 지나가는 아저씨가 어디 가느냐고 묻는다.

"귀때기청봉 가요."

"아하. 귀때기청봉!"

그리고는 더 말이 없다.

조심히 가시라고 인사를 나눴는데, 올라오는 사람 모두 대청봉 쪽으로 가고, 귀때기청봉 쪽에는 우리뿐이다. 잠깐 요기도 해야 하는데, 아직 목적지에 도착하지 못한 터라 마음이 바쁘다. 해 없는 가을 날씨에 곧 어둠이 내릴 듯 숲이 음산하니 발길을 재촉하는 수밖에.

1km 정도 더 걸으니 귀때기청봉 500m 이정표가 나왔다. '이제 거의 다 왔겠지.' 그런데 길이 온통 바위덩어리다. 이 길이 맞는지 갸우뚱하며 기어오른 너덜바위 길은 가도 가도 끝이 없다. 앞서가는 나무꾼은 키가 크고 다리가 길어 성큼성큼 바위를 건너는데, 키가 작은 나는 훨씬 불리하다. 드문드문 꽂아 놓은 막대기만이 하늘 아래 있는 유일한 길잡이.

바위산을 넘고 넘으며 이제 다 온 거라고 마음을 다잡아 보지만 어느새 둘 다 지쳐버렸다. 해발 1,500m, 산바람이 사정없이 몰아치니 온몸이 추위로 오그라들어 한 걸음 삐끗하면 저 바위 무덤으로 떨어질 것만 같다.

"우리 그만 돌아갈까?"

나무꾼은, 정상이 바로 저기 보이니 조금만 더 가 보자고 답한다. 마지막 힘을 내면 정상까지 갈 수 있겠지만, 두 시가 넘도록 아직 아무것도 먹지 못한데다 정상까지 올랐다 내려오면 오늘 안에 내려오기는 어려울 것 같았다. 나는 다시 나무꾼에게 우리가 산에 오는 목적은 산이 좋고 꽃이 좋으며, 산길을 걷고 싶어서니까 오늘은 이만하고 돌아가자고 했다. 정상을 빤히 눈앞에 두고 돌아서기 아쉽지만, 살다 보면 이런 때도 있는 거라고 마음을 달랬다.

어떻게 항상 마음먹은 대로 다 할 수 있으랴.

2010년 9월 29일

바람 피할 자리를 찾아 이빨이 부딪치는 추위 속에서 늦은 점심을 때웠다. 아쉬움을 감추지 못한 채 이렇게 바람이 거센 바위산에도 꽃이 있을까 둘러보니, 빨간 열매가 무성한 나무가 눈에 들어온다. 가까이 가서 보니 열매가 많이 달렸고, 큰 가시가 삐죽삐죽 돋아 있다. 저렇게 큰 가시가 돋아 있는데도 뭔가 이유가 있겠지. 그 나무 이름은 매발톱나무, 무서운 가시에 잘 맞는 이름이다.

너덜바위 길을 다시 건너 서북 능선 삼거리까지 돌아오고 나서야 아까 만난 아저씨가 귀때기청봉에 간다고 했을 때 왜 아무 말도 없었는지 비로소 이해가 갔다. 가파른 돌계단을 후들거리는 다리로 내려오며 올라가는 길에 사진도 못 찍고 지나쳤던 몇 가지 꽃들을 다시 찾아보았으나 만나기 어려웠다. 흐린 날씨에, 이미 늦은 오후라 숲에 벌써 어둠이 내리고 있었다. 역시 기록은 나중으로 미루면 안 되는 거다. 번거롭더라도 그 순간을 놓치지 말아야지.

마음속으로 오전에 만났던 꽃 이름을 다시 외우면서 내려왔다. 산오이풀, 짚신나물, 산부추, 투구꽃…. 집에 돌아가면 잊기 전에 빨리 적어 놓아야지.

한계령 길을 다 내려오니 다섯 시가 넘었고 숲에는 어둠이 깔렸다.

"그것 봐. 거기서 내려오길 잘했지. 끝까지 갔으면 오늘 못 내려왔을 거야."

그동안 산에 제법 다녔다고, 준비 없이 어려운 코스를 다녀온 우리 자신이 어처구니없어서 서로 마주 보고 웃었다.

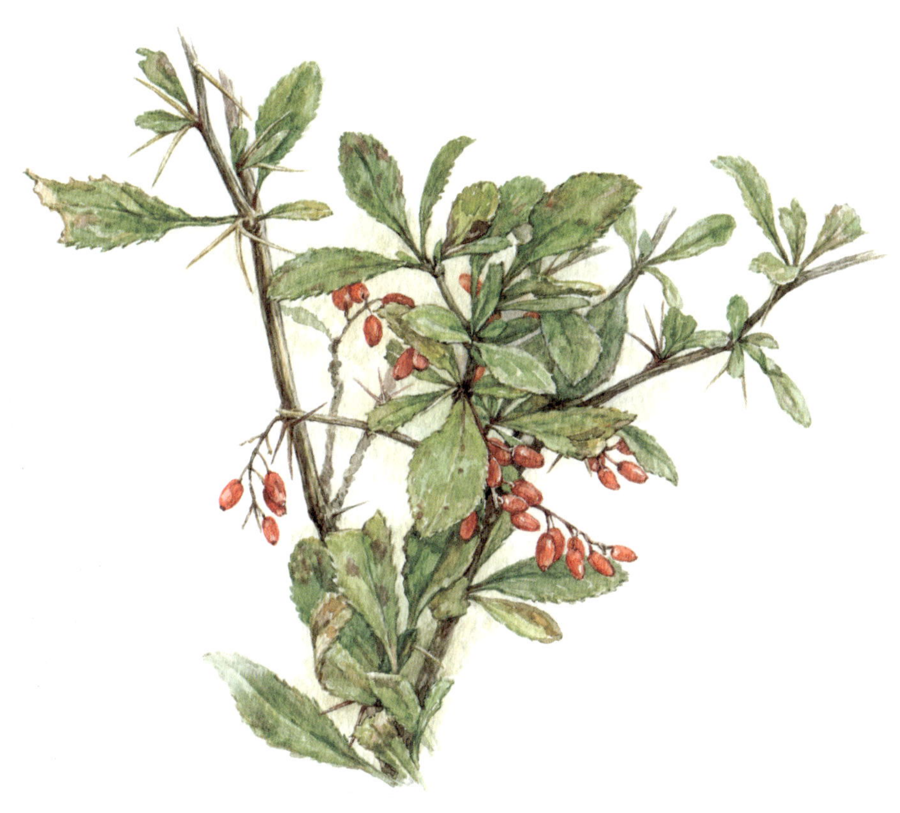

매발톱나무 열매
수채화, 24x22cm
2010년 9월 29일

그날 밤 귀때기청봉을 검색해 보았다.

정상을 눈앞에 보면서 걸음을 돌린 게 아쉽기도 했고, 우리가 간 길이 맞는지도 궁금했다.

여러 산행기에는, '귀때기청봉 길은 오르고 내리는 길이 온통 광활한 너덜지대로 높은 산 세찬 귀청 바람이 여름에도 선선하다. 서북릉은 매우 힘든 산행 코스로, 능선이 길면서 굴곡이 심해 체력 소모가 심하고, 강인한 인내심을 요한다'는 내용이 공통이다.

귀때기청봉에 대한 일화도 있다. 귀때기청봉은 자신이 가장 높다고 으스대다가 대청봉, 중청봉, 소청봉 삼형제에게 귀싸대기를 맞아 붙여진 이름이라는 이야기다.

한 가지 뉴스가 더 있다. 오늘이 올가을 들어 가장 추운 날로 설악산에 첫서리가 내렸다고 한다. 그런 줄도 모르고 여름옷을 입고 갔으니, 조난당하지 않고 집에 돌아온 것만으로도 천만다행이다.

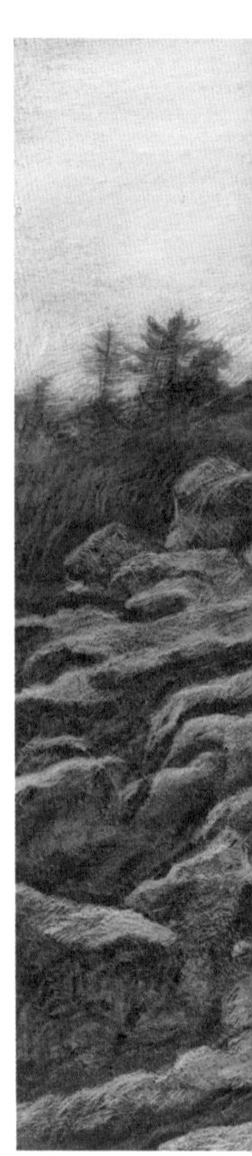

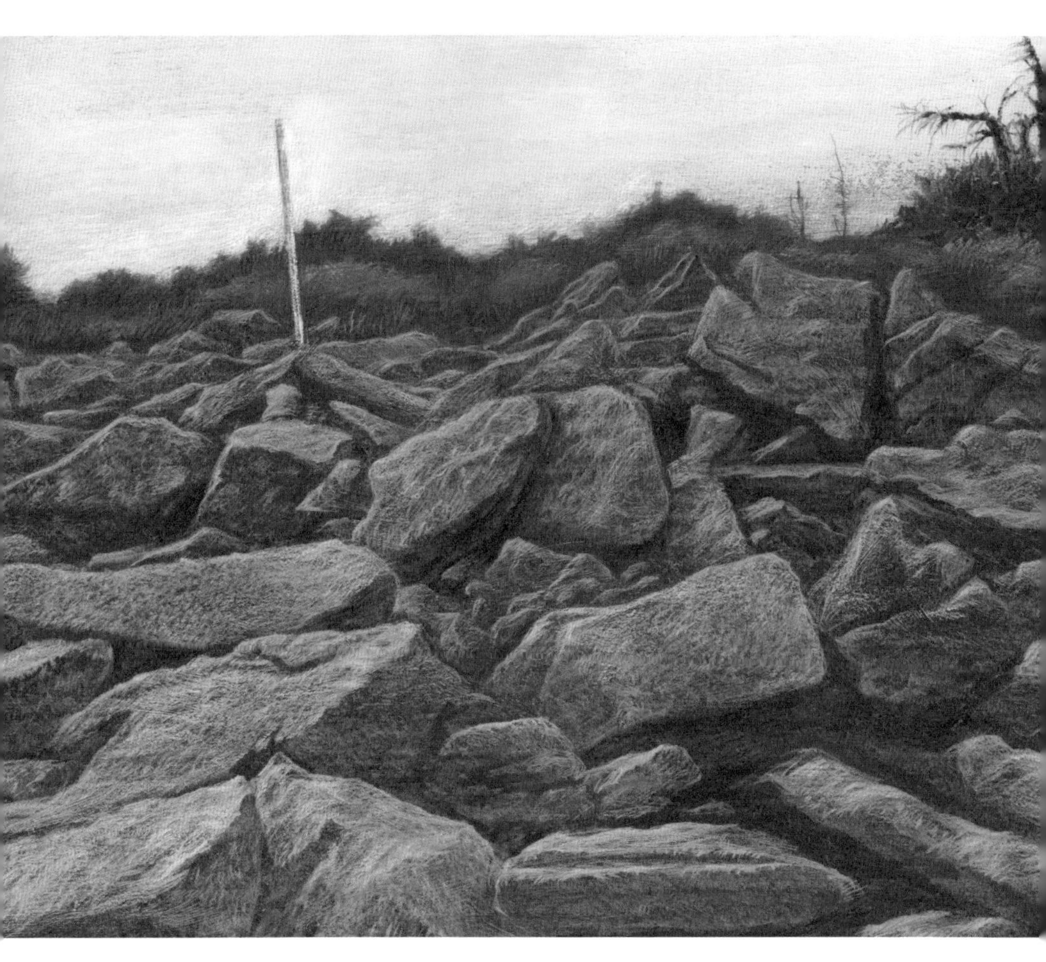

귀때기청봉 가는 너덜바위 길
왁스페인트, 44x29cm
2010년 9월 29일

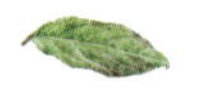# 모자 쓴 울산바위

비 그친 하늘에 구름 한 조각
울산바위 넘다가
살짝 걸렸네.

구름 모자 덮어쓴 울산바위가
지나가는 바람에게 묻네.
"나 어떠니?"

"푸-흐-흐."
웃는 바람결에
구름 모자 그만 벗겨져 버렸네.

멀어져 가는 구름 모자가
울산바위에게 손 흔드네.
"안녕! 또 만나."
바람도 속삭이네.
"네 모자 가져가서 미안!
다음에 더 멋진 모자 가져올게."

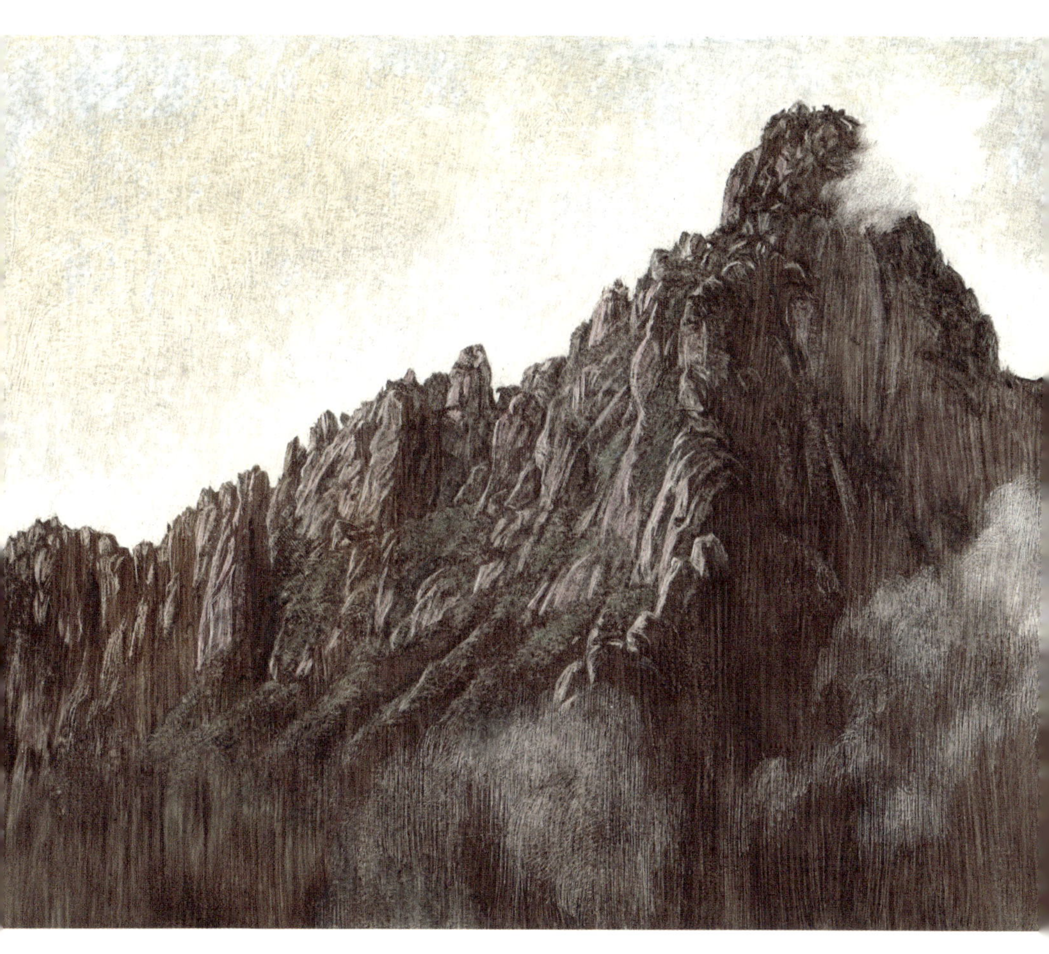

울산바위
왁스페인트, 46x33cm
2010년 청명한 가을날

봄을 여는 색

4월이 되자 봄빛이 완연하다. 아직 쌀쌀하지만, 햇살이 좋아 산으로 나왔다.

노란 털이 북실한 것들이 땅 위에 소복이 흩어져 있다.

하나 집어서 손바닥에 올려보니, 노란 꽃가루가 묻어난다.

어디서 떨어진 건지 궁금해 하늘로 고개를 젖혔는데,

나무에 보송보송 달린 강아지풀 같은 것들이 눈에 들어온다.

어떤 것은 연녹색, 어떤 것은 샛노랗다.

"버들강아지 같은데…."

찾아보니 오늘 만난 통통한 버들은 호랑버들이다.

'버들'이라는 이름만으로도 고운데, '호랑'까지 붙으니 더욱 화려하다. 따뜻한 봄을 여는 화사한 색이다.

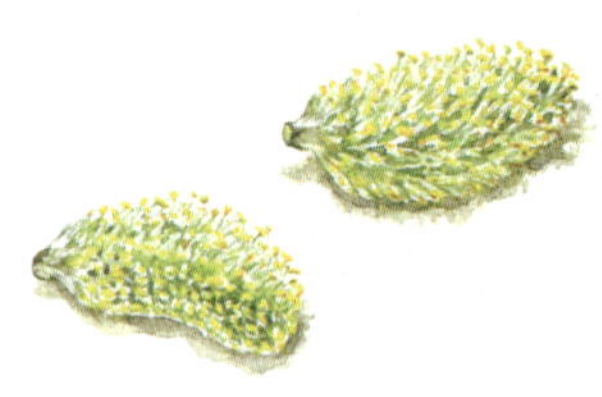

호랑버들
수채화, 9x6cm

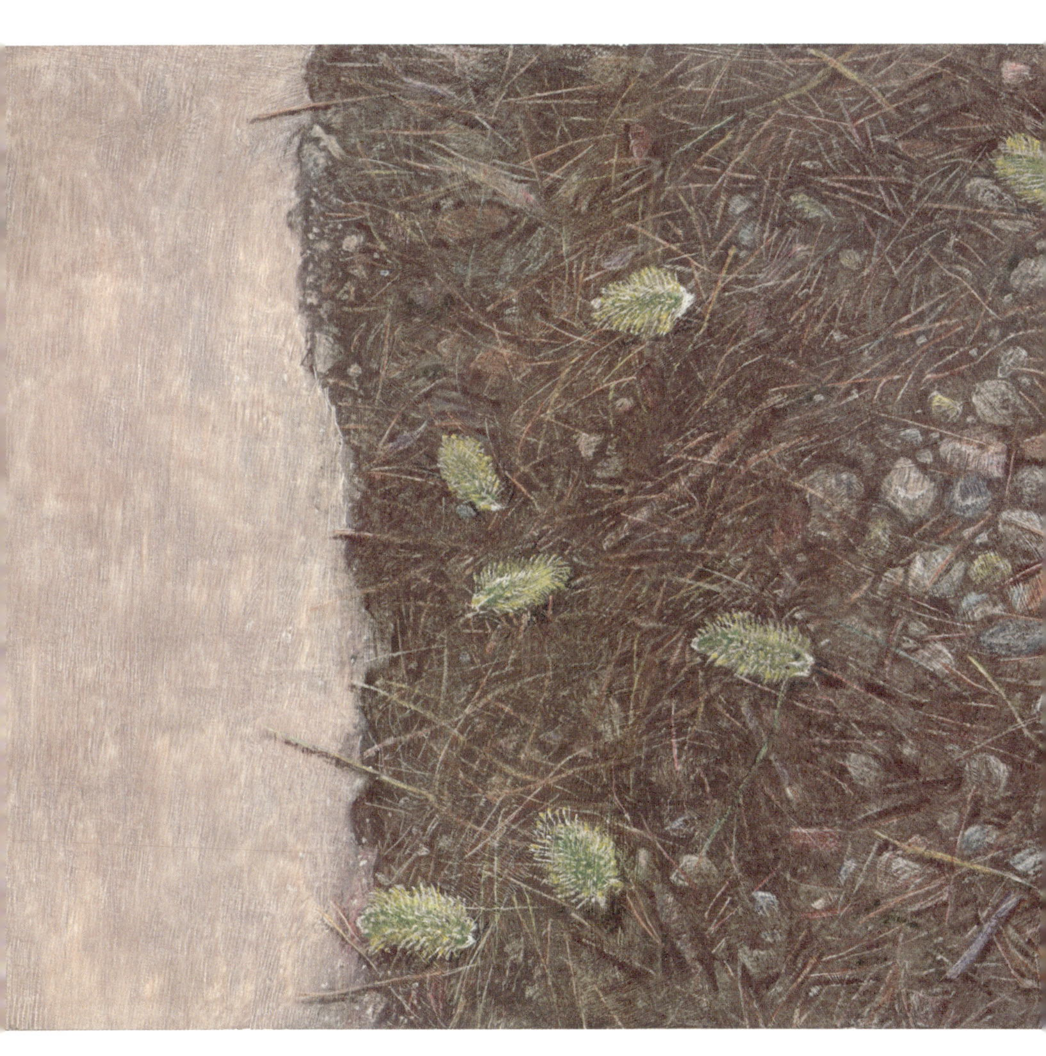

비룡폭포 가는 길에 떨어진 호랑버들
왁스페인트, 32x24cm
2011년 4월 3일

산불 방지 기간

오래 걷기로 마음 먹고 아침 일찍 십이선녀탕 길 주차장에 도착했다. 그런데 주차장이 텅 비었다. 등산로 입구에 현수막이 있다.

'산불 방지 입산 통제 기간 2월 16일-5월 13일'

현수막 근처에 무슨 설명이 더 있을까 다가서니, 초소에서 국립공원 복장을 한 젊은이가 나온다. 입산 통제 기간이라 산에 못 들어간다고 말한다. 다른 길은 어떤가 물었더니 비선대, 비룡폭포, 울산 바위, 백담사까지만 갈 수 있다고 한다. 길게 걸을 수 있는 곳이 별로 없는 셈이다. 돌아가기는 너무 아쉽고, 백담사까지라도 걸어 보기로 했다.

백담사로 향하는 길은 완만했다. 양지바른 곳에 제비꽃들이 방실거린다. 오늘 만난 제비꽃은 잎사귀에 털이 보송한 *잔털제비꽃이다. 이른 봄에 피는 꽃일수록 키도 작고 꽃도 작아, 봄은 낮은 곳에서부터 온다는 말이 실감 났다.

처음 보는 꽃도 만났다. 한 송이 홀로 피어 있는데 존재감이 뚜렷하다. 크고 둥근 잎사귀들 가운데 줄기가 삐죽이 솟고, 연보라색 꽃잎 사이로 삐쳐 나온 꽃술이 몹시 화려하다. 꽃에 홀려 한참 이리 보고 저리 보며 사진에 담았다.

꽃 따라 물 따라 걷다 보니, 백담사 일주문이 보인다. 부처님 오신 날이 머지않아 색색이 연등이 달려 있고, 방문객도 많다.

백담사에서 내려오는 길에 올라가다 만난 꽃을 보러 다시 찾아갔다. 그런데 꽃이 없어졌다. 꺾어진 줄기에서 진물이 흐르는 걸 보니, 누군가 방금 꽃을 꺾어갔나 보다. 미리 사진 찍은 것으로 아쉬움을 달랠 수밖에. 그 꽃의 이름은 처녀치마다.

     * 잔털제비꽃 그림 2부 156쪽

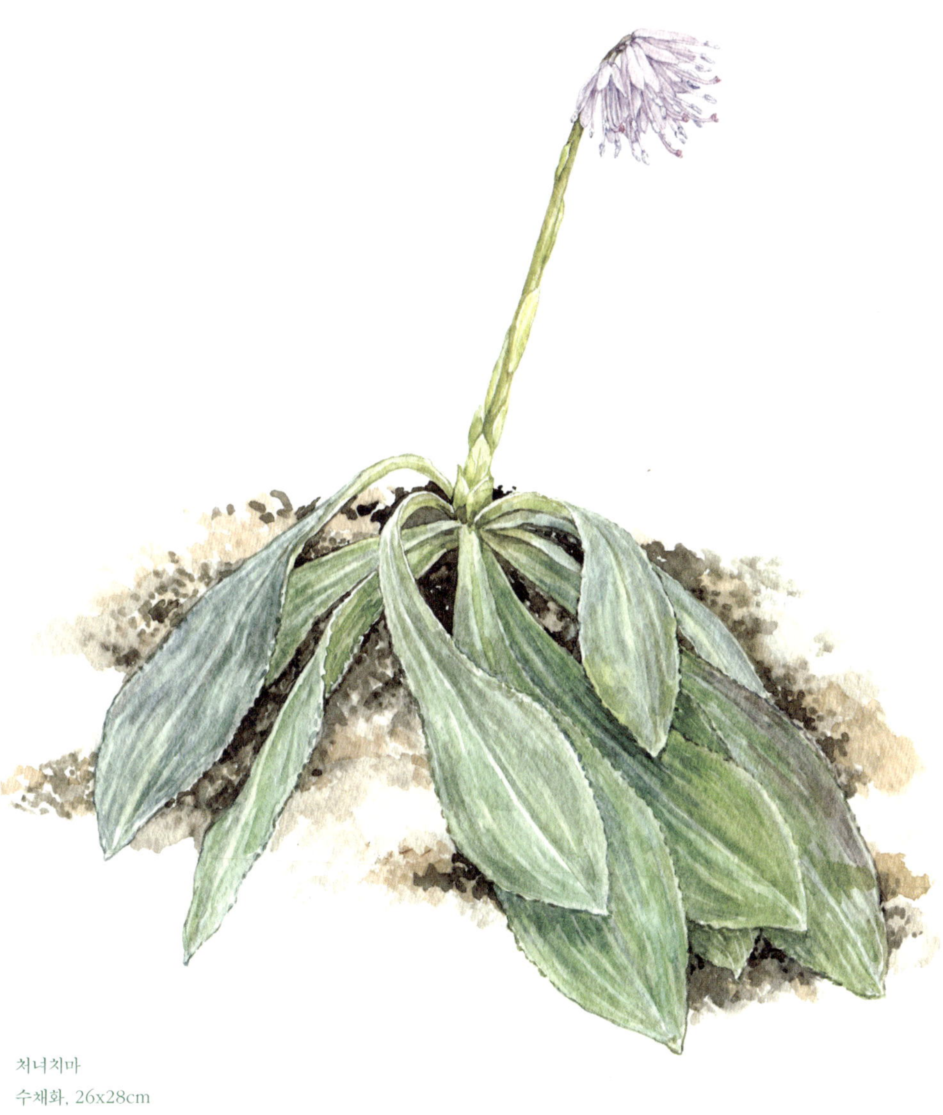

처녀치마
수채화, 26x28cm
2011년 4월 16일

눈부신 햇빛이 흐르는 물에 꽂히니 초록 물색이 더욱 영롱하다. 바위틈 해 잘 드는 물에 막 알에서 나온 까만 올챙이들이 무수히 꼼지락거린다. 올챙이들도 햇볕 따뜻한 물이 좋은가 보다.

촉촉이 물이 흐르는 암벽에 노란 점들이 다닥다닥 붙어 있다. 아주아주 작은 꽃, 애기괭이눈이다. 청정한 물가에서 자란다는 괭이눈, 그중에서도 애기괭이눈은 특히 작다.

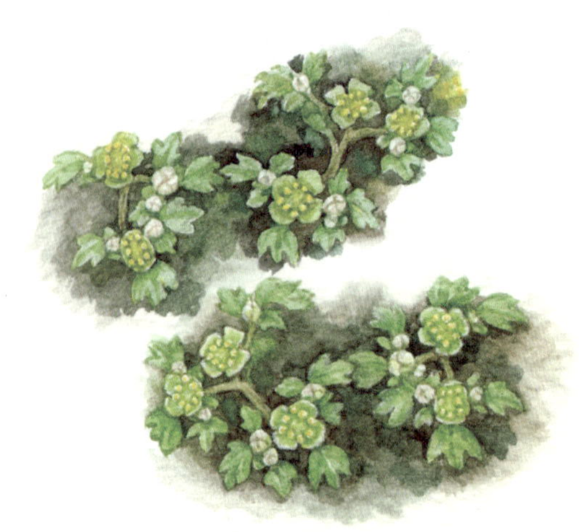

애기괭이눈
수채화, 12x12cm

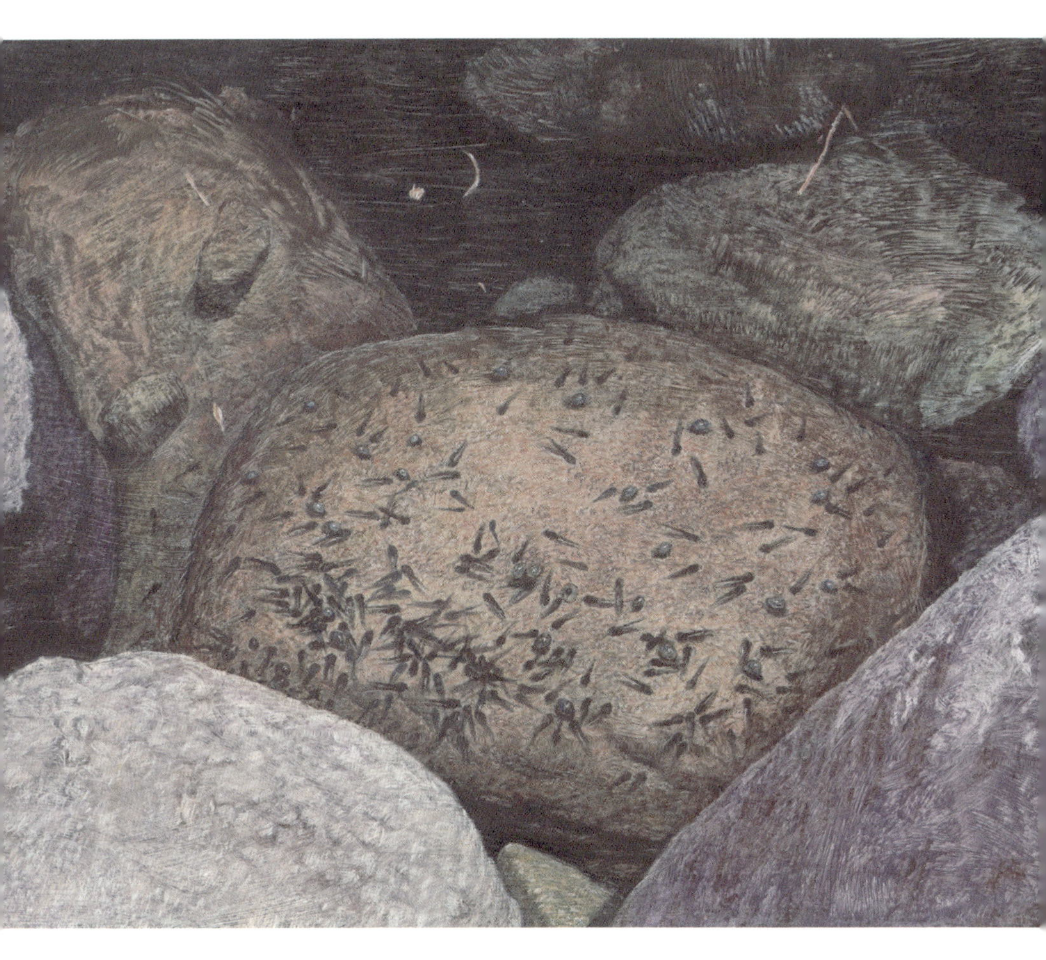

올챙이알
왁스페인트, 48x34cm
2011년 4월 16일

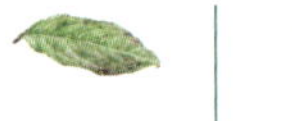

걸을 수
있을 때

시부모님이 편찮으셔서 부모님 댁에서 한 달을 보내고 왔다. 그동안 산은 봄을 훌쩍 넘기고 여름의 신록을 시작했다. 덥지도 춥지도 않은 계절에 골짜기 물소리를 들으며 타박타박 걸으니 이렇게 걸을 수 있다는 게 새삼 고맙다. 편찮으신 부모님과 함께 지내고 돌아와 머릿속에 '건강' 두 글자가 강하게 남은 탓도 있을 테다. 마음먹은 대로 몸을 움직일수 있는 게 얼마나 큰 축복인지. 사람들은 몸이 불편해지기 전에는 그 소중함을 잘 모르고 지낸다. 나이 들수록 규칙적으로 몸을 움직여 녹슬지 않게 하는 일이 무엇보다 중요함을 새삼 깨달았다.

열심히 기어가는 자벌레를 만났다. 나름 빠른 속도로 구부렸다 펴기를 반복하며 부지런히 이동하는 자벌레를 바라보니, 기특하다 못해 존경심마저 든다. 저렇게 작은 벌레도 참 열심히 사는구나! 코딱지만큼 작은 발로 벌써 저만큼 가고 있다.

누구든지 뭔가 열심히 하는 모습은 언제 보아도 아름답다. 멀어져 가는 자벌레에게 마음속으로 인사했다.

'안녕, 만나서 반가웠어. 조심해서 잘 가!'

　　대여섯 살쯤 된 아이가 아빠 손을 잡고 제법 씩씩하게 걷는다. 아이 걸음으로 이만큼 오려면 힘들지 않을까 싶은데, 아니나 다를까 칭얼거리는 말소리와 달래는 아빠의 대답이 들린다.

　　"아빠, 얼마 남았어? 나 집에 가고 싶어"

　　"으-응! 지금 집에 가는 길이야. 조금만 더 가면 돼."

　　"아빠, 안아 줘."

　　"아빠도 힘들어. 아빠는 가방도 메고 카메라도 들었잖아."

　　뒤에서 이야기를 듣던 우리는 소리도 못 내고 웃었다.

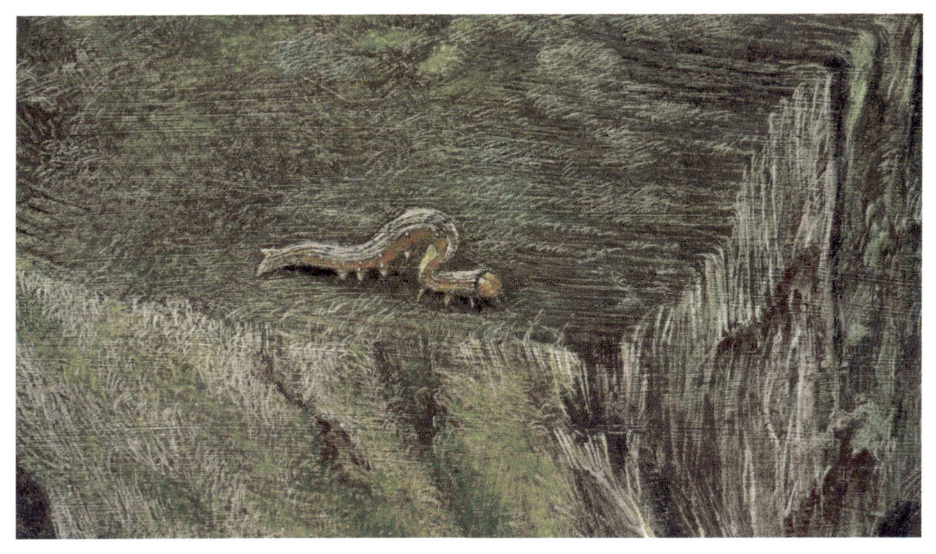

자벌레(참나무겨울가지나방 애벌레)
왁스페인트, 32x24cm
2011년 5월 28일

복숭아탕부터는 길이 험하다. 복숭아탕에서 두문폭포까지 대략 한 시간이 걸린다고 하던데 폭포는 언제 나오려나. 길 반대편 대승령 쪽에서 올라와 하산하는 일행에게 두문폭포까지 많이 남았는지 물었더니, 오는 길에 폭포는 없었고 안산까지도 얼마 남지 않았다고 한다. 그렇다면 두문폭포는 지나온 거다. 목표지점이 애매해졌으니 어디서 돌아선담? 그냥, 여기서 돌아가는 거지 뭐.

돌 틈에 하얀 꽃 무리가 피었다. 그곳에서 늦은 점심을 먹었다. 무슨 꽃일까? 꽃잎이 네 장이니 십자화과 같은데. 궁금했던 그 꽃은 는쟁이냉이다.

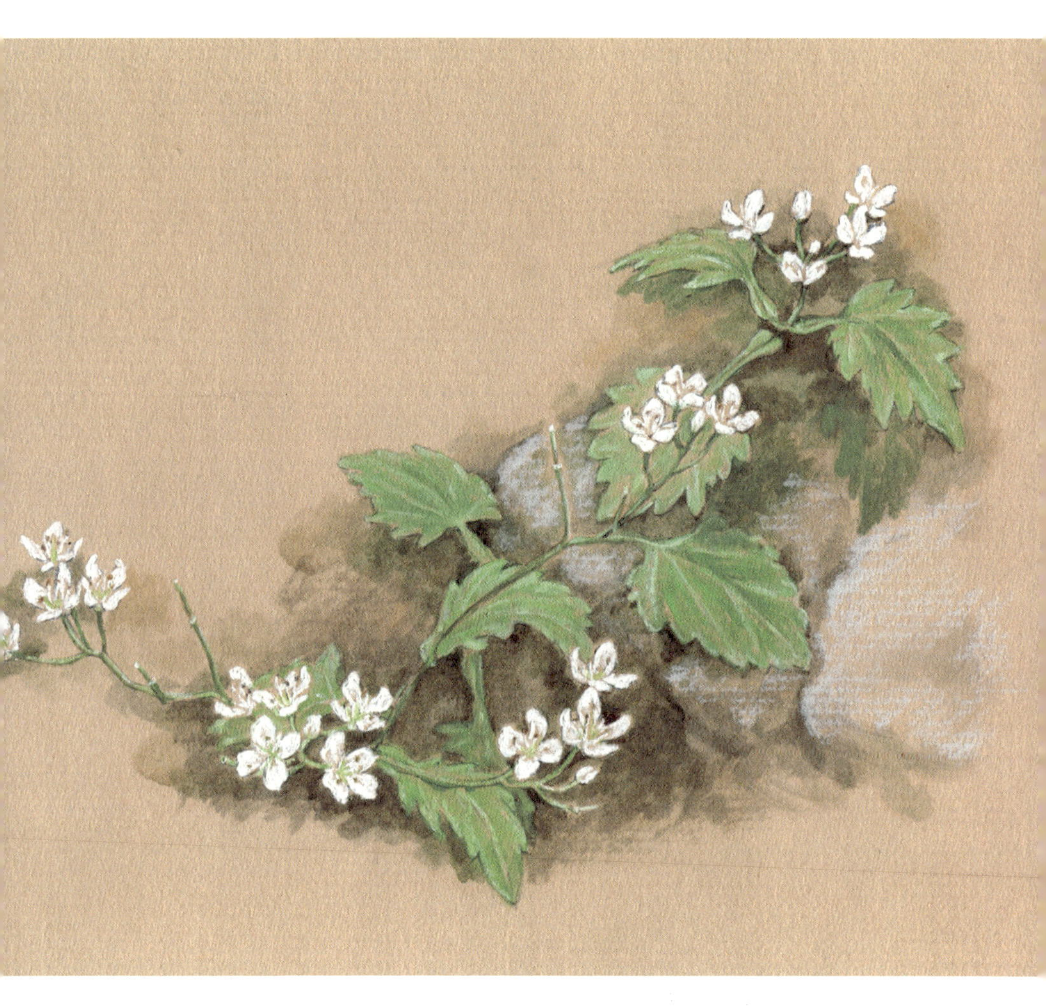

는쟁이냉이
유화, 19x15cm
2011년 5월 28일

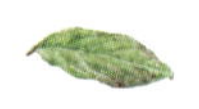

삶과 죽음

산에서 내려오면 늘 다음 행선지가 고민이다. 지도를 펴놓고 궁리하다가 나선 대승령 길. 긴 폭포가 떨어지는 길답게 사정없이 가파르다.

헉헉거리며 걷다가 연한 하늘색 꽃을 만났다. 다섯 장 꽃잎이 꽃마리 모양인데, 크기는 훨씬 크다. 꽃마리는 꽃이 없는 줄 알고 지나칠 정도로 작은데, 이 꽃은 멀리서도 보인다. 바로 참꽃마리다. 힘든 길에서 꽃을 만난 덕분에 잠시 쉬었다.

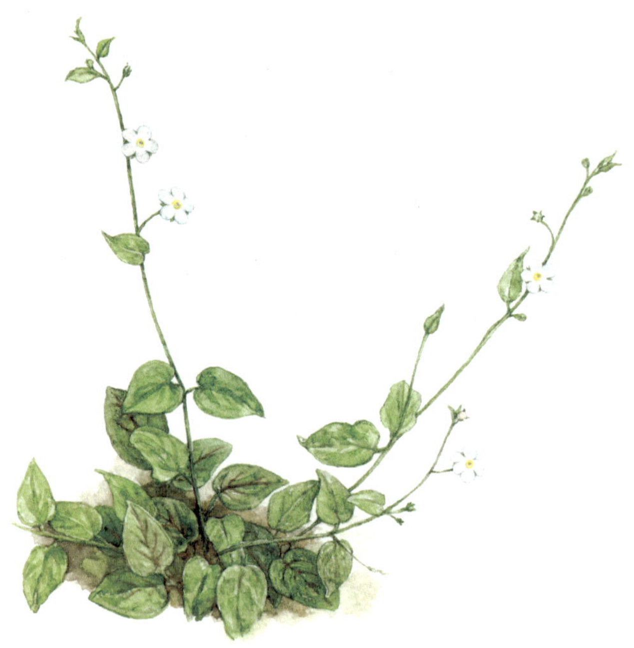

참꽃마리
수채화, 20x21cm

  힘겹게 돌길을 오르는데 개미 세 마리가 애벌레 하나를 공격하고 있다. 개미들은 애벌레의 여기저기를 물며 괴롭히고, 애벌레는 온몸을 뒤틀며 필사적으로 개미들을 떨쳐내려 하지만 개미들이 악착같이 붙어 있다. 꿈틀대는 애벌레가 안 됐으면서도 여럿이 달라붙어 덩치 큰 먹이를 사냥해 가는 개미들이 대단해 보인다. 에고, 저 애벌레들은 나비가 되어 보지도 못하고 죽는구나. 삶과 죽음이 엇갈리는 현장에서 우리는 잠시 숨을 돌렸다.

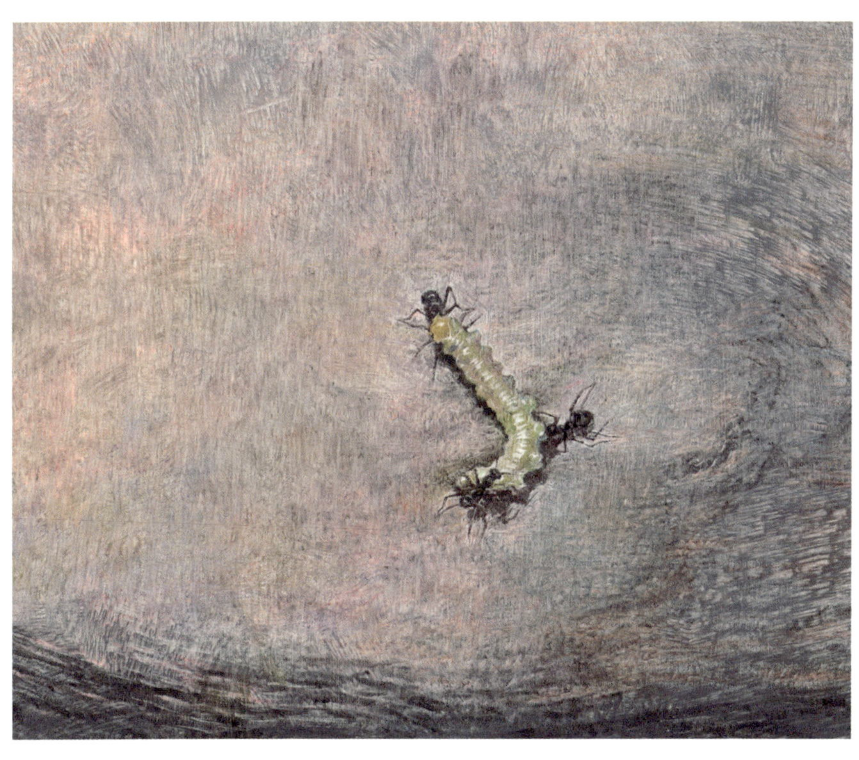

개미와 먹세줄흰가지나방 애벌레
왁스페인트, 33x23cm
2011년 6월 3일

숲속 응달진 곳에 풀솜대가 하얗게 피었다. 키가 우뚝한 풀솜대들 사이에 유난히 키가 작고 땅에 붙어 있는 풀이 있다. 미처 자라지 못한 어린 풀솜대일까? 혹시 '아기 풀솜대'라는 이름이 있을까? 찾아보니 그 이름은 두루미꽃이다.

힘겹게 올라온 대승령은 정상에 오른 맛도 눈요기도 별로 없었다. 아쉽게 발길을 돌리는데 자잘한 하얀 꽃들이 땅에 눕다시피 피어 있다. 꽃잎이 네 장이어서 는쟁이냉이라고 생각했다. 집에 와서 사진을 자세히 보니, 잎사귀 모양이 다르고 잎과 줄기에 털이 빽빽한 산장대다. 산장대는 높은 산에 있는 드문 꽃이다. 어렵게 올라간 대승령에서 귀하게 만난 꽃을 맘껏 보지 못했으니, 아쉬운 마음이 뒤늦게 들었다.

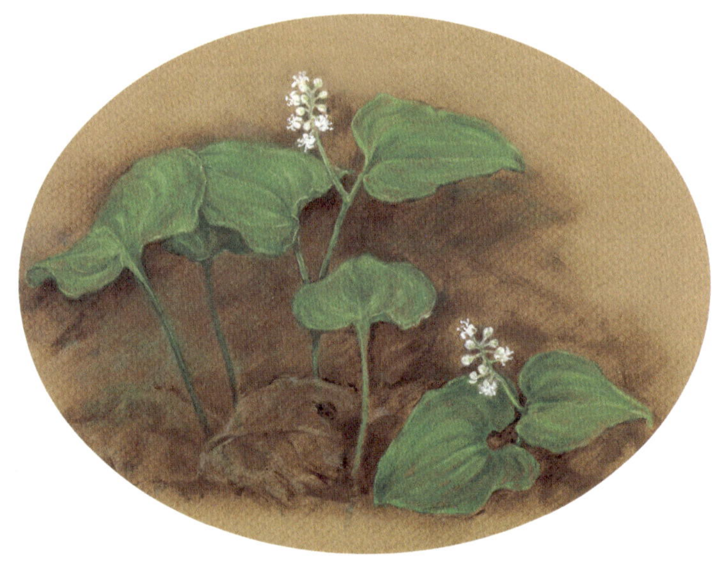

두루미꽃
유화, 24x18cm

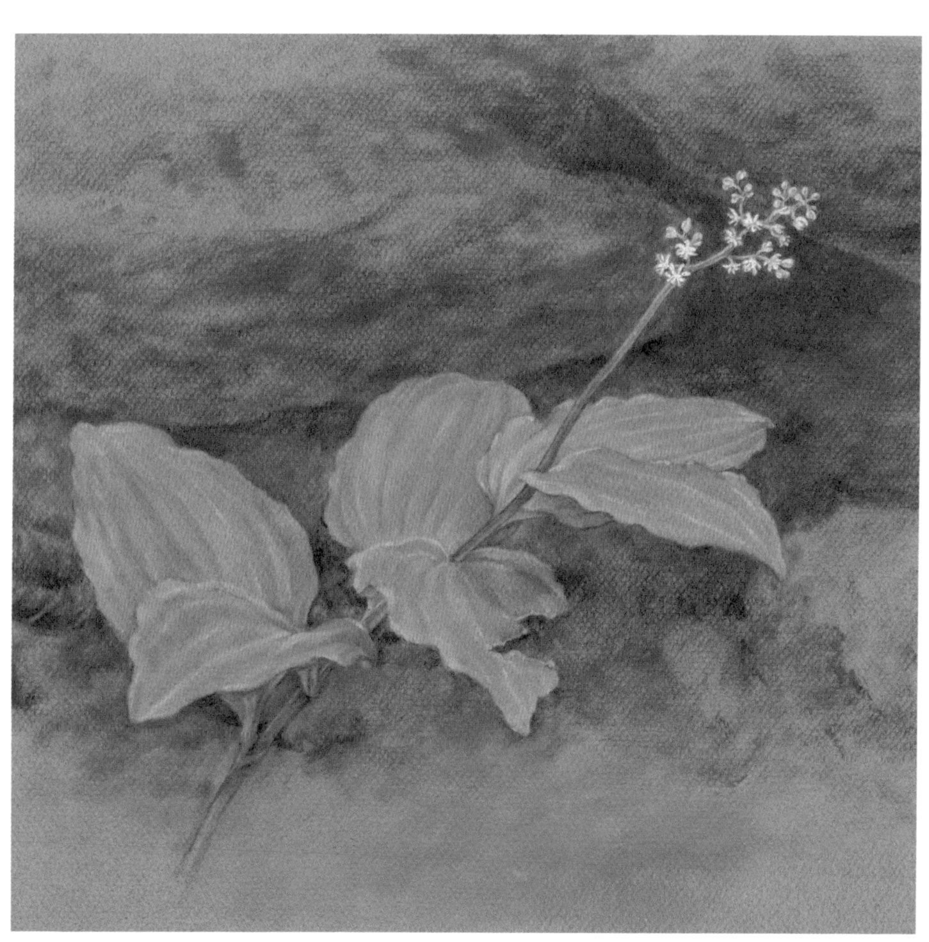

풀솜대
유화, 38x30cm
2011년 6월 3일

대망의 대청봉

처음 보는 생명을 만날 때 느끼는 감동과 새록새록 이름 익히는 재미에 힘든 줄 모르고 높은 산, 깊은 숲으로 들어간다. 설악산의 여러 곳을 다녔지만, 아직 대청봉은 가보지 못했다. 대청봉에는 어떤 생명이 있을까 궁금하고 보고 싶은 마음이 부푼다. 그래, 가자! 궁금하면 가 봐야지. 큰맘 먹고 대청봉행을 준비했다. 먼 길이라 먹을 것도 많이, 물도 네 병이나 넣었다. 긴소매 옷과 목도리도 챙기고 새벽 다섯 시에 나섰다. 해안도로를 달려가는 동안 동해에서 붉은 해가 떠오른다.

정각 여섯 시, 한계령으로 오르는 돌계단을 밟는다. 계단 하나가 너무 높아 시작부터 기가 죽는다. 이렇게 여섯 시간을 올라가야 하니 정말 큰일이구나. 아무도 없는 돌길을 걷고 또 걷는다. 어느새 높았던 봉우리들이 서서히 내려다보인다. 조금만 더 힘을 내자. 오르막길 양옆으로 두루미꽃들이 방글거린다. 씩씩 오르다 보니 한계령 이정표가 보인다. 어! 벌써? 두 시간도 안 걸렸네.

대청봉 쪽으로 꺾어 들었다. 아래가 까마득히 보이는 벼랑 위에서 아침을 먹고 또 걷는다. 가방이 조금 가벼워졌고, 바람이 솔솔 불어오니, 조금 전 오르막길에서 숨차던 일이 싹 잊혀진다.

　서북 능선은 나뭇잎 떨어진 가을에 오면 내려다보는 풍경이 절경이라는데, 지금은 잎사귀가 빼곡해서 능선 아래 풍경은 가끔씩 보인다. 그렇지만 꼭 눈으로 보는 것만이 다는 아니다. 높은 설악산 능선을 걷고 있다는 기쁨에 마음은 구름 속을 걷는 듯하다.

　연노랑 작은 꽃도 나뭇가지 사이로 희끗희끗 보인다. 단풍나무 중 하나로, 시닥나무 꽃이다. 꽃 가운데 붉은 꽃술과 잎사귀 가장자리의 붉은 기운에서 단풍이 느껴진다.

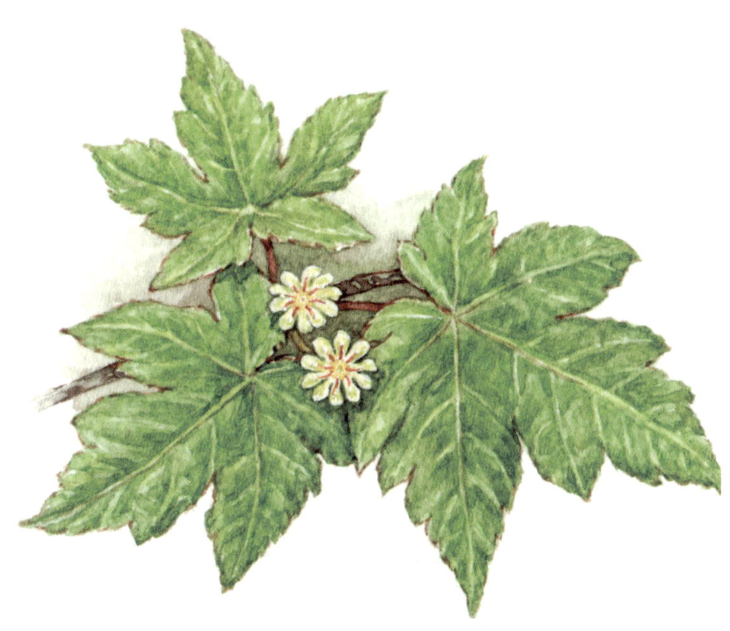

능선 오솔길에서 반가운 꽃을 만났다. 모양은 애기나리 같은데 꽃이 작고 꽃잎에 보라색 점이 다닥다닥한 금강애기나리다. 깊은 산 귀한 꽃, 금강애기나리가 무수히 피어 있다. 역시 능선 길로 오기를 잘했어.

좋아하던 시간도 잠깐, 곧이어 너덜바위 길이 나타났다. 귀때기청봉만큼은 아니지만 좁은 산길에 큰 바위덩어리를 쏟아부은 형상이다. 도대체 이 바윗길은 언제 끝날까? 그래도 세상 모든 일은 시작이 있으면 끝이 있는 법. 어느덧 너덜바위를 다 건넜다.

능선 따라 두 시간쯤 걸었을 즈음 이정표가 나왔다. 중청대피소 2.6km라는 표지판을 보니 기운이 빠진다. 네 시간 넘게 걸었는데, 아직도 두 시간 이상 가야 한다. 늦어도 12시경 중청에 도착하려면 쉼 없이 걸어야 한다. 다시 오르막이다. 시원했던 아침 공기는 낮으로 바뀌고, 올라갈수록 나무의 키는 낮아져 뜨거운 햇볕이 얼굴로 쏟아진다.

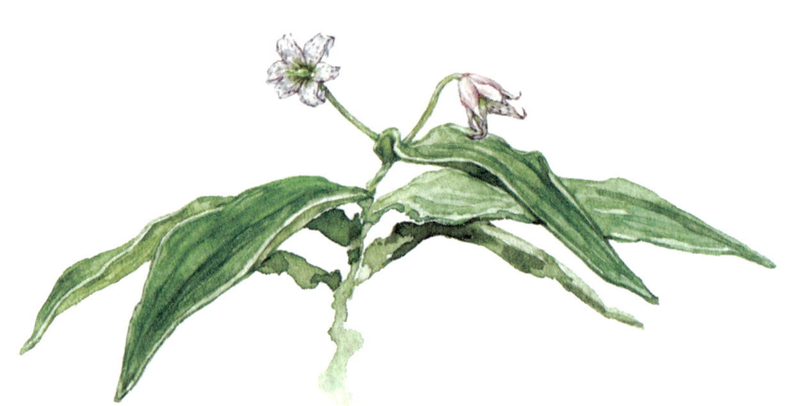

　　마지막 힘을 내어 중청 언덕을 넘으니, 넓은 산마루에 초원이 펼쳐지고 그 뒤에 우뚝 솟은 바위산인 대청봉이 보인다. 이렇게 아름다운 초원이 산 정상에 있다니! 직접 보지 않고는 믿을 수 없는 풍경이다. 거센 바람에 나무와 풀들은 납작 엎드렸고, 군락을 이룬 민들레들은 눈부시게 노랗다.

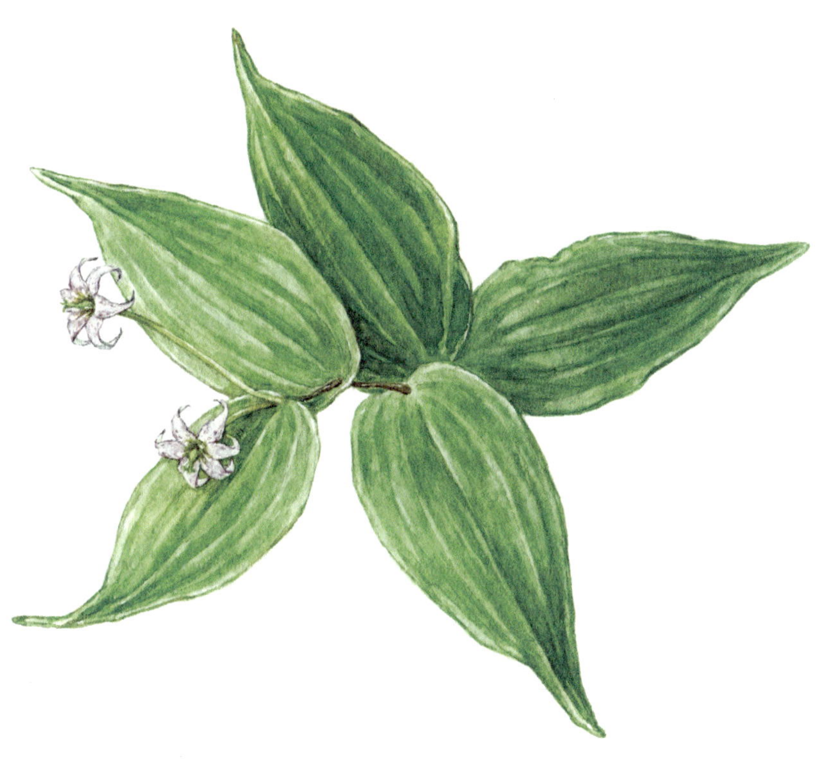

금강애기나리
수채화, 16x13cm
2011년 6월 8일

더 뜨거워지기 전에 대청봉으로 내처 올라갔다. 올려다 보면 금방일 것 같았는데 막상 걸어보니 끝없는 길처럼 느껴진다. 해가 뜨겁고 이미 지칠 대로 지쳤기 때문이겠지. 내려오는 사람들이 힘겹게 올라가는 사람에게 힘내라는 인사말을 건넨다. 거의 다 왔다는 인사를 여러 번 들은 후 1,708m 대청봉 정상비에 다다랐다.

드디어 대청봉에 올라왔다!
설악산에서 하늘 아래 가장 높은 곳이다.
우리도 다른 사람들처럼 대청봉 정상비 앞에서 기념사진을 찍었다. 평소 인증 사진 남기는 걸 즐기지 않지만, 이곳을 언제 다시 올까 싶었다. 중청대피소로 내려와 점심을 먹고 잠시 중청 산마루를 거닐었다.

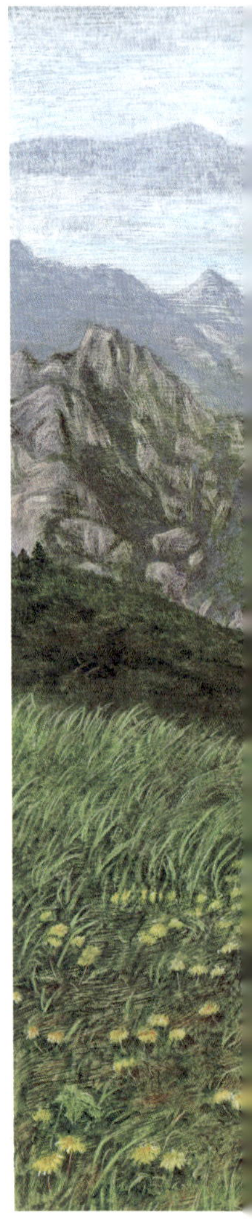

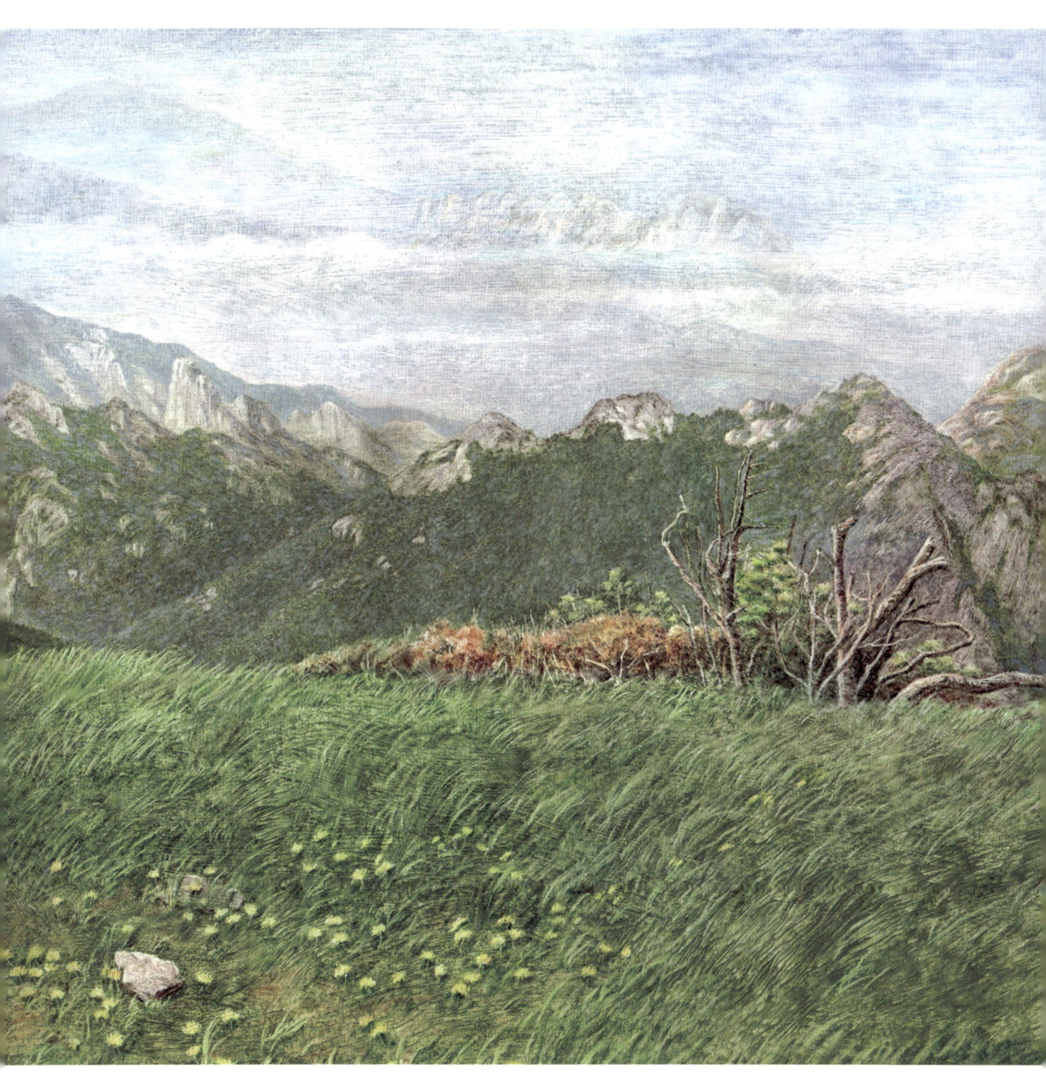

중청대피소에서 내려다본 설악산
왁스페인트, 70x50cm
2011년 6월 8일

대청봉을 한번 뒤돌아보고 내려오기 시작했다. 기운을 좀 차렸으니 중청 고개를 가뿐히 넘고, 힘들게 올라왔던 끝청 고개도 금방 내려갔다. 조금 여유가 생기자 꽃이 있나 둘러보게 된다. 키가 큰 *나도옥잠화와 잎사귀를 둥글게 펼친 삿갓나물이 눈에 들어온다.

한 시간쯤 내려왔을 때, 9~10살 정도 되어 보이는 남자아이가 엄마, 아빠와 같이 올라가고 있었다. 한낮의 더위에 산을 오르려니 땀이 뻘뻘 나는데, 어른도 가기 어려운 길을 오르는 모습이 퍽 대견해 보였다.

"이제 조금만 더 가면 돼. 기운 내."

아이는 너무 힘이 드는지 답이 없고, 아이 아빠가 대신 인사를 받았다.

두 시간쯤 지났을 때, 나무 그늘에 앉아 화장을 고치는 아주머니가 보였다. 햇볕에 얼굴 그을리지 말라고 열심히 분첩을 두드린다.

세 시간쯤 되었을 때 여럿이 오르는 일행을 만났다. 그중 한 명이 앞으로 얼마쯤 남았는지 묻길래, 세 시간 정도 가야 할 거라고 했더니 버럭 화를 낸다.

"세 시간이나요? 한 시간 정도만 더 가면 된다던데."

오르막길이 시간이 더 걸리는 점을 생각하면 세 시간도 짧게 답한 건데, 힘들고 지치니 화가 나는 모양이다.

한계령 주차장이 내려다보이는 지점에서 그 저녁에 산으로 올라가는 노부부를 만났다.

"산에 다녀오십니까?"

"어디까지 가시나요? 어두워서 괜찮을까요?"

* 나도옥잠화 그림 2부 213쪽

"11시까지 중청대피소가 목표입니다."

"네, 밤길 조심하십시오."

다정히 산을 오르는 노부부의 모습이 흐뭇하고 아름다워, 그날 마지막으로 만난 꽃처럼 마음에 남았다.

돌계단을 다 내려오니, 정각 7시다. 열세 시간의 걸음을 마쳤다. 돌아오며 생각하니 이번 대청봉 걸음은 힘들고 무모한 일을 해보고 싶다는 의지로 밀어붙인 강행군이었다. 많이 힘들었지만, 우리의 체력으로 도전해 본 잊지 못할 추억이 되었다.

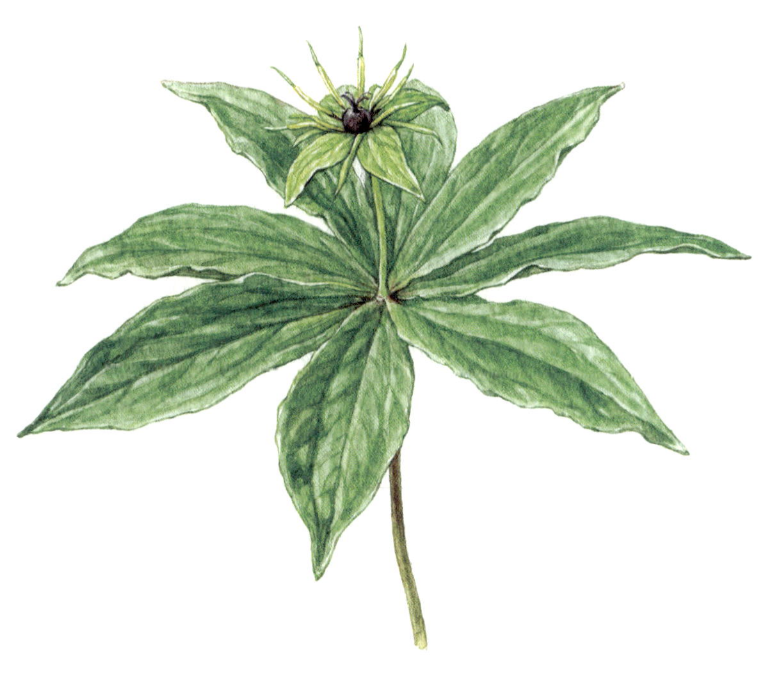

물반, 길반

장마가 시작됐다. 장마 후 무더위가 오기 전에 산에 가고 싶은데, 어디가 좋을까? 설악산 남쪽 곰배령에 야생화가 많다던데. 곰배령 입산은 예약제라서, 장마가 끝날 무렵인 6월 29일로 예약했다. 줄기차게 내리는 비는 예약 날까지 계속되어, 7월 8일로 날짜를 바꿨다. 지루한 장마는 계속 이어져 7월 8일 아침에도 가랑비가 뿌렸다. 또 예약을 바꾸기가 미안해서 헛걸음을 할 요량으로 나섰다. 곰배령 생태관리소에 가서 비가 오는데 산에 올라가도 되는지 물으니, 계곡물이 많이 붙지 않아서 올라갈 수 있다고 한다. 우산을 갖고 가야 하는지 물으니 우산보다 매점에서 파는 일회용 비옷이 더 편할 거라고 한다.

비옷을 입고 산을 걸어 보기는 처음이다. 하늘이 안 보이도록 우거진 숲 길은 날이 좋았으면 매우 상쾌했을 텐데, 쏟아지는 계곡물이 무섭다. 무수한 물웅덩이를 피해가며 물소리뿐인 길을 걷는다. 쿠르릉 쾅 쾅 고함치는 계곡물은 배경 오케스트라고, 비옷에 톡톡 떨어지는 빗방울은 솔로 연주다.

길옆에 작은 대나무 같은 식물이 군락을 이루고 있었다. 습지식물 같은데 뭘까? 산속 습한 곳에 사는 속새다.

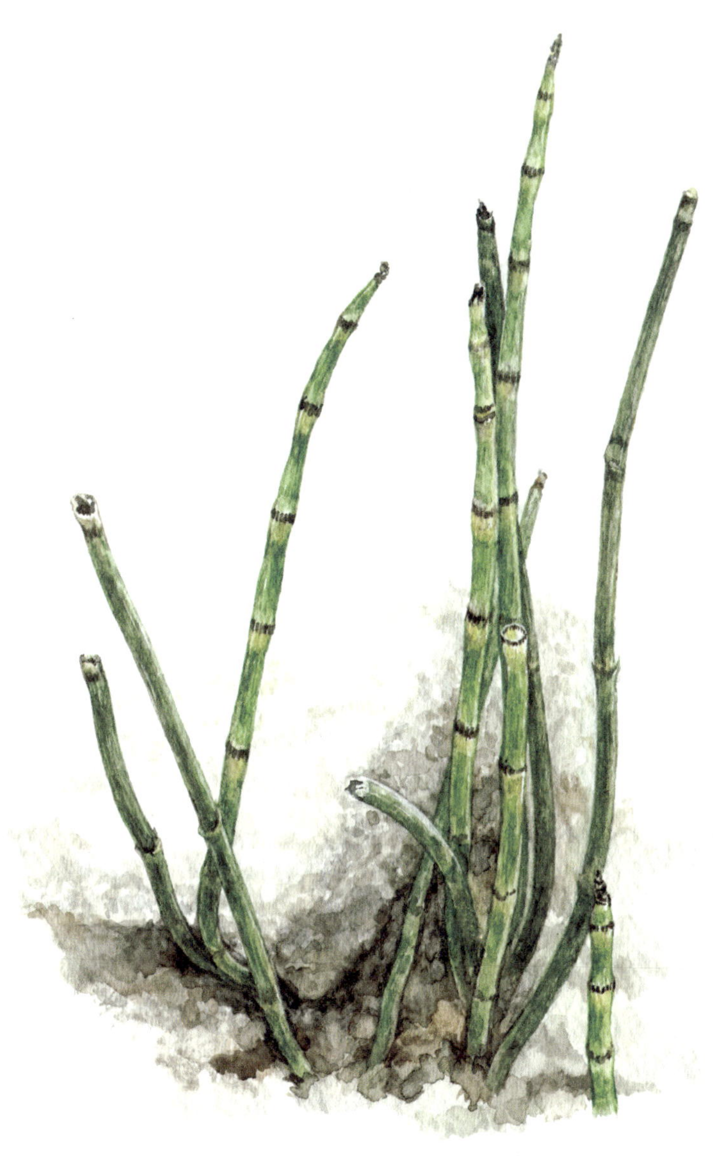

속새
수채화, 17x24cm
2011년 7월 8일

물 흐르는 골짜기 징검다리를 여러 번 건너며 곰배령 정상에 다다랐다. 가랑비 뿌리는 곰배령은 짙은 안개 속에 광활한 초원이 뿌옇게 펼쳐지고, 그 뒤로 점봉산과 작은 점봉산이 희미하게 보인다.

내려오는 길에 날이 개어서 몇 가지 꽃을 사진에 담았다. 바위에 핀 하얀 꽃이 무심코 바위떡풀인 줄 알았는데, 나중에 자세히 살펴보니 구실바위취였다.

구실바위취가 깊은 산에만 있는 만나기 어려운 풀이라는 걸 나중에 알게 되었다. 풀을 보는 눈이 미숙할 때는 그렇게 보고도 놓친 꽃, 몰라서 지나친 풀들이 있다.

(나중에 그림을 그리기 위해 구실바위취를 다시 보고 싶었다. 2017년 6월 30일 곰배령에 다시 가서 어렵사리 구실바위취를 만났다. 그림은 처음 만난 모습으로 그렸다.)

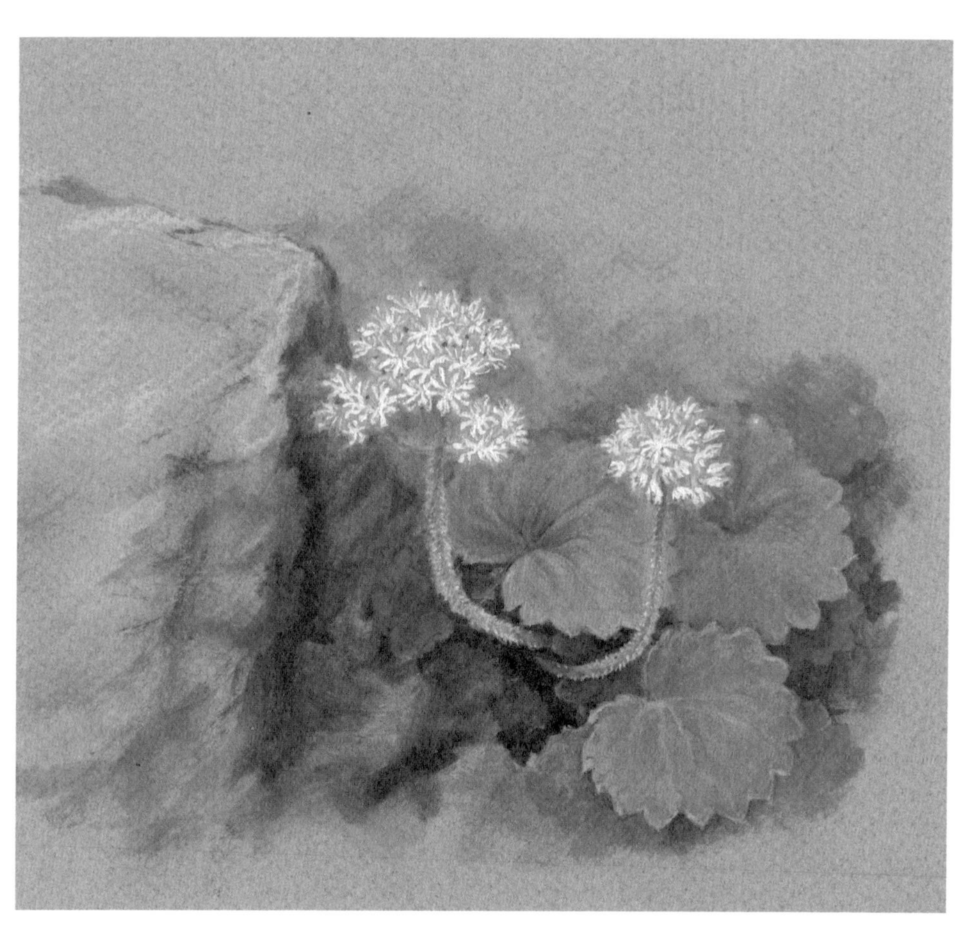

구실바위취
유화, 20x16cm
2011년 7월 8일

빗속의 산행도 마쳤고, 점심도 먹었는데 여름 해가 길게 남았다. 이대로 돌아가기 아쉬우니 산길이라도 좀 걸어볼까? 길가에 꿀풀 종류의 꽃이 층층이 피어 있다. 저 꽃은 이름이 뭘까? 곰배령 들어오는 진동리 길에도 자주 보였던 꽃이다.

문득 들어오면서 보았던 '설피밭 지수네' 푯말이 떠올랐다. 지인의 가까운 친구라고 곰배령에 가면 꼭 들르라고 했는데, 주인장이 계시면 인사라도 나눠볼까? 점봉산 이야기도 듣고, 꽃 이름도 알아가면 더욱 좋겠지.

'설피밭 지수네' 앞에 차를 세우고 두리번거리니, 주인장이 나온다. 초면에 불쑥 찾아와 죄송하다는 말과 함께 간단히 우리 소개를 하고 설피밭 지수 아빠와 인사를 나누었다. 지수 아빠가 직접 만든 오미자 효소를 마시며 시작한 이야기는 직접 담근 돌배주와 함께 이어지더니 산 이야기 풀 이야기로 넘어갔다. 캄캄한 밤에 꼬불꼬불 조침령을 넘을 수 없어서, 밤늦게까지 이야기를 나누고 이른 아침 조용히 내려왔다.

궁금했던 꽃 이름은 석잠풀이다.

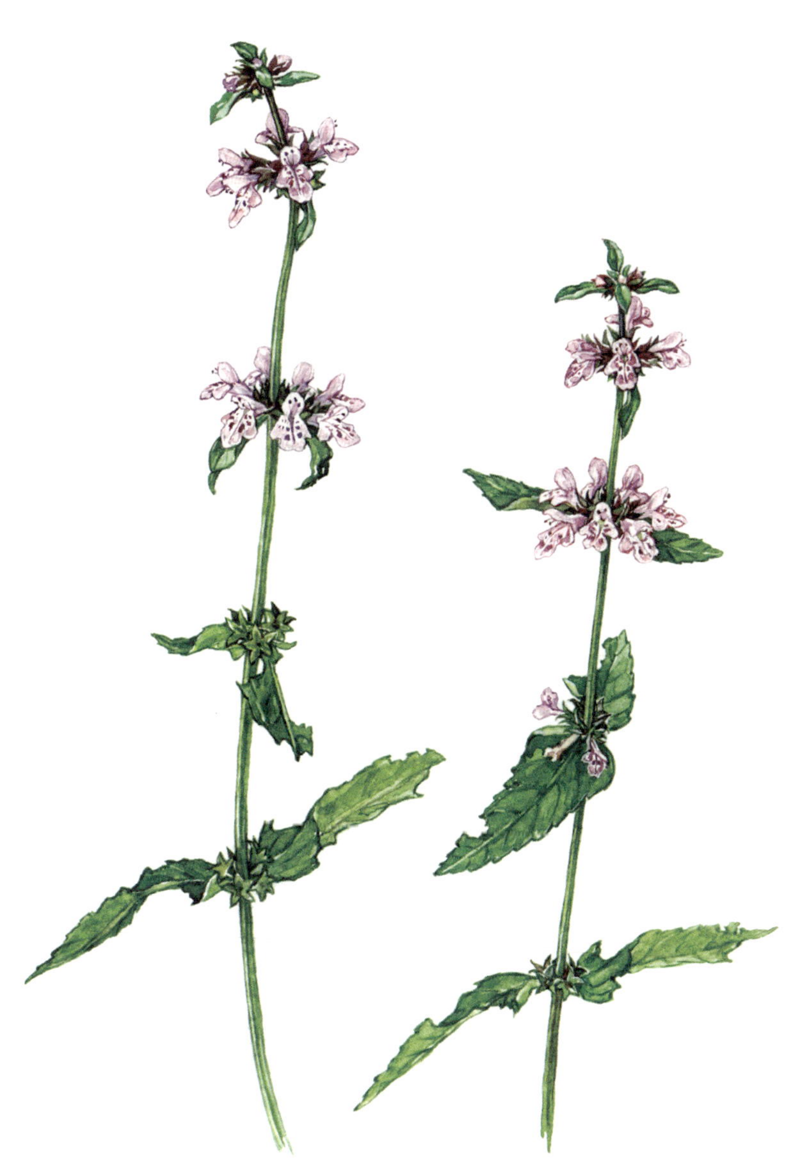

석잠풀
수채화, 17x24cm
2011년 7월 8일

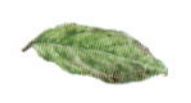

미지의 숲

　설악산 이야기 모임에 다녀왔다. 주제는 국립공원 산에 추진되고 있는 케이블카 설치 반대에 관한 것이었다. 설악산에 살면서 자연보호운동을 해온 박그림 선생님께서 오랫동안 기록한 사진 자료를 보여주며 강연을 하셨다. 20여 년 전 설악산의 모습과 지금의 바뀌고 훼손된 설악산, 그리고 올무와 덫에 걸려 비참하게 죽은 야생동물들, 산을 오르는 사람들이 저지르는 소란하고 무례한 행동들, 개발이라는 이름으로 행해지는 자연 파괴의 현장들을 보았다. 아름답다고만 여겼던 설악산이 앓고 있는 속병을 들여다보니, 가슴 아프고 부끄러웠다. 모임이 파하고 나서 박 선생님께 우리도 설악산에 자연 관찰을 다닌다고 말씀드리며 인사를 했다.

　그렇게 만난 박 선생님과 함께 생태 관찰을 나가게 되었다. 일반 탐방로가 아닌 야생동물 보호구역에 동행할 수 있으니, 처음 산에 가는 듯 설렜다. 들어갈 수 없는 미지의 숲을 걸어볼 기회가 생긴 것이다.

　이른 아침, 신발을 벗어들고 무릎까지 올라오는 개울을 건너 올라간 산길은 사방을 분간할 수 없는 원시림이었다. 자연 휴식년이 된 지 4년여 만에 숲은 원래의 모습으로 돌아가는 중이었다.

　길도 없는 숲에서 잡목들을 헤치며 걷고, 징검다리를 가까스로 건너면서, 산양들이 다니는 바위를 찾아 높이높이 올라갔다.

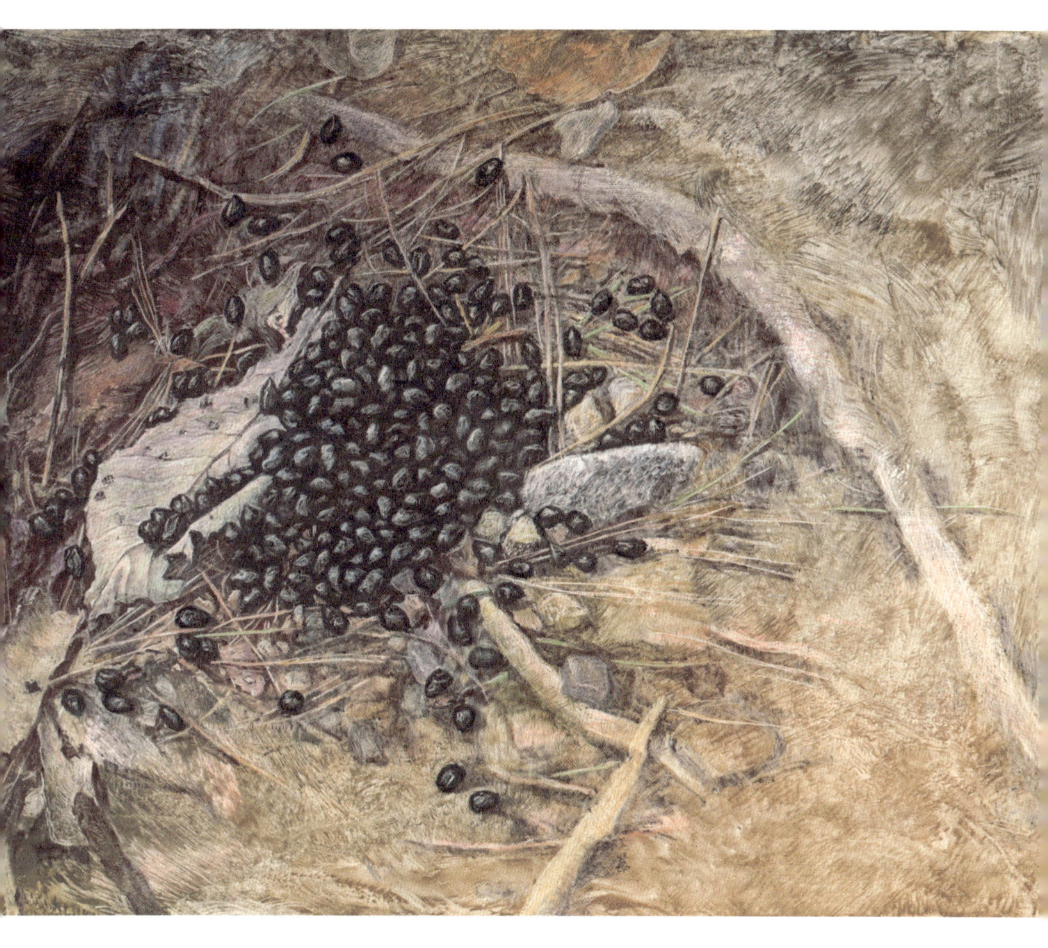

산양 똥
왁스페인트, 48x34cm
2011년 8월 22일

동물의 배설물을 만날 때마다 박 선생님은 엎드려 냄새를 맡고, 사진 찍고 몇 마리 정도가 언제쯤 지나간 흔적인지 기록하셨다. 똥 모양에 따라 조금 갸름한 건 노루 똥, 동글동글한 모양은 산양 똥, 굵고 큰 것은 멧돼지 똥이라고 가르쳐 주시기도 했다. 듣고 보니 조금씩 다른 똥 모양이 각기 그 동물을 닮아 있었다.

가파른 오르막길을 올라 큰 바위에 다다랐다. 바위 아래에는 산양 똥들이 많이 흩어져 있다. 우리도 산양 쉼터에서 점심 요기를 했다.

내려오면서 몇 가지 꽃을 만났다. 나중에 이름을 찾아보니 '송장풀'과 '참여로'다. '참여로'는 만나기 어려운 희귀식물이다. '눈빛승마' 꽃도 처음 만났다. 꽃 이름이 대개 그 모양을 담고 있어서 눈빛승마가 어떤 모습일지 궁금했다. 실물로 만난 눈빛승마는 작은 꽃 하나하나가 눈처럼 하얗고 별처럼 빛났다.

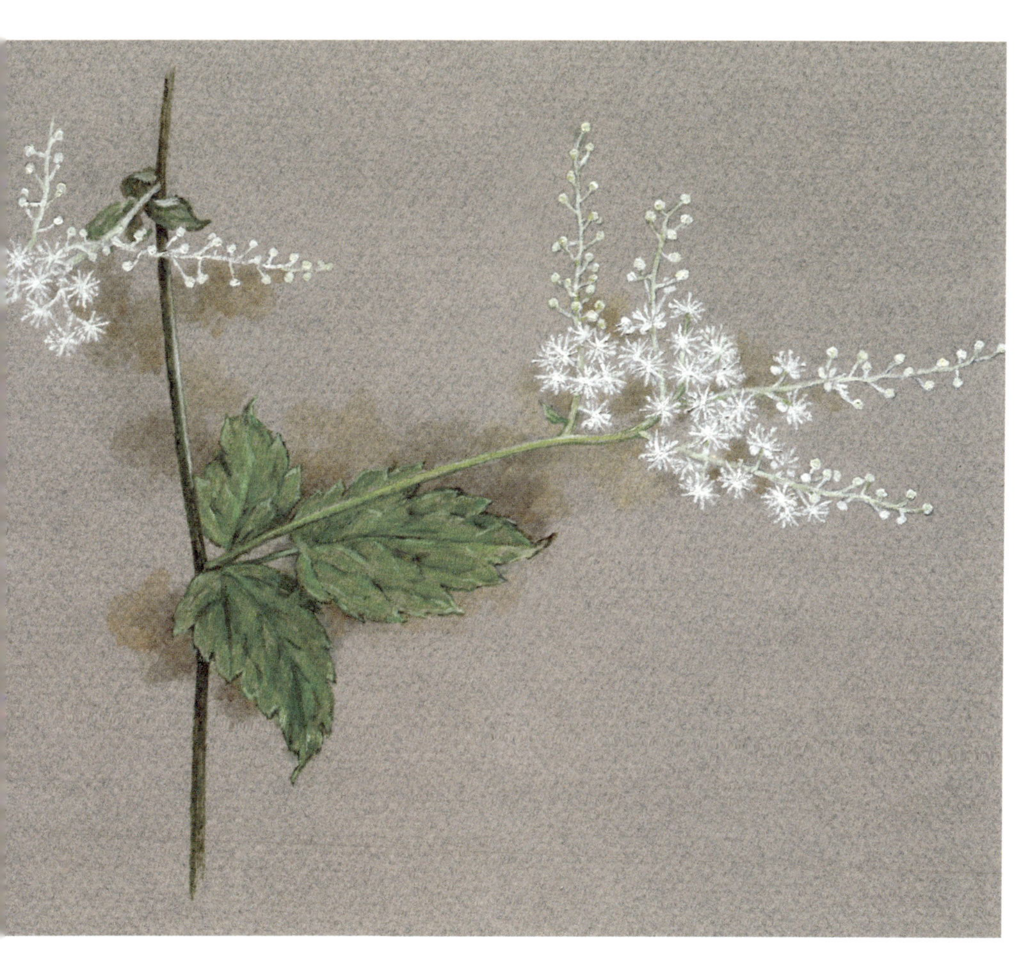

눈빛승마
유화, 27x20cm
2011년 8월 22일

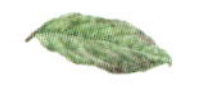

산은 높아서 신비롭고

한국에 온 지 2년이 지났다. 계획대로라면 지금쯤 미국으로 돌아갈 짐을 싸고 있었을 거다. 1990년 미국으로 유학을 떠났고, 공부를 마친 후에도 그곳에 머물렀다가, 20년 만에 딸과 함께 한국에 온 여정이었다. 그동안 한국 문화를 좀 익힌 딸은 미국으로 돌아가서 자신의 생활을 시작할 준비를 하는데, 정작 우리는 이제 막 눈을 뜬 설악산이 자꾸 밟혀서 한국 생활을 접기가 쉽지 않았다. 고민 끝에 미국 집에 몇 달 머물다 오는 쪽으로 정했다. 떠날 날이 정해지니 마음도, 시간도 바빠졌다. 그러는 중에도 박 선생님과 함께 마등령 생태기행에 한 번 더 다녀오기로 했다.

해 뜰 무렵 걸음을 시작했다. 이른 아침이라 비선대까지는 가볍게 올랐다. 그다음 금강굴 쪽으로 오르는데, 몹시 숨이 차다. 금강굴 가까이 다 가서야 마등령으로 갈라지는 표지판이 나왔다.

"여기서 잠깐 쉬지요."

박 선생님 말씀을 들으며 털퍼덕 주저앉았다. 앉아서 바쁜 숨을 고르고 있으니, 박 선생님께서 걱정스레 물어보신다.

"걸음이 너무 빨랐나요?"

떠날 준비로 일이 많고 머리와 몸의 균형이 안 맞아서 우려했는데, 산에 와 보니 역시나 불균형한 건강 상태가 금방 드러났다.

다시 걷기 시작이다. 마등령을 향해 올라가는 길은 나뭇잎이 떨어져 능선 아래 풍경이 잘 내려다보인다. 첩첩이 포개진 봉우리들은 산이라기보다 파도가 넘실대는 바다 같다. 10월 중순을 넘긴 가을산에는 당연히 꽃이 없다. 깊어 가는 가을 산의 주인공은 가을물이 오른 잎사귀들이다. 햇빛에 빛나는 잎사귀들이 눈부시다.

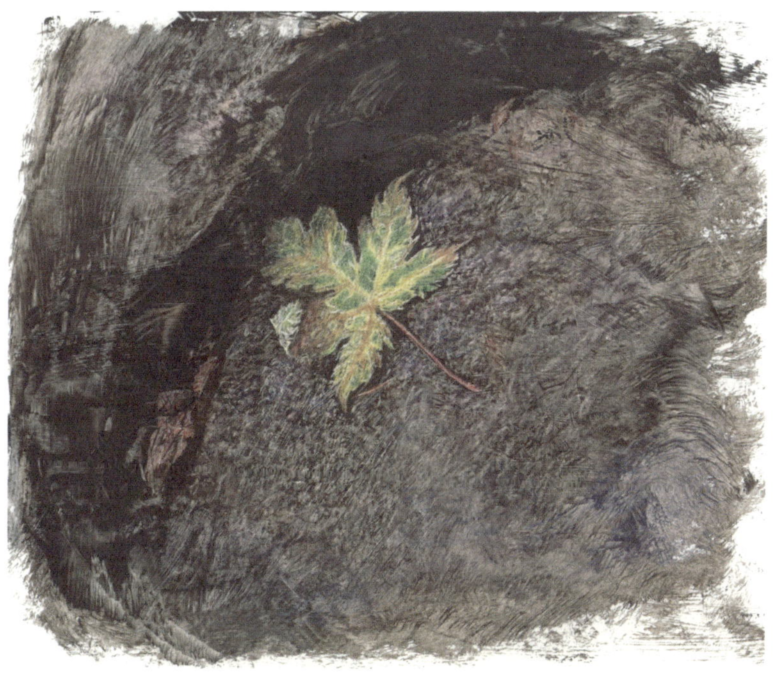

가을 물이 오른 청시닥나무 잎사귀
왁스페인트, 30x24cm
2011년 10월 17일

네 시간이 넘도록 하늘을 올려다보며 걷는다. 왼쪽으로 공룡 능선이 펼쳐지고 멀리 대청봉이 보인다. 마등령 정상 1,320m를 지났다. 오늘의 생태기행은 마등봉을 돌아보고 기록하는 일이다. 마등봉의 나무들은 높은 산 거센 바람으로 납작 엎드려 있다. 휴식년이건만 사람들이 어지른 흔적이 곳곳에 있다.

설악산의 한가운데인 마등봉에 서니 속초가 지도처럼 내려다보인다. 멀리 보이는 속초는 삼면이 산으로 둘러싸여 있고, 한쪽은 바다로 열려 있는 천연의 보금자리다. 하늘과 땅, 바다가 빚어낸 아름다운 삶터건만, 고층건물이 즐비한 대도시로 변해가고 있다.

마등봉에서 내려와 가벼운 점심을 먹고, 오세암 쪽으로 발을 옮겼다. 오세암에서 오후 햇살 나른한 산사에 목수의 망치 소리가 들린다. 오가는 사람들이 많아져서 시설을 늘리는 모양이다. 잠시 후 산속의 적막을 깨는 큰 소리가 온 산을 흔든다. 거센 바람을 일으키며 오세암으로 다가오던 헬리콥터는 다시 올라가 봉정암 쪽으로 사라졌다. 깊은 산속에 많은 물자가 필요하니 헬기로 물건을 수송하는 것 같았다.

높은 산에 편의시설이 늘어나는 일이 과연 좋은 걸까? 산은 높아서 신비롭고, 깊은 산속 수도 도량은 다가가기 어려워야 더욱 청정하지 않을까?

총총히 오세암에서 나와 백담사 쪽으로 내려가는 산마루에 다다랐다. 박선생님과 나무꾼이 관음봉을 다녀오는 동안 다리가 지친 나는 산마루에 앉아서 기다리기로 했다. 그러는 동안 헬기가 여러 번 왕래하더니, 마침내 오세암 마당에 내렸다.

다시 부지런히 걷는다. 늦은 오후 햇살이 산을 넘고 있다. 시시각각 어두워지는 산길을 바삐 걸어 백담사에 도착하니 온 산이 칠흑에 잠겼다. 어둠 속에 우뚝 서 있는 거대한 산의 실루엣을 보니, 산 너머 저쪽에서부터 굽이굽이 능선을 따라 산을 넘어왔다는 게 믿어지지 않는다. 힘든 걸음이었지만, 처음으로 산을 넘었다는 데 스스로 대견함이 든다. 어둠 속에 잠긴 산을 향해 마음속으로 절을 한 번 올렸다.

"고맙습니다, 산님! 보살펴 주신 덕분에 잘 지나왔어요."

18.4km, 열 시간 걸음이었다.

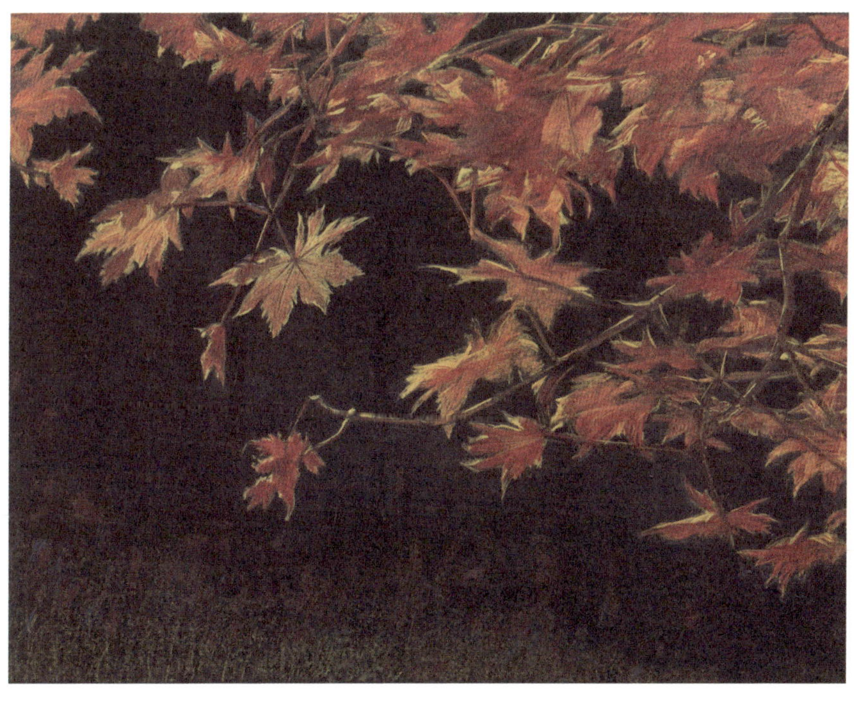

붉게 물든 잎사귀
왁스페인트, 30x22cm
2011년 10월 17일

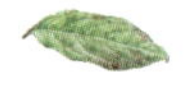

반가운 꽃맞이

미국에 예정보다 오래 머물렀다. 함께 미국으로 온 딸 아이는 뉴욕에서 스스로 생활을 시작하고, 우리는 설악산으로 돌아왔다. 오자마자 산에 오르고 싶었는데 한창 휴가철이라 조금 한가해질 때를 기다렸다. 그러던 중, 늦장마가 들었다. 기다림 끝에 날을 잡은 오늘, 구름은 잔뜩 끼지만 비는 내리지 않는다고 했다.

산에 오고 싶은 마음이 오랫동안 부풀었던 참이라 걸음이 가볍다. 흘림골 입구부터 다시 만나는 풀들이 반갑다. 비에 함빡 젖은 까치고들빼기가 작은 꽃을 꼭 다물고 있다. 거대한 암벽에 하얀 바위떡풀이 살랑거린다. 길고 가는 꽃잎에 동글납작한 잎사귀. 긴 속눈썹을 한 동그란 얼굴 같다. 단단한 바위가 저렇게 섬세한 꽃을 키워내다니!

여심폭포가 나왔다. 이 길을 처음 오르던 날에는 폭포가 있는지도 모르고 지나쳤다. 폭포가 길 안쪽에 자리했고, 물줄기가 조용해 소리조차 들리지 않았다. 그동안 폭포 앞에 나무다리가 생겼고, 표지판도 있어서 오가며 폭포를 놓치는 일은 없겠지만 다리에서 멀리 내려다보는 폭포는 영 삭막하다. 폭포는 아래에서 위로 올려다봐야 물줄기가 웅장해 보일 텐데, 이 자리는 너무 높고 멀다. 다리가 없던 때를 떠올리며 생각에 잠기는데, 폭포 쪽 암벽에 핀 보라색 꽃이 눈에 들어온다.

어두운 바위에 초롱을 밝힌 듯 환해 보이는 금강초롱꽃이다.

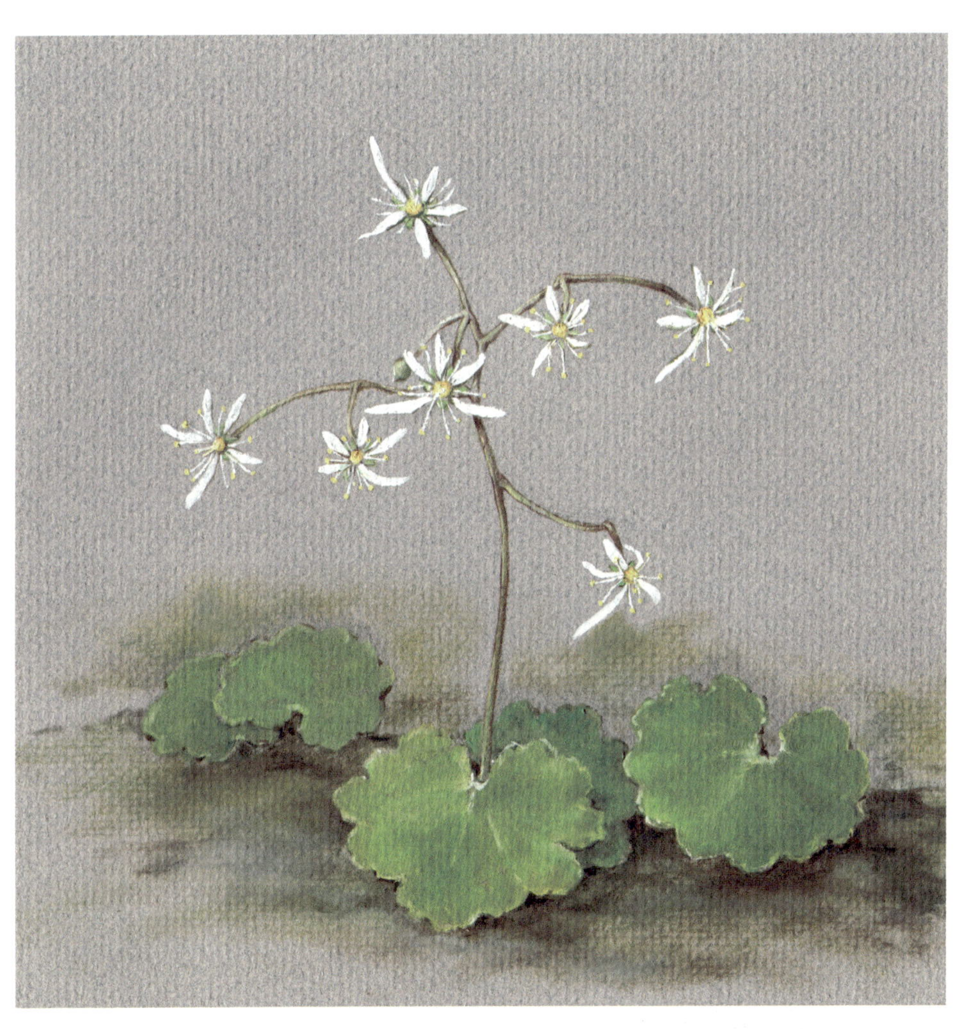

바위떡풀
유화, 20x18cm
2012년 9월 15일

“전에는 저기 가까이 갈 수 있었는데, 다리 때문에 갈 수가 없네.”

나무꾼은 바위를 건너 꽃을 보러 가자고 하고, 나는 바위가 젖어서 미끄럽다고 말렸다. 가까이 갈까 말까 옥신각신하다가 일단 그냥 올라가기로 했다. 저렇게 어려운 곳에 피었으니 누가 꺾어 갈 염려는 안 해도 되겠지.

등선대 바위 길에서 산오이풀을 만났다. 비에 젖어 축 늘어졌지만, 우리를 기다려준 듯 반갑다. 조금 더 올라가니 귀한 꽃 은분취도 만났다. 그리고 우리를 반겨 준 바람꽃! 이 정도 꽃 맞이를 하고 나면 기운이 펄펄 난다. 온 산의 환영을 받는 것 같아 기쁘고 고마운 마음이 넘친다.

내려오는 길에 여심폭포에서 본 금강초롱꽃을 다시 찾았다. 덤으로 만난 친구도 있다. 물이 찰랑한 바위틈에서 만난 민달팽이.

“달팽이야, 너도 금강초롱꽃 보러 왔니?”

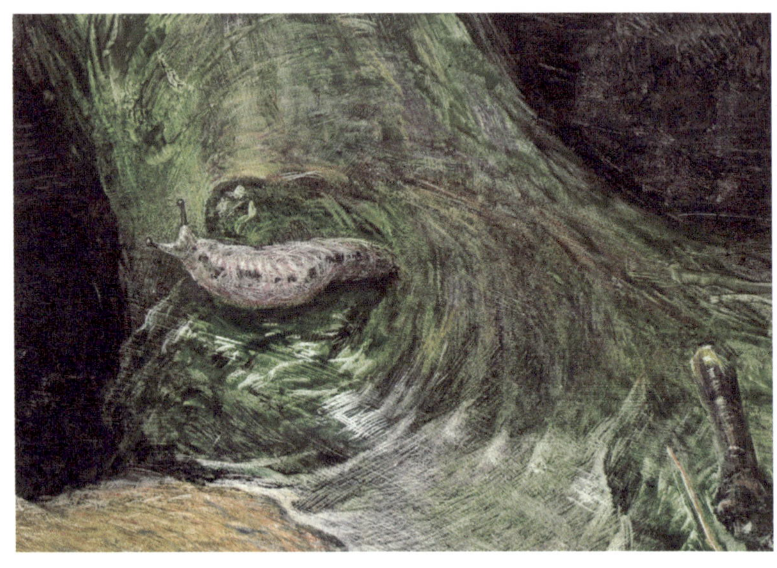

민달팽이
왁스페인트, 34x22cm

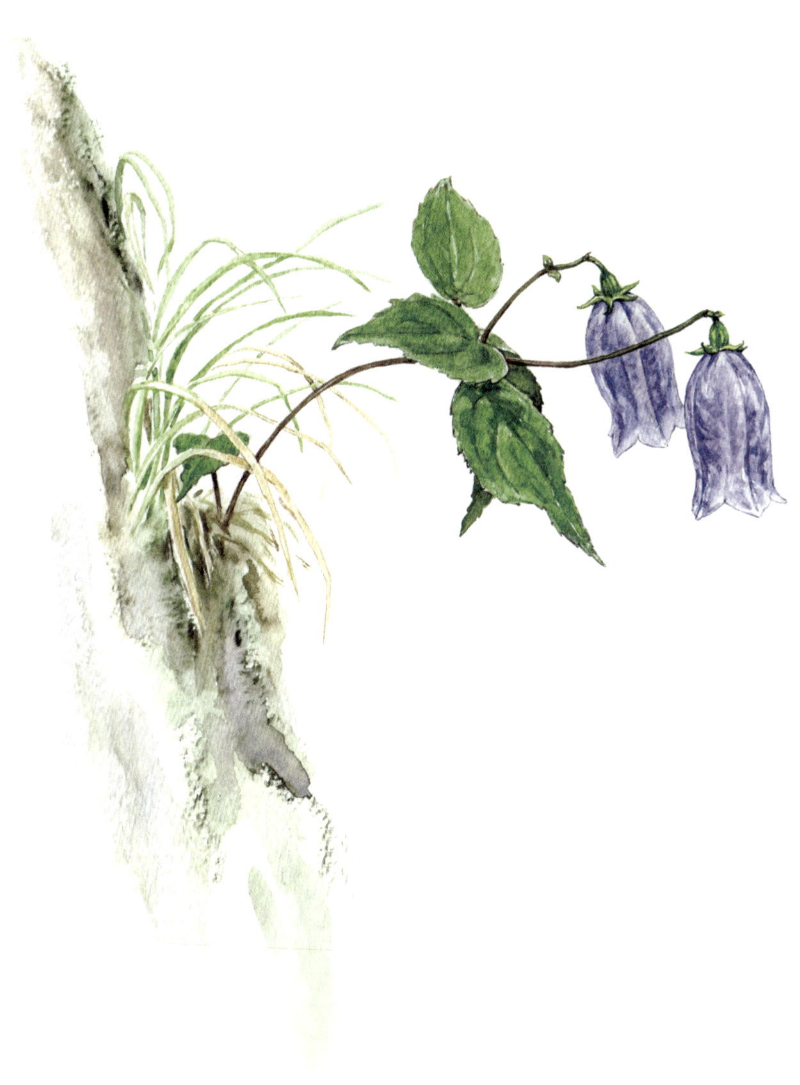

금강초롱꽃
수채화, 27x29cm
2012년 9월 15일

아침가리 물님, 고마워요!

9월에 곰배령에 다녀왔다. 그때 만난 강선리 마을 분들이 10월 단풍철에 꼭 다시 오라고 했다. 단풍이 들면 어느 산인들 아름답지 않을까마는 곰배령의 단풍은 더욱 고우리라. 그러나 10월은 설악산 곳곳이 단풍산행으로 몹시 붐빌 때라, 산 가까이 있는 우리는 오히려 산에 갈 마음이 쉽게 나질 않는다.

그러던 중 설피밭 지수 아빠에게 아침가리 계곡 트레킹을 강력추천한다는 연락이 왔다. 아침가리 계곡이 어디일까? 찾아 보니 아침가리 트레킹은 무릎까지 물에 잠기며 걷고, 때로는 가슴높이까지 물놀이를 겸하고 있다. 여름에야 물놀이 삼아 좋으련만, 지금은 완연한 가을이 아닌가? 한편 어떤 블로그에는 봄가을에 계곡의 물이 많이 줄어서 걸을 만하다고 쓰여 있다.

반신반의하면서 이런 날씨에 갈 수 있는지, 장화를 준비해야 하는지 지수 아빠에게 물었더니, 물론 갈 수 있고 장화보다 샌들이 좋을 거라는 답을 들었다. 곰배령에 오래 산 지수 아빠가 강력추천하고, 안내도 받을 수 있으니 솔깃했다. 갈 수 있으니까 가자고 했겠지!

섶다리를 건너, 한 사람이 겨우 걸을 수 있는 벼랑길을 지나니, 크고 작은 바위 사이로 얕은 개울이 흐른다. 흐르는 물을 거슬러 올라가는 골짜기에는 가을 물 오른 나뭇잎들이 아침 햇살을 받아 눈부시게 빛난다. 고요한 골짜기의 아침, 아침가리골의 평화가 잔잔히 밀려든다.

물따라 걷는 길은 징검다리를 건너야했다. 그러다가 그만 발이 미끄러져 물에 풍덩 빠지고 말았다. 아차! 했지만, 이미 신발 속까지 물이 들어와 버렸다. 지수 아빠가 기왕 버린 몸이니 샌들로 갈아 신으라고 했다. 등산화를 벗고 젖은 양말까지 벗으려 했더니, 맨발에 샌들로 산길을 걸으면 발을 다칠 수 있으니 양말은 신으라고 한다. 그래서 샌들을 가져오라고 한 거였다. 젖은 발에 샌들을 신고 철퍽철퍽 걸으려니 영 속도가 안 나는데, 그 길이 너무 아름다워 서두르고 싶은 마음도 아마 없던 것 같다. 물속에는 조약돌이 아름답고, 하늘에는 노랗고 빨간 잎사귀가 눈부시다.

지금 이 순간에 머물고 싶을 뿐이다.

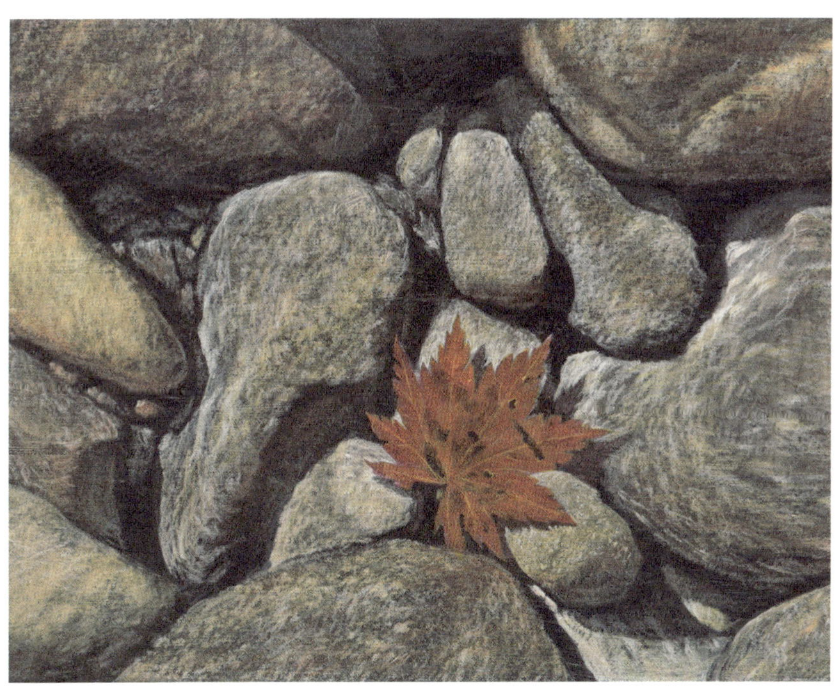

아침가리 물에 잠긴 당단풍나무 잎사귀
왁스페인트, 32x22cm
2012년 10월 15일

노닐며 걷느라 시간이 훌쩍 갔다. 가을 해는 일찍 지는데, 얼마나 더 가야 할까? 그만 발길을 돌리고 싶다는 뜻을 비쳤는데 오늘의 길잡이 지수 아빠는 그러고 싶은 눈치가 아니다.

"이제 반쯤 왔어요. 조금 더 가면 마당 바위가 나옵니다. 거기서 잠시 쉬었다 가지요."

아름다운 길을 강력추천한 지수 아빠로서는 계곡의 일부만 보고 돌아서기가 아쉬운 모양이다. 어차피 건너갔다 와야 한다면 마냥 지체할 수 없다는 마음이 들어 그다음부터는 속도를 냈다.

서둘러 걷던 중, 초롱 모양 작은 꽃을 보고 걸음을 멈췄다. 꼭 아기 초롱꽃 같은데. 잎사귀에 노란 가을 물이 들고 줄기부터 땅에 누워버린 그 꽃은 잔대 중에서도 두메잔대다.

옥수수알 같은 진홍색 열매도 만났다. 열매가 하도 탐스러워 한 알 따서 입에 넣어 보고 싶을 정도다. 그때 지수 아빠가 그 열매는 맹독성이라고 일러준다. 그 이름은 바로 *천남성! 옛날 사약 재료였다고 한다. 그리고, 꽃 없는 가을 산에서 여러 번 만난 꽃은 산부추다.

마침내 아침가리 계곡 저편 조경동 다리에 다다랐을 때는 1시가 훌쩍 넘어 있었다. 지수 아빠는 그 부근에 사는 친구에게 잠깐 인사하러 가고, 우리는 개울가에서 기다리는데 돌아갈 길이 걱정이 되었다.

'가을 해가 부쩍 짧아졌는데, 어서 돌아가지 않고…'

                                   *천남성 그림 2부 160쪽

　　잠시 후 돌아온 지수 아빠는, 친구가 지금 산속에서 집을 짓고 있으니 잠깐 보러 가자고 했다. 집 짓는 곳까지 1km 정도를 뛰다시피 걸었다. 심심산골 양지바른 곳에 아담한 집을 짓는 친구와 짧은 인사를 나누고 총총히 헤어졌다. 그러고 보니 그 친구가 오늘 아침가리 계곡에서 만난 유일한 사람이다. 이곳까지 오는 동안 단 한 사람도 못 만났고, 돌아가는 길 또한 우리 세 명뿐이니 과연 첩첩산중이다.

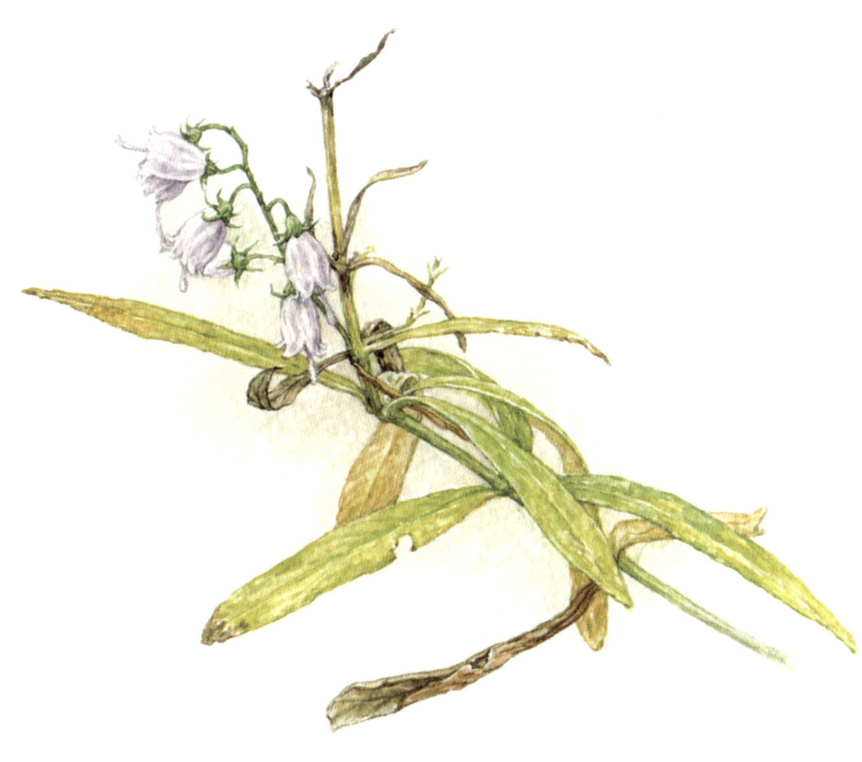

두메잔대
수채화, 22x18cm
2012년 10월 15일

돌아가는 길에는 등산화로 갈아 신고 신발 끈을 단단히 맸다. 2시가 넘었으니 몹시 서둘러야 한다. 어둠이 깔리면 물속 깊이를 가늠할 수 없고, 5시만 되면 어두워질 테니 세 시간 안에 계곡을 건너야 한다. 등산화를 신은 채로 바지도 걷지 않고 땅과 물을 가리지 않으며 앞만 보고 걸었다. 올 때는 조심스럽게 물이 얕은 곳만 골라 건넜는데, 돌아가는 길에는 물의 깊이에 상관없이 빨리 갈 수 있는 길을 택했다. 긴 나뭇가지를 지팡이 삼아 물의 깊이가 무릎을 넘지 않는지만 확인했다.

그나마 다행인 점은 온화한 가을 햇살에 계곡물이 따뜻해져서 다리에 와 닿는 물의 감촉이 아침만큼 차갑지 않았다. 어찌나 빨리 걸었는지, 지수 아빠가 놀라며 샌들과 등산화의 속도가 이렇게 차이 난다고 말했다. 사실은 샌들과 등산화의 차이가 아니라, 소풍과 유격 훈련의 차이로 보는 게 더 적합하지 않을까. 계곡을 건너올 때는 유람하듯 소풍 나온 마음이었는데, 돌아가는 길은 막차를 놓치면 안 되는 절박함이었으니.

쉬지 않고 걸은 덕분에 5시 전에 섶다리 근처까지 돌아왔다. 다리를 건너면서 지나온 골짜기를 뒤돌아보았다. 다 넘어간 저녁 해에 산 그림자가 어둡게 깔린다. 마음속으로 두 손 모아 절했다.

'아침가리 물님, 고마워요! 무사히 잘 다녀왔어요.'

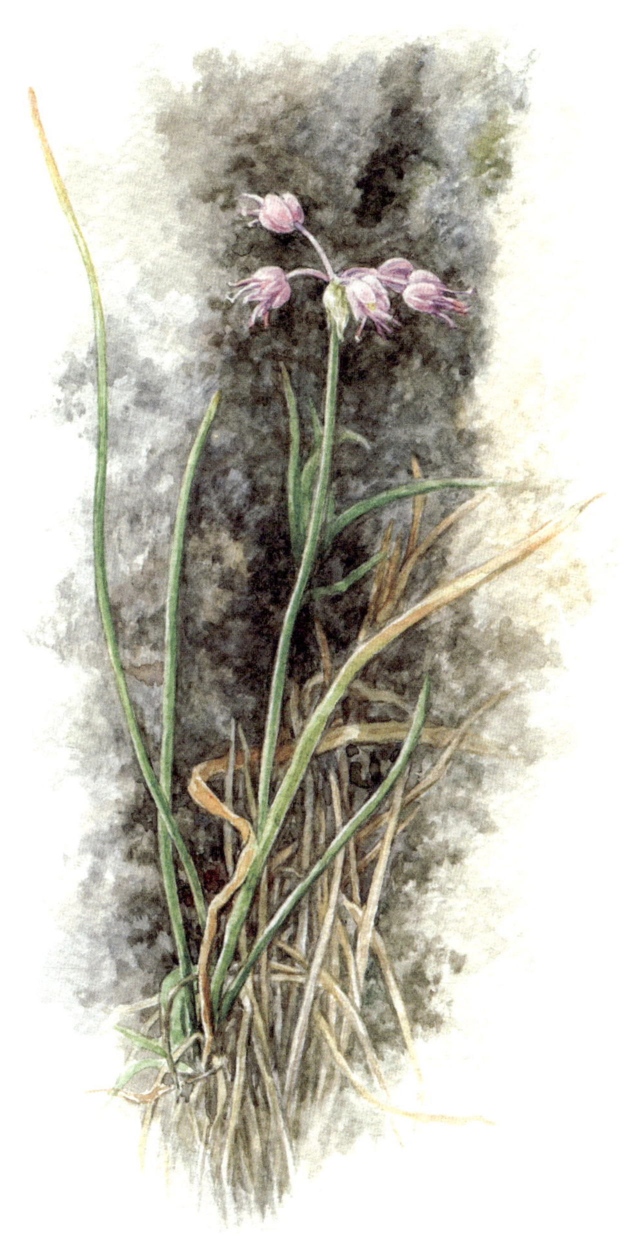

산부추
수채화, 16x24cm
2012년 10월 15일

II · 찾다

설악산 곳곳에
낯익은 풀과 나무가 생겼다.
언제 어디를 보면 되는지
알고 찾아가는 걸음은 더욱 진지하다.

다시 만난 풀과 나무와 인사를 나눈다.
"그동안 잘 지냈니?"
스스로 잘 자라난 친구를 만나면
대견한 마음이 든다.
잘 있어야 해!
내년에 다시 올게.

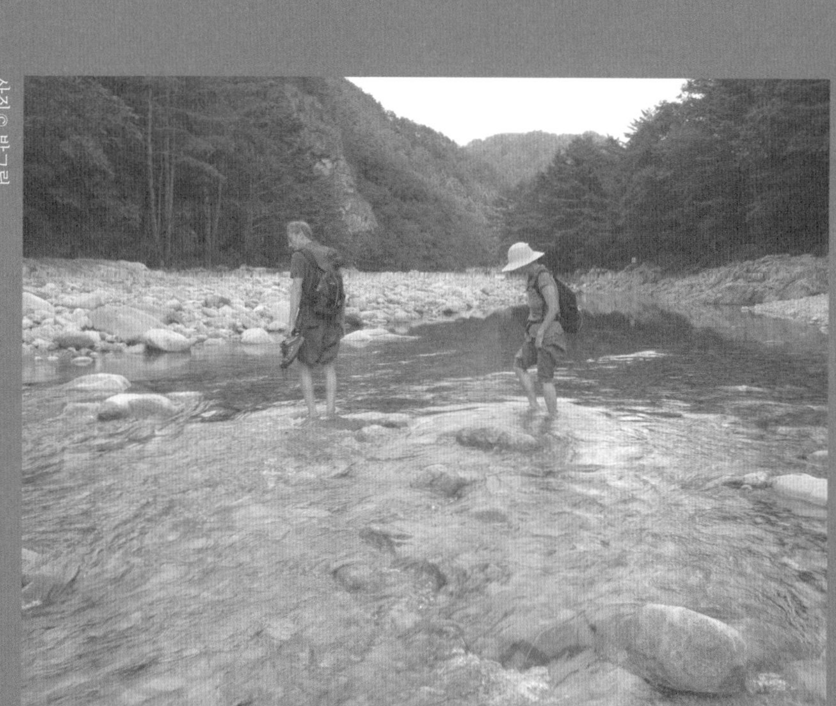

사진 ⓒ 박그림

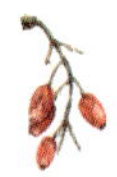

만져볼까, 먹어볼까

겨울이 가시지 않은 이른 봄이다. 비룡폭포 쪽으로 향하는 다리를 건너자 오른쪽에 새로 꾸민 산책길이 나온다. 새 길에는 드문드문 생강나무 꽃이 보이고, 생강나무 사이로 키 작은 나무에 작은 하얀 꽃이 두 송이씩 달려 있다. 꽃이 너무 작아 카메라 초점을 맞추기도 어려운데 꽃샘바람까지 불어와 가지를 손으로 잡고 겨우 만났다.

집에 와서 이름을 찾아보니 올괴불나무 꽃이다. 그제야 두 해 전 봄(2012년 5월 28일)에 만났던 빨간 열매도 같은 나무였다는 것을 알았다.

올괴불나무는 일찍 열매를 맺느라 꽃도 서둘러 피는구나.

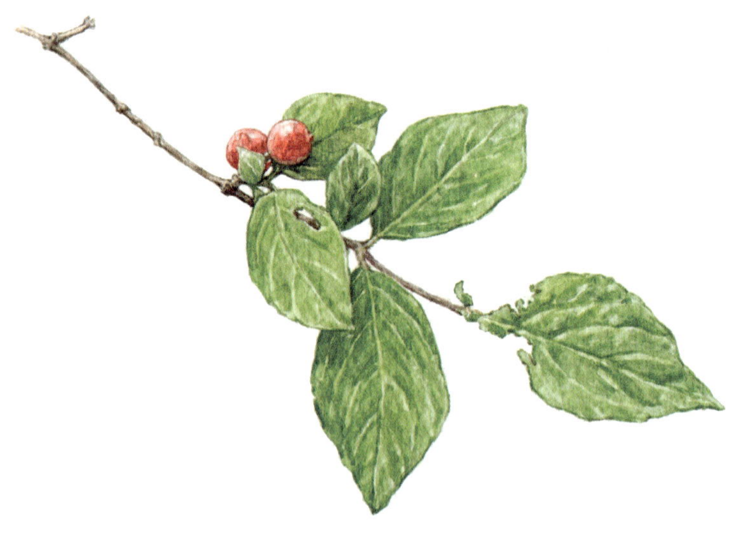

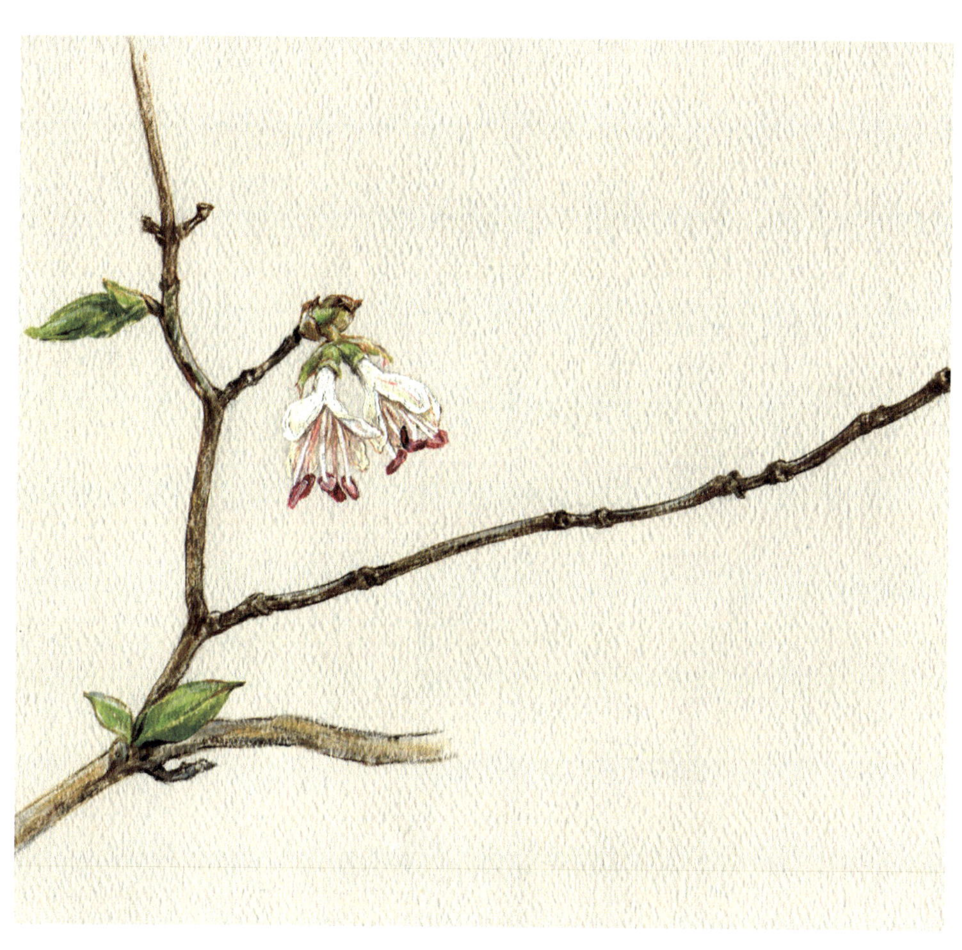

올괴불나무 꽃
유화, 21x15cm
2013년 4월 4일

　　새로 조성된 길에는 큰 돌과 흙이 옮겨진 흔적이 있다. 풀들이 자리 잡으려면 시간이 걸리겠다 싶은데, 그런 중에도 힘차게 싹을 내고 올라오는 풀을 만났다. 보랏빛 감도는 자주색 싹들이 이곳저곳에 올라와 잎사귀를 펼치고, 꽃까지 주렁주렁 열렸다. 아직 이른 봄인데 벌써 이만큼 자라서 꽃을 피웠네.

　　도대체 무슨 꽃일까? 특이하게 꽃잎이 갈라지지 않은 종 모양 꽃이다.

　　신기한 마음에 줄기도 만져 보고, 잎사귀 뒷면도 뒤집어 보고 꽃 속도 들여다보았다. 그래도 먹어 보지는 않았으니 다행이었다.

　　그 꽃은 강한 독성이 있는 미치광이풀이었으니.

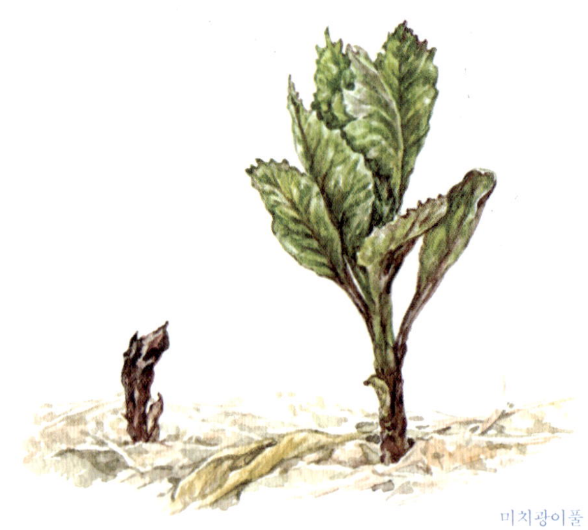

미치광이풀 새싹
수채화, 8x7.5cm

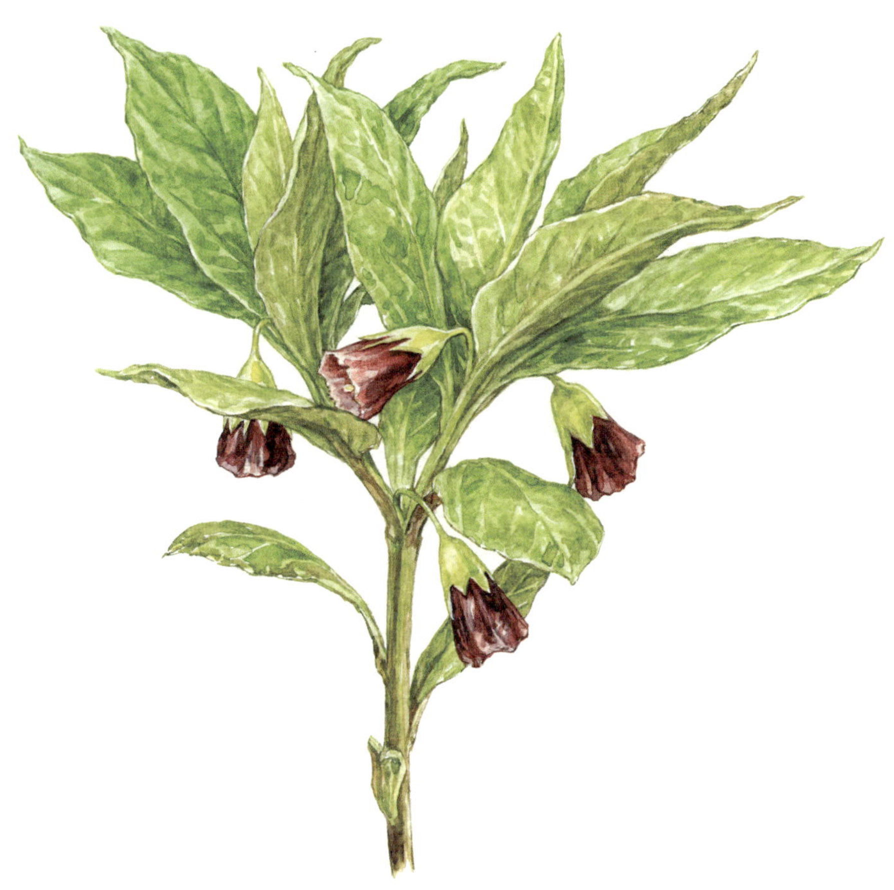

미치광이풀
수채화, 18x16cm
2013년 4월 4일

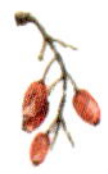

오늘도 산에서 선물을 받았네

　열흘 전 산에서 내려오는 길에 얼레지 봉오리를 만났다. 그동안 봉오리에서 꽃이 피지 않았을까 궁금한 마음에 다시 비룡폭포 쪽으로 향했다. 다리를 건너 왼쪽 길로 접어드는데, 숲속에 뭔가 있는 느낌이 든다. 당기는 기분, 부르는 이 느낌은 분명 꽃이 전하는 것일 테다. 걸음을 멈추고 숲속을 가만히 들여다보니 그 속에 연보라색 꽃이 피어 있다.

　"얼레지다!"

　반가운 마음에 단숨에 뛰어올라 방긋 피어 있는 꽃을 만났다.

　얼레지는 얼핏 보면 화려하지만, 가만히 들여다보면 극도로 절제된 긴장감이 느껴진다. 연보라색 꽃잎을 뒤로 젖힌 채 한가운데 자주색 줄무늬가 보일 듯 말 듯 고개 숙인 자태에서 자신의 매력을 함부로 내보이지 않는 다소곳함이 느껴진다. 양쪽으로 펼친 넓은 잎사귀는 양팔을 벌리고 사뿐히 절하는 모습이다.

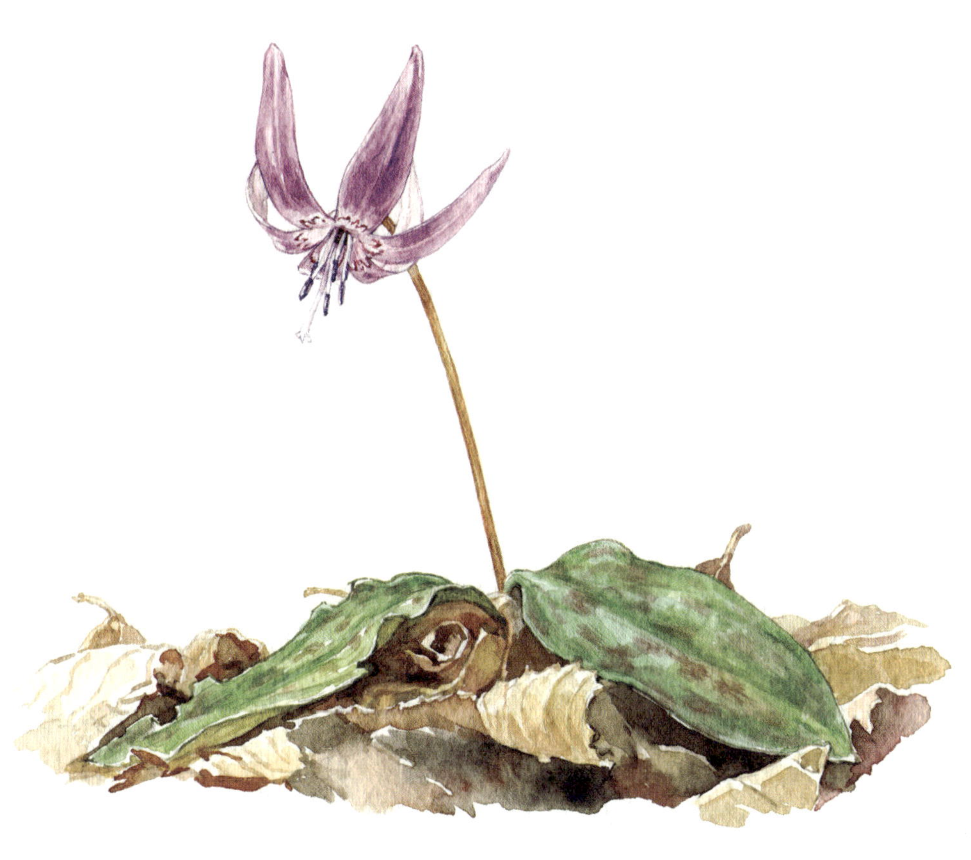

얼레지
수채화, 21x18cm
2013년 4월 13일

얼레지를 만난 그곳은 몇 해 전 꿩의바람꽃 봉오리를 만난 자리이기도 하다. 혹시 꿩의바람꽃도 피었을까 두리번거리니 정말 있다.

잎사귀가 삥 돌아가며 꽃을 받치고, 한가운데 하얗고 긴 꽃잎들 사이로 솟아난 꽃술까지 온통 새하얀 모습. 깃털을 바짝 세운 꿩처럼 도도하다.

얼레지부터 꿩의바람까지!

오늘도 산에서 선물을 받았네.

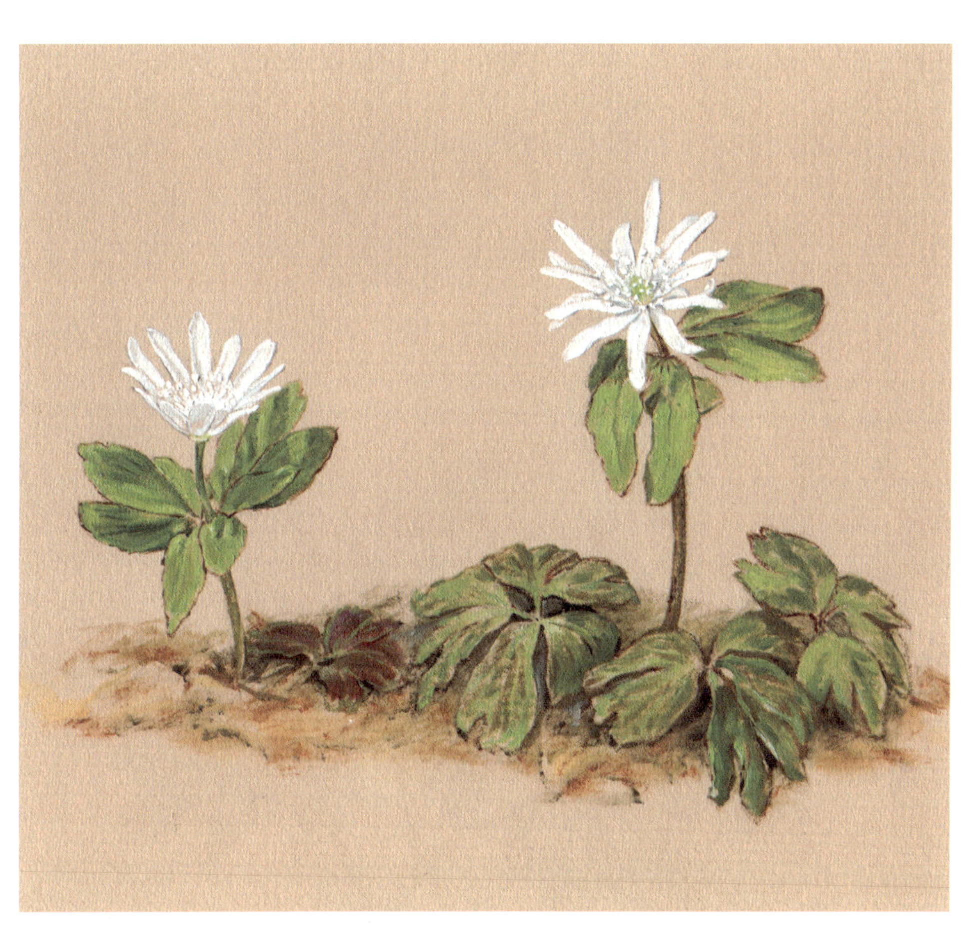

꿩의바람꽃
유화, 21x15cm
2013년 4월 13일

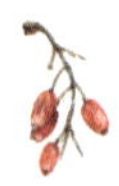

오로지 현호색

비선대 길에는 오로지 현호색뿐이다.
한 자락 햇볕이 귀한 숲에서 저렇게 고운 색을 만들다니.
보랏빛 넘어 비치는 푸르름에 서러움마저 묻어난다.

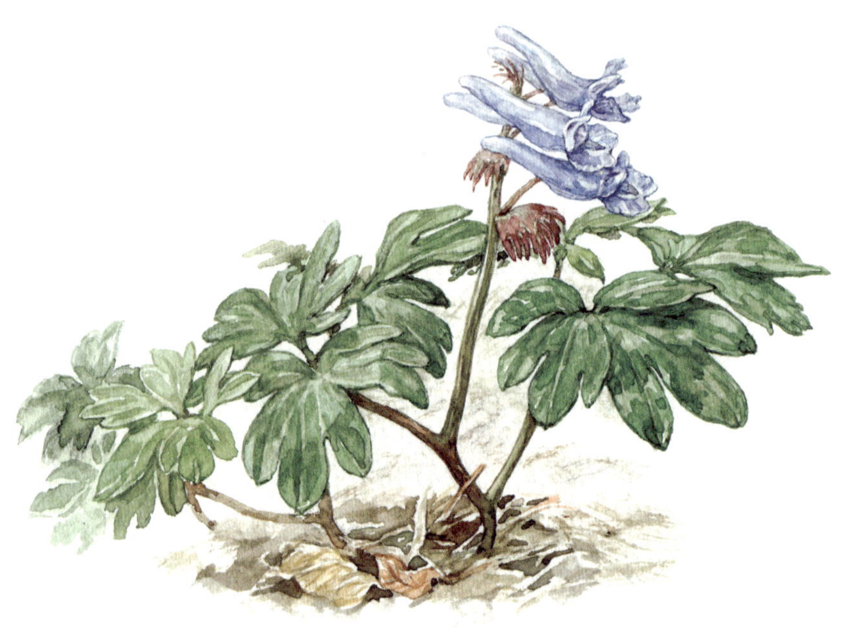

현호색
수채화, 20x15cm

현호색들을 찬찬히 들여다보니 잎사귀 모양이 조금씩 다르다.
잎사귀에 점이 있는 점현호색,
잎사귀가 빗살무늬같이 깊이 갈라진 빗살현호색,
잎사귀가 대나무 잎처럼 가는 댓잎현호색,
잎사귀가 타원형인 왜현호색 중에서 꽃이 하얀 흰왜현호색도 만났다.

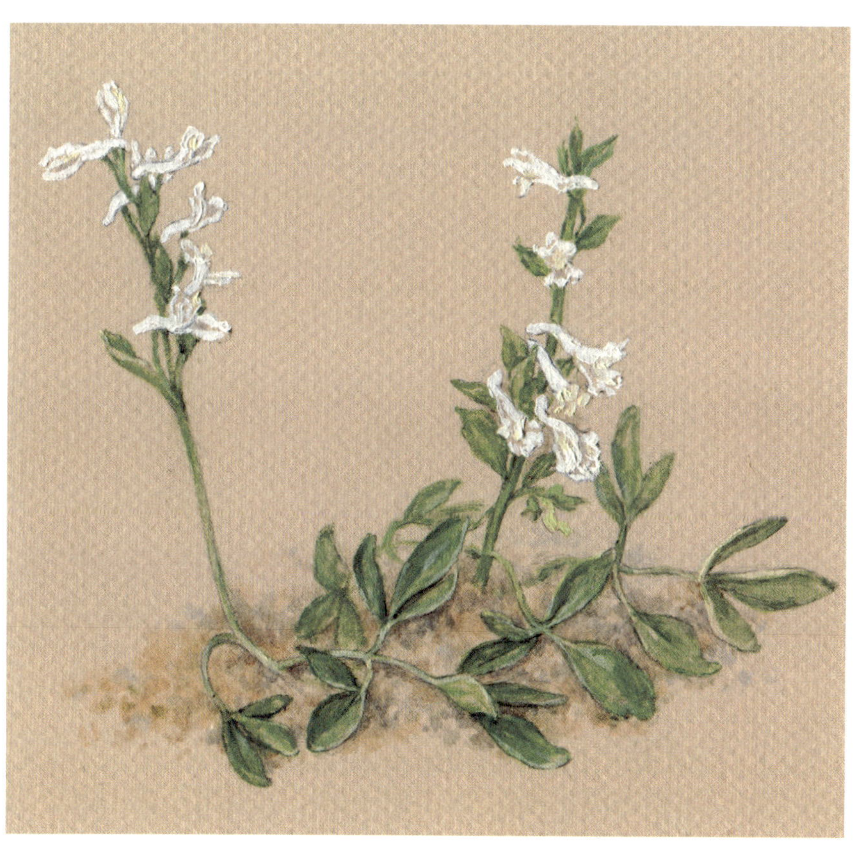

사진으로 얻은 수확은 갈퀴현호색이다. 꽃받침에 있는 갈퀴가 실물로는 얼핏 안 보이지만, 사진에는 삐쳐 나온 갈퀴가 선명하다.

현호색과 꽃이 비슷한 산괴불주머니도 자주 보인다. 현호색과 산괴불주머니는 모두 양귀비과에 속하기에 꽃 모양이 닮았다. 산괴불주머니는 작은 삼각형 모양의 꽃이 괴불을 닮았다고 전해진다. '괴불'은 옛날 한복 저고리 앞섶에 달던 노리개 장식을 말한다.

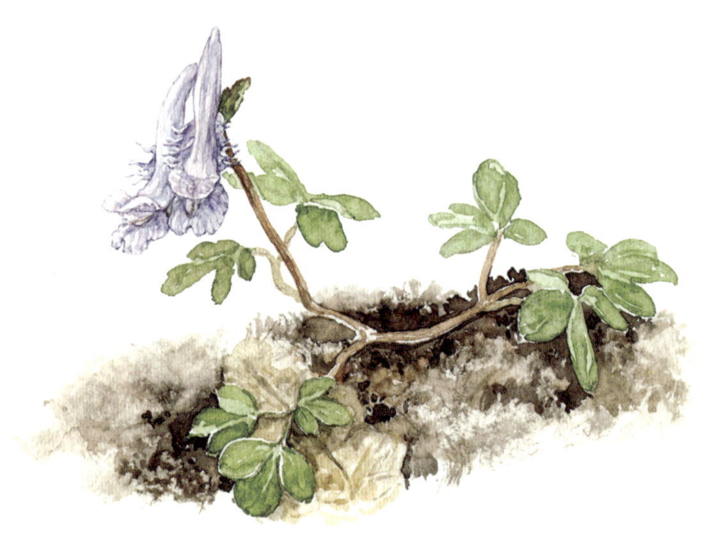

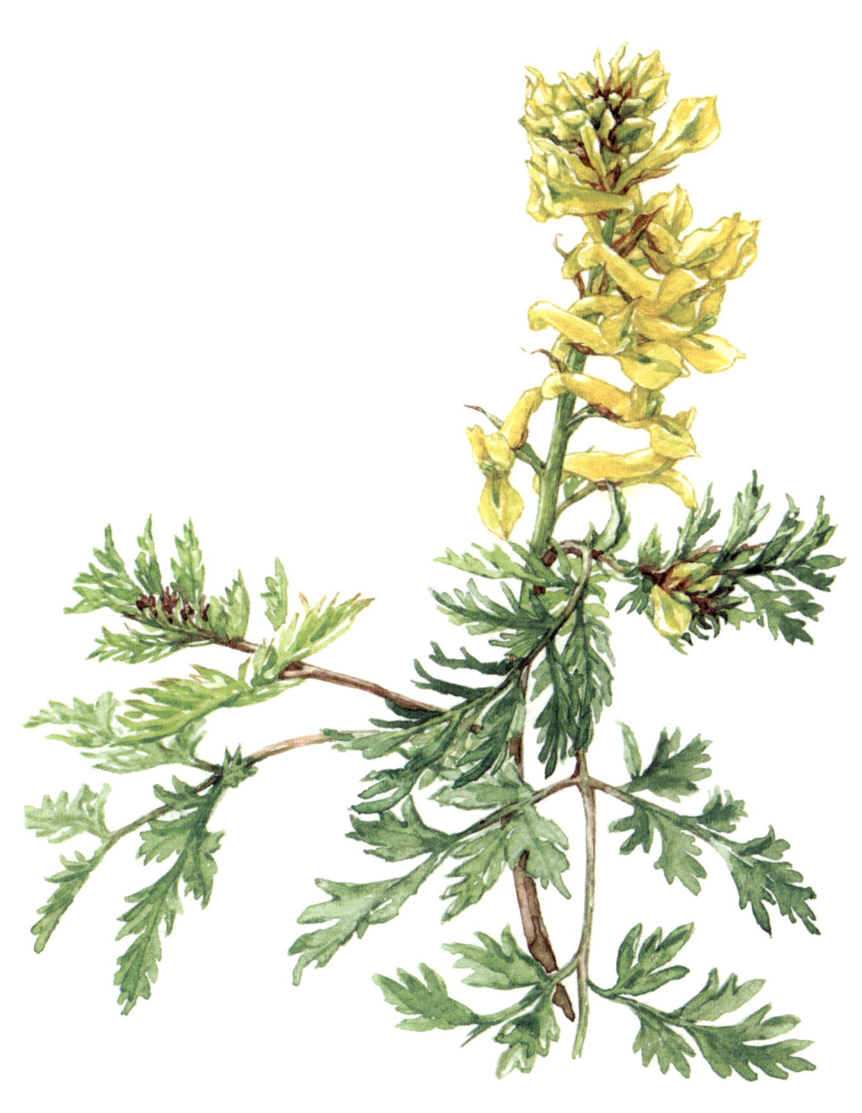

산괴불주머니
수채화, 18x21cm
2013년 4월 13일

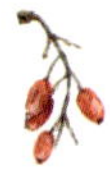

풀 따라, 길 따라

봄이 되니 야생화 도감을 끼고 살게 된다. 밥 먹으면서도 꽃 이야기만 하고, 길을 걸을 때도 꽃만 보인다. 산에 다녀온 지 열흘이나 됐으니 그동안 꽃들이 많이 피었겠지? 불쑥 산 나들이를 나섰다.

쌍천 너머 숲에서 신흥사로 향하는 징검다리를 건너다가 햇살과 물소리가 너무 좋아 넓적한 돌 위에 잠깐 앉았다. 산 한 번 올려다보고 흐르는 냇물을 내려다보니, 몇 년간 풀꽃 따라 다닌 시간이 물처럼 흘러간다. 설악산 아래에 머문 지 올해로 4년째. 아무것도 모르고 나선 막막한 길에서 꽃들은 늘 이정표가 되어주고, 걸을 힘을 주었다.

물을 건너면 비선대 길과 흔들바위 길로 갈라진다. 오늘은 두 길을 다 가 볼 거다. 먼저 내원암이 있는 흔들 바위길로 향했다. 사람들의 발길이 드문 내원암 앞에는 덤불이 무성하다.

'음, 여기 꽃 좀 있겠는걸.'

이제는 풀이 있을 만한 환경으로 찾아가는 눈치가 생겼다. 무성한 잡목들 속에서 처음 보는 꽃을 만났다. 난초 같이 가는 잎사귀에 작은 노란 꽃이 두세 송이 달린 애기중의무릇. '애기중'이라는 꽃 이름이 산속 암자와 어울린다.

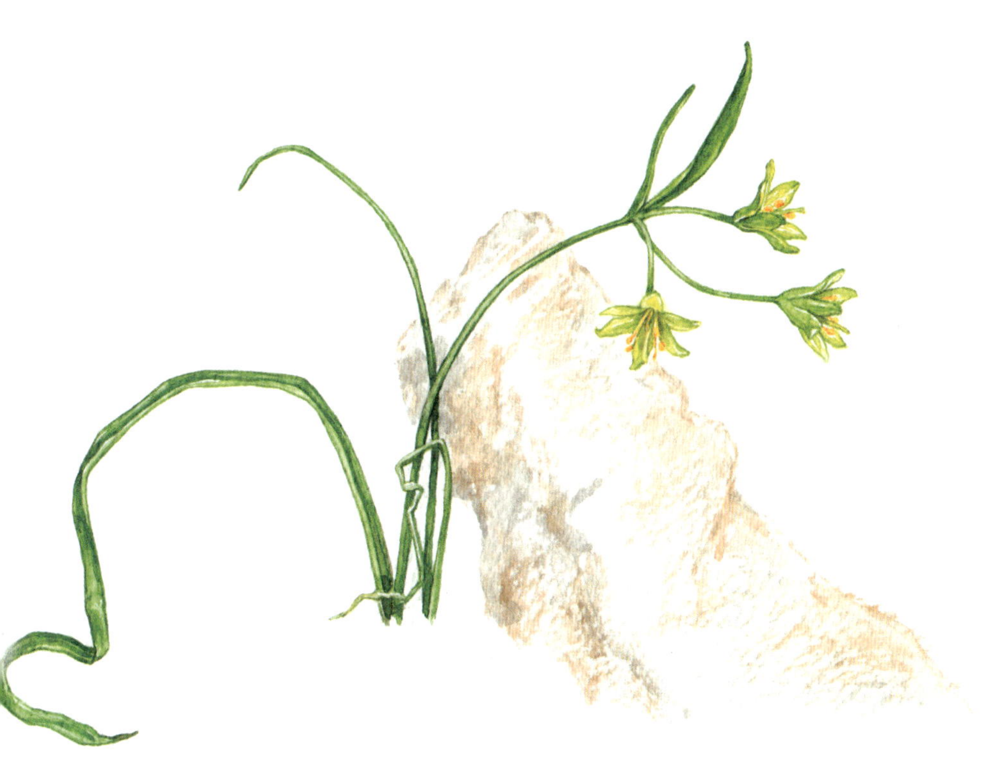

애기중의무릇
수채화, 20x15cm
2013년 4월 13일

잡목 아래 무수히 반짝이는 꽃들도 있다.
하얀 꽃잎에 붉은 꽃술이 돋보이는 참개별꽃이다.

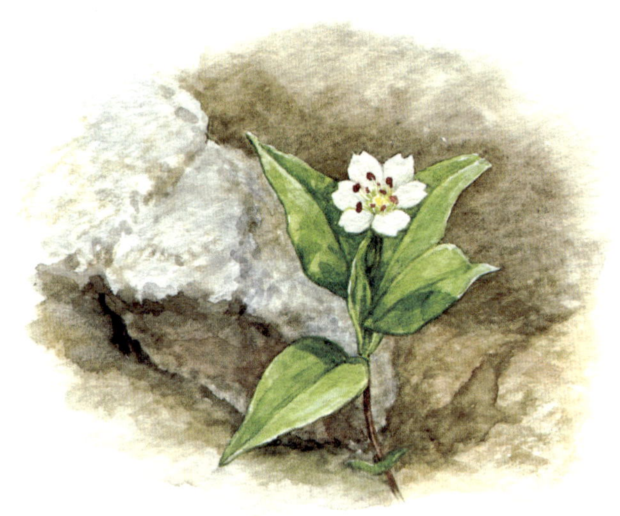

참개별꽃
수채화, 12x10cm

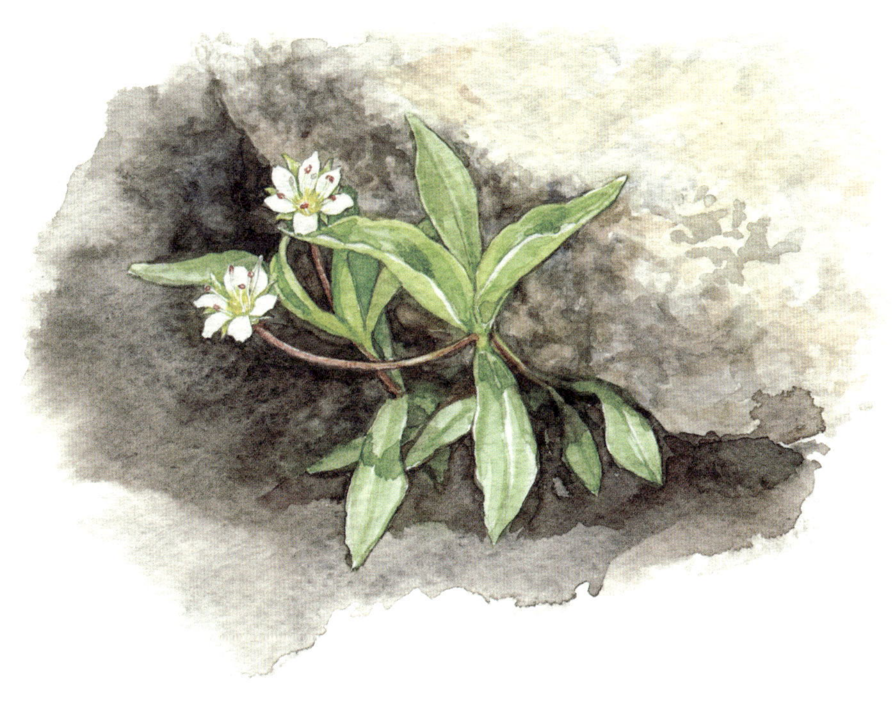

참개별꽃
수채화, 18x14cm
2013년 4월 22일

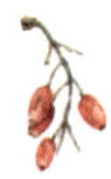

바위틈에서 자라는 생명력

가까운 산은 봄을 여는 연둣빛으로 눈부시고, 먼 봉우리는 아직도 눈 모자를 쓰고 있다. 물러가는 겨울과 다가오는 봄이 손을 맞잡고 있으니, 산 색깔이 얼레지 잎사귀 같이 얼룩덜룩하다.

용소골 숲에 들어서자 찌르르 새 소리가 아침 골짜기를 울린다. 용소골에서 주전골로 이어지는 물가에는 바위마다 하얀 돌단풍 꽃이 한창이다. 바위틈에 싹을 내고 자라는 식물을 보면 그 생명력이 감탄스럽다. 수많은 자리 중에서 하필 바위에 자리를 잡았을까?

가만히 들여다보니, 새 잎사귀를 펼치는 돌단풍에 구슬 같은 봉오리들이 맺혀 있다. 봉오리일 때는 하얀색 바탕에 붉은 기운이 섞여 있는데, 양지바른 곳에 활짝 핀 돌단풍은 눈부시게 하얗다.

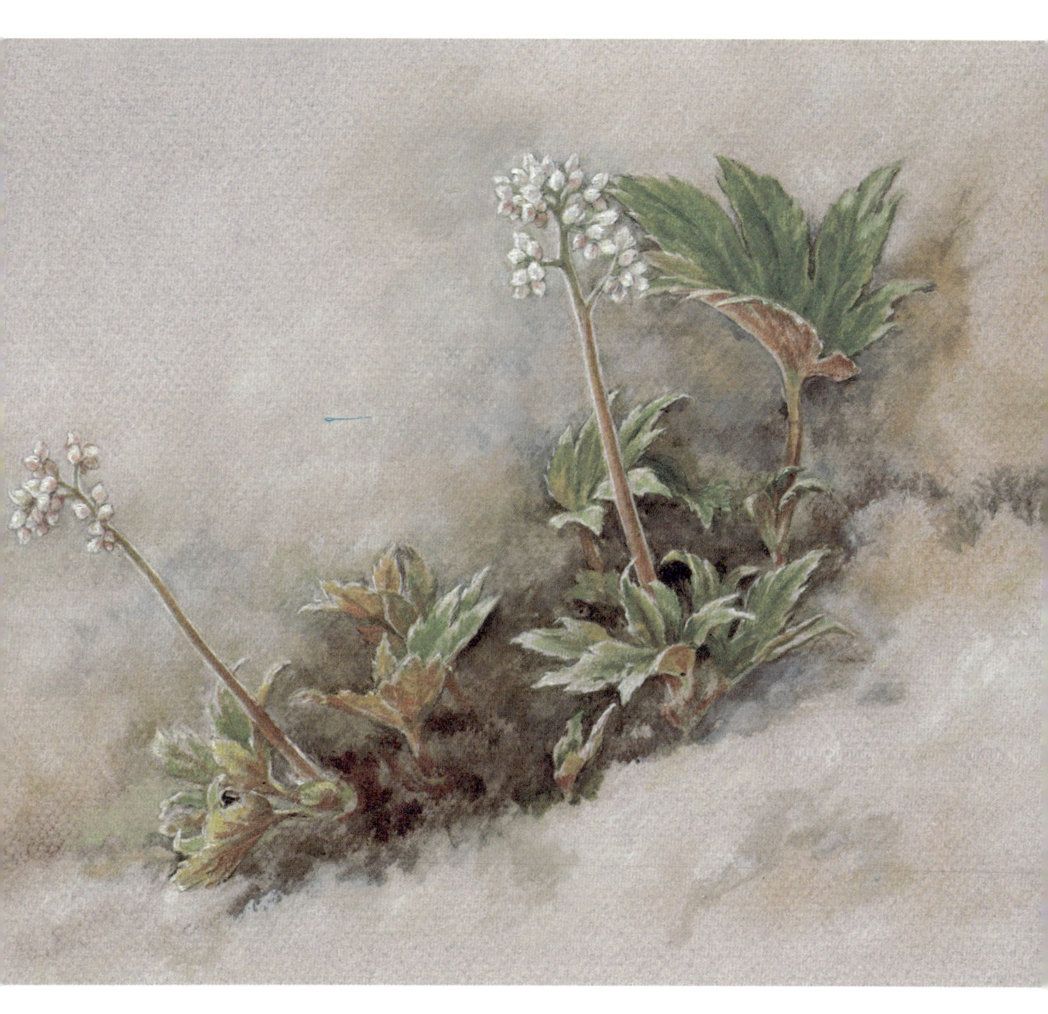

돌단풍 봉오리
유화, 36x26cm
2011년 4월 16일

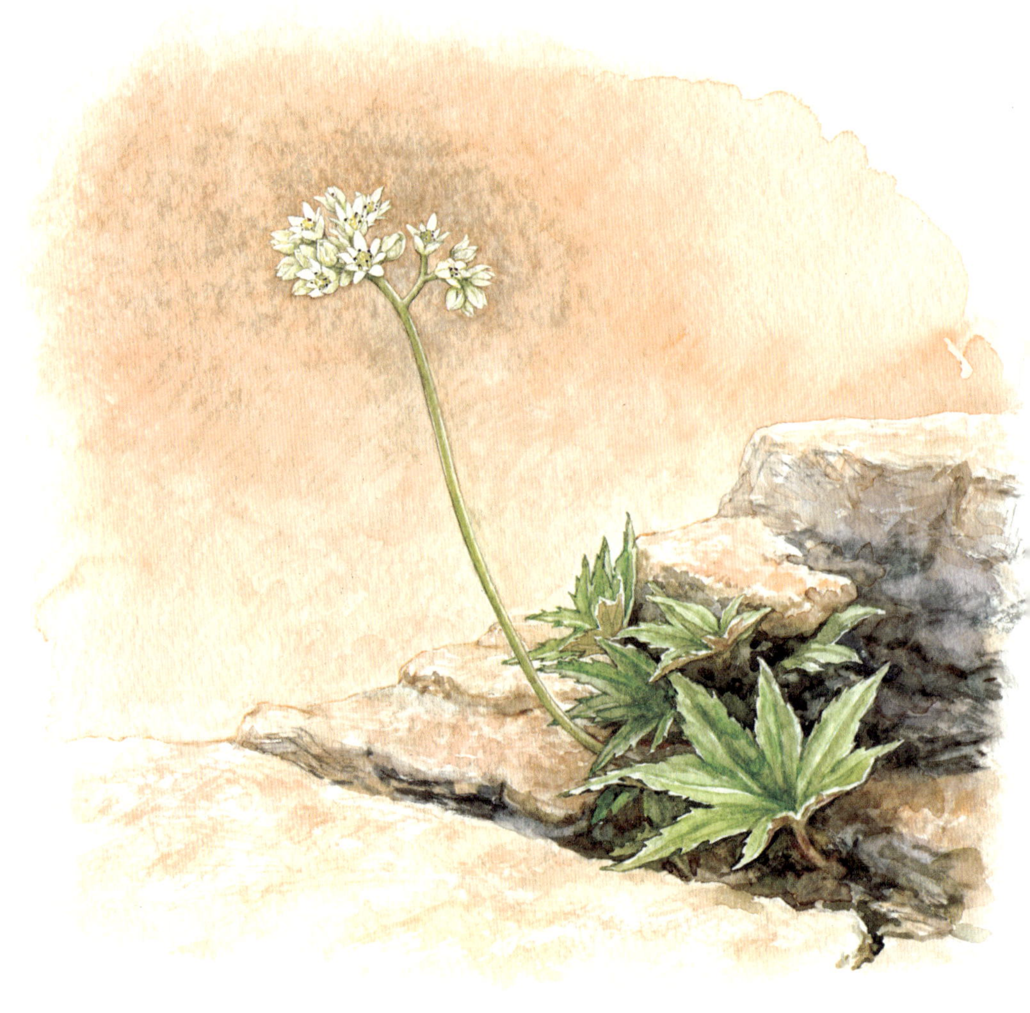

152

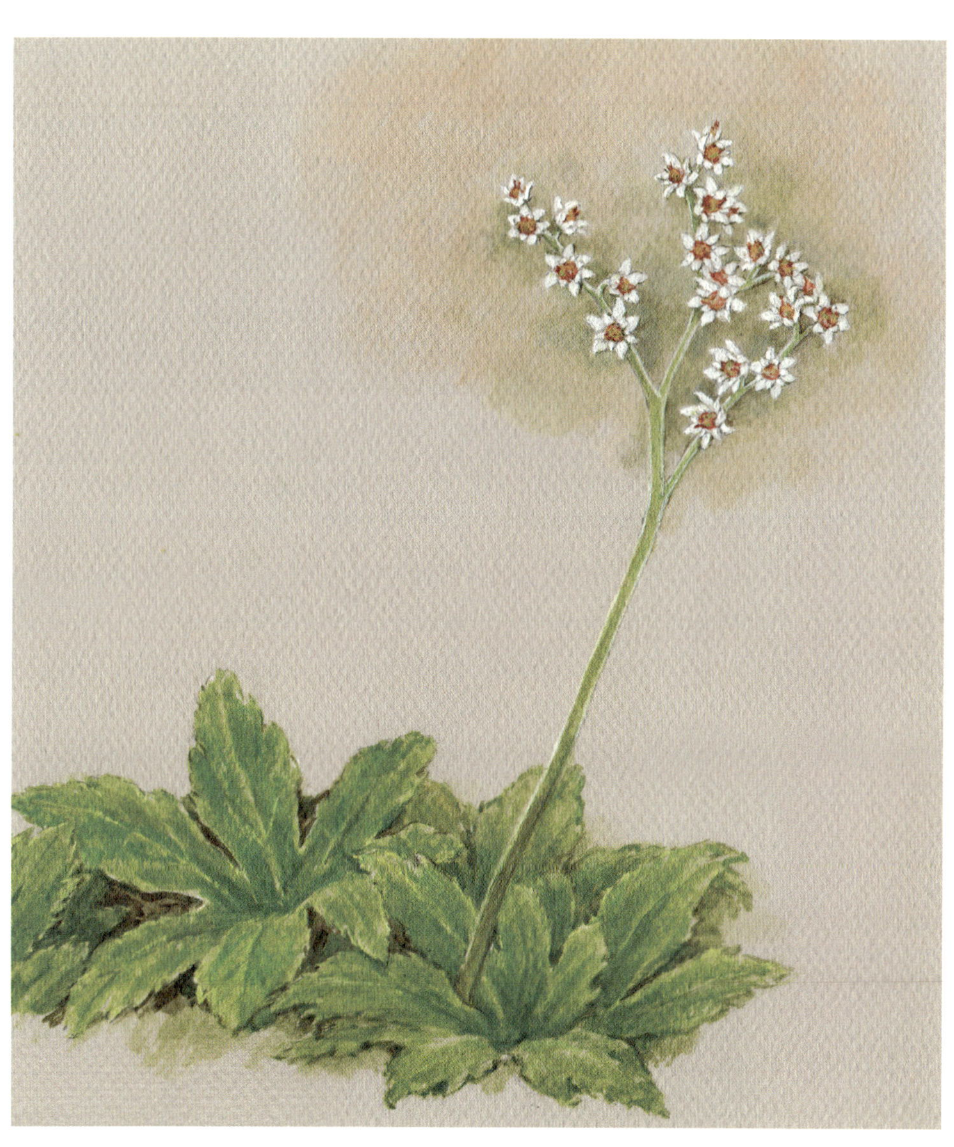

씨앗을 맺는 돌단풍
유화, 26x24cm
2013년 5월 23일

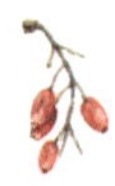

제비꽃 축제

봄 산불방지 기간이 지났다. 오늘부터 높은 산에 들어갈 수 있다.

3년을 뒤돌아보니, 첫해와 둘째 해에는 설악산 길을 익히며 답사를 다녔고, 진짜 관찰은 올해부터 시작한 것 같다. 알고 찾아가는 관찰이라 더욱 흥미롭다. 언제 어디를 보아야 할지 계획이 잡혀 있으니, 나중에 아차 하는 일도 적다.

오늘은 제비꽃이 아직 있는지 봐야겠다. 제비꽃은 종류만도 수십 가지가 넘는다. 그동안 만난 제비꽃은 남산제비꽃, 노랑제비꽃, 왜제비꽃, 둥근털제비꽃, 고깔제비꽃, 잔털제비꽃 그리고 그냥 제비꽃이다.

설악산님이 우리를 어여삐 여긴다면 다른 제비꽃도 만나게 해주겠지.

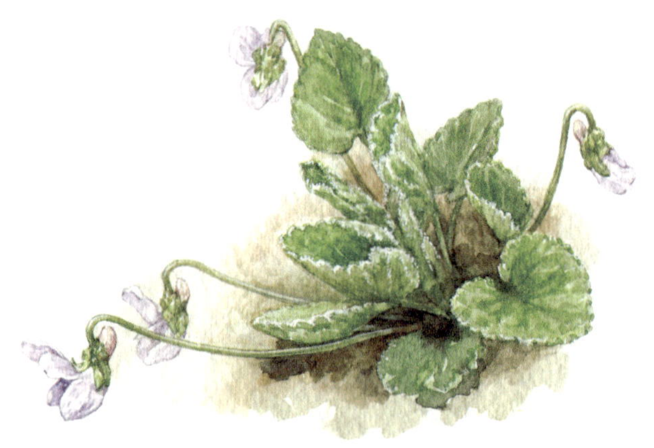

둥근털제비꽃
수채화, 16x14cm
2013년 4월 4일

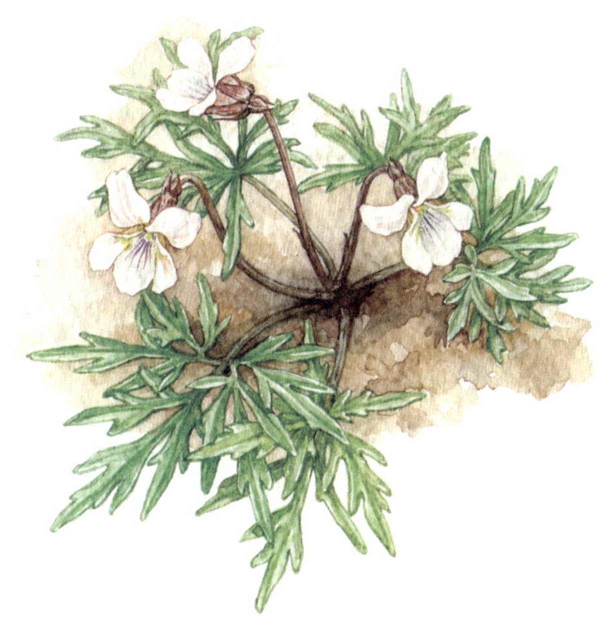

남산제비꽃
수채화, 15x14cm,

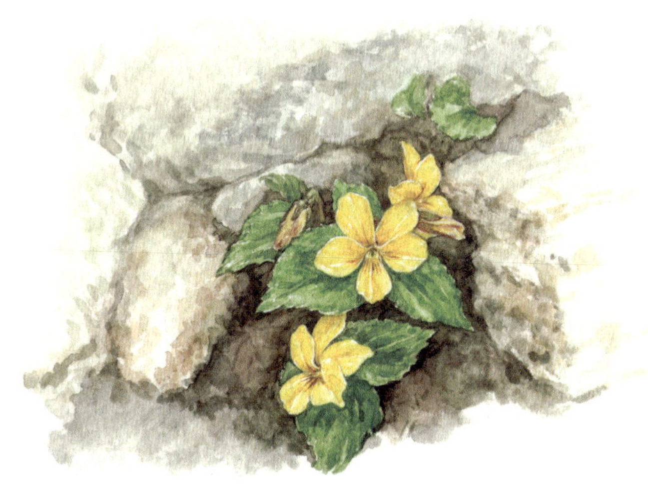

노랑제비꽃
수채화, 15x12cm
2010년 4월 30일

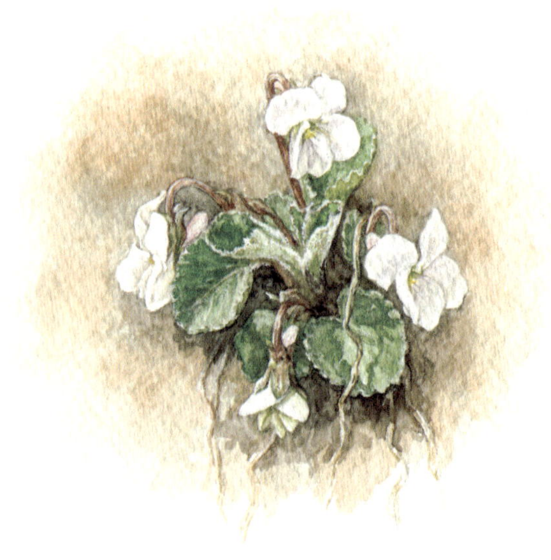

잔털제비꽃
수채화, 15x15cm
2011년 4월11일

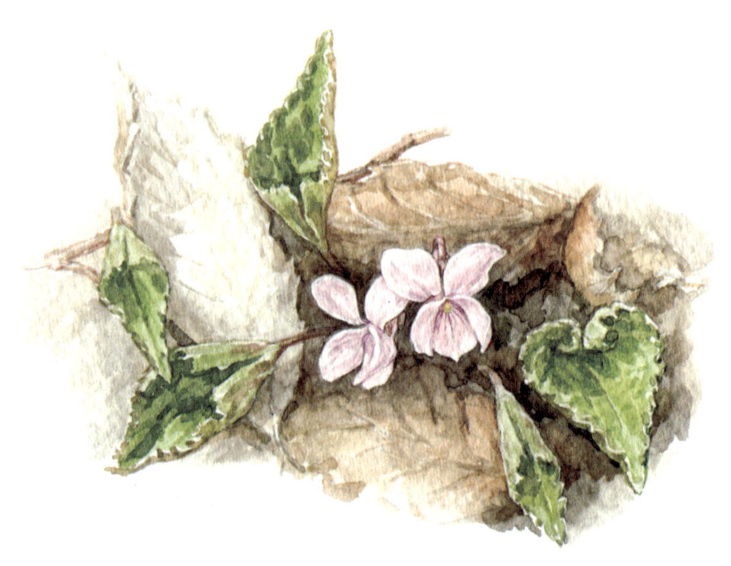

고깔제비꽃
수채화, 14x10cm
2013년 4월 22일

역시, 흘림골 중턱에서 씩씩한 제비꽃을 만났다.

잎사귀에 거친 톱니가 있고 가장자리가 물결처럼 출렁인다. 한 포기마다 잎사귀들의 크기가 크게 다른 태백제비꽃이다!

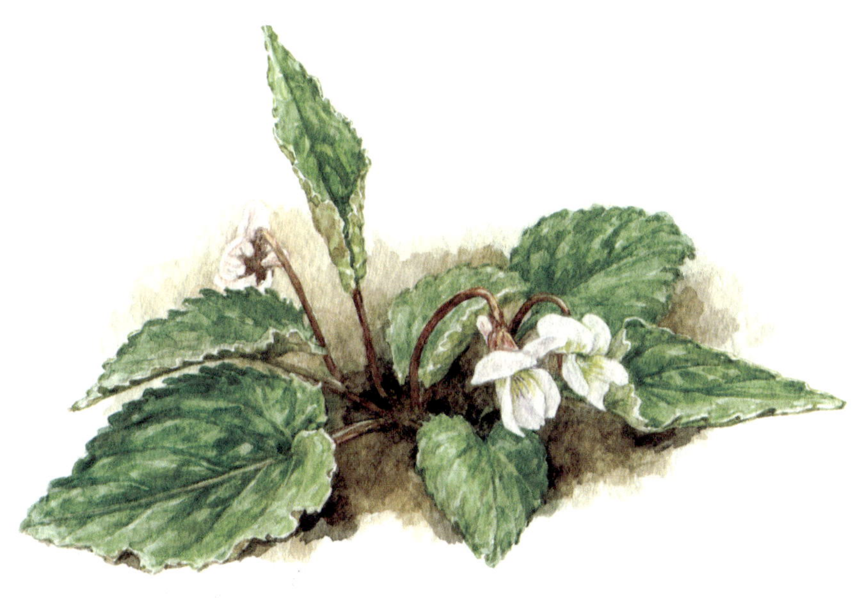

태백제비꽃
수채화, 21x15cm
2013년 5월 16일

잎사귀에 알록 무늬가 있고, 연보라 꽃을 가진 알록제비꽃을 만났다. 알록제비꽃은 이름도 귀엽다. 얼룩이가 아니라 '알록이'가 된 이유는 꽃도 잎사귀도 앙증맞게 작아서일까?

고개 숙인 하얀 꽃이 유난히 여려보이는 제비꽃도 만났다. 잎사귀가 살짝 안으로 말렸고, 잎 가에 엉성하게 굵은 톱니가 있다. 잎사귀와 줄기가 거의 직각을 이루는 모습이 애기금강제비꽃이다.

작은 제비꽃 들여다보느라 걸음이 마냥 느리다. 등선대 정상에는 녹지 않은 눈이 남아 있고, 바위틈에 노랑제비꽃이 한 송이 피어 있다. 여러 제비꽃을 고루 만났으니, 오늘은 제비꽃 축제의 날이다.

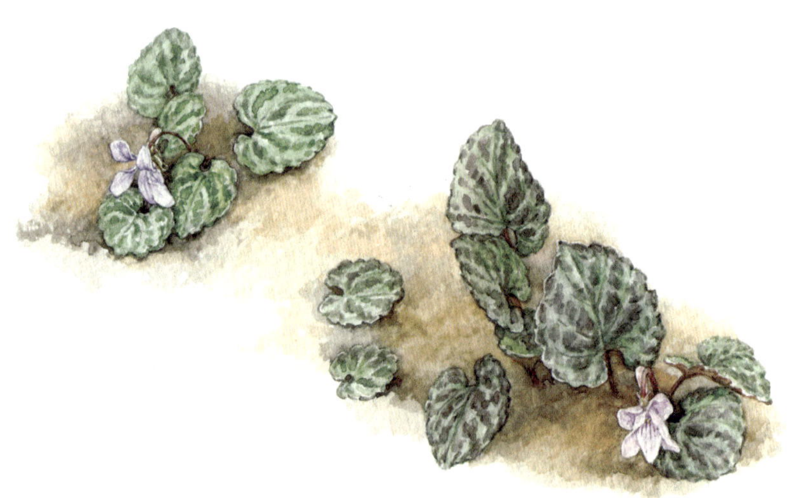

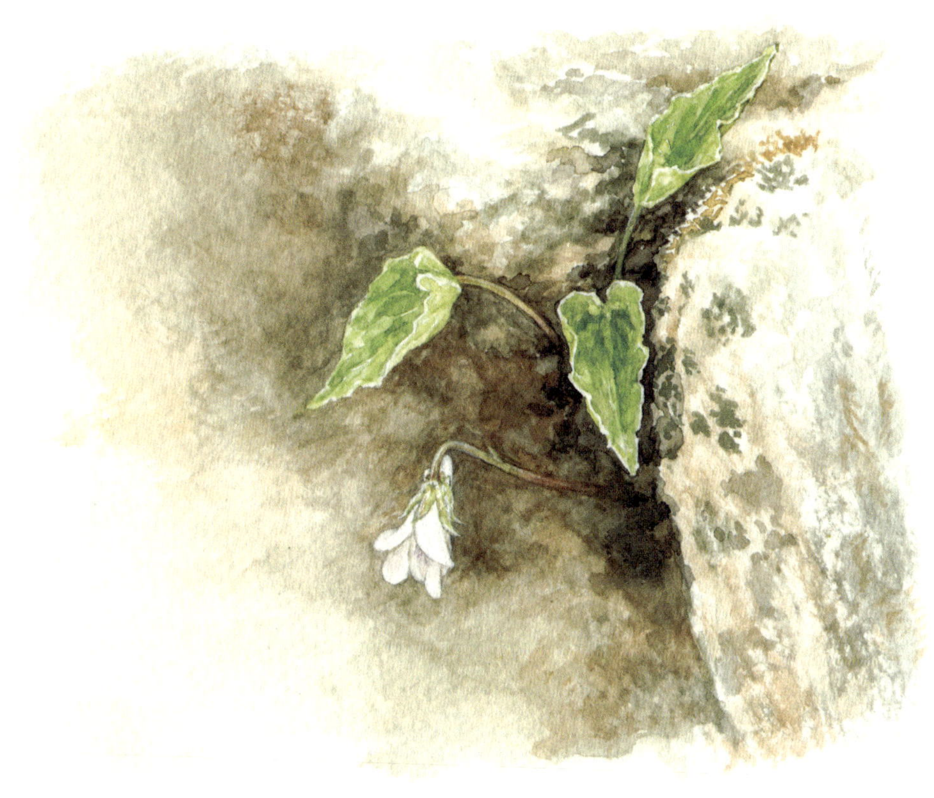

애기금강제비꽃
수채화, 19x16cm
2013년 5월 16일

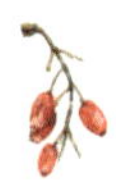

신비로운 생명체

등선대 올라가는 길에 넘어지면서 팔에 힘을 줬는지 욱신거린다. 내려가는 길은 더욱 조심해야겠다. 산사태가 살짝 있었는지 계단 난간이 부서졌고, 굵은 모래가 깔린 곳에 비까지 뿌려져 있어 매우 미끄러웠다.

흘림골 입구까지 내려왔을 무렵 계단 옆 풀숲에서 독특한 풀을 만났다. 나팔을 세로로 세운 모양에 덮개가 달렸다. 모양이 신기해서 한참 들여다본 그 꽃은 천남성이다. 가을에 만난 천남성의 붉은 열매도 강렬했는데, 봄 꽃은 더욱 신비롭다.

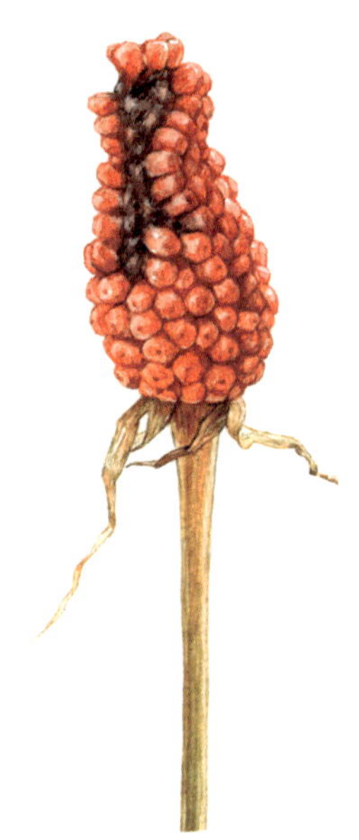

천남성 열매
수채화, 19x28cm
2012년 10월 1일

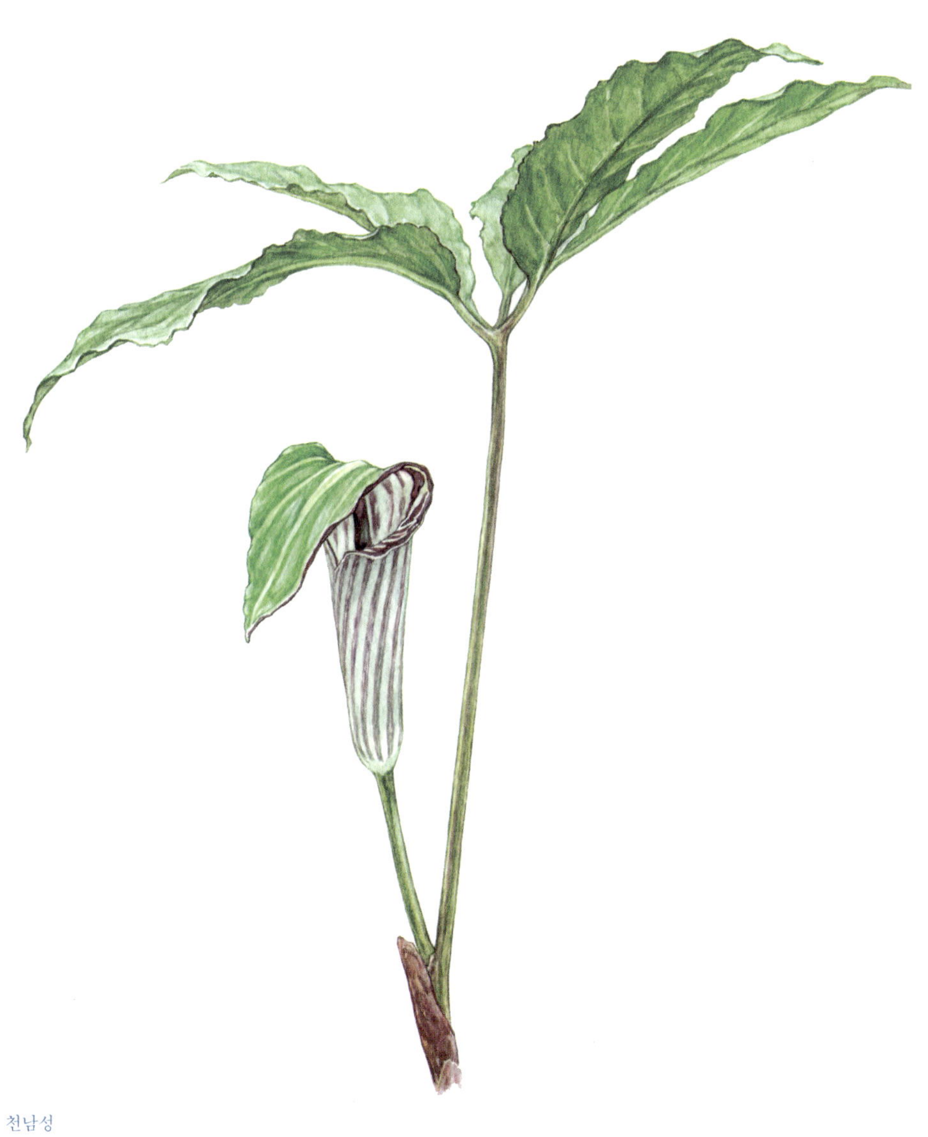

천남성
수채화, 27x33cm
2013년 5월 16일

얼마 후, 수렴동에서 우연히 만난 꽃도 천남성과 비슷하다.
긴 꼬리 같은 것이 하늘로 삐쳐 올라간 모습, 천남성과의 반하!
반하는 여름이 절반쯤 지날 무렵 피기 때문에 붙은 이름이라고 한다.

수많은 풀 중에서 우리 서로 눈이 닿아 새 얼굴을 알고 나면 뭉클 고맙다.
풀을 품어준 흙이 고맙고, 풀이 자랄 수 있도록 물을 뿌려준 하늘이 고맙고,
은근한 햇볕으로 온도를 맞춰준 해님이 고맙다.

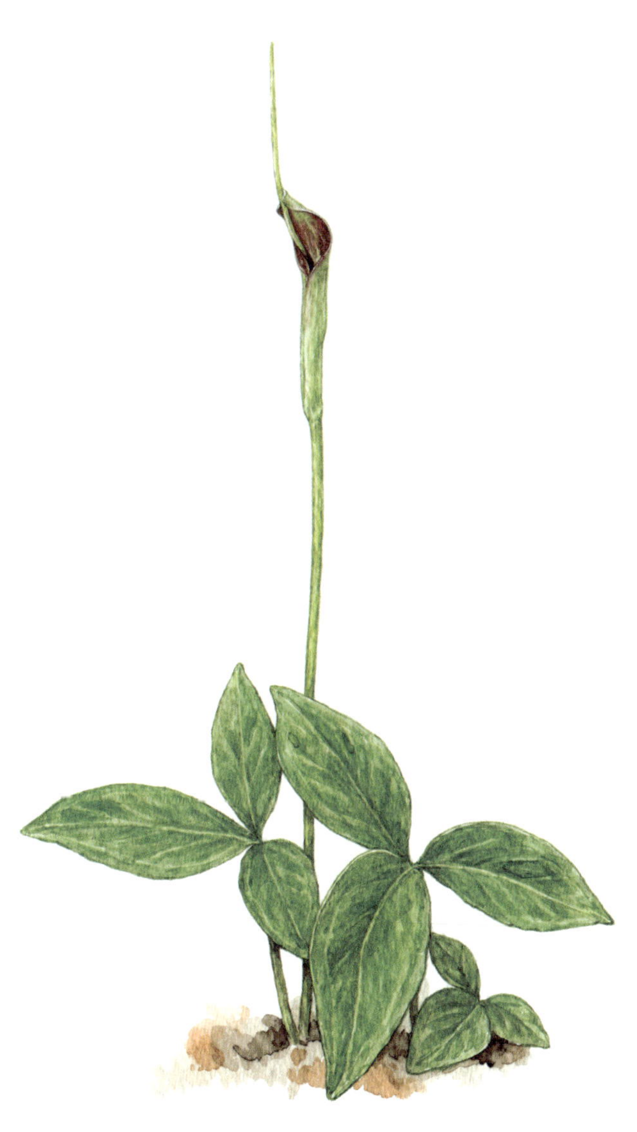

반하
수채화, 22x31cm
2013년 6월 4일

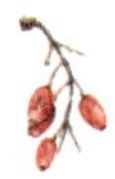

걸음은 마냥 느리고

1년 중 5월 중순을 넘어선 이맘때가 걷기에 가장 좋다. 적당히 따뜻하며 바람도 시원하고, 해가 길어서 돌아오는 길도 여유 있다.

양폭을 향해 천불동 골짜기로 들어가기 전, 쌍천 건너 숲길에 먼저 들렀다. 이 길에 올 때마다 여러 꽃을 만났는데 오늘은 어떤 꽃이 있을까? 역시 처음 보는 덩굴을 만났다. 하트 모양의 큰 잎사귀가 나무를 감아 올라가고 노란 꽃이 달려 있다. 독특한 모양의 꽃이 귀여워 한참 바라본 그 덩굴은 등칡이다! 이른 봄에 흔히 만나는 족도리풀과 같이 쥐방울덩굴과라서 잎사귀가 닮았다.

징검다리를 건너면 잡목 우거진 덤불 숲이 나온다. 덤불 속에는 하얗게 꽃 핀 미나리냉이가 무성하다. 미나리냉이는 꽃이 시원스레 커서 여름이 다가오는 느낌이 물씬 난다.

쌍천 건너 숲에서 한참, 그리고 덤불 속까지 보느라 오전이 훌쩍 갔다. 이러다가 천불동 근처에도 못 가겠네. 서둘러야겠다.

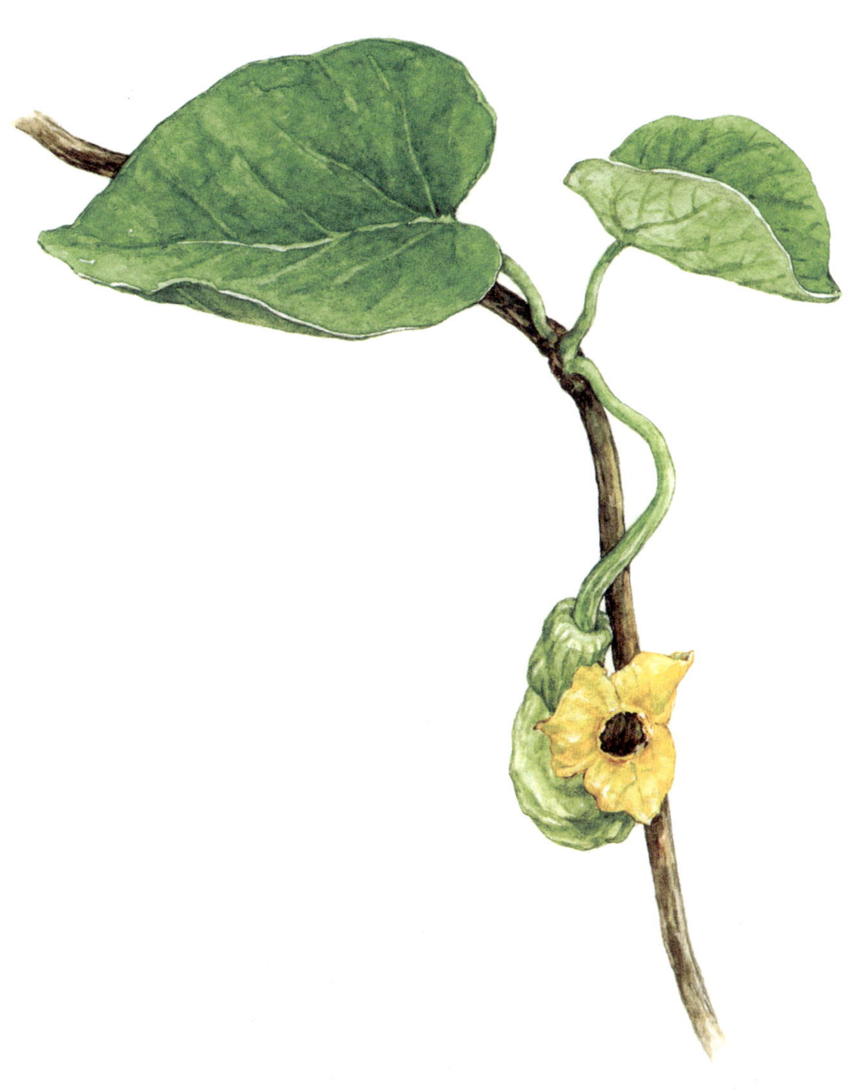

등칡
수채화, 20x20cm
2013년 5월 23일

걸음을 서두르는데, 멀리 잎사귀 위에 빨간 점이 보인다. '뭐지? 빨간 점의 정체는 바로 빨간 벌레였다. 벌레 이름까지 알자니 숙제가 너무 많아서 아쉬워도 지나치곤 했는데, 만난 기념으로 사진을 한 장 찍었다. 나중에 찾은 이름은 대유동방아벌레다.

오르락내리락 천불동 골짜기는 거대한 바위가 장벽을 이루고, 암벽에는 온갖 식물들이 자라고 있다. 바위층마다 각기 다른 풀들이 무리 지어 식물들의 아파트 같다.

점심 때가 훌쩍 지났는데, 걸음은 마냥 느리기만 하다. 어디까지 들어갈 수 있을까? 갑자기 더워진 날씨에 지치는 기분마저 든다. 아직도 갈 길이 먼데 벌써 기운을 잃으면 안 되지…. 스스로 계속 타이른다.

그러다 눈이 확 밝아지는 꽃을 만났다. 큰앵초를 닮은 하얀 꽃, 금강봄맞이! 반가운 꽃을 만나니 힘이 솟는다.

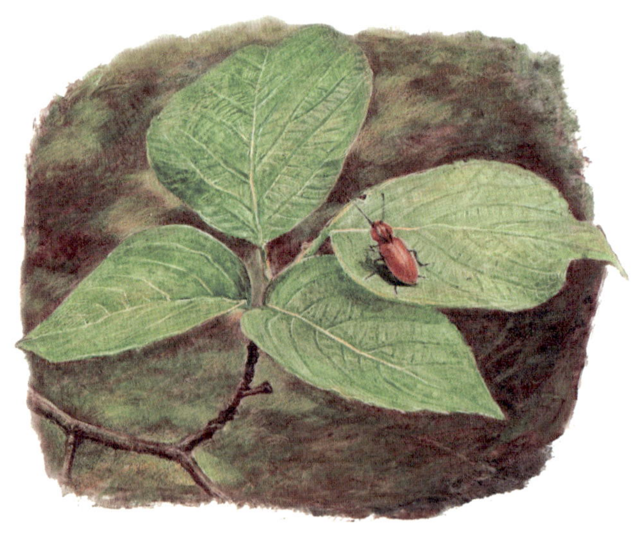

대유동방아벌레
왁스페인트, 23x18cm

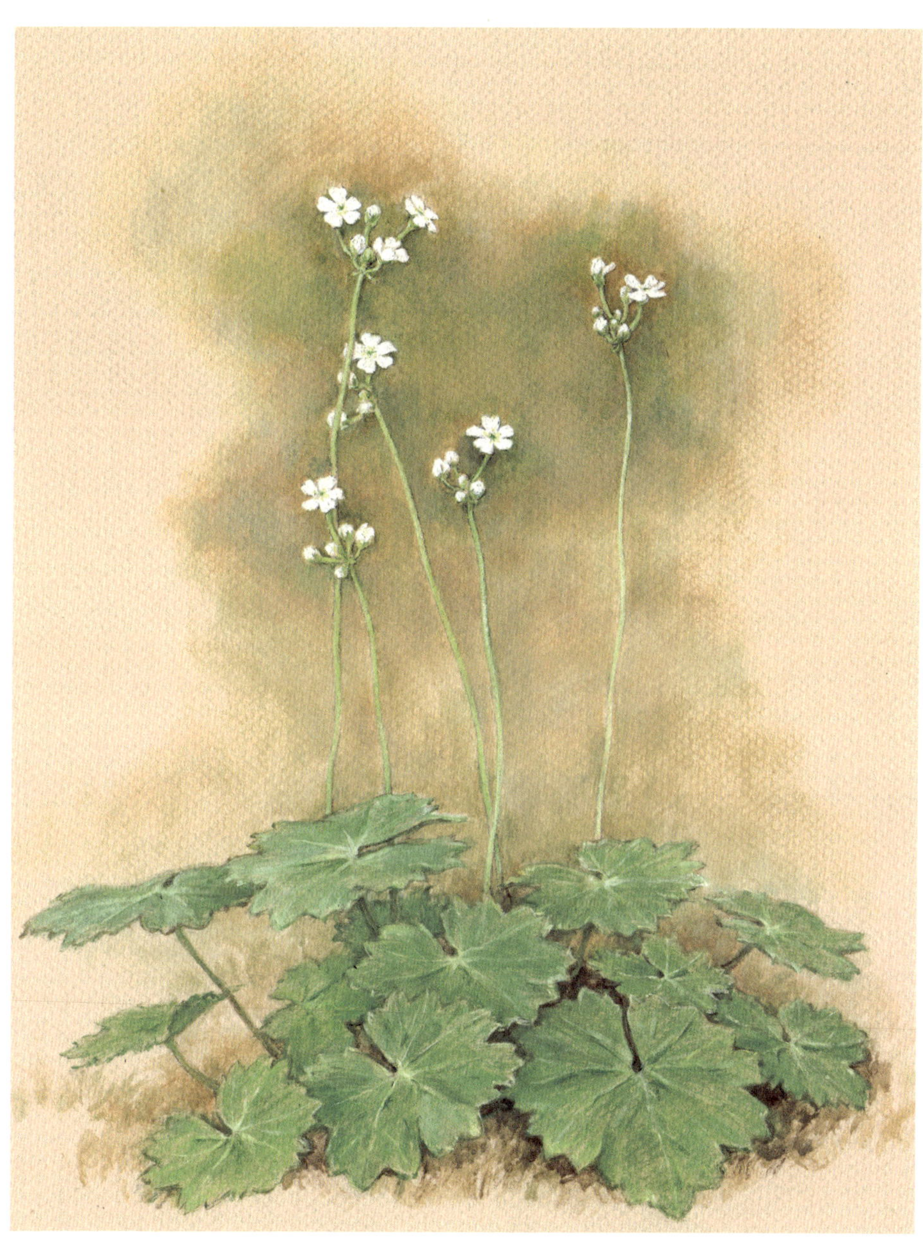

금강봄맞이
유화, 24X20cm
2013년 5월 23일

색의 마술사

백담 계곡을 달리는 마을버스 창밖으로 하얀 잎사귀들이 보인다. 개다래 잎사귀다. 몇 해 전 산속에서 하얀 잎사귀를 보고 혹시 나뭇잎이 병든 건 아닐까 엉뚱한 걱정을 했다. 병이 아니라는 것을 나중에 알고 안심했지만.

백담사 앞, 마을버스에서 내려 수렴동 숲길을 걷는다. 하얀 개다래 잎사귀들은 수렴동 숲에도 많다. 하얗게 변한 잎사귀를 만져보고, 잎사귀에 가린 작은 꽃도 들여다보았다. 개다래는 큰 잎사귀 아래 작은 꽃이 피는데 벌, 나비를 부르려고 꽃이 필 무렵에는 잎사귀의 일부가 하얗게 변한다고 한다.

얼마 후 양폭 골짜기 깊은 숲에서 잎사귀가 연분홍으로 변하는 쥐다래도 만났다. 나무가 때맞춰 잎사귀 색을 바꾸다니! 식물은 우리 동물들이 온전히 이해할 수 없는 색의 마술사다.

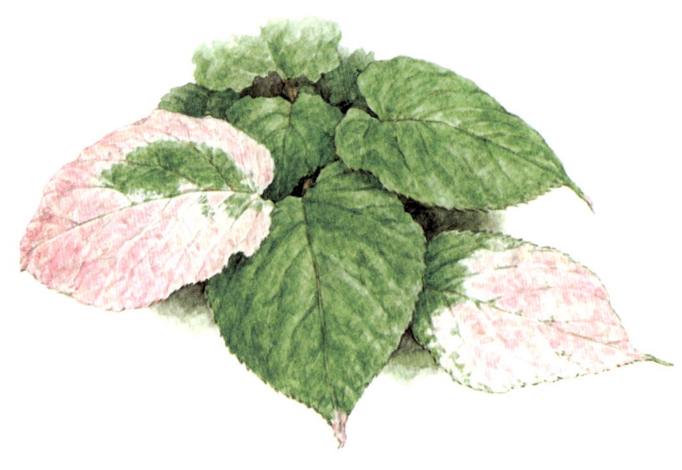

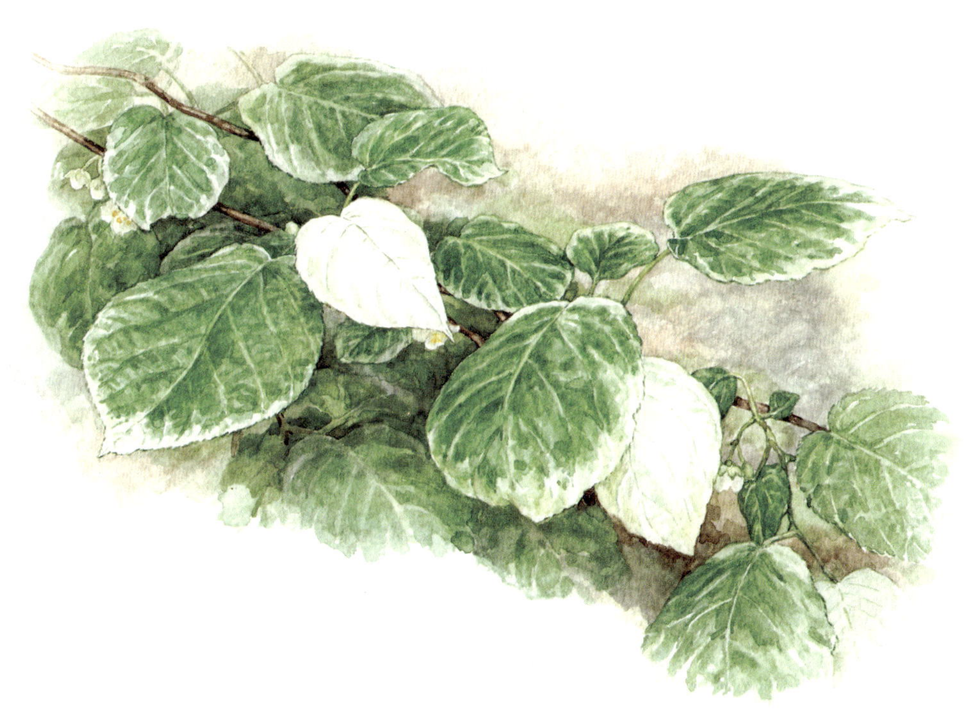

개다래
수채화, 31x21cm
2013년 6월 4일

수렴동 숲이 울창하게 우거져서 하늘이 안 보인다. 햇볕이 안 드는 숲에도 꽃들은 피어난다. 위를 보면 쪽동백나무의 하얀 꽃들이 조롱조롱 달렸고 아래를 보면 두메갈퀴 작은 꽃들이 하얀 점으로 빛난다.

검은 무늬 멋쟁이 애벌레도 꼬물꼬물 움직인다.

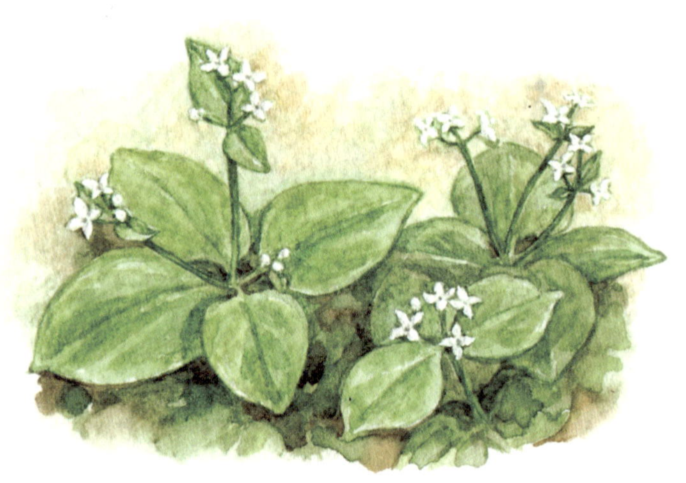

두메갈퀴
수채화, 12x9cm

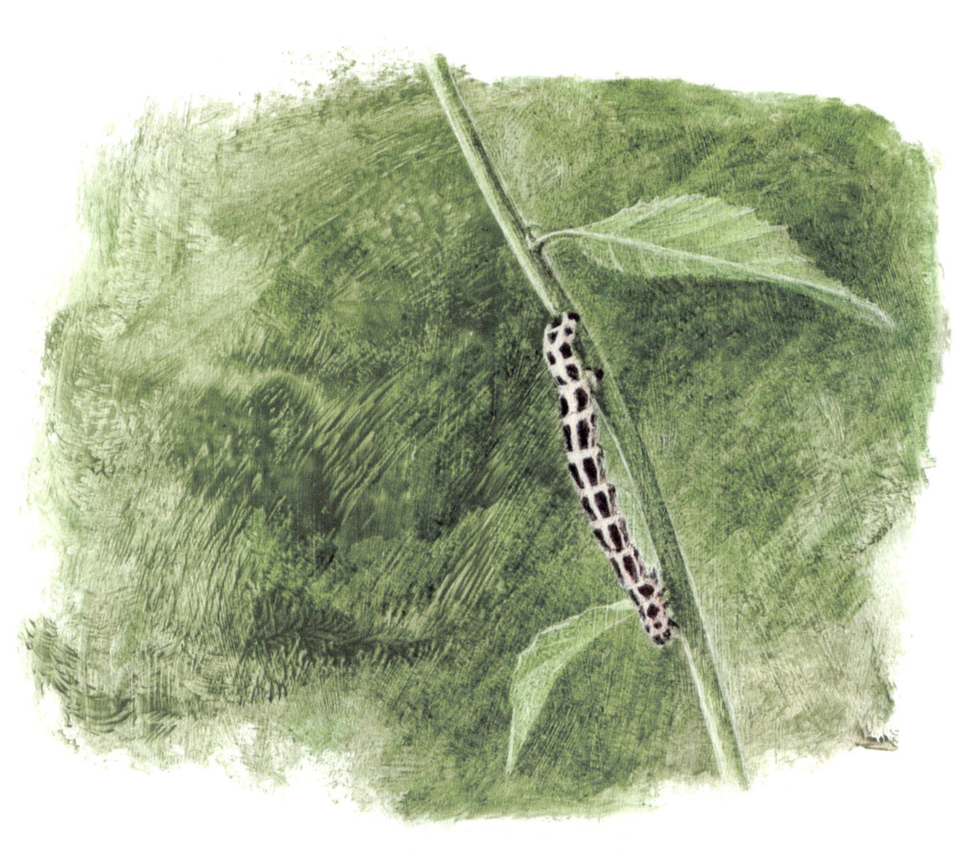

잠자리가지나방 애벌레
왁스페인트, 20x18cm
2013년 6월 4일

꽃에 눈길을 주느라 걸음이 느리다. 영시암에 다다르니 벌써 점심 때다. 영
시암 약수터 앞 테이블에 사람들이 가득하고, 툇마루에도 둘러앉아 있다. 우리
는 조용한 물가로 내려갔다. 수렴동은 물을 따라 걷는 길이라 언제라도 손을
씻을 수 있으니 늘 호사롭다고 느낀다.

그런데 전망 좋은 물가에는 휴지나 나무젓가락이 굴러다니고, 바위틈에 빈
병과 쓰레기 봉지가 끼워져 있다. 아무리 전망이 좋아도 쓰레기장 같은 곳에서
는 휴식이 어렵다. 여러 번 자리를 옮겨서 겨우 앉을 자리를 찾았다.

어렵게 찾은 자리에서 꽃도 만났다. 요강나물! 한 포기는 꽃으로, 다른 하나
는 씨앗의 모습이니 더욱 고맙다.

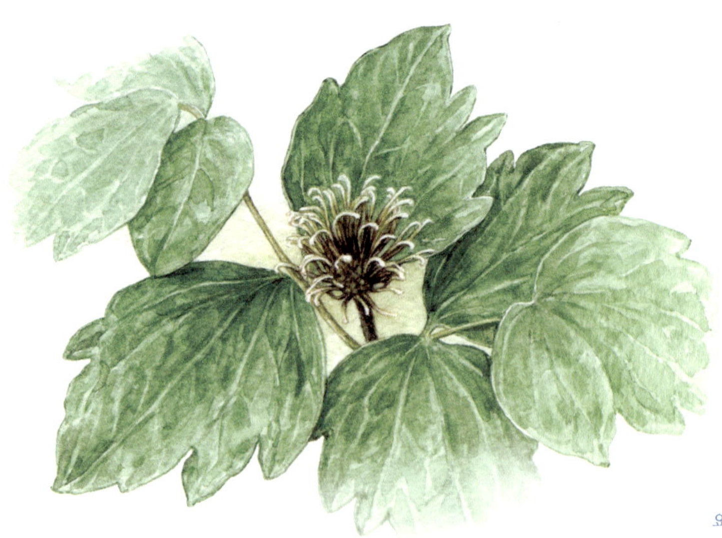

요강나물 씨앗
수채화. 18x16cm

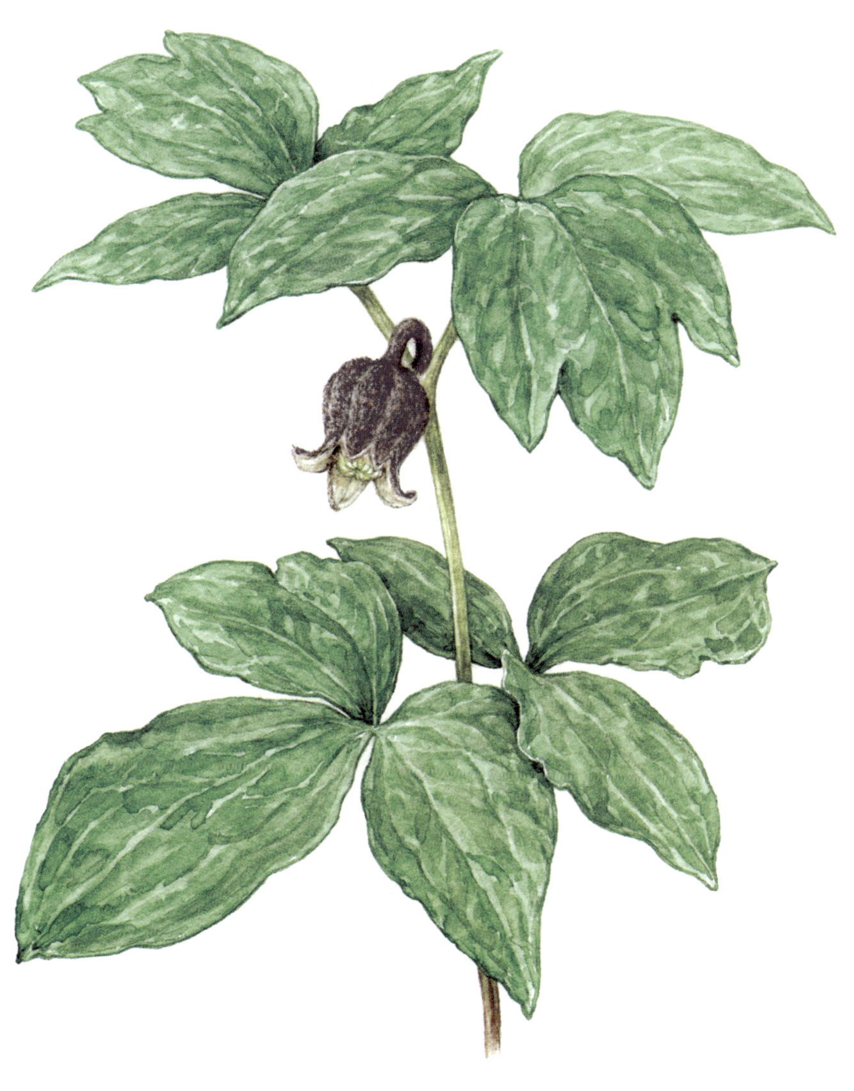

요강나물 꽃
수채화, 20x20cm
2013년 6월 4일

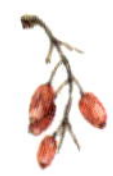

딸기의 마음

산 곳곳에 딸기꽃이 한창이다. 산에서 만나는 딸기는 종류가 여러 가지다.

연분홍 꽃이 일찍 피는 줄딸기,

하얀 꽃 산딸기,

귀여운 분홍 꽃 멍석딸기,

하늘을 보고 피는 연분홍 꽃 곰딸기,

아래를 보고 피는 하얀 꽃 멍덕딸기.

곰딸기와 멍덕딸기는 줄기와 꽃받침에 붉은 가시가 무섭게 돋아서 같은 종류인 줄 알았는데, 자세히 보니 꽃뿐 아니라 잎사귀도 다르다.

멍덕딸기는 잎사귀 끝이 뾰족하고, 곰딸기 잎사귀는 둥글다.

막 꽃잎을 펼치는 멍덕딸기에는 극도의 긴장감이 감돈다.

연약한 꽃잎과 뾰족한 가시를 모두 품고 있는 딸기는

어떤 마음을 품었을까?

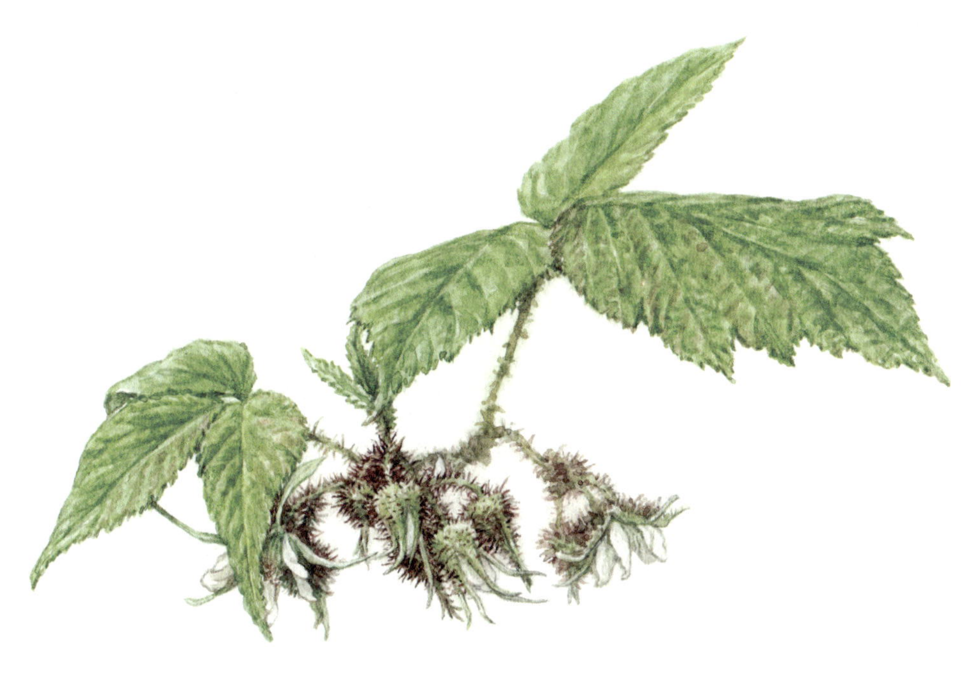

멍덕딸기
수채화, 19x14cm
2013년 6월 11일

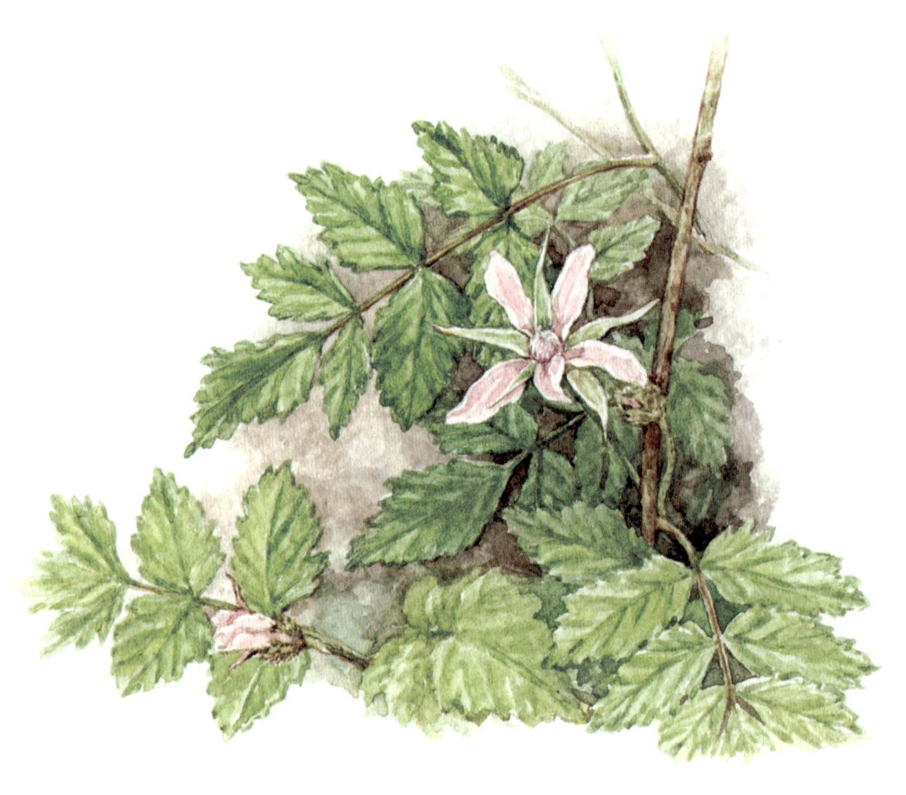

줄딸기
수채화, 16x14cm
2013년 05월 13일

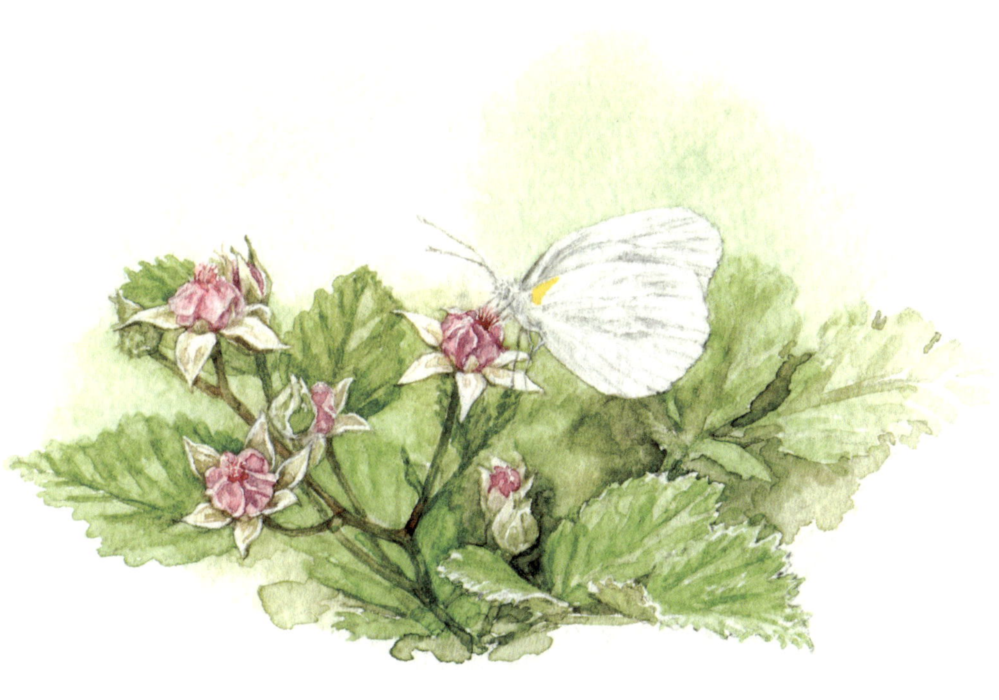

멍석딸기와 배추흰나비
수채화, 19x14cm
2010년 7월 4일

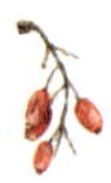

우리도 산이 되어

산에 쪽동백나무가 이렇게 많은 줄 몰랐다. 쪽동백나무 하얀 꽃이 떨어져서 주단같이 깔렸다. 쪽동백나무는 꽃 모양이 온전한 상태에서 떨어진다. 긴 암술대만 남기고 수술까지 모두 살짝 빠져나온 모습이라 꽃 한 송이의 모습을 그대로 볼 수 있다.

그런데 갑자기 의문이 든다. 쪽동백나무는 때죽나무과인데, 왜 동백 이름을 가졌을까? 동백 열매처럼 기름이 많고 열매가 작아서 붙은 이름이란다. 덕분에 동백기름 귀하던 옛날에 서민들은 쪽동백나무 열매와 생강나무 열매 기름으로 등잔도 밝히고 머리단장도 했다고 한다.

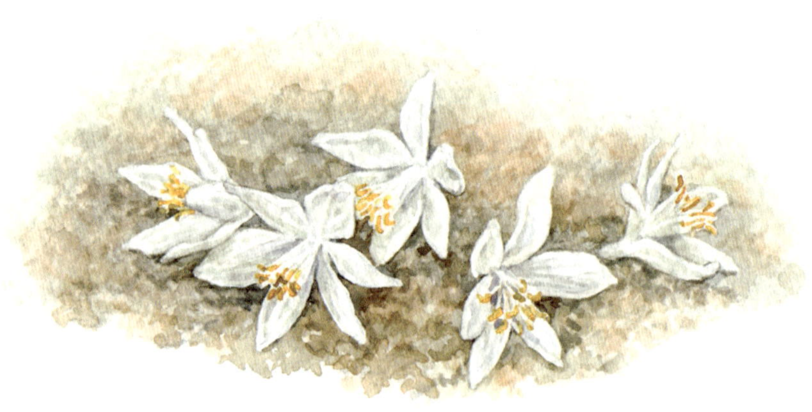

쪽동백나무 꽃
수채화. 17x10cm

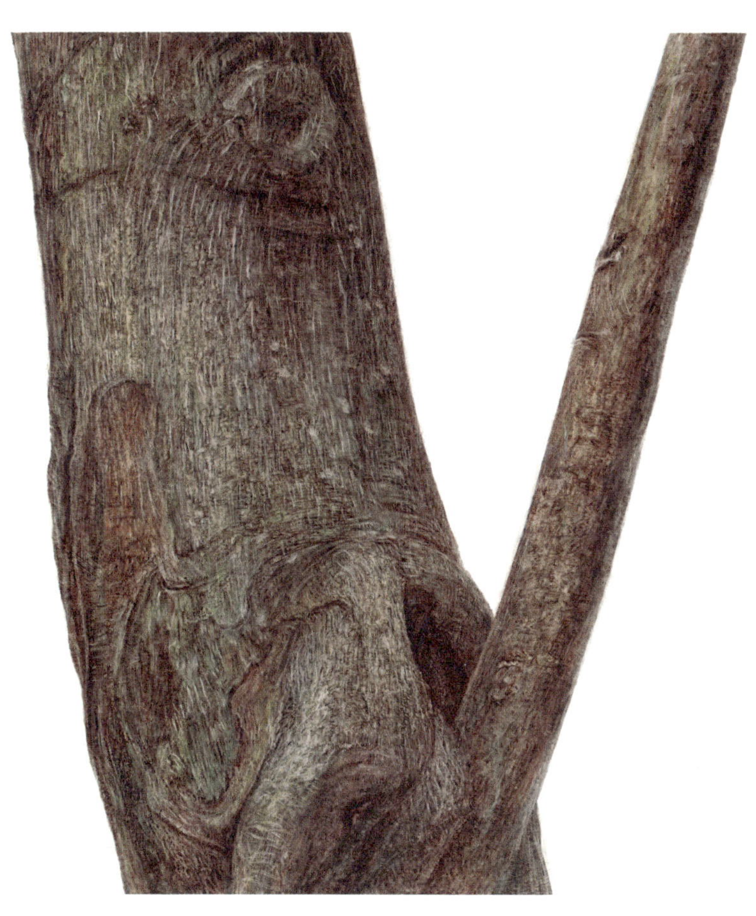

쭉동백나무
왁스페인트, 46x33cm
2013년 6월 11일

바위틈에 금마타리가 피었다.

마타리보다 훨씬 작은 금마타리 꽃은 노랑 중에서도 진짜 금노란색이다.

어쩌면 이렇게 맑은 노란색일 수 있을까?

금마타리를 들여다보는데,

찌르륵~!

명랑한 새소리가 산골짜기를 울린다.

꽃피고 새가 노래하는 이른 아침,

고요한 산에 사람은 우리 둘뿐.

우리도 산의 일부가 된 것 같은 감동이 밀려든다.

벅찬 가슴 쭈욱 펴고 깊은 숨 한 번 들이쉰다.

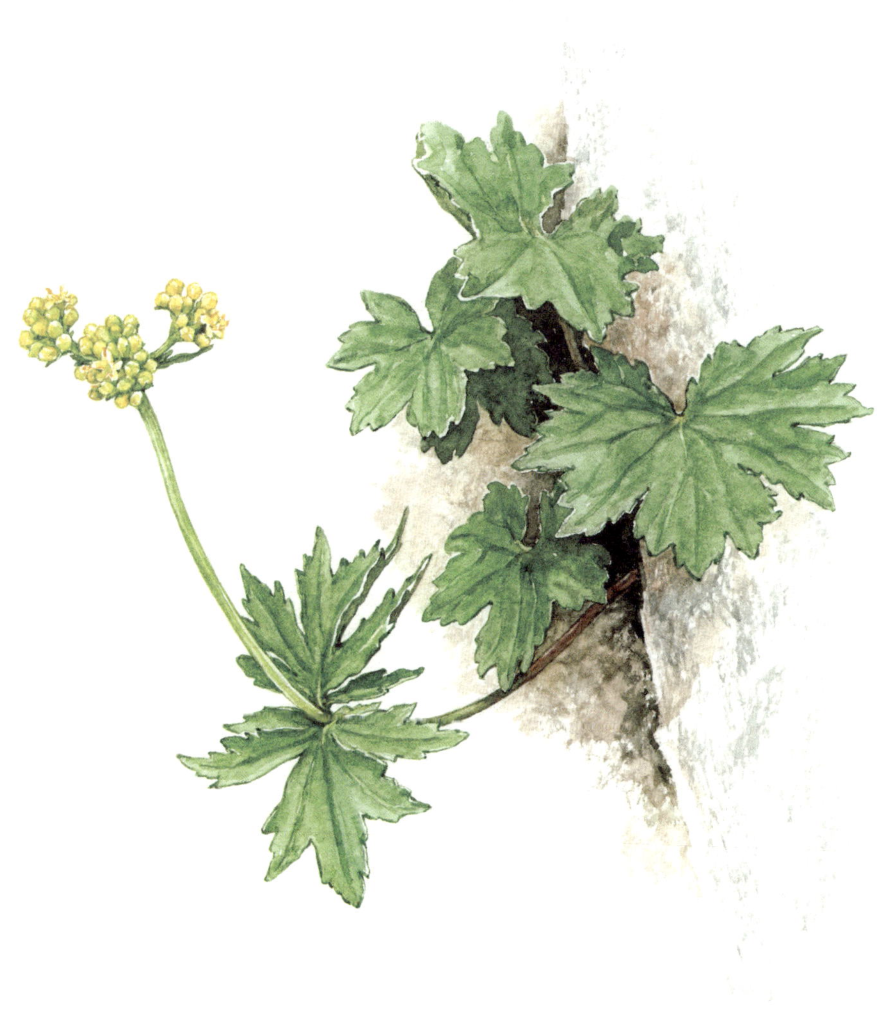

금마타리
수채화, 23x24cm
2013년 6월 11일

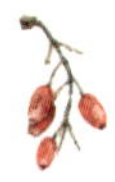

꽃이 찾아오겠지

풀꽃 관찰이 점점 세밀해지니 걸음도 점점 느려진다. 산속 깊은 곳을 보려면, 가까운 길은 빨리 지나가야겠다. 부지런히 지나치는 비선대 길에 산뽕나무 열매, 오디가 한창이다. 층층나무도 열매를 맺고, 비선대 앞의 피나무에도 열매가 보인다.

천불동으로 들어서니, 자잘한 흰 꽃들이 많다. 산꿩의다리와 숙은노루오줌이다. 이렇게 온통 하얗고 작은 꽃들은 초점 맞추기도 어렵다. 그나마 사진은 어떻게든 찍겠는데, 그림은 어떻게 그려야 하지? 꽃술까지 하얀 작은 꽃을 만나면 그릴 걱정이 앞선다.

그래도 그리고 싶다는 간절한 마음이 있으면 꽃이 나를 찾아오겠지.

귀면암을 지나고 숲은 점점 깊어진다. 봄 꽃들은 열매를 준비하고, 여름과 가을 꽃들이 시작이다. 숲은 그렇게 다음에 올 친구들에게 자리를 내어준다. 때가 되면 꽃을 피우고, 철이 지나면 물러날 때를 안다.

장마가 시작되면서 하루에도 날씨가 변화무쌍하다. 오늘 일기예보에 비 소식은 없었는데 가랑비가 부슬거린다. 그렇다고 걸음을 돌릴 수 없다. 굵어지는 빗줄기를 맞으며 걷기를 한 시간 정도, 거짓말같이 비가 딱 그치고 해가 얼굴을 내민다. 잎사귀마다 방울방울 물방울이 맺히고, 빗방울 흠씬 머금은 풀숲에는 진한 풀 냄새가 풍긴다.

음~, 여름이다!

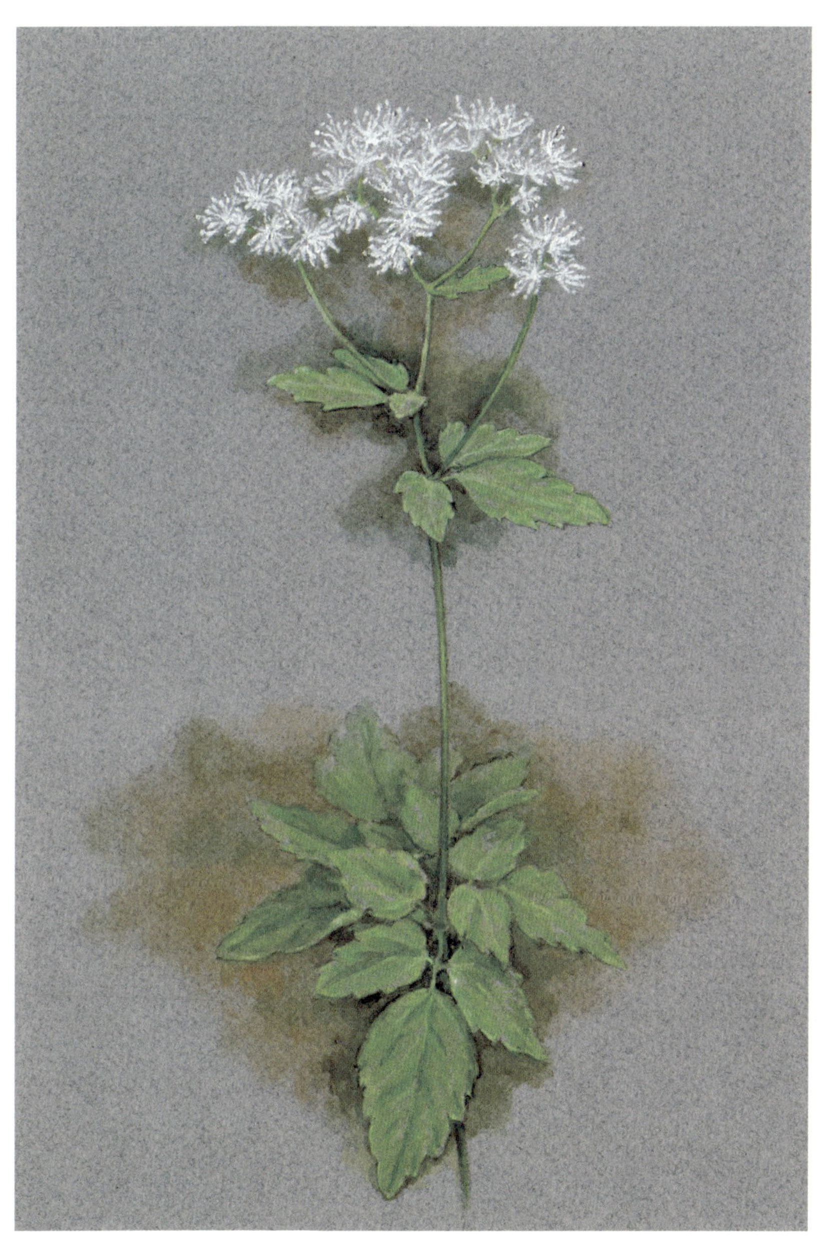

산꿩의다리
유화, 20x27cm
2013년 6월 24일

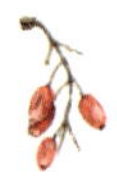

암벽 따라 걷는 길

　이른 아침 박그림 선생님과 함께 생태기행을 나섰다. 달마봉 능선을 향하는 길은 후덥지근한 여름 날씨에 오르막길이라 땀이 줄줄 흐른다. 한 시간 정도 걸어 능선에 오르니 바람이 불어온다. 산 위에서 만나는 바람은 뭐라 말할 수 없이 고맙다.

　능선을 따라 오르락내리락 달마봉을 향해 다가간다. 달마봉 능선은 고래 등 같이 큰 바위 양편으로 절벽이 펼쳐진다. 지난겨울 눈과 안개 속에서 이 길을 걸은 적이 있다. 그때는 사방이 온통 우윳빛이라 능선 양 옆의 아슬아슬한 절경을 만나지 못했다. 통제구간답게 걷는 데 도움을 주는 보조시설이나 계단도 전혀 없어서 진짜 산에 온 맛이 난다. 참, 오늘 산행이 생태기행이라는 걸 잠시 잊었다. 산양이 다니는 험한 길, 바위와 암벽을 따라가는 길이다.

　덕분에 만난 것도 있다. 뱀 껍질! 두 해 전 박 선생님과 십이선녀탕 쪽에 산양 바위를 보러 갔을 때도 높은 벼랑 위에서 뱀 껍질을 본 적이 있다. 그때는 몸에 지닌 짐을 줄이느라, 숲속에 가방을 벗어 놓고 올라가서 사진도 못 찍었다. 오늘도 뱀 껍질이 있는 상황은 비슷하다. 주변이 내려다보이는 벼랑 꼭대기, 풀이 조금 우거지고 해가 잘 드는 곳에서 뱀은 허물을 벗나 보다.

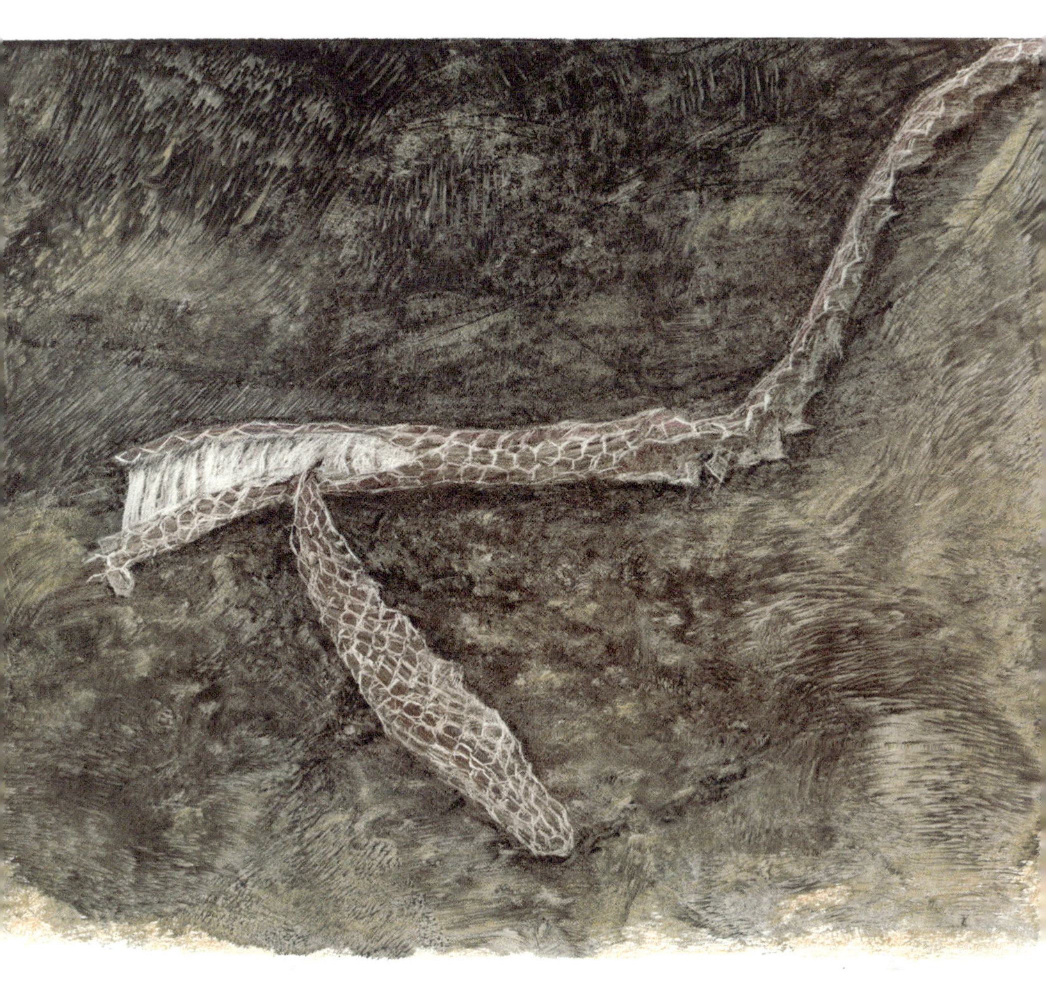

뱀 껍질
왁스페인트, 34x26cm
2013년 7월 4일

달마봉이 빤히 앞에 보이는데, 길은 점점 더 발 디딜 곳이 없다. 가까스로 바위 하나를 건너면 또 벼랑. 그러기를 몇 번이나 반복하던 중, 바위산에 꽃피운 아주 작은 풀을 만났다. 노란색 돌양지꽃 뒤에 피어 있는 연분홍색 작은 꽃. 꽃 한 송이 지름이 2~3mm 정도 되는 작은 꽃들이 한 방향을 바라보고, 줄기 아래에 둥글넓적한 잎사귀가 있다.

그 이름은 병아리난초! 병아리난초를 이전에 도감 사진으로 본 적이 있다. 사진에서는 진짜 병아리만큼 컸는데, 막상 만난 실물은 믿을 수 없이 작다. 감탄과 웃음으로 만난 병아리난초가 험한 달마봉 길에도 꽃이 있다고, 우리에게 힘을 내라고 말해주었다.

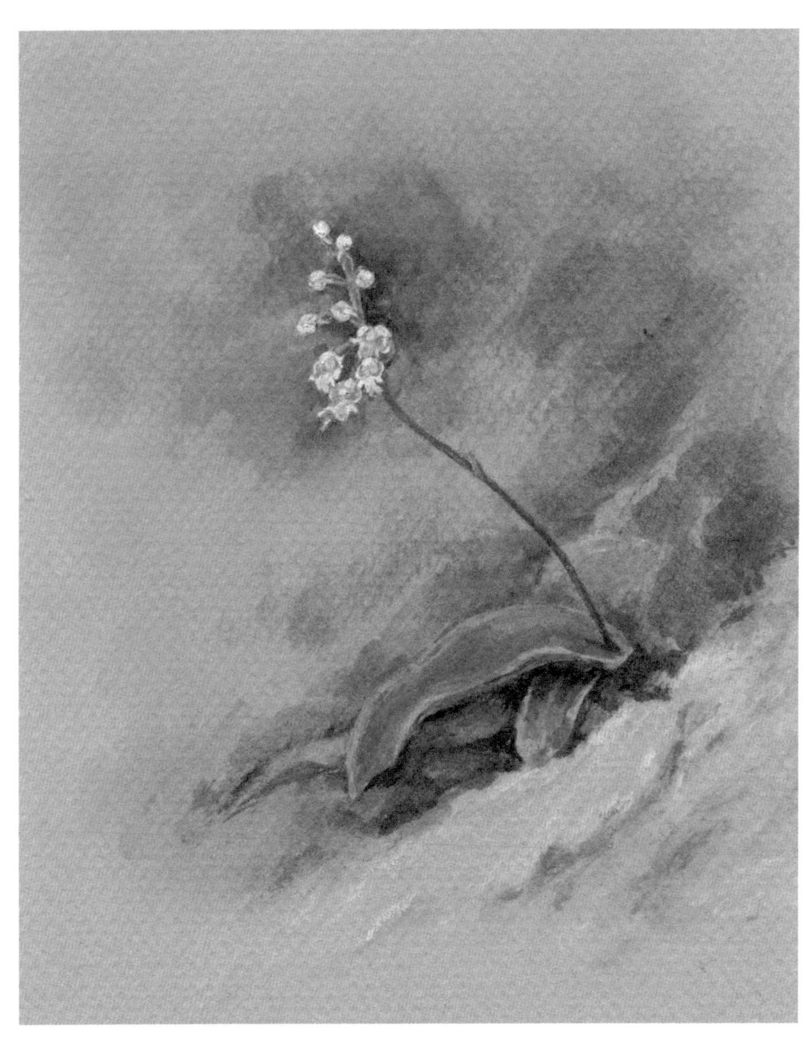

병아리난초
유화, 18x22cm
2013년 7월 4일

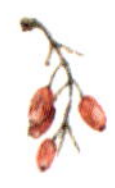

무지개의 선물

　설악산 봉우리 위로 큰 무지개가 걸쳐 있다. 무지개를 보니 괜히 마음이 들뜬다. 그런데 산이 가까워질수록 하늘이 흐려지고 빗방울이 떨어진다. 빗줄기는 굵어져서 흘림골 앞에 도착하니 장대비가 되었다. 하늘에 짙은 먹구름이 지나가고 있다. 이십분쯤 차 안에 앉아 기다렸다. 빗줄기가 가늘어지고 구름도 멀어져 가니 슬슬 올라가볼까? 길이 미끄러울 테니 조심해야겠다.

　비 오는 날 산에 오니 느낌이 새롭다. 장마철인 데다 방금 쏟아진 빗물까지 더해 물살이 빠르게 흘러내린다. 무심코 지나다니던 곳이 개울을 이루고, 바위는 징검다리가 됐다. 쿠르릉, 쾅- 쾅-, 여심폭포에서 많은 물이 쏟아진다. 그동안은 소리 없이 흘러내려 폭포가 있는 줄 모르고 지나친 적도 있는데, 오늘은 비룡폭포보다 더 힘차다. 물줄기가 급하니 성이 난 것처럼 보인다.

　여심폭포뿐 아니라 온 산골짜기마다 물이 흐르고 바위에도 물줄기가 솟으니, 산이 큰 소리로 울고 있는 것 같다. 산은 그동안 사람들로 인해 힘들던 걸 꾹꾹 참다가 비 오는 날, 목 놓아 우는 걸까?

　꺼이꺼이 서럽게 우는 산의 울음소리가 가슴 속으로 파고든다.

미끄러운 길을 조심조심 올라가는데, 큰 바위에 뭔가 놓여 있다. 자세히 보니 산양 뼈다. 누군가 동물 뼈를 발견하고, 바위에 올려놓았지 싶다. 비록 살아 있는 동물은 아니지만, 산양의 흔적을 만나니 반갑다. 설악산 곳곳을 누비고 다녔던 한 생명의 느낌이 강하게 전해져 온다.

'아! 산양을 만나려고 오늘 아침 무지개를 만났구나.'

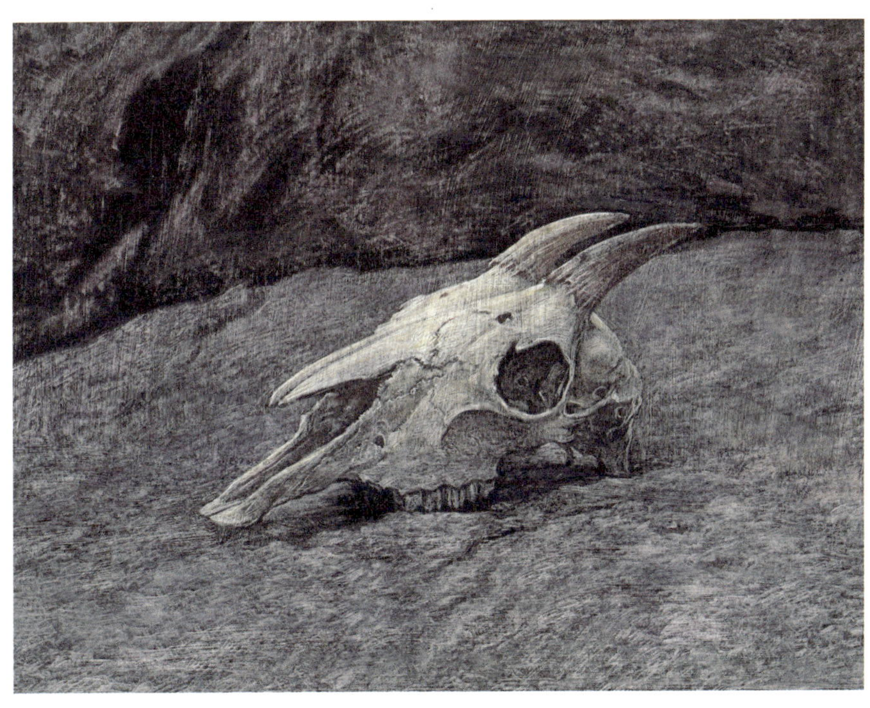

흘림골 중턱에서 키가 우뚝한 노란색 꽃을 만났다. 다섯 장 노란 꽃잎이 선풍기 날개 같고, 가운데 붉은 꽃술이 긴 물레나물이다. 비에 젖은 물레나물이지만 반가워서 이리저리 보고 있는데, 주변을 둘러보던 나무꾼이 부른다.

"여기다. 여기 많이 있어."

암벽 뒤 벼랑에 노란색 물레나물이 좍 깔려 있다. 그 자리는 등반로에선 보이지 않아서 군락으로 보전된 것 같다. 빗방울을 머금고 벙글거리는 노란 얼굴들을 맘껏 바라보았다.

축축한 산행으로 가라앉은 기분이 물레나물 덕분에 싹 씻겼다.

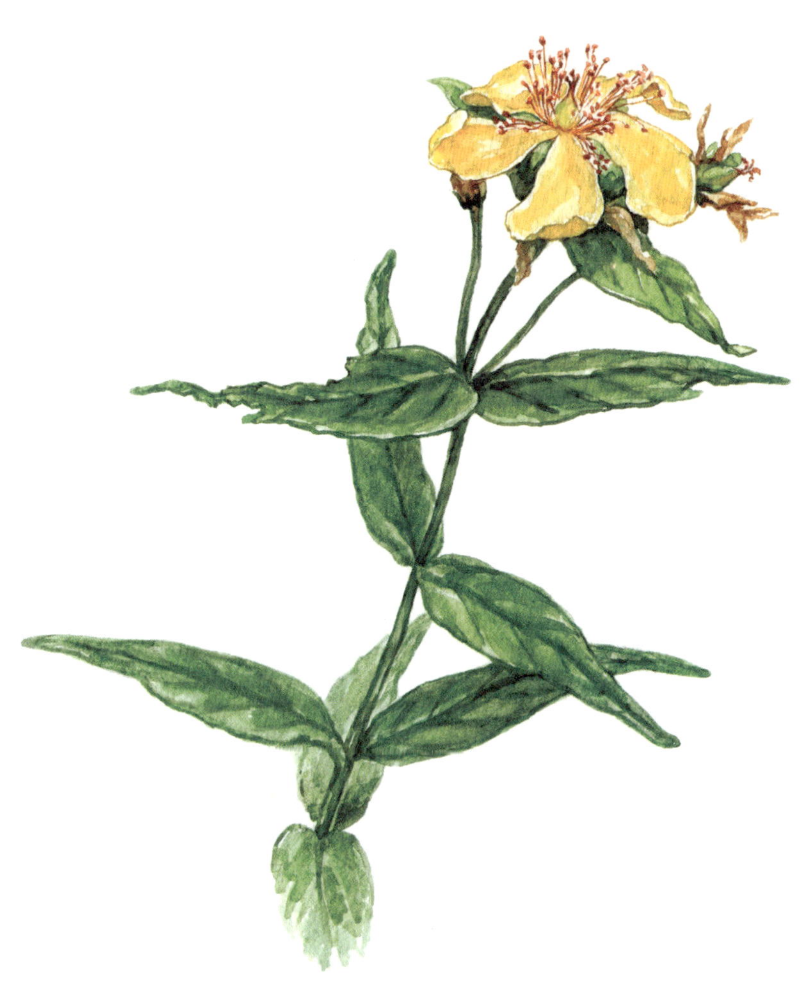

물레나물
수채화, 17x17cm
2013년 7월 9일

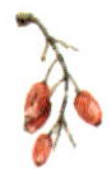

여름의 고개를 넘으며

자연 관찰은 여름이 가장 고되다. 오르막길을 걸으면 금방 지치고, 꽃도 만나기 쉽지 않고, 휴가철이라 사람이 많아서 고요히 집중하기도 어렵다. 그래도 산으로 올라가는 돌계단을 밟을 때는 늘 마음이 설렌다. 오늘은 어떤 꽃을 만날까?

산에는 연보라색 산박하와 오리방풀이 피기 시작한다. 오리방풀 꽃을 보니, 여름이 고개를 넘고 있다. 한 달 전에 만난 물레나물 꽃은 열매로 바뀌었고, 병조희풀에는 작은 호리병 모양 꽃이 피었다.

얼마 전, 양폭까지 걸었다. 삼 년 전에 잠깐 들러 길을 물었던 양폭 대피소는 지난해 화재로 소실되어 푯말만 남았다. 폭포 아래 계곡에는 물고기들이 헤엄치고 있다. 물고기들의 움직임을 눈으로 쫓다보니, 마음도 녹색 물 속으로 풍덩 빠진다.

편편한 마당 바위에 도시락을 폈다. 긴 걸음 후에는 무엇을 먹어도 맛있다. 찐 감자밥에, 생 오이 반찬, 물 많은 토마토는 음료수, 달달한 군고구마는 디저트다. 풀 관찰도 했고 자연식 도시락도 잘 먹었으니, 이번 주 숙제는 잘 마쳤다.

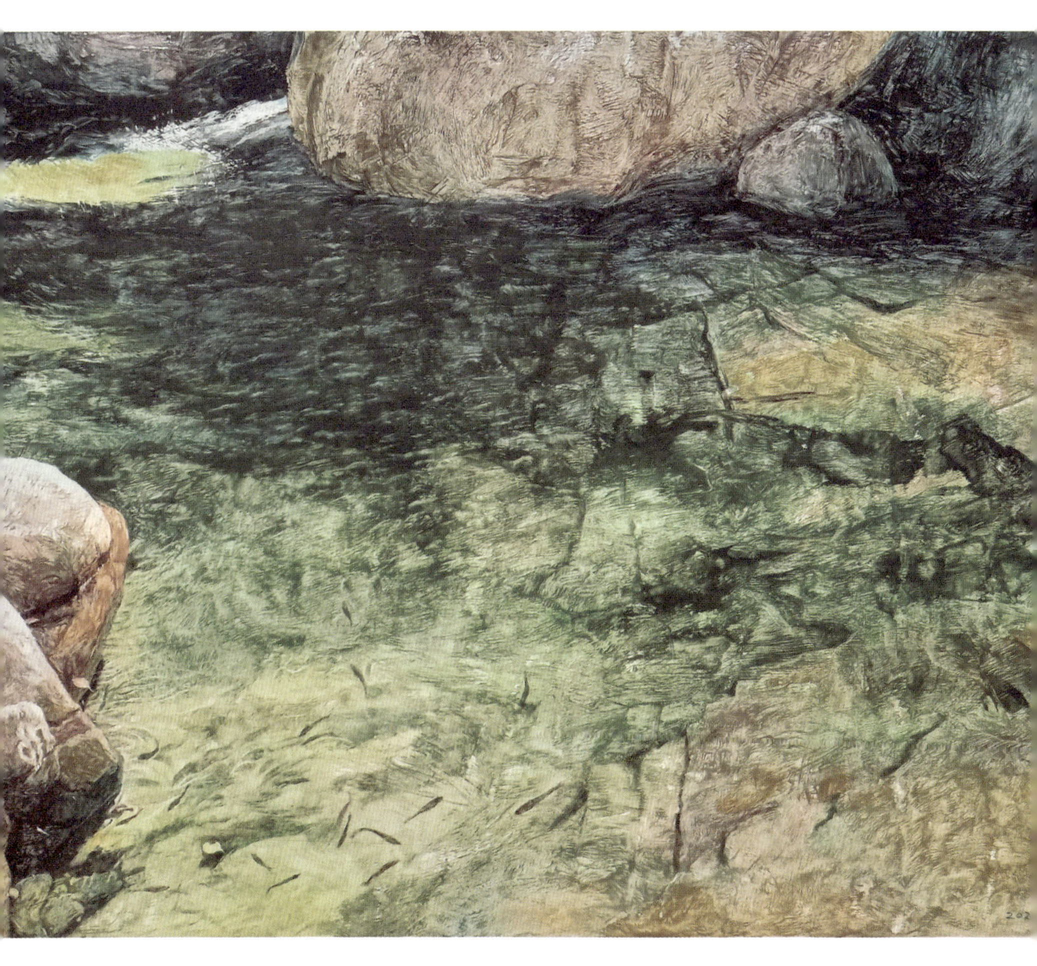

폭포 아래
왁스페인트, 121x91cm
2013년 8월 3일

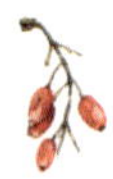

그려보면 알지

청명한 하늘에 우뚝우뚝 솟은 바위들이 선명하다. 바야흐로 가을의 시작
이다. 가을이면 빠질 수 없는 단어가 '단풍'이다. 단풍은 주로 나무에 들지만,
'단풍' 이름을 가진 풀도 있다. 봄에 돌 틈에 꽃 피는 돌단풍, 가을에 피는 단
풍취가 그렇다.

오늘은 단풍취가 활짝 피었다. 꽃잎이 가늘어서 한 송이만 있으면 잘 안 보
이지만, 여럿이 함께 피니 눈길을 끈다. 꽃 없이 잎사귀만 있을 때는 단풍취 잎
사귀와 큰앵초 잎사귀가 왠지 비슷해 보였는데, 꽃이 피니 완연히 다르다. 과
가 다르니 생김새가 다른 건 당연한데 잎사귀 모양의 차이는 그림을 그리면서
확실히 알았다. 역시 그려보는 게 가장 좋은 공부다.

이맘때는 여러 이름의 '취'들도 꽃을 피운다. 노란 꽃 미역취, 하얀 꽃 참취,
분홍 꽃 개미취, 연분홍 꽃 각시취…. 취씨들은 가족도 많다.

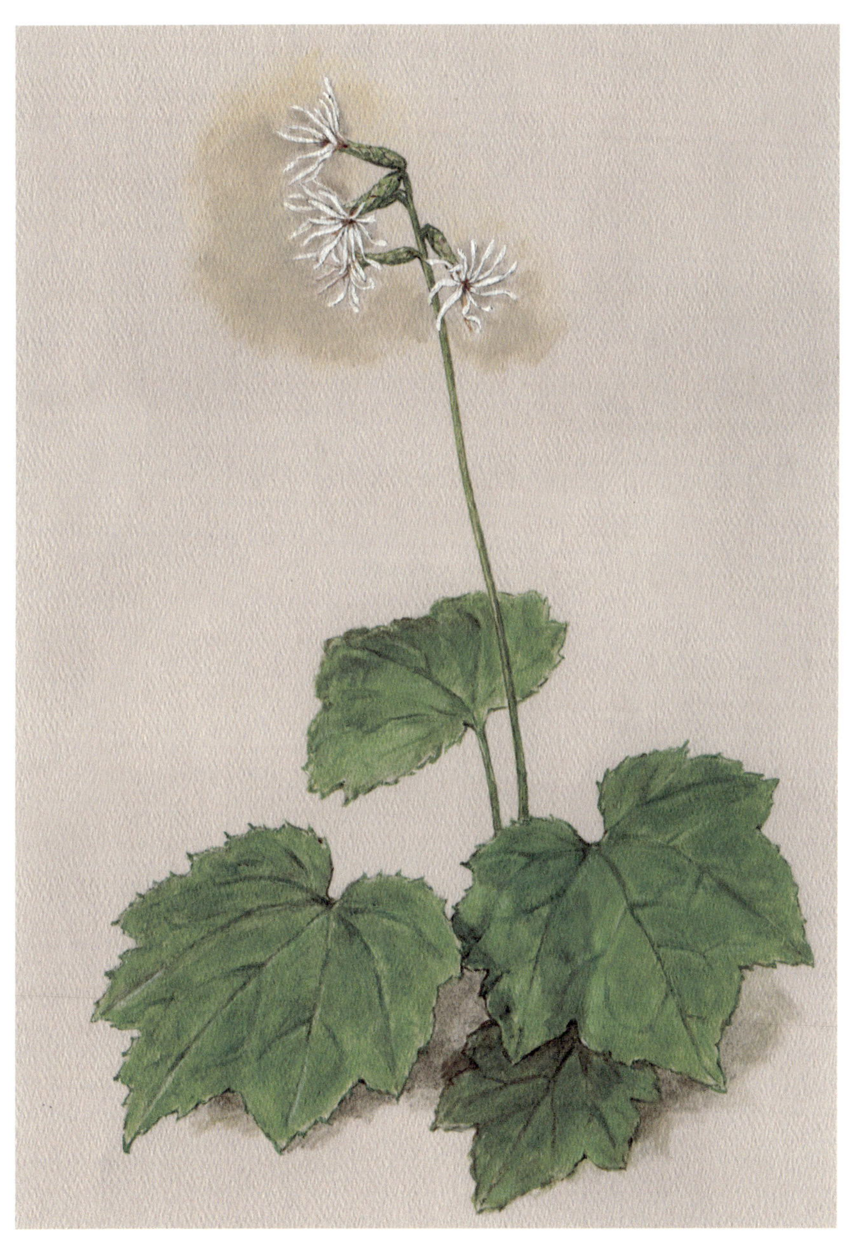

단풍취
유화, 24x24cm
2013년 8월 27일

등선대 정상에서 산오이풀을 만났다. 산오이풀은 이전에도 여러 번 봤지만, 오늘 만난 산오이풀이 제일 곱다. 풀과 나무도 더 적절히 잘 만나지는 때가 있는가 보다. 일주일 전에는 주봉산에서 오이풀도 만났다. 오이풀은 타원형 모양의 검붉은 꽃이 고개를 들고 있었다.

그런데 바람꽃이 눈에 띄지 않는다. 바람꽃은 접근하기 어려운 벼랑 뒤에만 조금 보일 뿐 사람들이 다니는 등반로에는 부쩍 줄었다. 이 길을 찾는 사람이 많아져서, 사람들의 손을 타는 게 아닌지 걱정된다.

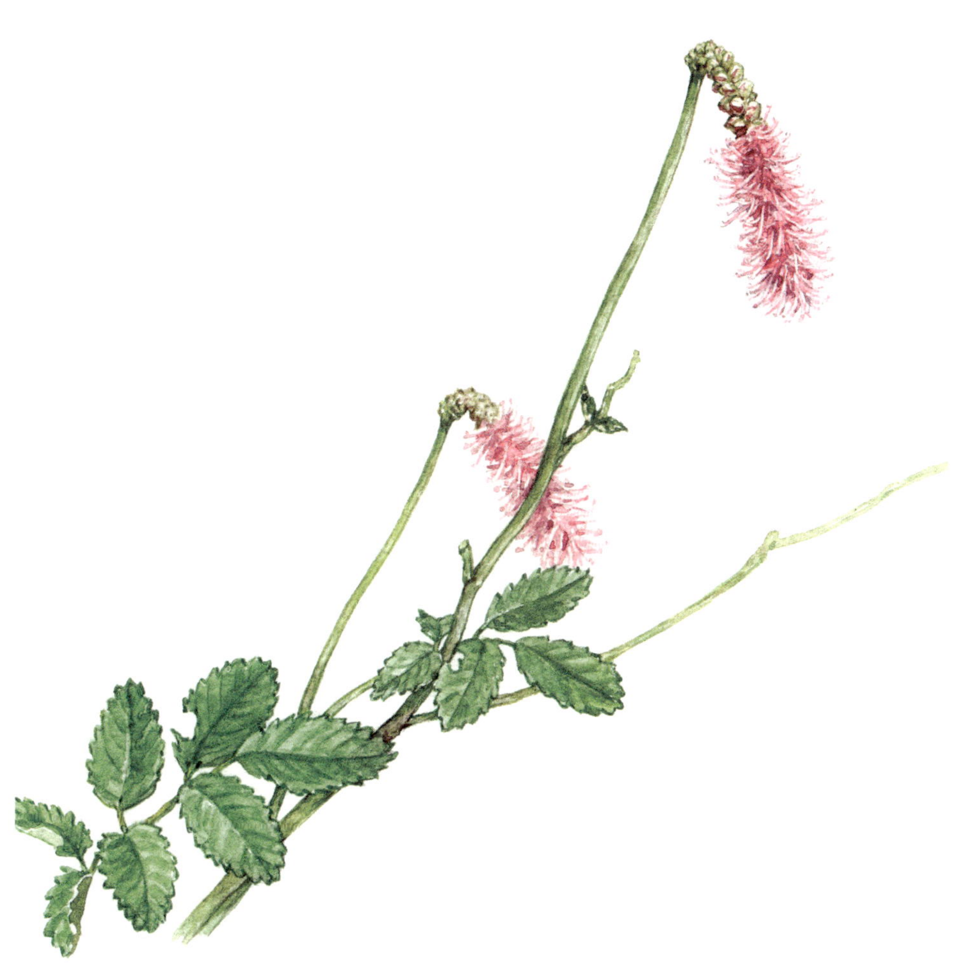

산오이풀
수채화, 24x24cm
2013년 8월 27일

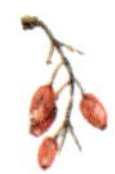

대견한 열매들

봄부터 지켜보던 열매들이 익었다.

회나무는 별 모양 열매가 빨갛게 익었다. 참회나무도 공 모양 열매가 터지고, 주황색 씨앗이 달렸다.

나래회나무 열매도 만났다. 열매가 큰 나래회나무는 벌어진 열매에도 각이 두드러진다. 열매 안쪽에 네 장의 꽃잎 모양이 생생히 남아 있다. 꽃을 품은 열매라니! 참으로 경이롭다.

회목나무는 꽃잎이 네 장이라 열매도 사각이더니, 빨간 열매가 터지고 안쪽에 주황색 껍질 속 검은 씨앗이 고개를 내밀었다. 소중한 씨앗을 보호하려고 옷도 여러 겹 입었다.

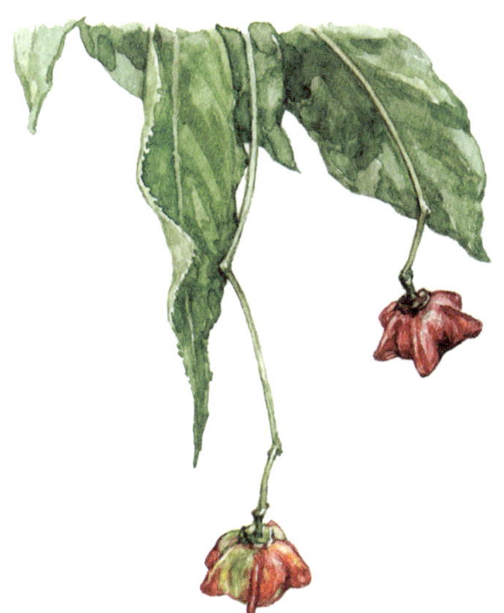

회나무 열매
수채화, 14x12cm

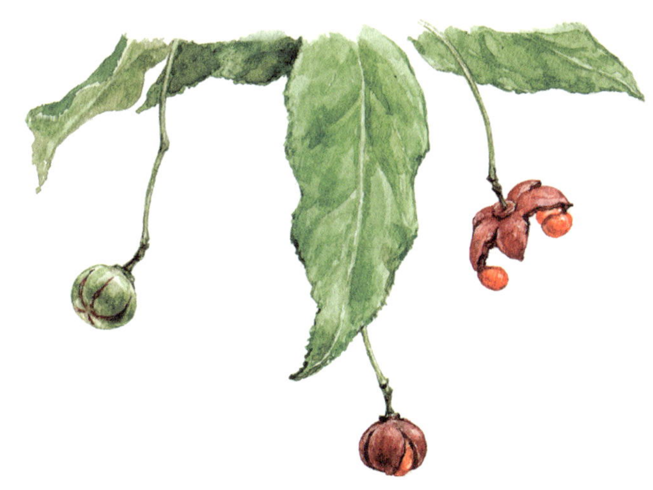

참회나무 열매
수채화, 17x13cm
2013년 9월 15일

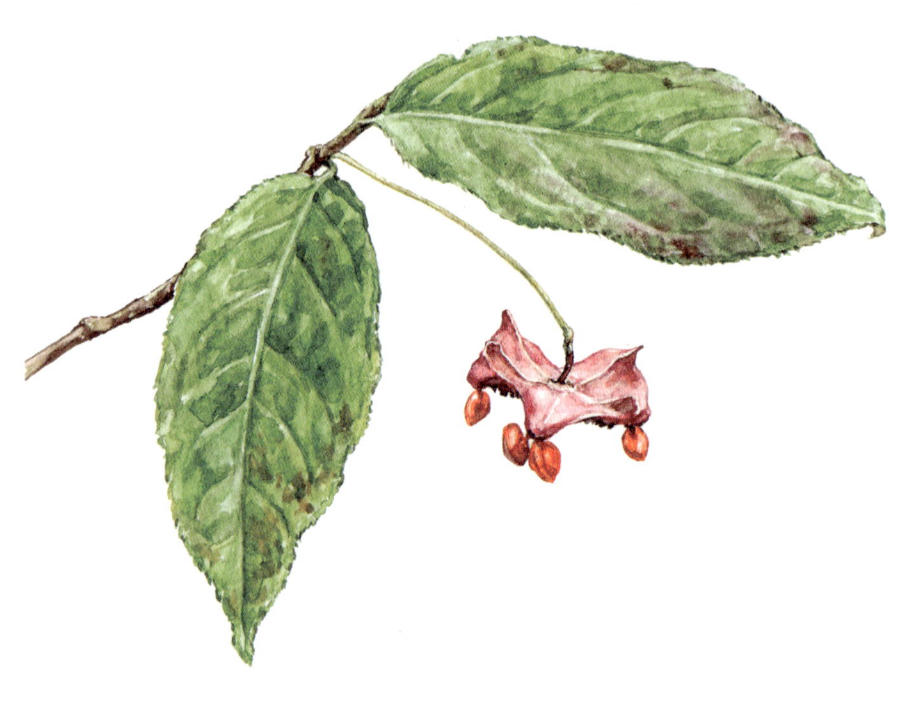

나래회나무 열매
수채화, 17x14cm

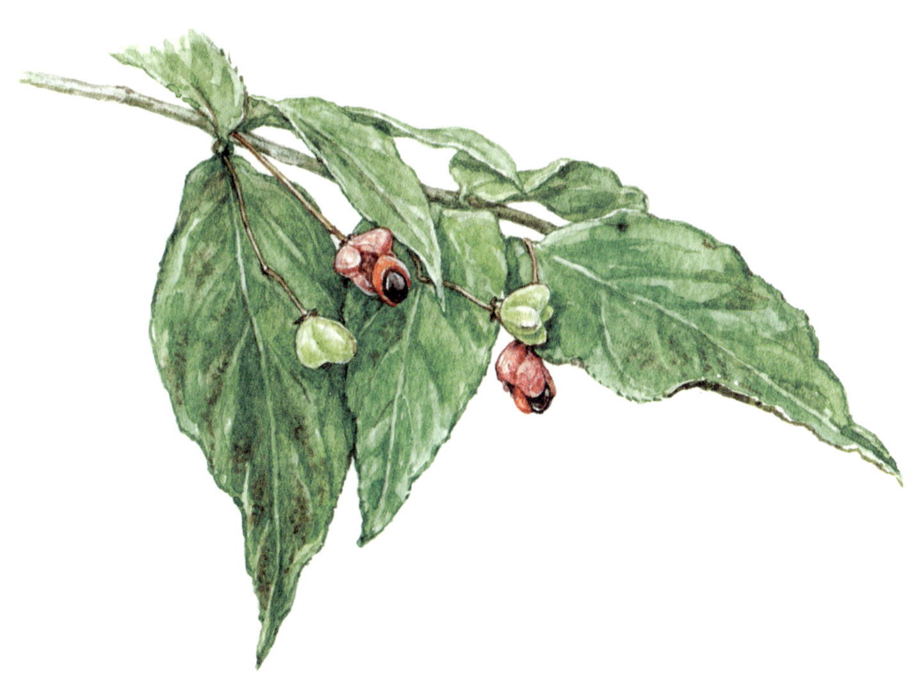

회목나무 열매
수채화, 17x13cm
2013년 9월 15일

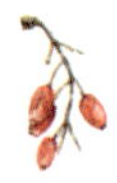

적게 갖고 풍요롭게

지난번 등선대에서 내려오면서, 정든 풀과 나무에게 겨울 잘 지내고 내년 봄에 다시 만나자고 말했다. 그런데 또 오게 되었다. 이번에는 우리 둘만 아니라, KBS-TV 촬영팀과 함께다.

『재활용목공 인테리어』가 출간된 후 여러 월간지에서 우리 사는 모습을 인터뷰했다. 부부가 같이 그림을 그리며 모든 식사를 집에서 해결하고, 가재도구도 재활용 목공으로 만들어 쓰고, 일주일에 한 번씩 설악산 관찰을 하는 삶이 기삿거리가 되는 모양이었다.

TV 촬영은 부담스러워서 여러 번 사양하다가, 적게 갖고 풍요롭게 사는 가치관을 알리는 의미로 용기를 냈다.

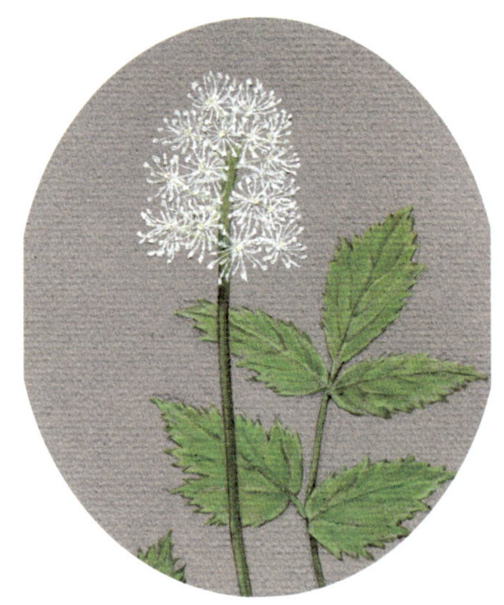

어제는 종일 집에서 촬영했다. 통밀빵을 발효시켜 빵 굽는 모습, 헌 목재로 수납 선반 만드는 재활용 목공, 우리 둘이 그림을 그리는 모습 그리고 작품과 출간한 책을 촬영했다. 오늘은 산행 장면이다. 촬영팀을 안내하려면 낯익은 길이 낫지 싶어 등선대로 나왔다.

청보라색 노루삼 열매가 예쁜 모습으로 영상에 담겼다.

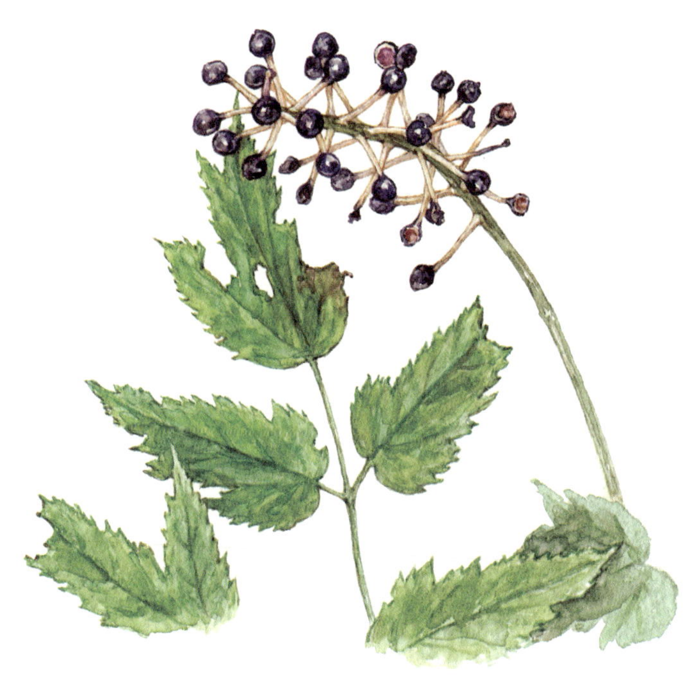

노루삼 열매
수채화, 17x14cm
2013년 10월 11일

벌써 가을이 깊어진 흘림골에는 가을꽃들이 거의 없었다. 10월 중순도 안 되었는데, 이 정도일 줄이야. 커다란 도깨비부채 잎사귀도 가을 물이 올라 스산해 보였다.

정상에도 바람꽃 한 송이뿐이다. 바람꽃이 있는 곳은 솜다리를 만난 비밀의 장소인데, 촬영할 꽃이 너무 없으니 혼자 남은 바람꽃이라도 살짝 찍고 나오자고 했다. 벼랑을 잡고 들어가 바람꽃을 촬영하고, 멸종되어가는 솜다리 이야기를 잠깐 덧붙였다. 풀만 가까이서 촬영하면 바람꽃이나 솜다리의 위치는 공개되지 않을 거라 생각했다. 그러는 동안 모여든 산행객이 우리를 보고 있다. 아뿔싸, 사람들이 모일 수 있다는 생각은 미처 못했는데, 민망함보다 걱정이 앞선다.

'이러다가 솜다리 위치가 알려지면 어쩌지?' 갑자기 뒤통수를 얻어맞은 듯 솜다리 걱정이 구름같이 커져서 산에서 내려오는 내내 우울했다. 제작진에게 신신당부했다. 솜다리 위치는 절대로 방송에 나가면 안 된다고.

방영된 영상을 보니, 다행히 바위의 지형 등은 알아볼 수 없게 편집되어, 그 영상을 보고 솜다리를 찾기는 어려울 것 같다. 촬영 당시 구경했던 사람들이 과연 다음 번 산행에서 그 자리를 다시 기억하고 찾아갈지, 설사 그런 일이 생겨도 그 벼랑 안에서 작디작은 솜다리 잎사귀를 알아보기나 할지, 또한 솜다리 같은 풀에 관심이나 있을지…. 갑자기 안도감이 생겼다. 영상 속에서 내가 말하고 있다.

"솜다리야, 잘 있어야 돼! 겨울나고 내년 봄에 다시 만나."

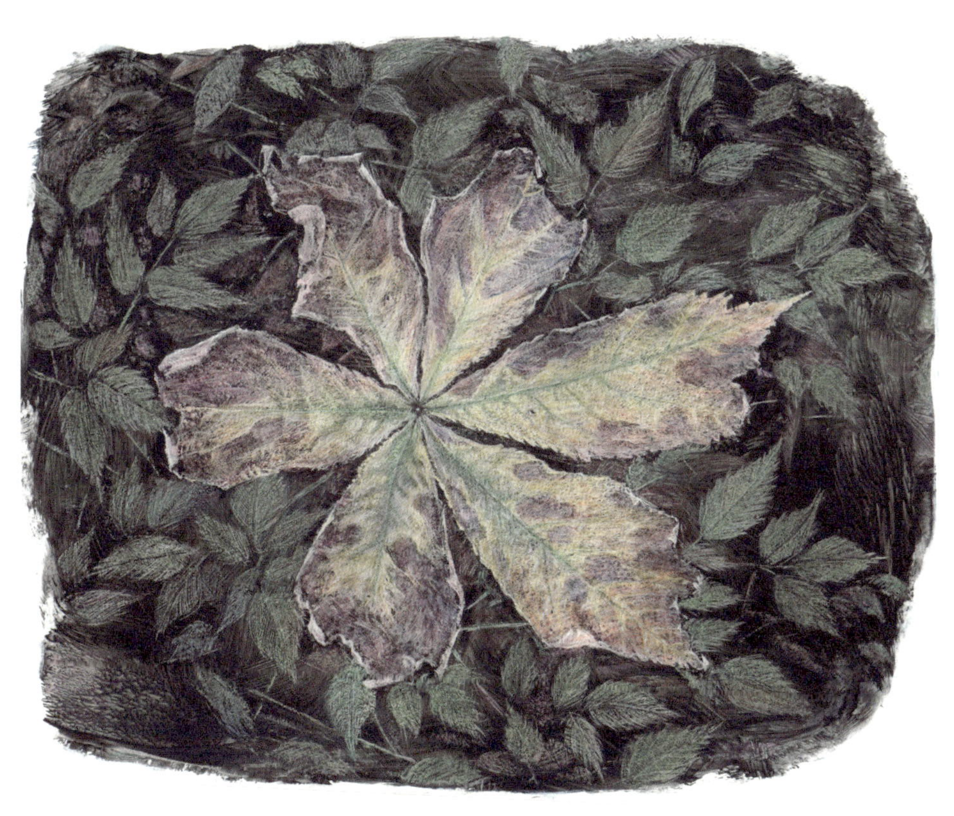

도깨비부채
왁스페인트, 36x28cm
2013년 10월 11일

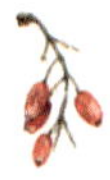

늦게까지 남은 꽃

"어째 한 번 안 오세요. 단풍 드는데…"

설피밭 지수네서 문자가 왔다. 봄에 얼레지 필 때 곰배령에 간다고 했는데, 어느새 가을이 되었다. 단풍보다는 늦게까지 남은 가을꽃이 궁금해서 꼬불꼬불 조침령을 넘어 곰배령으로 향했다.

진동리 날씨는 벌써 찬 기운이 가득하다. 좋은 계절 다 보내고 꽃 지고 난 다음에 와서 관찰하겠다니 지수 아빠는 난감한 표정이다.

"아니요, 뭐, 꼭 꽃만 보겠다는 게 아니라, 늦게까지 남은 게 있나 좀 보려고요. 열매도 좋고요."

야생화의 보고로 알려진 곰배령이니 진동리 한 구석만 살펴도 관찰할 식물은 무궁하다. 진동리 길을 따라 보라색 꽃이 한창이다. 곤드레나물로 유명한 고려엉겅퀴다.

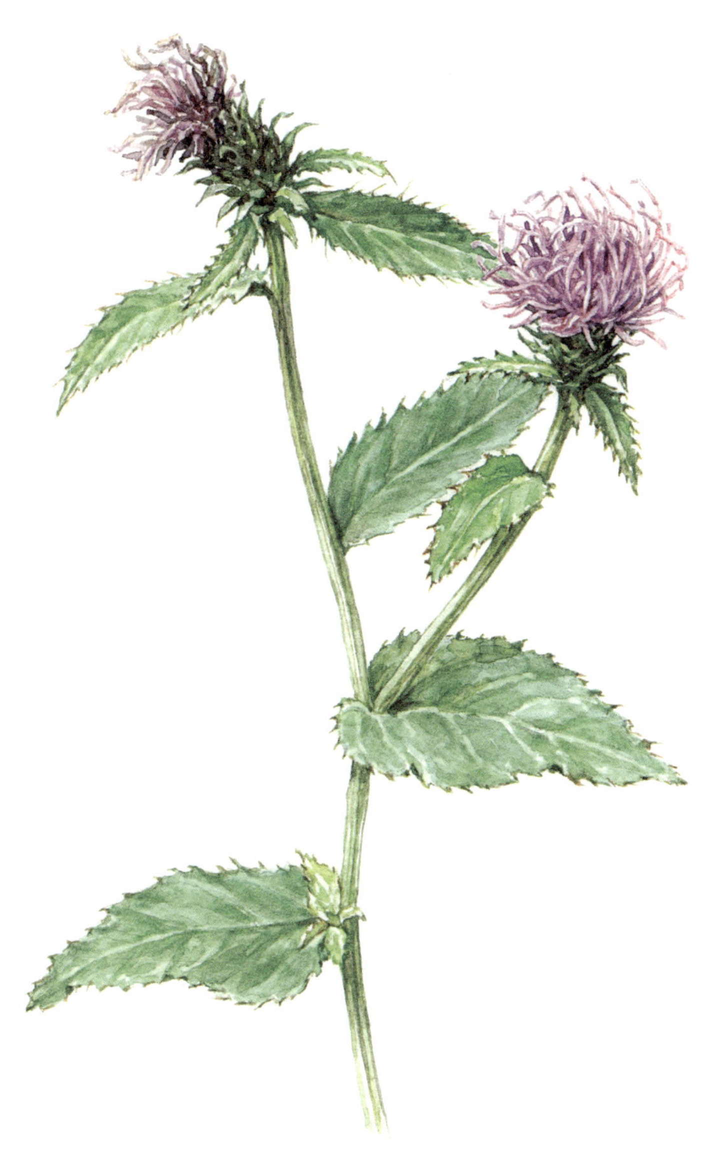

고려엉겅퀴
수채화. 17x19cm
2013년 10월 23일

단풍은 나무에만 드는 게 아니라, 땅에서 자라는 풀에도 든다. 개여뀌, 미꾸리낚시, 둥근이질풀 잎사귀도 붉게 물들었다. 붉은색 대롱 같은 열매를 달고 있는 풀이 퍼져 있다. 피어 있는 꽃잎 네 장이 냉이꽃을 닮았으니 십자화과 같은데, 무슨 꽃일까?

답은 2년 후 어느 날 스르르 풀렸다. 다른 자료를 찾다가 낯익은 꽃이 눈에 들어와 확인해 보니 궁금하던 바로 그 꽃이다.

그의 이름은 느러진장대.

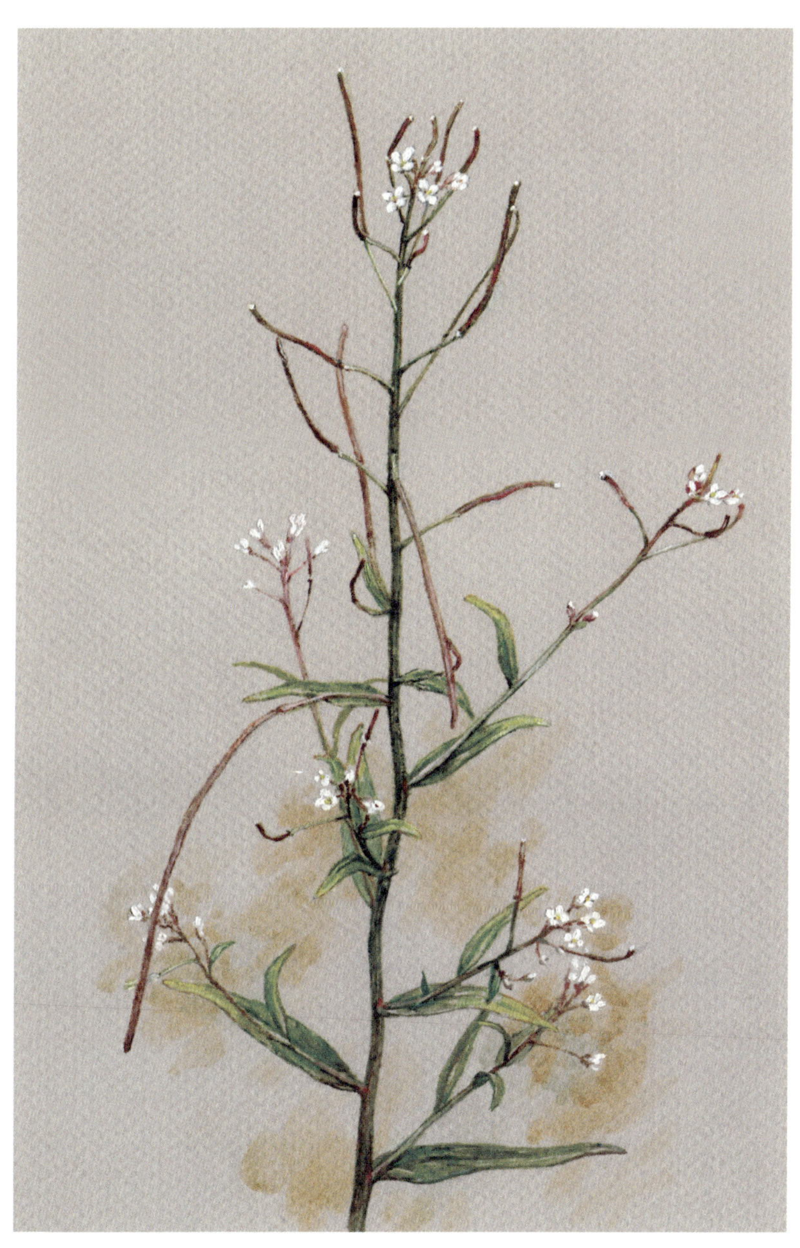

느러진장대
유화, 22x27cm
2013년 10월 23일

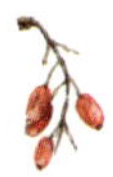

만나고 헤어지고, 또 만나며

　뉴욕에 사는 딸이 뉴욕 시청에서 혼인서약을 하고 집안 어른들께 혼례 인사를 하러 한국에 나왔다. 조촐하게 폐백을 하고 싶다 하여, 딸의 폐백 옷을 직접 만드는 동안 봄이 다 갔다. 그러는 한편 시어머님이 세상을 떠나시고, 곧이어 시아버님도 어머님을 따라가셨다. 봄이 훌쩍 가도록 먼 산만 바라보다가, 며칠 후 뉴욕으로 돌아갈 딸 내외와 함께 산으로 나왔다.

　작년에 만난 산솜다리, 이맘 때가 꽃이 필 때다. 지난해 비에 젖어 져가는 산솜다리를 만났고, 가을에는 잎사귀만 남은 모습을 보았기에, 추운 겨울을 잘 지나고 있는지 궁금했다.
　다시 만난 산솜다리가 활짝 핀 모습을 보니 흐뭇하다. 며칠 후 딸을 보내는 허전한 마음에 솜다리 꽃이 대신 들어와 앉는다. 생명은 이렇게 만나고 헤어지고 그리고 또 새 생명을 만나며 이어가는 거겠지.
　2010년 딱 한 번 만난 왜솜다리가 있던 자리를 기억해 둘걸, 그 후 다시 만날 수 없으니 아쉬울 뿐이다.

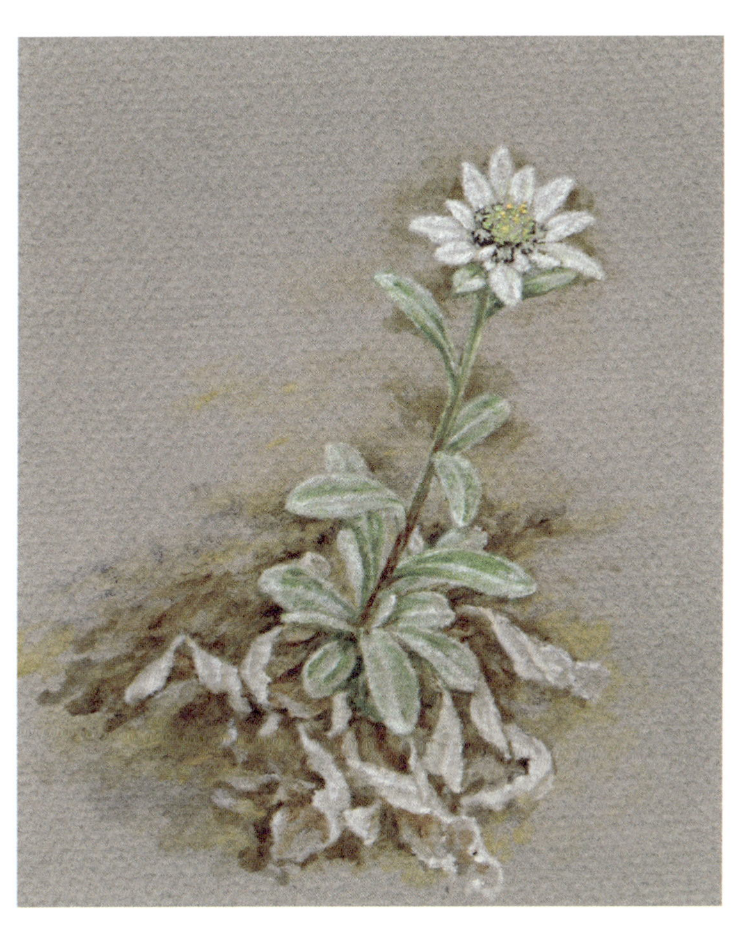

산솜다리
유화, 17x19cm
2014년 5월 21일

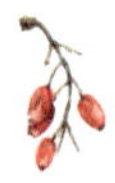

에너지 발전소

설악산 가까운 곳에 머물며 가볍게 시작한 걸음이 몰랐던 생명을 만나는 기쁨을 가져다 주면서 몇 년째 이어진다. 처음에는 가까운 곳에 설악산이 있다는 이유로 갔을 뿐인데, 이제는 설악산이 있기 때문에, 산 가까운 곳에 머문다.

산 아래 낮은 곳부터 높은 산, 깊은 골짜기까지 걸음이 허락되는 곳은 어디든 다니는 동안, 소박하지만 알게 된 게 하나 있다. 긴 산행이든 짧은 걸음이든 산은 한 번도 우리를 빈손으로 돌려보내지 않는다는 것. 다닌 만큼, 걸은 만큼, 고스란히 답을 건네준다.

꾸준히 산을 다니면서 얻은 것 중에 제일은 어디에 어떤 풀과 나무가 있는지 알고 찾아갈 수 있다는 점이다. 지난 몇 년간 '산 예비학교'를 꾸준히 다닌 덕에 이제야 비로소 '설악산 학교'에 입학한 기분이다.

산에 다닌다는 것은 자신의 힘을 이용하여 움직이는 자가발전 시스템 같다. 험한 곳을 오를 때는 괜히 사서 고생하는 것 같은 생각이 든다. 그러다가도 헉헉대며 오르는 그 걸음 속에서 에너지를 얻는다는 걸 알기에 또 가게 된다. 내 몸을 움직이는 만큼 기쁨의 에너지가 만들어지는 에너지발전소이다.

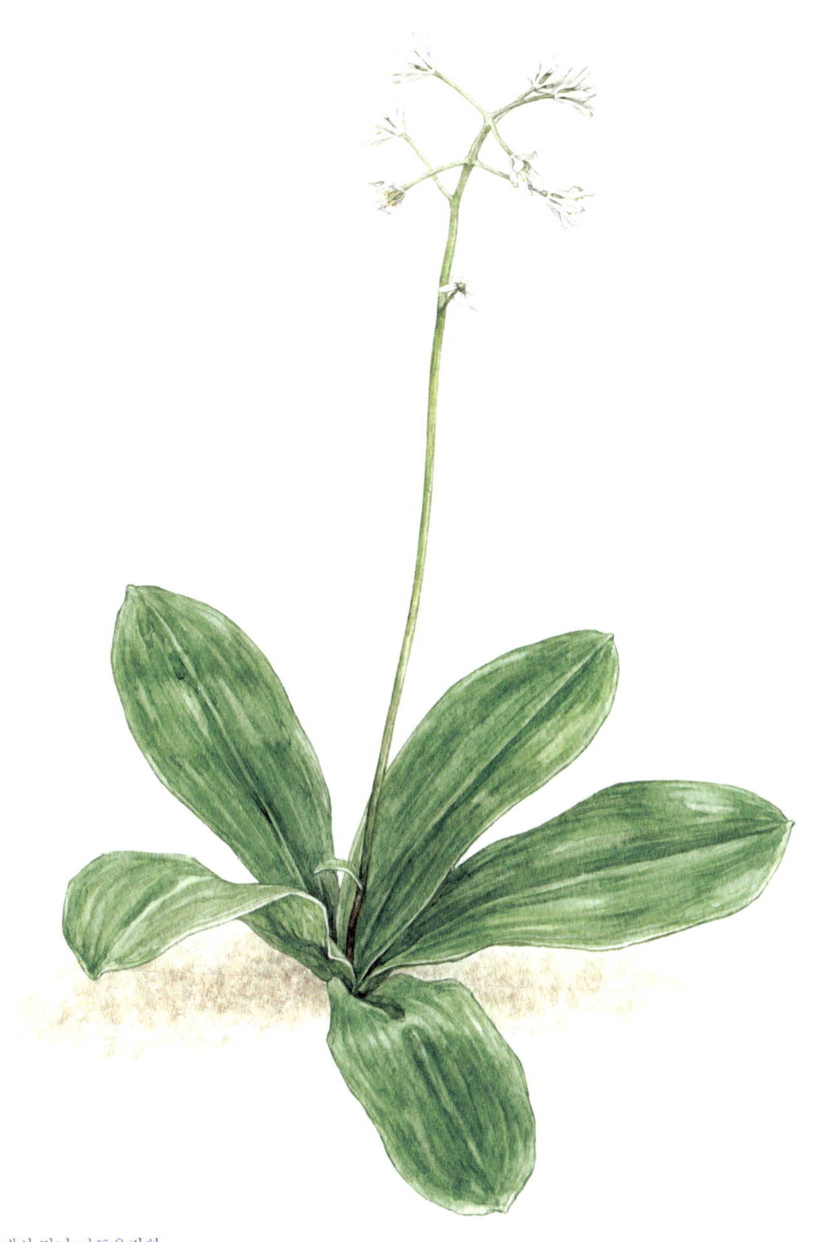

대청봉 길에서 만난 나도옥잠화
수채화, 29x40cm
2011년 6월 8일

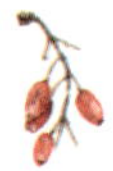

설악산을
그리며

산이 그리워
그림을 그리네.
숲이 그리워
그림을 그리네.

말없이 걷던 그 길이
너무 고요해서 심심하던 그 길이
타박타박 걷느라 힘들었던 그 길이
이렇게 그리울 줄이야.

걸음을 멈추게 하던 작은 꽃망울들
휘청거리며 흔들리는 나뭇가지에
어디선가 불어오는 산바람은
송글송글 땀방울을 식혀주었지.

그리움 가득한 마음으로
산 친구들을 떠올리네.
풀꽃과 새와 나무님이 그림으로 찾아오네.

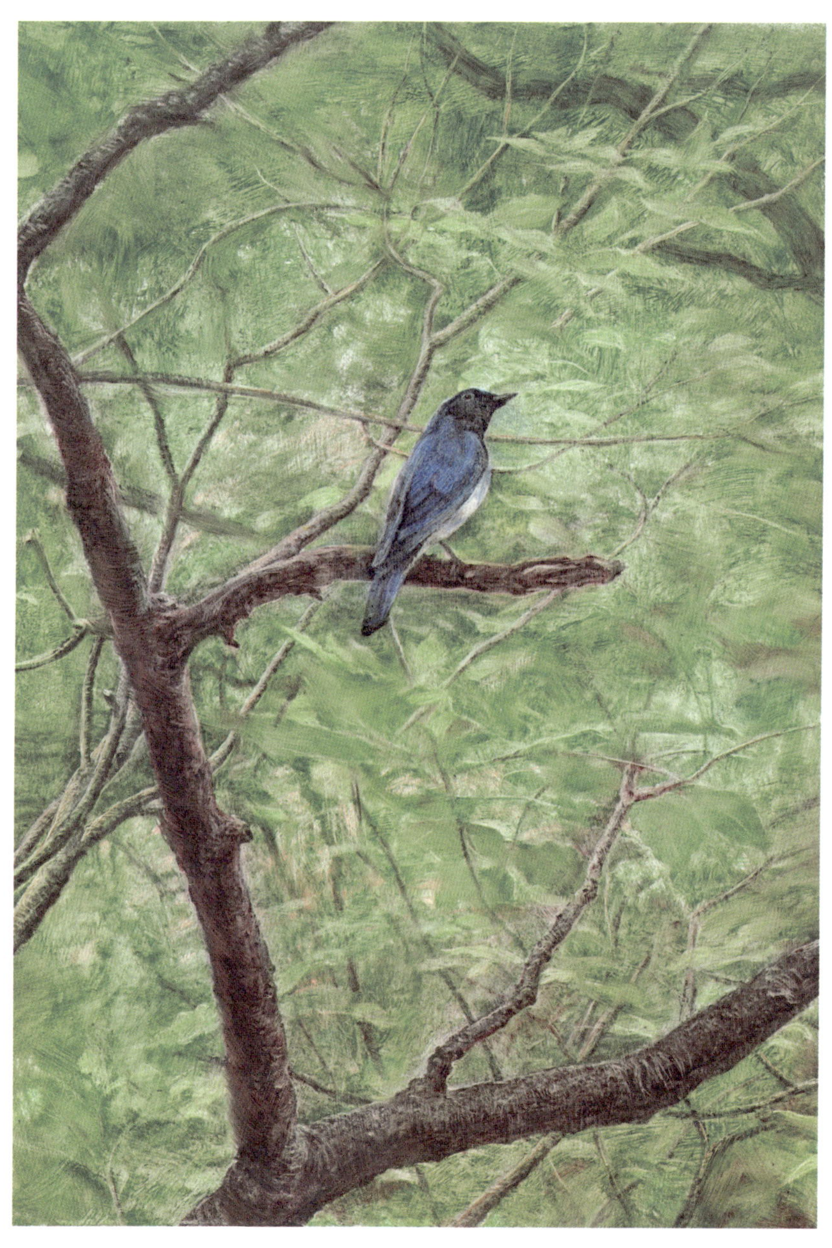

큰유리새
왁스페인트, 33x45cm
2014년 여름

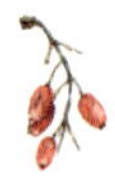

설악산 식물 총파업

설악산 그림을 그리느라 오히려 산에 가지 못하고 있다. 그래도 여름이 되기 전에 다녀와야지. 아침 일찍 흘림골 입구에 주차하고 차 안에서 아침을 먹었다.

초여름 아침, 햇살 찬란한 녹음 속으로 첫 발자국을 내딛는다. 지난밤 고요히 잠들었던 깊은 숲의 평화가 온몸을 감싼다. 이 순간 이 자리에 있다는 고마움이 무한 에너지로 샘솟는다. 산이 품고 있는 무수한 생명들! 오늘도 삶을 이어가는 생명들의 꿈틀거림이 전해져 온다.

흘림골 길 입구에 조릿대 꽃이 가득 피어 있다. 노란색 실밥 같은 꽃이 하나둘이 아니라 무리 지어 있다. 조릿대는 수십 년에 한 번 꽃이 피고 나면 군락이 모두 죽는다는데, 저 많은 조릿대가 사라지고 나면 어떤 풀이 들어설까?

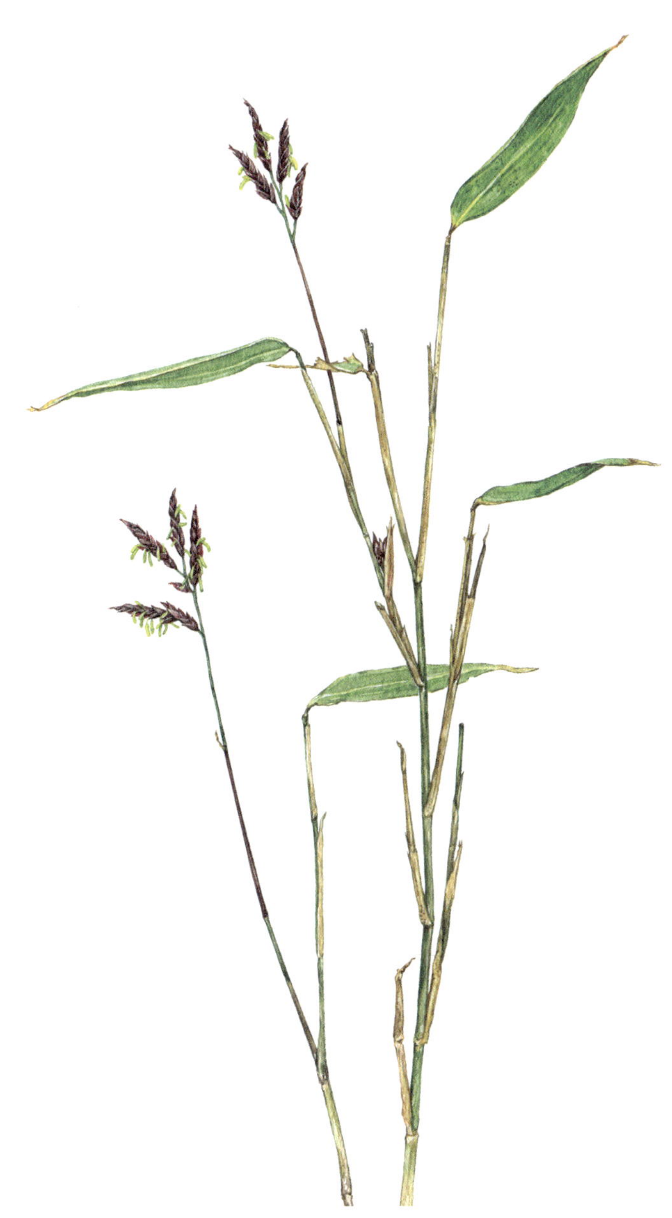

조릿대

수채화, 25x41cm

2015년 6월 4일

깊은 산속까지 가뭄이 너무 심하다. 이른 아침인데도 풀잎에 아롱진 이슬은커녕 흙길까지 바싹 메말랐다. 겨우 열매 맺은 노루삼이 처참한 몰골로 서 있다. 그 옆에 있던 삿갓나물은 잎사귀조차 찾을 수 없고, 심심치 않게 보이던 천남성은 아예 없다. 참회나무에 꽃이 너무 잘다 싶었는데, 회나무에는 꽃이 없다. 쩌렁쩌렁 웃음소리가 들릴 듯 탐스럽던 함박꽃도 축 처져 있고, 온 산의 식물들이 겨우 숨 고르기만 하고 있다. '설악산 식물들 총파업'이라도 하는 느낌이다.

산이 심각한 가뭄을 맞았다는 안타까움이 구름처럼 커졌지만, 다행히 꽃이 드문 곳에 새로운 꽃이 우리를 맞았다. 짙붉은색 꽃 몇 송이가 드문드문 달려 있고, 꽃 크기가 1cm도 채 안 되는, 토현삼이다.

늘 이곳에 있었을 텐데 내가 다른 풀에 마음을 빼앗겨 못 보다가 이제야 인연이 되어 인사를 나누게 되었다.

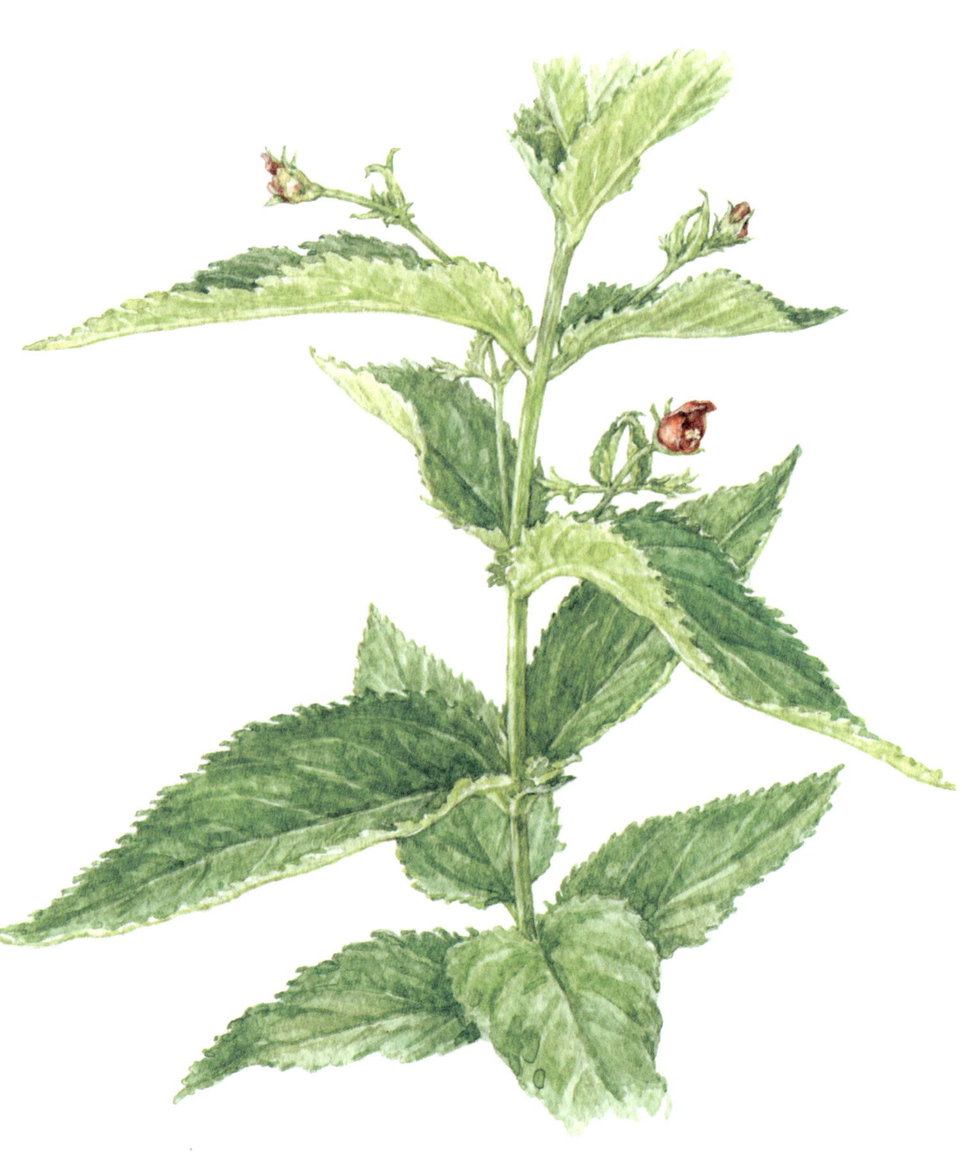

토현삼
수채화, 23x24cm
2015년 6월 4일

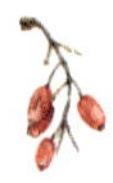

만난 모습 그대로

다시 그림 앞에 앉는다. 산에서 만난 꽃을 그리는데 진도가 영 안 나간다. 산에 다녀오면 언제 어디서 어떤 풀을 만났다고 일기 쓰고, 꽃 이름 찾고, 사진 정리하느라 어느새 일주일이 후딱. 그리고 또 산으로. 그렇게 해가 지나니, 일기는 점점 쌓여 가는데, 정작 그림 그릴 시간이 없다. 막상 그림 그리기를 시작하면, 작은 풀 친구들을 그리기도 만만치 않다. 그려보면 풀처럼 까다로운 대상이 없다. 특히 만난 모습 그대로 그리려면, 풀의 성장 구조를 이해해야 한다.

미국에 사는 동안 야생화 달력 그림을 의뢰받아 2년 동안 풀꽃을 그린 적이 있다. 첫해에는 생화를 구할 수 없어서 사진을 보고 작업했는데, 멋진 사진일수록 식물 정보가 부족해 그리는 동안 많이 어려웠다. 실물 크기를 모르고 그리니, 어떤 풀은 너무 크게 그려지기도 했다. 그래서 둘째 해에는 마당에 꽃을 심은 후, 그걸 보고 그렸다. 잎사귀가 자라는 규칙을 알고 크기도 가늠되니 그리기가 훨씬 편안했다. 그 이후로 식물을 그릴 때는 화면이 허락되는 한 실물 크기로 그린다.

내가 만난 풀 또한 하나의 생명이니, 누군가의 초상을 그린다는 마음이다.

산에서 우리를 부른 풀은 우리와 보통 인연이 아닐 것이다. 망망하게 넓은 산속에서, 셀 수 없이 많은 식물 중에서 하필 눈길이 닿았으니, 서로에게 각별한 존재다.

"참 예쁘네. 어쩜 이렇게 생겼지!"

감탄하며 보니 입가에는 웃음이 감돌고, 마음에는 반가움이 솟는다. 꽃을 바라보는 동안 숨찬 걸음을 멈추고 다리도 쉬어 가니, 고마운 친구다. 나도 풀 친구에게 고마움을 돌려주고 싶다.

풀이 나눠준 에너지가 누군가에게 전해질 수 있다는 생각으로 그의 모습을 더듬어 본다.

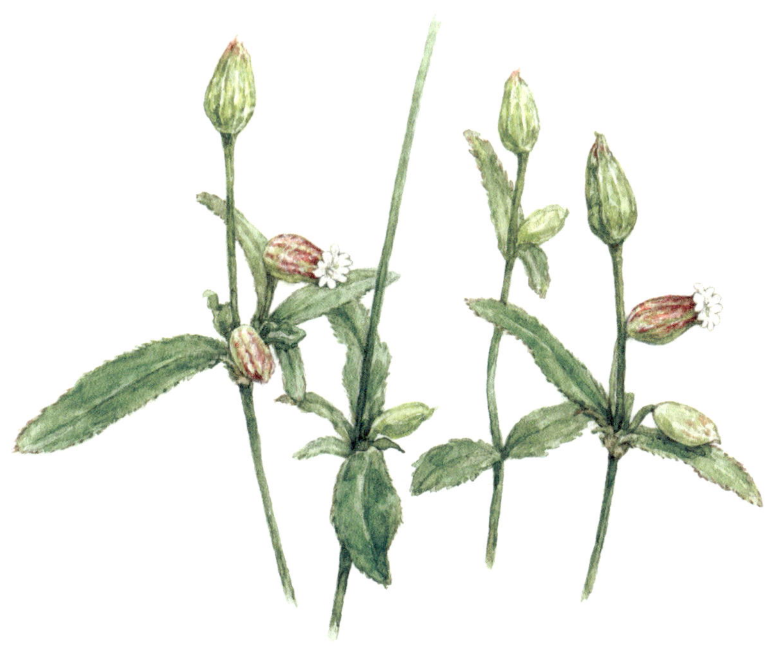

장구채
수채화, 19x15cm
2015년 9월 6일

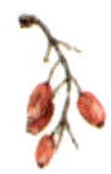

친구가 된 나무

십이선녀탕 길을 오르다가 둘이 나란히 올라간 나무에 눈이 갔다.

"부부목이네."

"산벚나무야."

그 나무의 모습이 좋아 보여 사진에 담았다.

그런데 나무꾼이 그 나무를 전에도 본 것 같다고 한다. 집에 와서 지난 사진을 찾아보니, 2010년 가을 같은 자리에서 찍은 사진이 있다. 까맣게 잊고 있었는데 나무가 두 번이나 우리를 부른 거다. 처음 사진과 비교하니 둘이 맞잡았던 가지 하나가 끊어져 있다. 그래도 맞닿은 다른 가지들은 여전한 것 같았다.

살면서 어려움을 겪기는 나무나 사람이나 마찬가지겠지만, 서로 의지하며 오래가기를. 나란히 손잡은 산벚나무는 지나칠 때마다 올려다보는 친구가 됐다. 그림은 2010년 가을 처음 만났을 때의 모습이다.

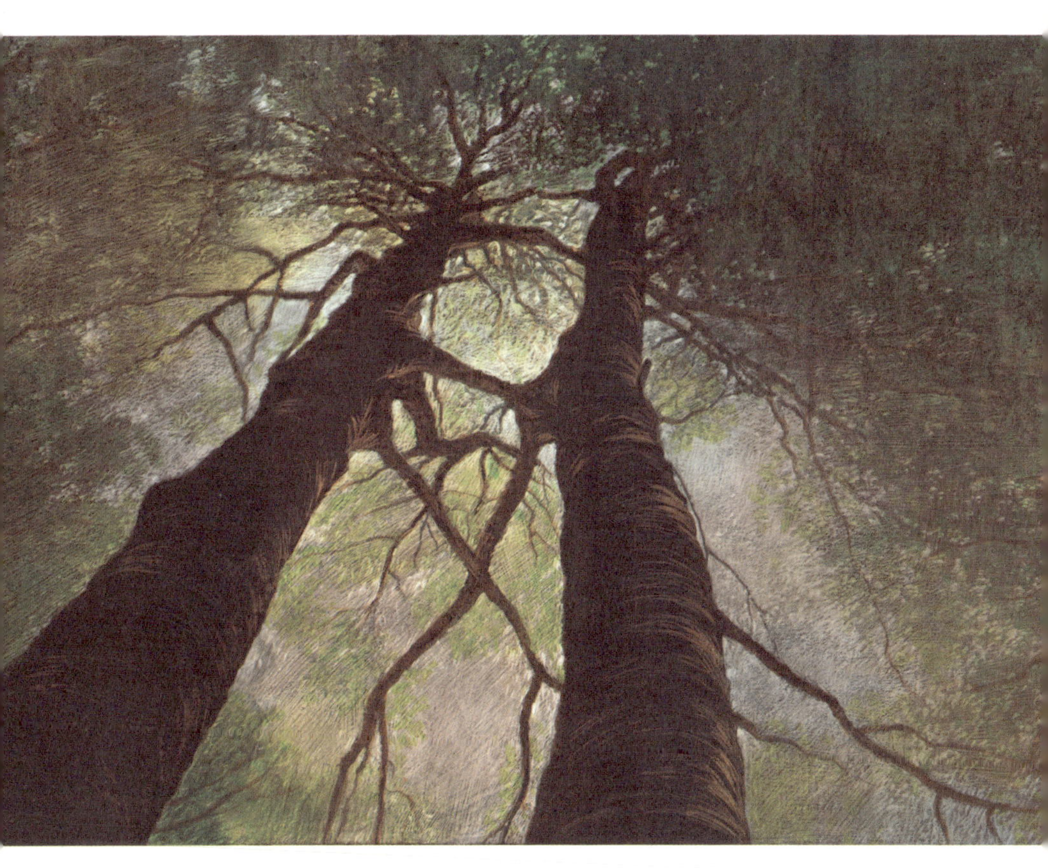

산벚나무 부부목
왁스페인트, 44x29cm
2015년 가을

III 보다

2016~2020년

나무 둥치를 만지며
나무들을 올려다보니
나무와 손을 잡은 것 같다.

그동안 이 산 저 산 헤매고 다니는 우리를
나무님들이 굽어보다가
손을 내밀어 준 건 아닐까.
풀만 보지 말고
이제 나무도 좀 보라고.

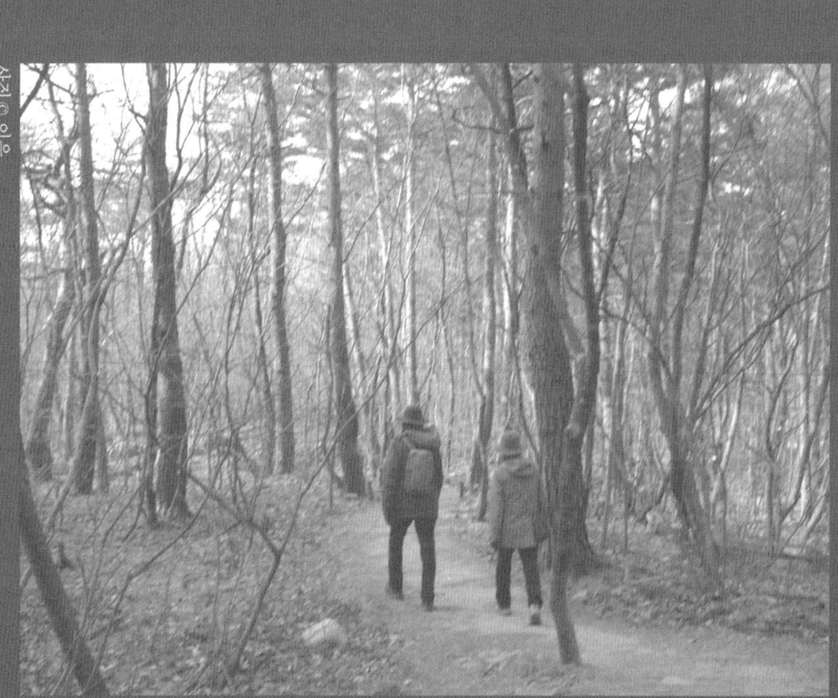
사진 © 이은

숲속의 시간

미국 집에 다녀오기로 했다.

한국에 나와서 산 지 벌써 7년. 어느 날 시작한 설악산 걸음에 빠지기도 했고, 지난 몇 년간 여러 일들이 있었다. 시부모님 두 분께서 점점 쇠약해지시는 모습을 지켜보며, 언제가 될지 모르는 그날 갑자기 비행기를 타고 오기보다 가까운 거리에 있는 게 좋겠다고 생각했다. 나의 친정 아버지는 오래전에 떠나셨고, 2008년 친정어머니가 떠나실 때는 어느 날 새벽 부음을 듣고 정신없이 비행기를 탔었다. 지구 저편에서 날아와 갑자기 맞은 장례식의 황망함이 너무 커서 그 후 두 달 동안 한국에 머물며 엄마의 49재로 마음을 달랬다. 절에 열심히 다니시던 엄마가 생전에 49재 얘기를 여러 번 하셨다.

'딸은 멀리 있고, 며느리는 교회 나가니, 내 49재는 누가 해줄꼬.'

하실 때마다, 내가 하겠다고 답했었다. 그렇게 엄마를 배웅하고 나니, 부모님이 연로하실 때는 운전해서 갈 수 있는 거리에 머무는 게 좋겠다는 생각이 들었다. 그리고 두 해 전 시부모님도 떠나셨다. 두 분은 참 사이가 좋으셨다. 머리가 하얀 노부부가 늘 함께 다니는 모습이 고와서 어디를 가도 눈길을 끌었다. 한날한시에 같이 가면 좋겠다고 늘 말씀하시더니, 비슷하게 가셨다. 양가 부모님을 모두 여의었으니 이제는 미국으로 돌아가도 괜찮을 것이다.

그런데, 스스로 부여한 숙제 '설악산 일기'가 아직도 진행 중이다.

어디를 향해 가야 할지 모른 채 시작한 자연 일기가 해를 거듭할수록 깊어지고, 산에서 만난 생명을 기록하다 보면 늘 부족한 느낌이다. 자연 관찰은 적어도 10년은 지켜봐야 하는 것 같다. 그것도 그 지역에 살면서.

먼길 떠나기 전에 흘림골 친구들에게 인사하러 나왔다. 그런데 작년 가을 낙석 사고 이후 용소골 삼거리부터 흘림골까지 출입금지령이 내려졌다. 이 길에 정든 풀과 나무가 많은데 들어갈 수 없으니 몹시 섭섭하다. 가까운 주전골로 발길을 돌렸다. 고요한 주전골 숲에서 따사로운 봄볕을 받으니 잠시 잊었던 평화가 밀려든다. 지난 두 해 동안은 그림 작업과 더불어 대학원 강의를 맡아야 해서 산에 올 기회가 몇 번 없었다. 다시 숲길을 걸으니, 숲속의 시간과 인간 세상의 시간이 정말 다르다는 게 또 다시 느껴진다. 숲에는 바쁨이 없고 서두름도 없다. 그저 이 순간으로 꽉 차 있다.

하늘을 향해 팔 벌린 나무들을 보느라 숲을 바라보는 눈높이가 달라진다. 풀꽃 쫓아다닐 때는 아래로만 쏠리던 눈이 튼실한 나무들을 만져보고, 올려보면서 고개가 위로 향한다. 소나무, 잣나무, 신갈나무, 졸참나무, 당단풍나무, 고로쇠나무…. 무심히 지나치던 나무들과 새삼 인사를 나눈다.

2016년 5월 20일

　물푸레나무는 만날 때마다 새롭다. 나무의 크기에 따라 껍질의 변화가 많아서 여러 얼굴을 가진 것 같다. 나무 둥치를 만지며 나무들을 올려다보니 나무와 손을 맞잡고 있는 듯하다. 그동안 이 산 저 산 헤매고 다니는 우리를 나무님들이 굽어보다가 손을 내밀어 준 건 아닐까. 풀만 보지 말고 이제는 나무도 좀 보라고.

　"고마워요. 나무님들! 내년에 다시 만나요."

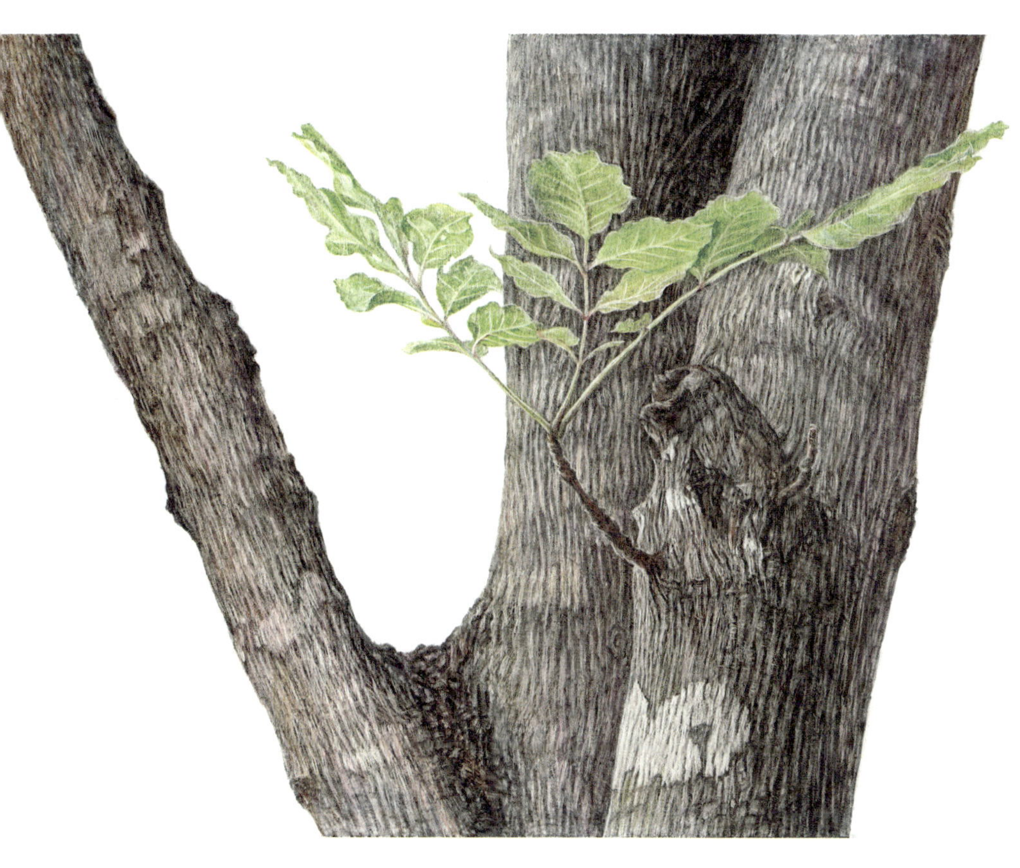

물푸레나무
왁스페인트, 44x33cm
2016년 5월 20일

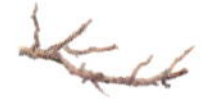

그리운 풀과 나무

설악산에서 신선놀음하는 동안, 빌려주고 온 미국 집이 몹시 망가져 있었다. 집의 운명은 그 안에 사는 사람에 따라 달라진다는 것을 새삼 깨달았다. 거주할 수 없을 정도로 부서지고 더러워진 집을 복구하고 처분하느라 일 년 가까이 걸렸고, 그러는 동안 몸과 마음은 몹시 지쳐버렸다.

한국에 돌아와 오랜만에 산길을 걸으니 고향에 온 것 같다. 비룡폭포로 올라가는 숲 길을 느릿느릿 걸으며 한걸음 한걸음마다 깊은 숨을 쉬어본다. 밤나무, 굴참나무, 사람주나무, 때죽나무, 쪽동백나무, 개회나무…. 만나는 나무들마다 한 번 더 올려다보고, 나무둥치도 쓰다듬어 본다.

둘 다 서울 태생인 우리는 돌아갈 고향이 없다. 그리운 장소도 떠올릴 풍경도 없는데, 이제는 마음이 그리워하는 곳, 눈을 감으면 떠오르는 풀과 나무가 생겼다.

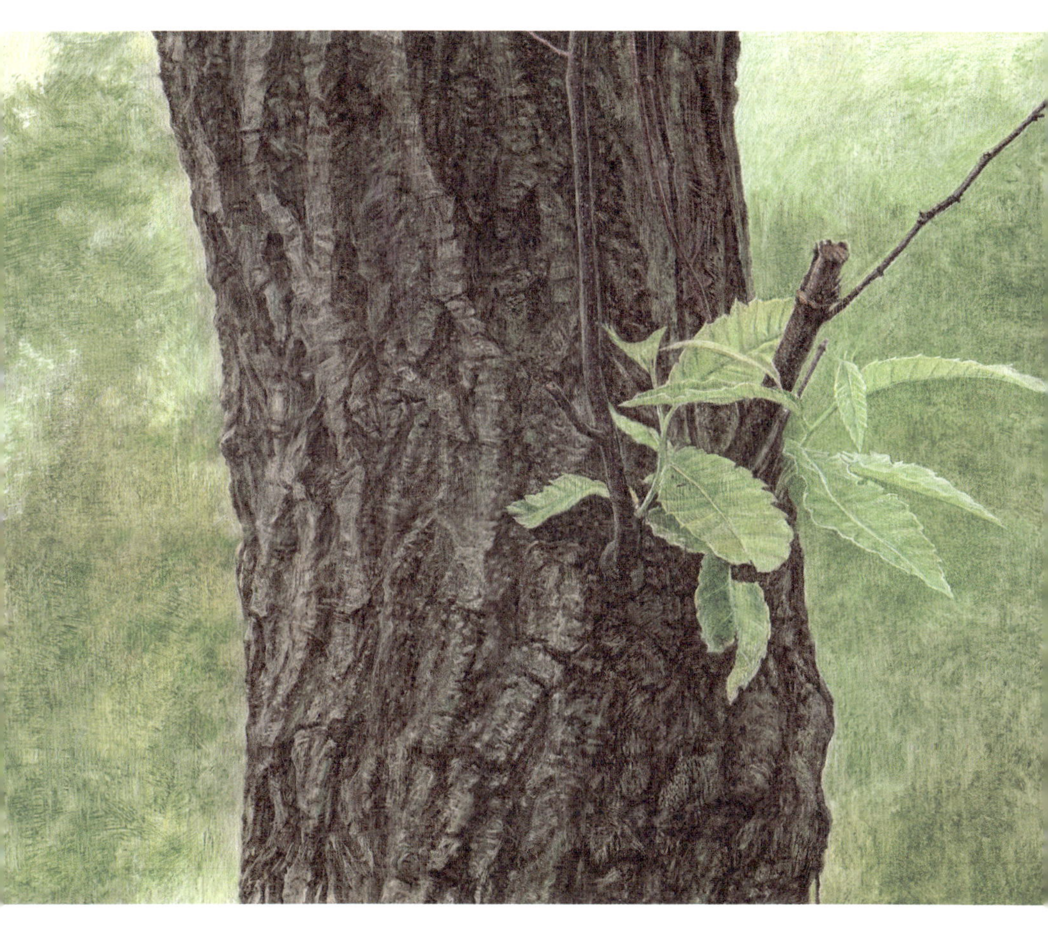

밤나무
왁스페인트, 46x33cm
2017년 6월 23일

새로운 왕국

나무에 눈을 뜰수록 걸음은 더욱 더디다. 모르고 지나치던 나무들이 보이기 시작하니, 새로운 왕국에 들어선 것 같다. 얼마 전에 왔다 가면서도 관찰하느라 깊이 못 들어간 아쉬움을 달래기 위해 오늘은 가까운 길은 지나가고, 깊은 곳을 잘 보기로 했다. 그러나 이렇게 계획을 세웠더라도 막상 숲에서 이 나무 저 나무 손짓하면 그냥 갈 수 없다. 어차피 보고 또 보고, 시간이 쌓여야 알게 되는 법이니 서두를 일이 아니기도 하다.

걸으면서 보니 박달나무가 참 많다. 나무껍질이 큰 조각으로 갈라지는 박달나무 중 물가에서 만나는 물박달나무는 껍질이 더 푸석하다. 까치박달은 이름은 박달이지만 나무껍질이 야무지다. 서어나무속이라 열매 모습도 서어나무와 닮았다.

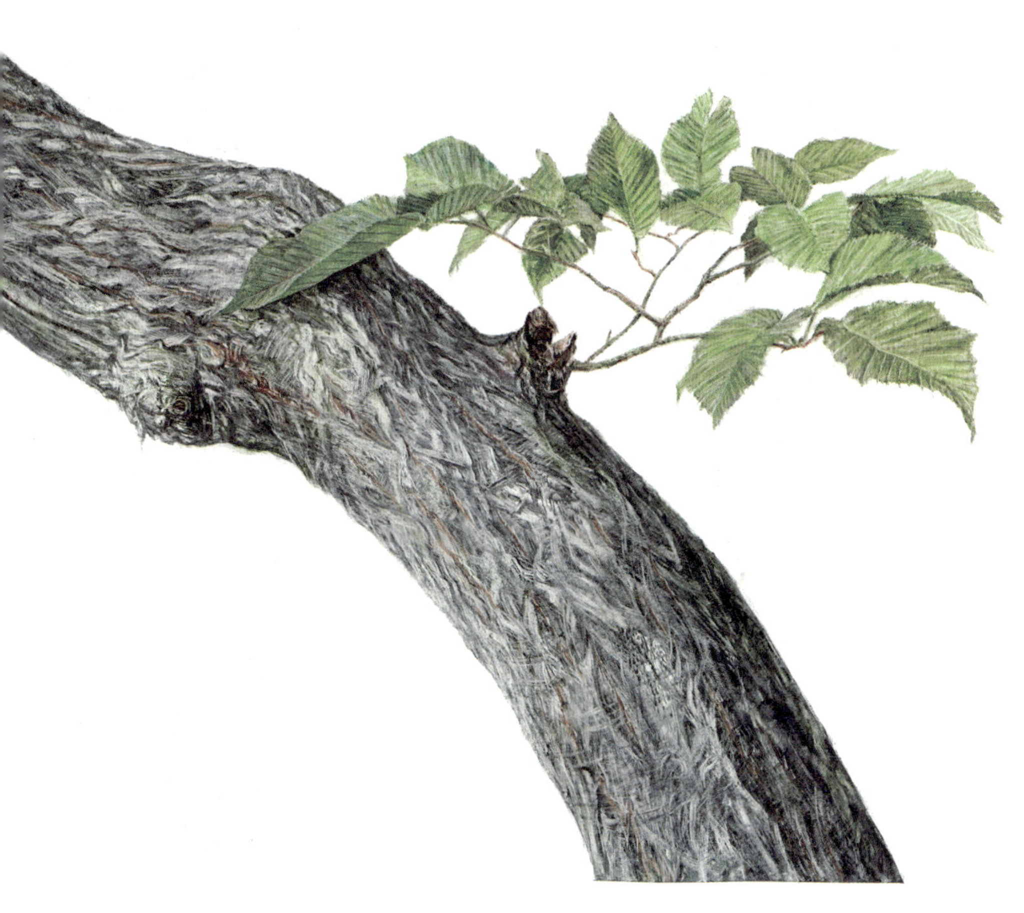

까치박달
왁스페인트, 48x34cm
2017년 8월 30일

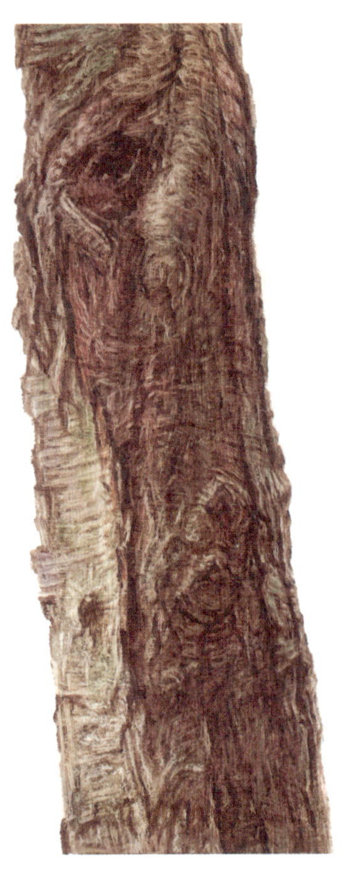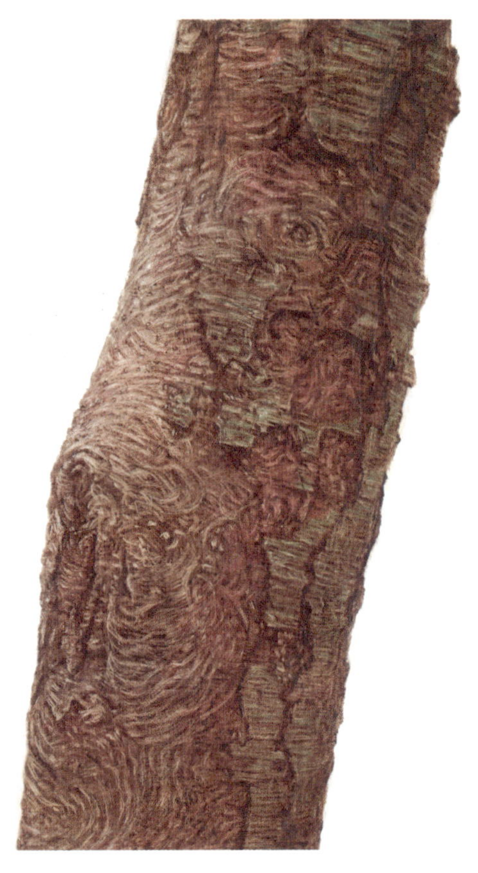

박달나무
왁스페인트, 46x34cm

234

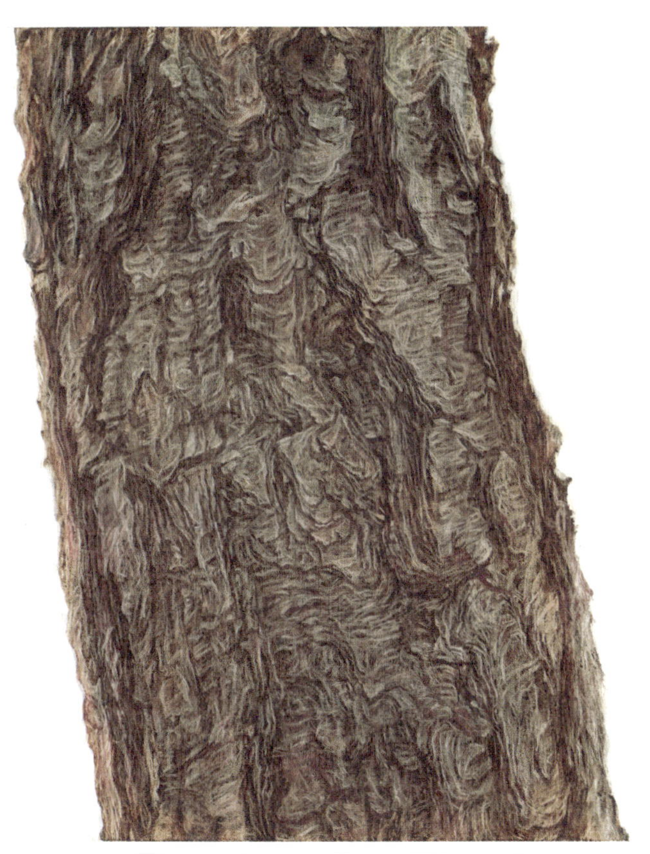

물박달나무
왁스페인트, 46x34cm
2017년 8월 30일

산이 가르쳐 주지

2013년 가을, 십이선녀탕 길에서 알 수 없는 풀을 몇 만났다. 처음 보는 모양이라 어디서부터 실마리를 잡아야 할지 몰랐는데, 그동안 풀 보는 눈치가 늘어난 덕분에 궁금했던 풀에 대한 궁금증이 모두 풀렸다. 길고 짧은 잎사귀들이 방사선 모양으로 뻗친 풀은 거미고사리였다. 이름을 알고 나니 정말 거미와 닮은 것 같았다. 짧은 가시가 빽빽한 동그란 작은 열매는 참반디다. 그리고 가는 잎쐐기풀, 산물통이도 이제 알겠다.

들여다보는 시간이 늘어날수록 산이 가르쳐 준다. 새로 만나 이름이 아리송한 풀들도 언젠가는 알게 되겠지 하는 기대도 생긴다.

복숭아탕 앞까지 올라오니 그림을 그린 금강소나무가 우뚝 서 있다. 그림 그린 후 다시 만나는 모델 나무는 더욱 각별하다. 흐뭇하고 대견해서 금강이를 한 번 더 쓰다듬어 본다.

길이 높아지면서 거제수나무가 종종 보인다. 거제수나무는 나무껍질이 얇게 벗겨지고 약간 붉은 기운이 돈다. 벗겨진 나무껍질을 들여다보면 속껍질이 겹겹이다. 속옷을 저렇게 여러 겹 입었으니 추운 겨울에도 끄떡없을 것이다.

나무껍질이 밝은 사스래나무는 거제수나무보다 더 높은 곳에서 만날 수 있다. 두 나무 모두 자작나무과다. 아침 일찍 출발해서 많이 걸었지만 만나고 싶은 나무들을 만났으니 고마운 날이다.

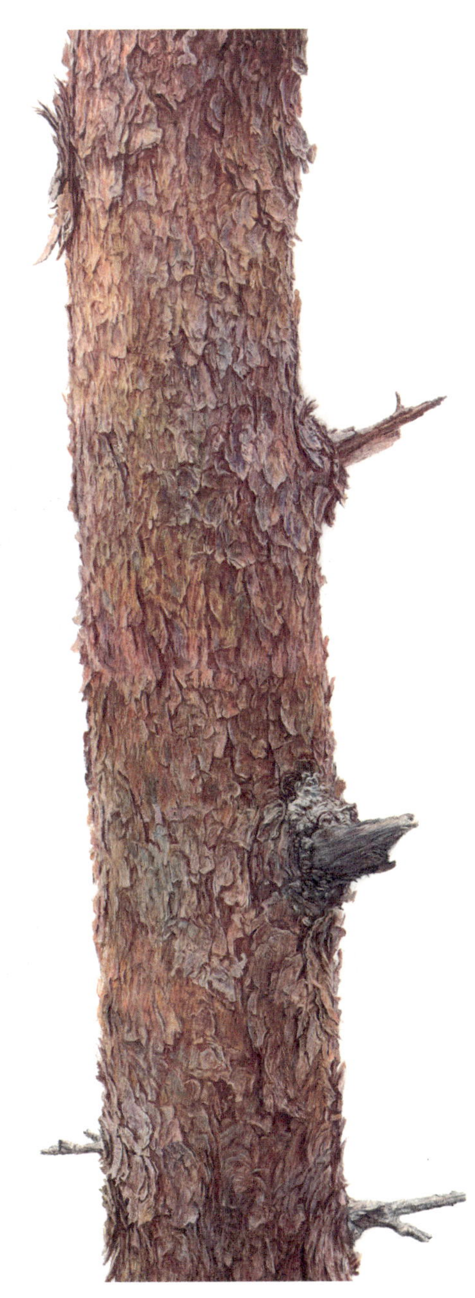

금강소나무
왁스페인트, 50x100cm
2017년 9월 21일

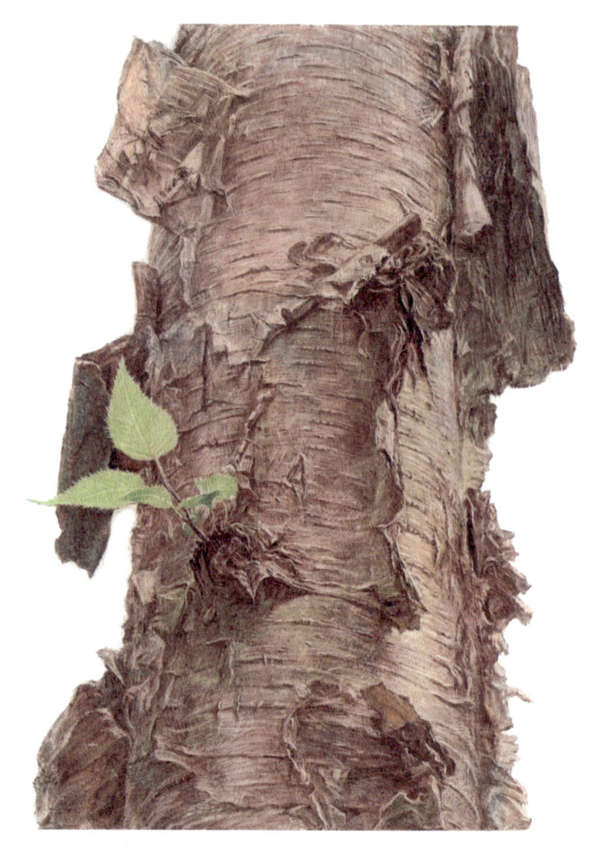

거제수나무
왁스페인트, 35x33cm

238

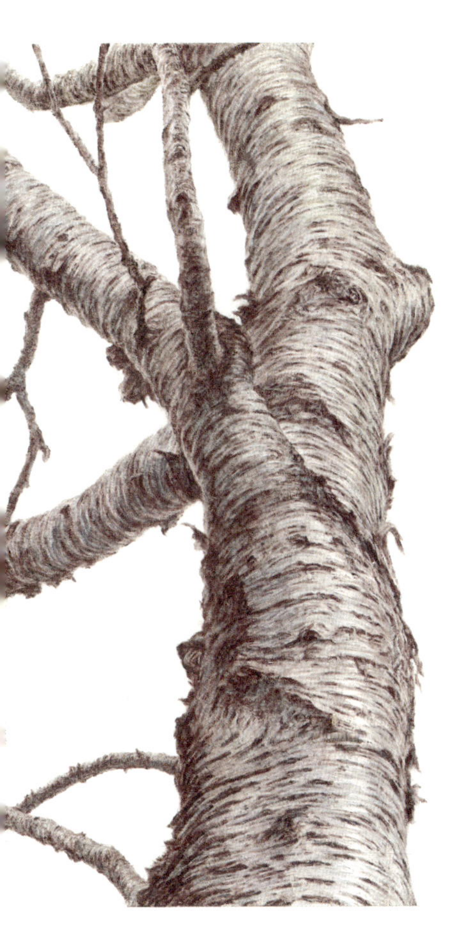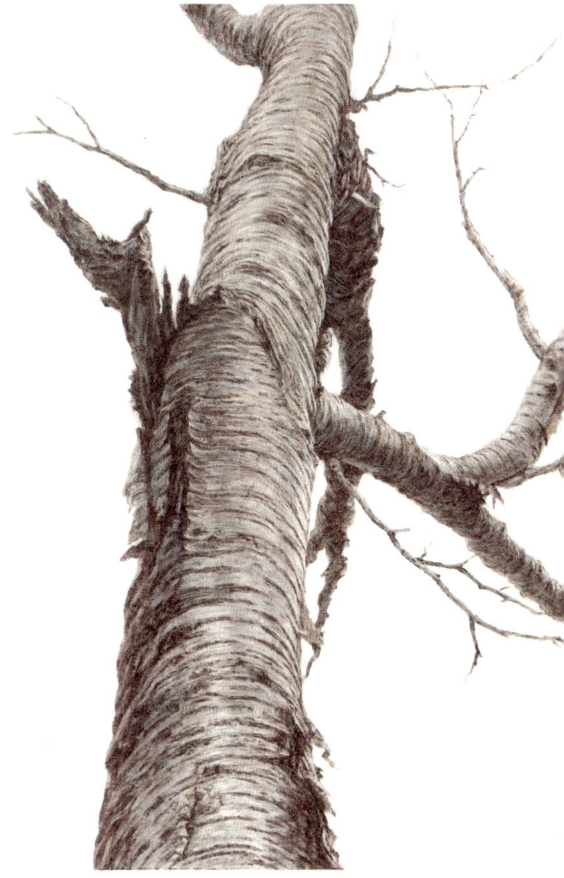

사스래나무
왁스페인트, 50x68cm
2017년 9월 21일

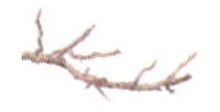

열매로 손짓하는 나무

키 큰 나무들은 목이 아프도록 올려다봐도, 저 높은 꼭대기에 피어 있는 꽃을 보기가 어려울뿐더러 잎사귀도 잘 보이지 않는다. 대신 떨어진 열매들이 우리에게 말을 건다. 둥그런 가래 열매가 있어서 위를 올려다보니 역시 가래나무다.

피나무보다 열매가 큰 찰피나무도 떨어진 열매를 보고 알아차렸다.
꽃 없는 계절에 나무는 열매로 손짓한다.

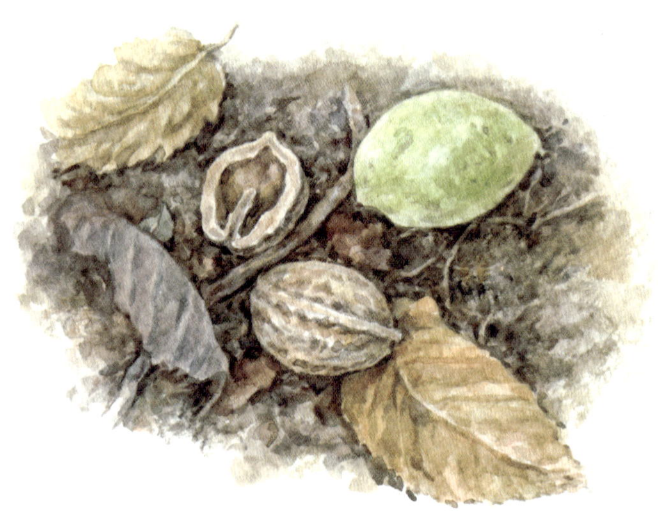

가래나무 열매
수채화, 17x12cm

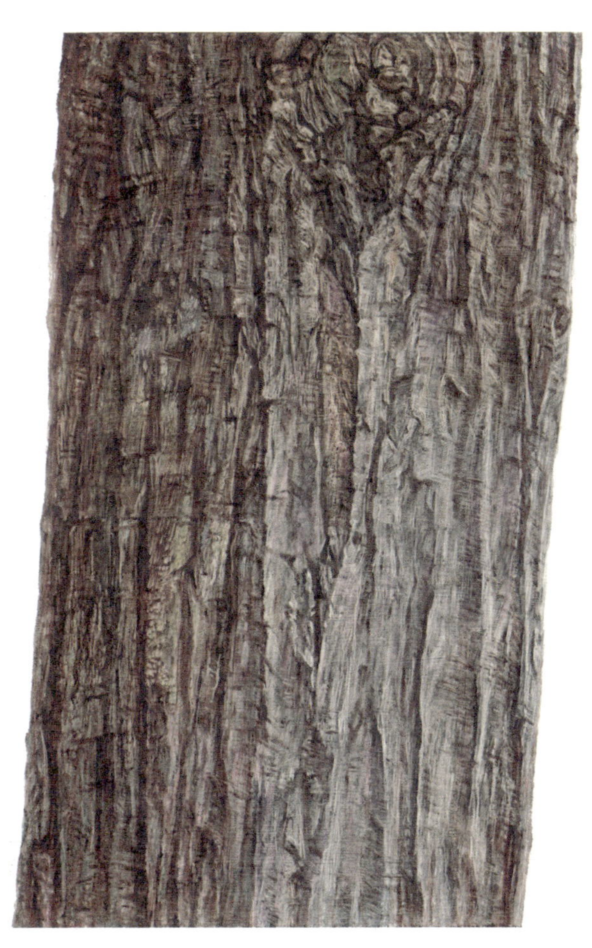

가래나무
왁스페인트, 44x34cm
2017년 8월 30일

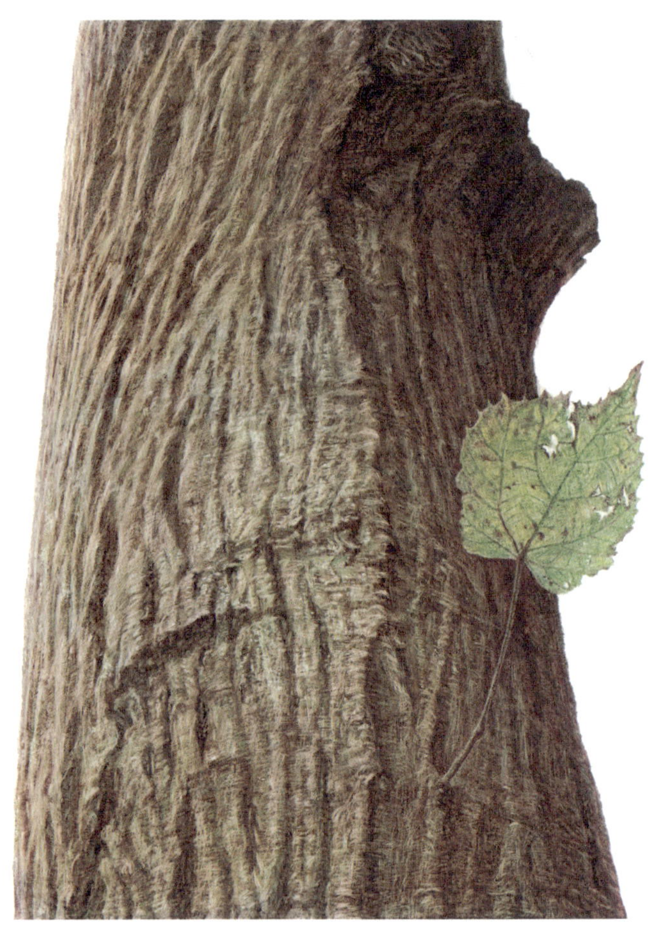

찰피나무
왁스페인트, 42x34cm

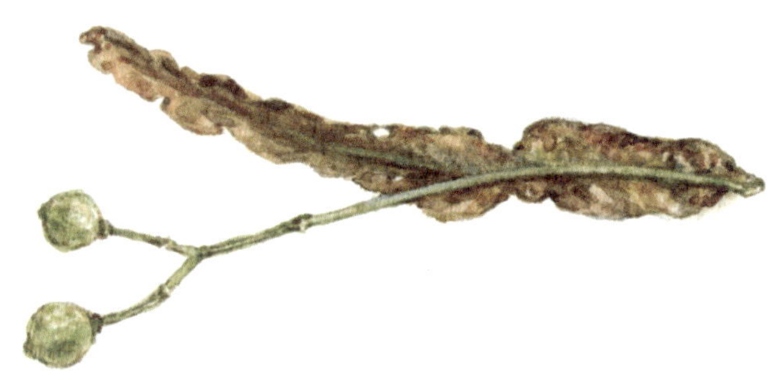

찰피나무 열매
수채화, 12x7cm
2017년 9월 11일

천불동 길에 작은 열매들이 떨어져 있다. 하나 집어서 손바닥에 올려놓고 보니, 동그라미 세 개가 합쳐진 모양이다. 어디서 떨어졌을까 두리번거리는데 발갛게 물들어가는 잎사귀 아래 같은 열매들이 달려 있다. 나무 둥치를 보니 사람주나무다.

"어머, 사람주나무 열매가 요렇게 귀엽구나."

이름도 재밌는 사람주나무는 밝은 나무둥치에 세로줄이 연하게 보인다. 나무를 만져보면 부드럽고 매끈하다.

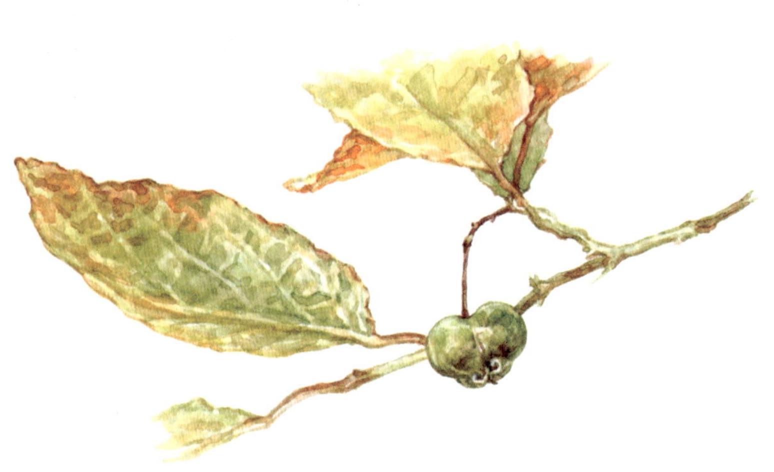

사람주나무 열매
수채화, 15x10cm

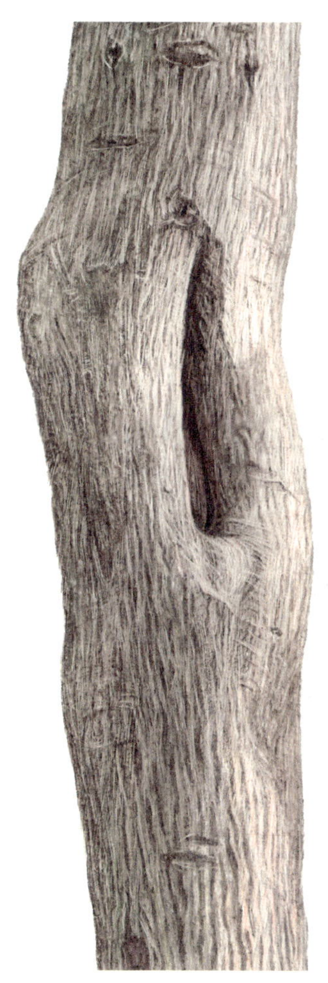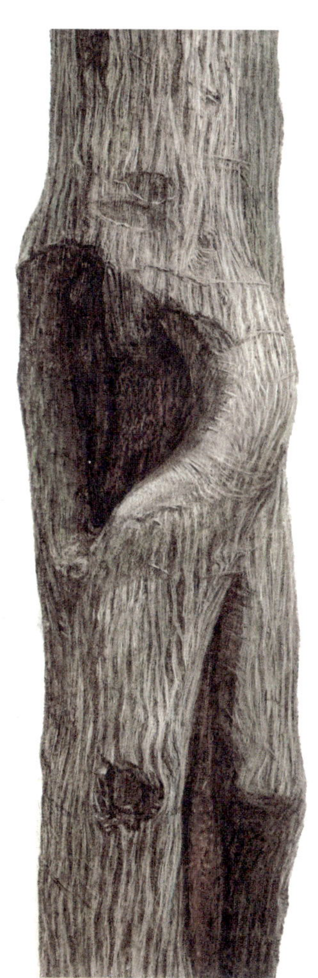

사람주나무
왁스페인트, 46x34cm
2017년 10월 1일

잣나무 군락지를 지나다가 잣송이를 만났다. 진녹색 햇잣이다.
손으로 건드려보니 무척 끈끈하다. 산에서 보내준 선물인가 보다.

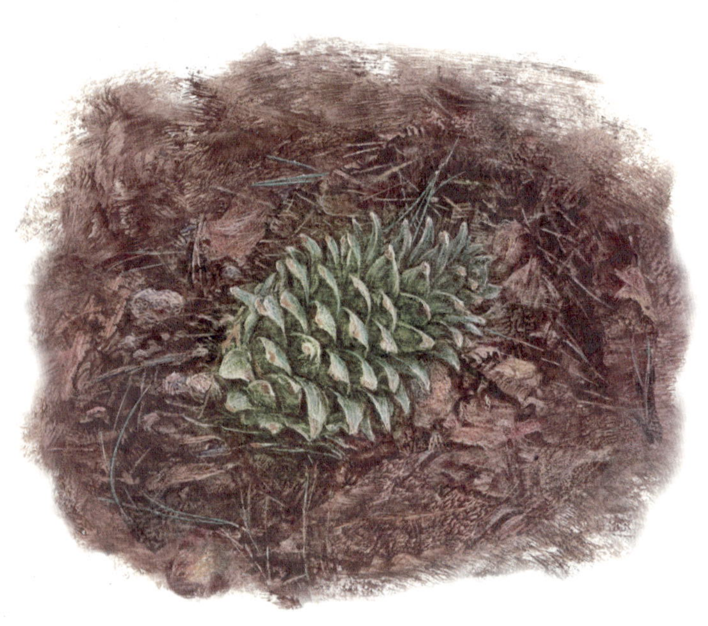

잣나무 열매
왁스페인트, 28x22cm

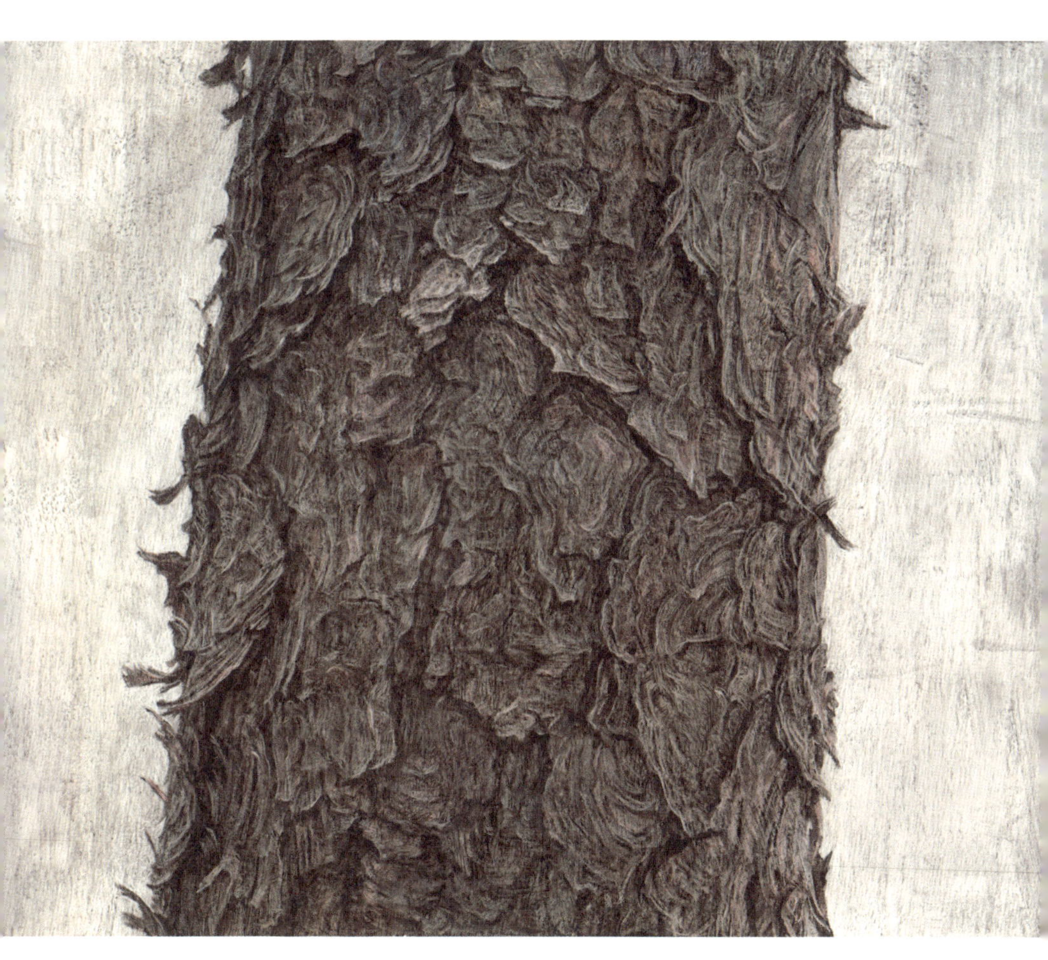

잣나무
왁스페인트, 46x34cm
2017년 9월 11일

숲의 질서

장대하게 쏟아지는 복숭아탕을 보
고 내려오다가 물가에 앉아 도시락
을 폈다. 손을 씻으려고 물에 담그는
데 오싹 찬기가 느껴진다. 벌써 가을
이 깊어 간다.

긴 나뭇가지 끝에 붙어 있는 검은
색 애벌레를 만났다. 나뭇가지와 애벌
레 색이 비슷해서 얼핏 보면 마른 열
매처럼 보이지만, 가까이 들여다보니
검은 몸통에 굵은 흰 띠가 있고 빨간
점 같은 것이 오돌도돌 하다.
애벌레 이름을 찾기는 참 어렵지
만, 애벌레 무늬가 왠지 낯이 익어 보
였다. 집에 와서 애벌레와 색이 비슷
한 나비를 찾아보니, 검정 몸에 빨갛
고 하얀 무늬를 가진 사향제비나비가
나온다.

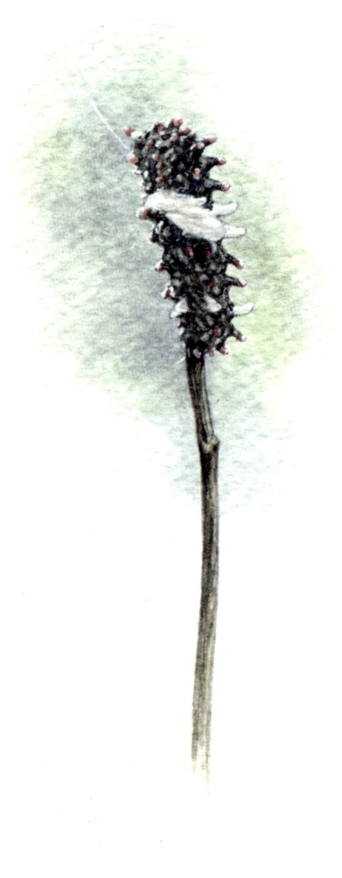

사향제비나비 애벌레
수채화, 9x15cm
2017년 9월 21일

추위가 성큼 다가오는데 아직도 애벌레면 언제 나비가 될까 싶어 좀 더 알아보니, 사향제비나비 애벌레는 쥐방울덩굴과 식물을 먹고, 번데기 모습으로 겨울을 난다고 한다. 어쩐지, 이 숲에서 큰 하트 모양 덩굴 잎사귀들을 많이 보았다.

지난 일기를 열어보니 2011년 5월 28일 이 길에서 만난 나비가 바로 사향제비나비였다. 그동안 우연히 만난 줄 알았던 여러 생명들이 숲의 질서를 이루며 살아가고 있었다. 해를 거듭한 기록이 모여 숲의 신비를 푸는 실마리가 되는 걸 본다. 꾸준히 일기 쓰기를 지켜온 보람이 있다.

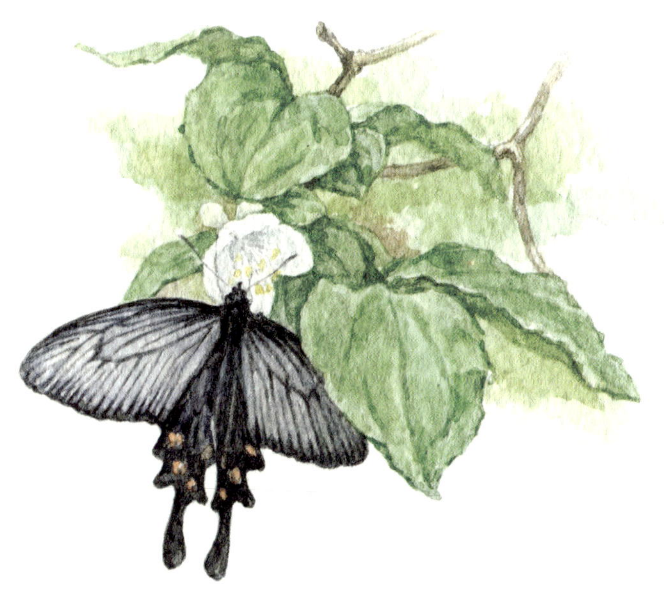

사향제비나비
수채화. 14x11cm
2011년 5월 28일

붉어지는 산

　가을에 붉어지는 잎사귀는 모두 단풍이나 당단풍인 줄 알았다. 그런데 붉은 잎사귀들을 들여다보면서 복자기와 복장나무의 단풍이 더욱 붉은 걸 알게 되었다.

　이름이 비슷한 복자기와 복장나무는 잎사귀 모양도 비슷하지만 살짝 다른 점이 있다. 복자기 잎사귀는 큰 톱니가 두세 개 있고, 복장나무 잎사귀는 규칙적인 잔 톱니가 있다. 그런데 나무껍질은 영 다르다. 복자기는 껍질이 부스스 갈라져 박달나무처럼 보이기도 한다. 그래서일까? 나도박달이라는 별칭도 있다.

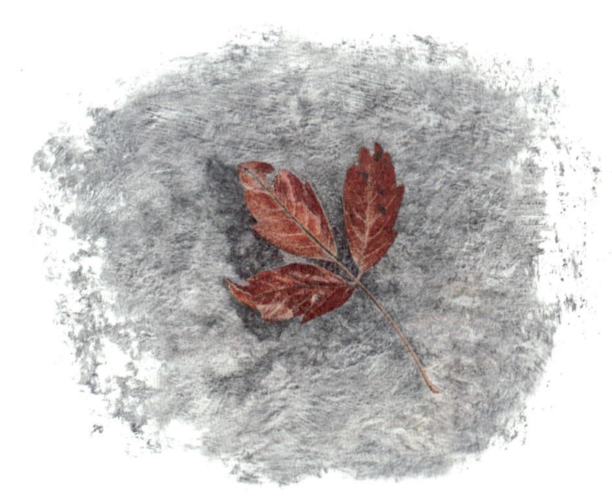

복자기 잎사귀
왁스페인트, 30x22cm

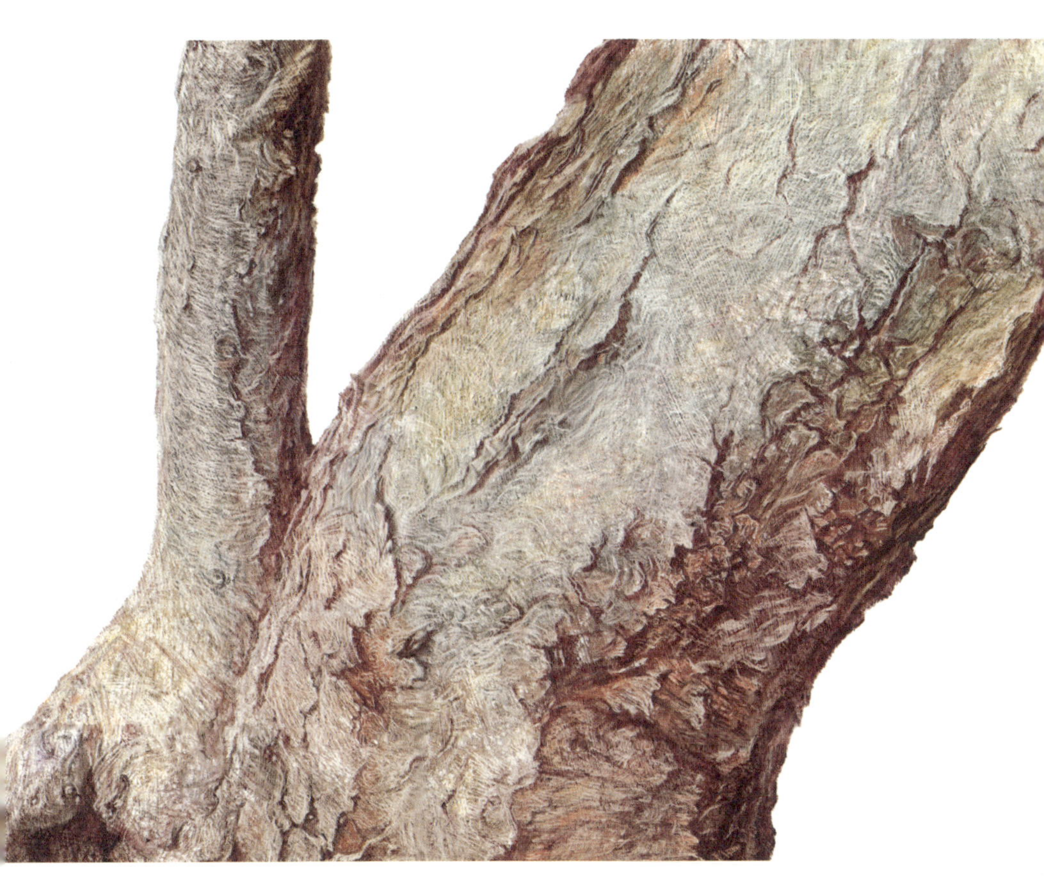

복자기
왁스페인트, 50x34cm
2017년 10월 27일

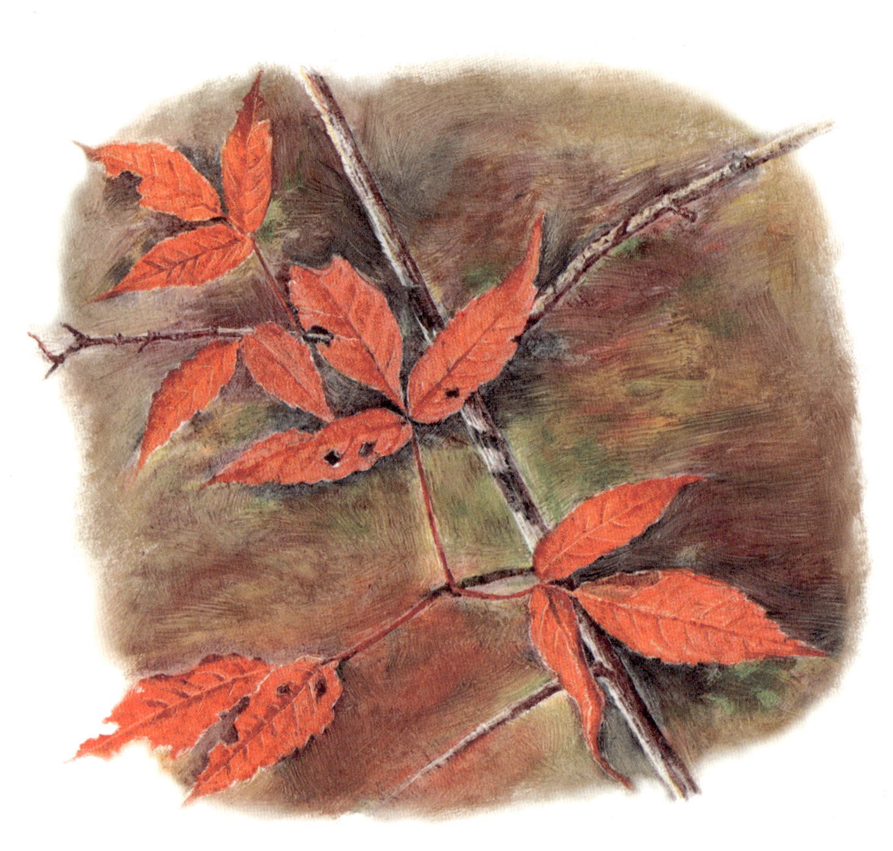

복장나무 잎사귀
왁스페인트, 26x22cm

252

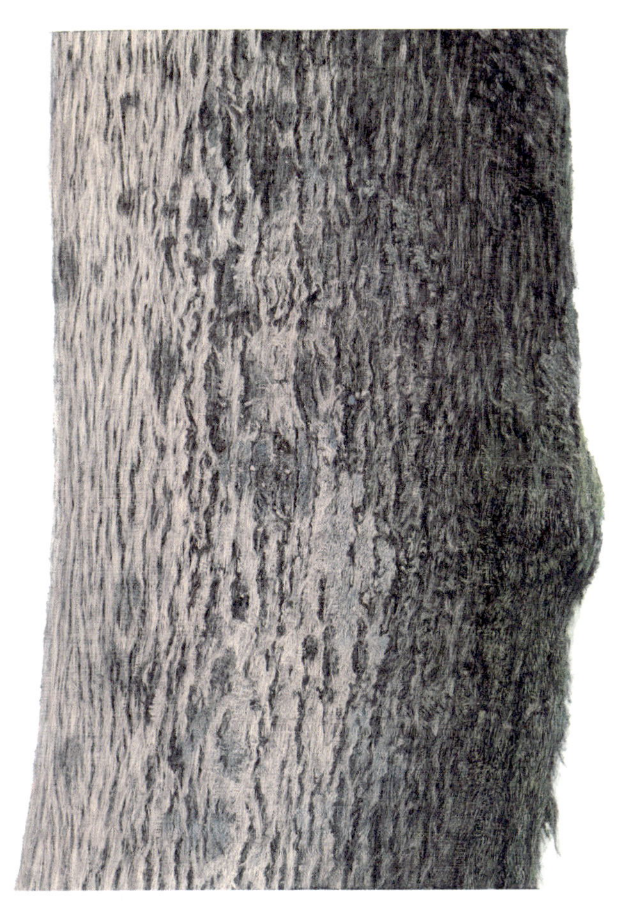

복장나무
왁스페인트, 40x46cm
2017년 10월 27일

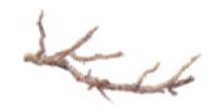

열매와 겨울눈

9월에 주전골 들어가는 길목에서 노란색 노박덩굴 열매를 만났다.

회나무, 참회나무, 회목나무, 나래회나무, 화살나무, 회잎나무까지 노박덩굴과 열매는 모두 빨갛다. 그런데 노박덩굴과 중에서 진짜 노박덩굴 열매는 왜 노란색일까? 그동안 노란 껍질이 열리고 빨간 열매가 나오니 비로소 노박덩굴과 열매들과 같은 모습이다.

나무마다 겨울눈을 만들고 있다. 꽃이 큰 함박꽃나무는 겨울눈도 시원스레 크고, 꽃이 작은 단풍나무는 겨울눈이 아주 작지만 새빨갛다. 생강나무에도 겨울눈이 생겼다. 생강나무는 크지 않은 몸집에 비해 겨울눈은 제법 크다. 그중에서 꽃눈은 동그랗고 잎눈은 약간 갸름하니, 눈 모양부터 꽃과 잎사귀를 품은 것이다.

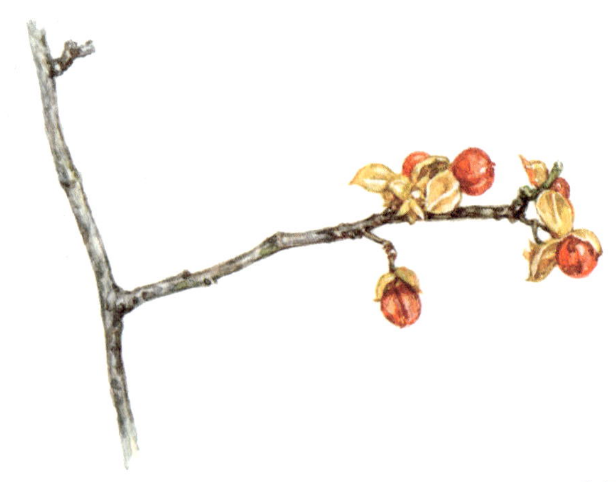

노박덩굴 열매
수채화, 12x9cm

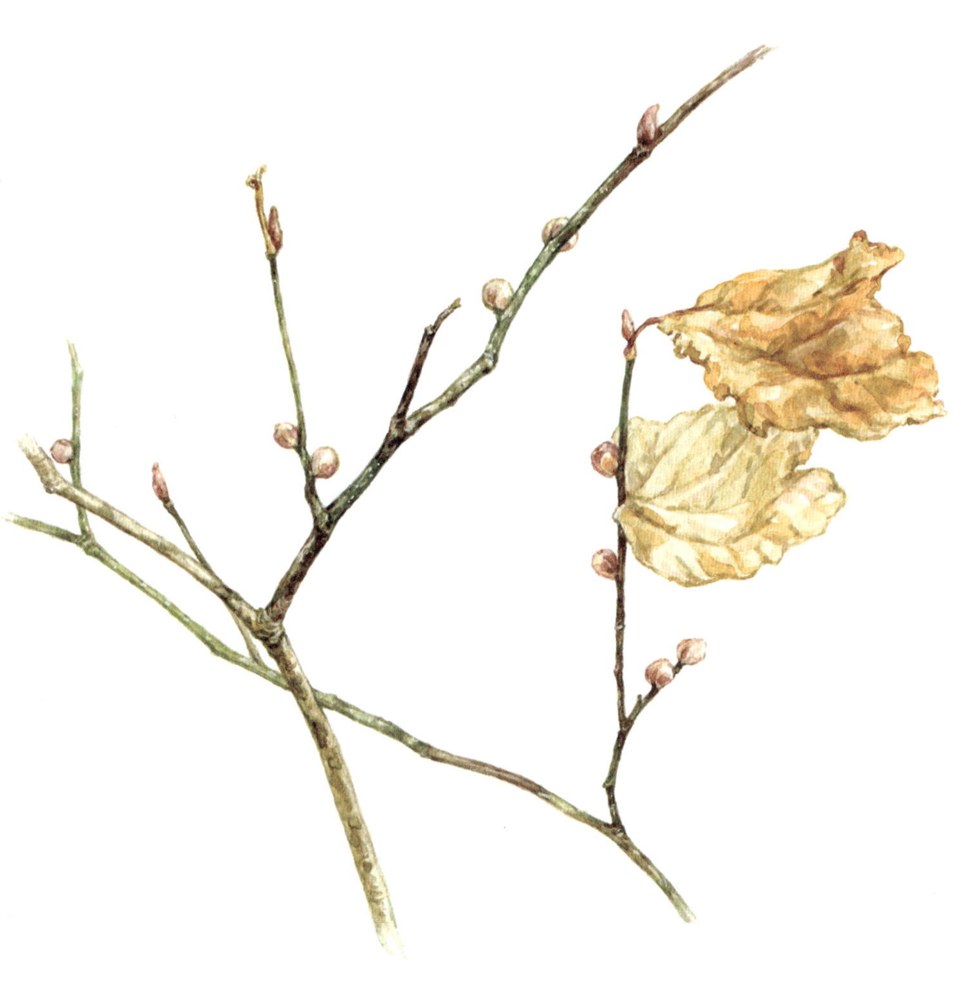

생강나무 겨울눈
수채화, 21x19cm
2017년 11월 6일

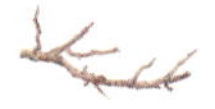

겨울잠에서 깨어난 숲

설악산에 다닌 지 여러 해가 지났지만, 산에 가는 날은 늘 설렌다. 특히, 산불 방지 기간이 지나고 봄 산에 처음 가는 날은 설렘이 더욱 크다. 긴 겨울잠에서 깨어난 숲에 첫발을 들이는 날, 어린 잎사귀를 내미는 함박꽃나무와 인사를 나눈다.

"긴~ 잠 잘 잤니? 다시 봄이야."

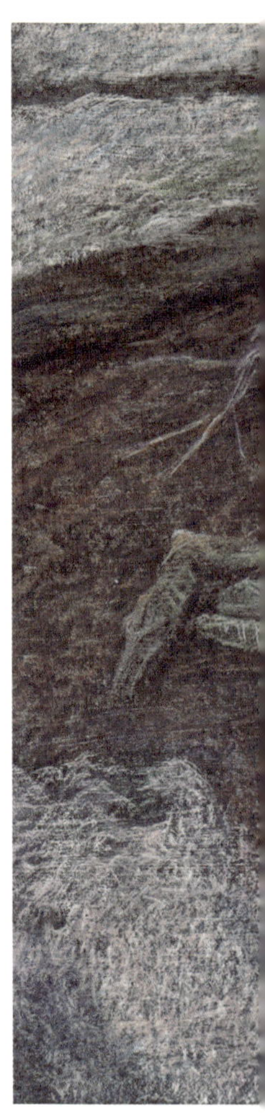

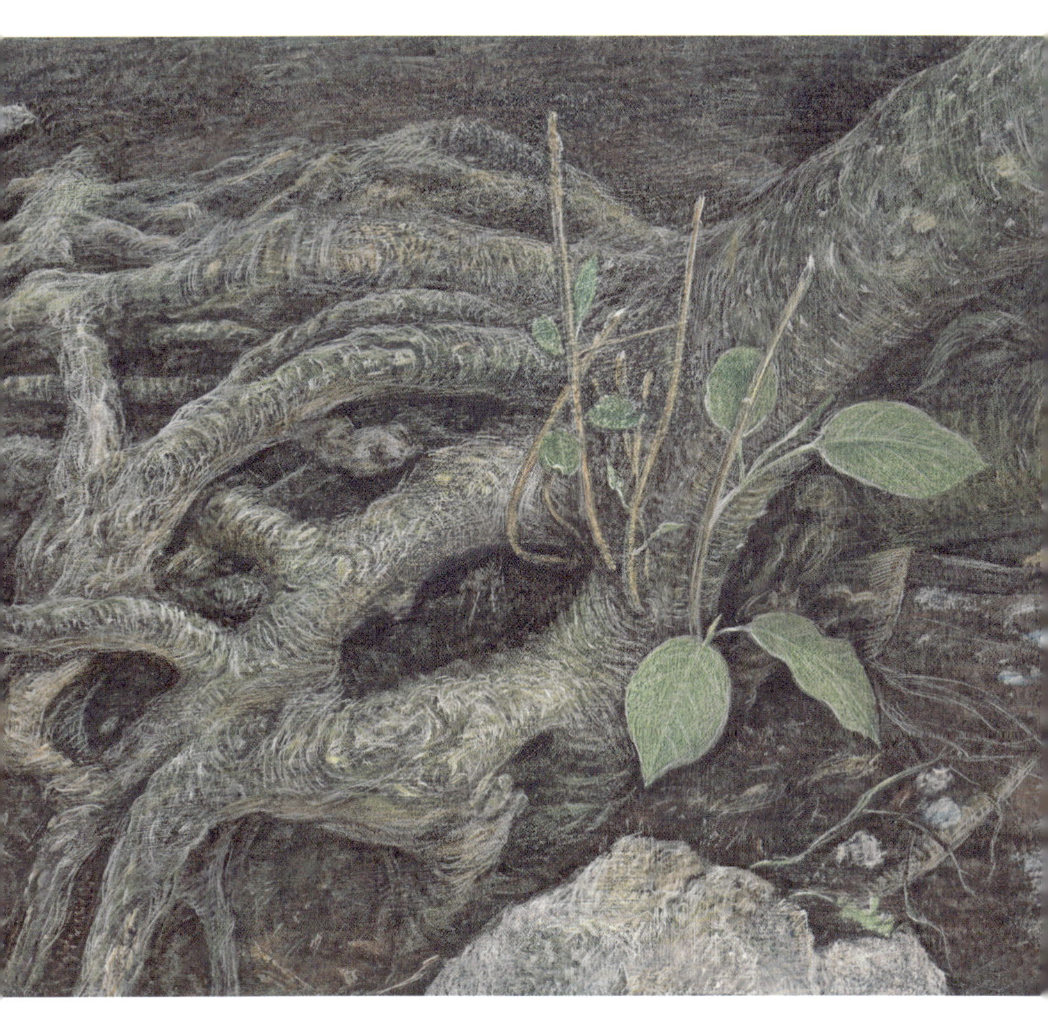

함박꽃나무 어린 잎사귀
왁스페인트, 34x22cm
2018년 5월 20일

봄 숲에는 나비들이 많이 보인다. 나뭇잎에 가만히 앉아 있는 나비에게 살그머니 다가가서 사진을 찍는데, 찰칵찰칵 소리가 나도 움직이지 않는다. 집에 와서 나비 이름을 찾아보니 왕갈고리나방이고 박쥐나무 잎사귀가 먹이라고 나온다. 먹이는 박쥐나무지만 잠은 다른 나무에서도 자는 모양이다. 나비가 잠자던 나무는 느릅나무다.

알쏭달쏭했던 느릅나무를 알아 보게 된 건 잎사귀의 특징을 알고 나서 였다. 느릅나무 잎사귀는 가운데 잎맥을 중심으로 좌우가 비대칭이고 잔 톱니가 있다.

막상 잎사귀의 특징을 알아도, 키가 큰 나무들은 높이 있는 잎사귀를 관찰하기가 어렵다. 느릅나무과 중에서 알아보기 쉬운 나무는 난티나무다. 난티나무는 잎사귀가 가위로 오린 듯 삐죽삐죽해서 멀리서도 잘 보인다.

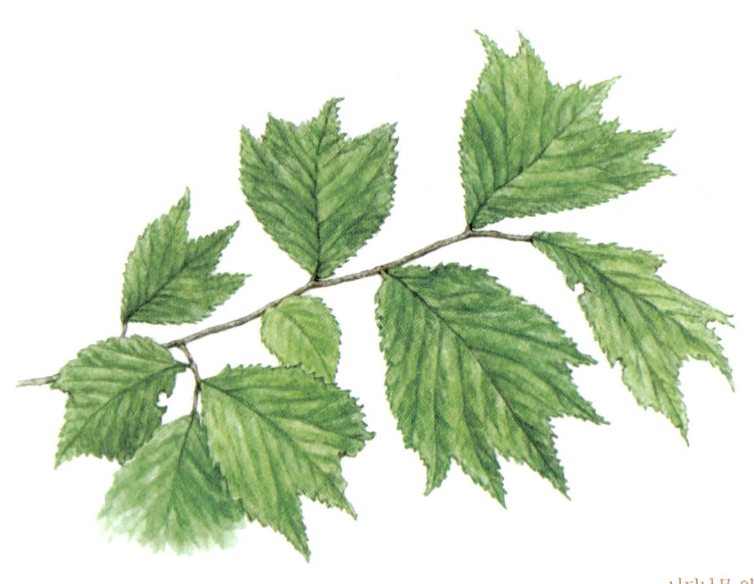

난티나무 잎사귀
수채화, 28x20cm

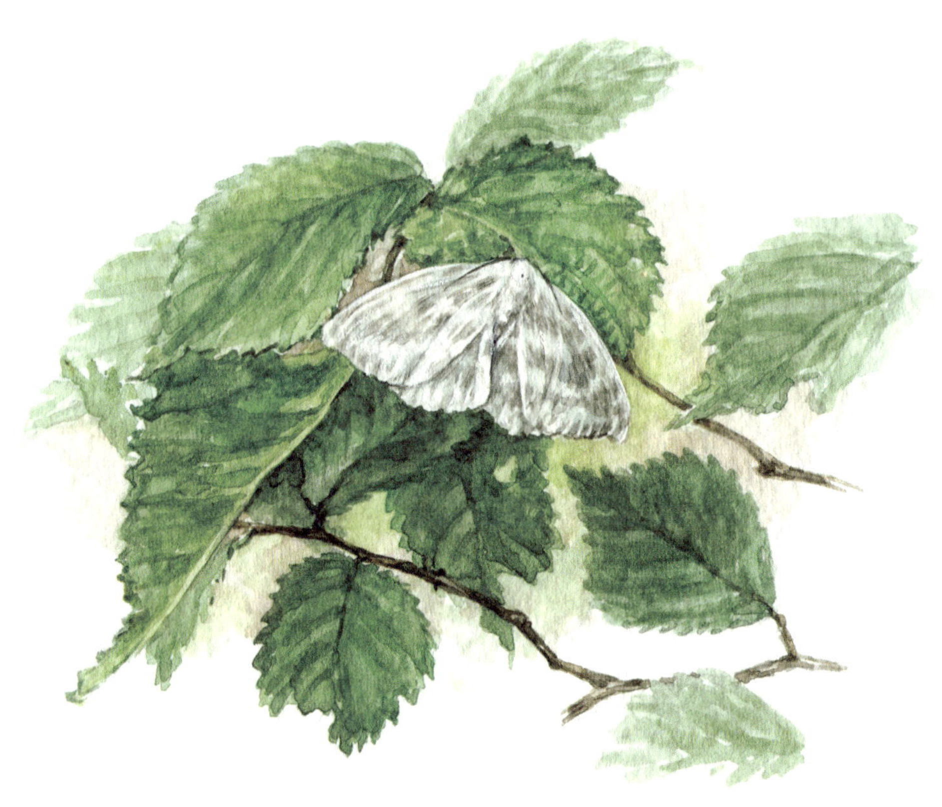

왕갈고리나방
수채화, 17x13cm
2018년 5월 20일

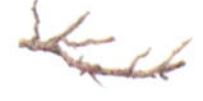

우리의 무릉도원

7년 만에 대승령 길에 오른다. 오래전 이 길에서 힘들었던 기억이 오래 남아 다시 갈 엄두가 안 났다. 설악산 관찰이 깊어갈수록 처음에 잘 모르고 다닌 곳에 아쉬운 마음이 남는다.

힘든 길일수록 나이 한 살 더 먹기 전에 다녀와야지. 오랜만에 가파른 길을 걷는데 오히려 전보다 수월한 느낌이다. 마음 각오를 단단히 해서 그럴까? 그것만은 아닌 것 같다. 산에서는 교통수단이 오직 자신의 체력이기에, 꾸준히 기초 운동을 지켜온 게 한몫하는 것 같다.

다시 걷는 대승령 길의 자연은 7년 전과 크게 변하지 않았다. 오래전에 만난 참꽃마리가 여전히 같은 자리에 있다. 전에 만난 풀솜대, 두루미꽃 모두 여전하다. 며칠 전에 다녀간 길을 다시 올라가는 기분이다. 깔딱 고개를 올라가니 대승령 고개에 산장대 하얀 꽃이 군락을 이루고 있다. 오래전 그날도 이곳에서 산장대를 보았지만, 그때는 냉이꽃 닮은 풀은 모두 는쟁이냉이인 줄만 알았다.

대승령 너머 능선에 반가운 선물이 많다. 금강애기나리가 무리 지어 피었고, 인가목도 꽃봉오리를 만들었다. 새록새록 만나는 풀과 나무 덕분에 시간 가는 줄도, 배고픈 줄도 모르고 걷는다. 그러나 내려가는 데도 시간이 필요하니 아쉽지만 돌아서야 한다.

해발 1252m에서 걸음을 돌리며 며칠 후 반대편에서 출발해서 이곳까지 오자고 야무진 목표를 세웠다.

사흘 후, 안산 갈림길을 향하여 남교리에서 출발했다. 관찰 지점이 저 산 높이 있으니 중간에 지체 말자고 했지만 손짓하는 꽃들을 그냥 지나칠 수가 없다. 두메갈퀴, 할미밀망, 인가목조팝, 물참대 등 보느라 두문폭포 지나 안산 가까이 오니 이미 2시가 넘었다. 다섯 시간 넘게 걸었지만, 목표지점까지 2.5km가 더 남았다.

숲은 거기서부터가 진짜다. 눈길 닿는 곳마다 만나기 어려운 풀과 나무가 있다. 연영초, 모데미풀, 회리바람꽃이 씨앗을 맺고 있다. 야산고비도 처음 만났다. 눈측백나무가 군락을 이루고, 고산지대에 있는 분비나무를 처음 만났다. 분비나무는 소나무 종류지만 솔잎이 짤막 동글하다. 나무둥치도 소나무와는 다르다.

해발 1000m 넘는 고지에 돌돌돌 물이 흐른다. 이렇게 높은 곳에 개울이 흐르다니! 물가에 하얀 꽃들이 무리 지어 피어 있다. 작은 나무다리에 기대어 무슨 꽃일끼 물끄러미 바라보는데, 어머나! 꽃황새냉이다. 2012년 가을 아친가리에서 잠깐 본 꽃황새냉이가 꽃밭을 이루었다. 너무 반가워서 물가로 내려왔다. 제철에 만난 꽃이라 그런지 꽃도 시원스레 크다.

꽃황새냉이 옆에서 늦은 도시락을 펼쳤다. 진기한 꽃이 가득한 물가에서 점심을 먹으니, 마치 꿈을 꾸고 있는 것 같다. 무릉도원이 이런 모습일까? 오늘은 우리의 무릉도원에서 걸음을 돌리고, 며칠 후 더 일찍 출발해서 나머지 능선 길을 다 봐야겠다.

2018년 6월 1일

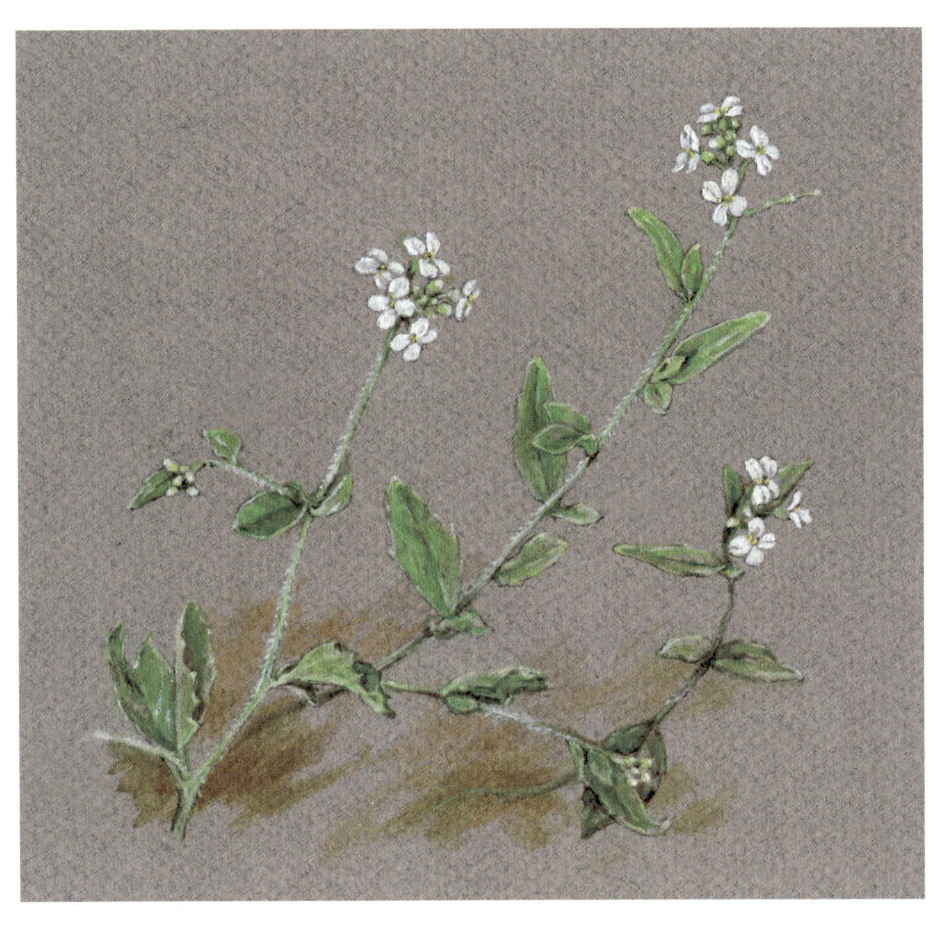

산장대
유화, 21x17cm
2018년 5월 28일

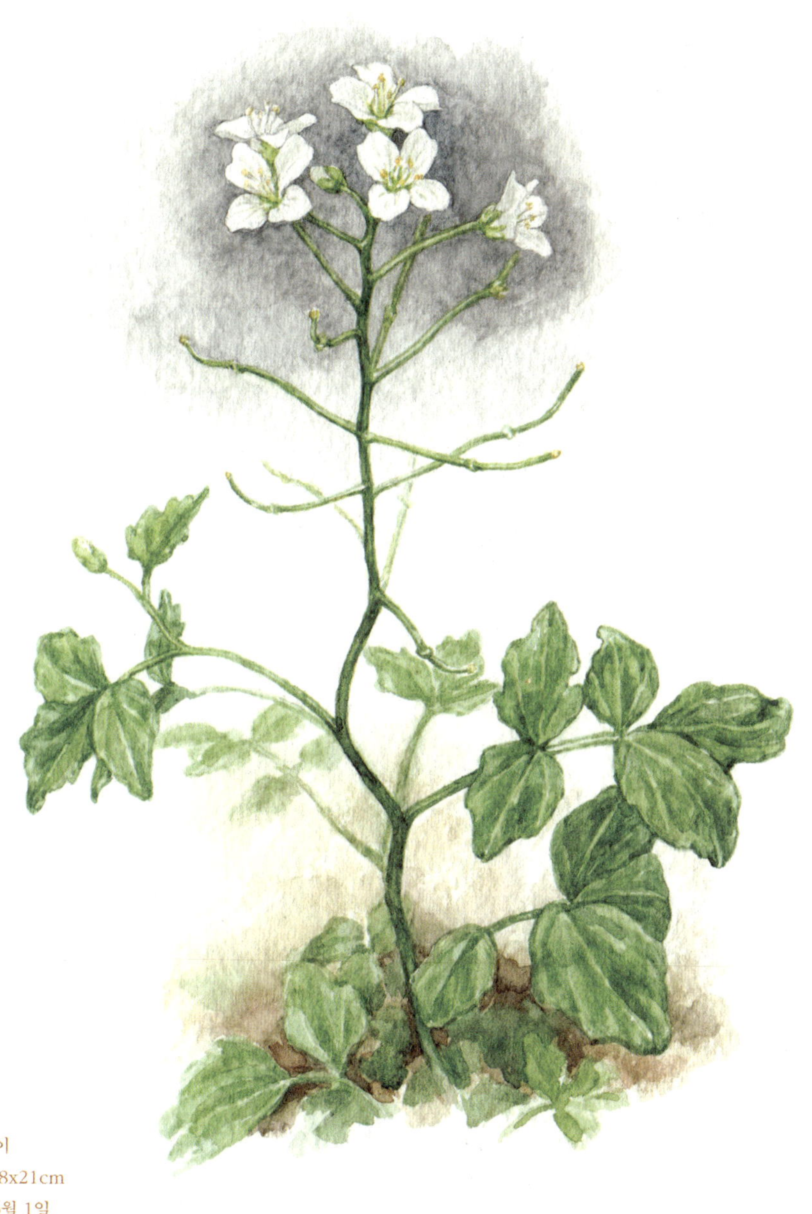

꽃황새냉이
수채화, 18x21cm
2018년 6월 1일

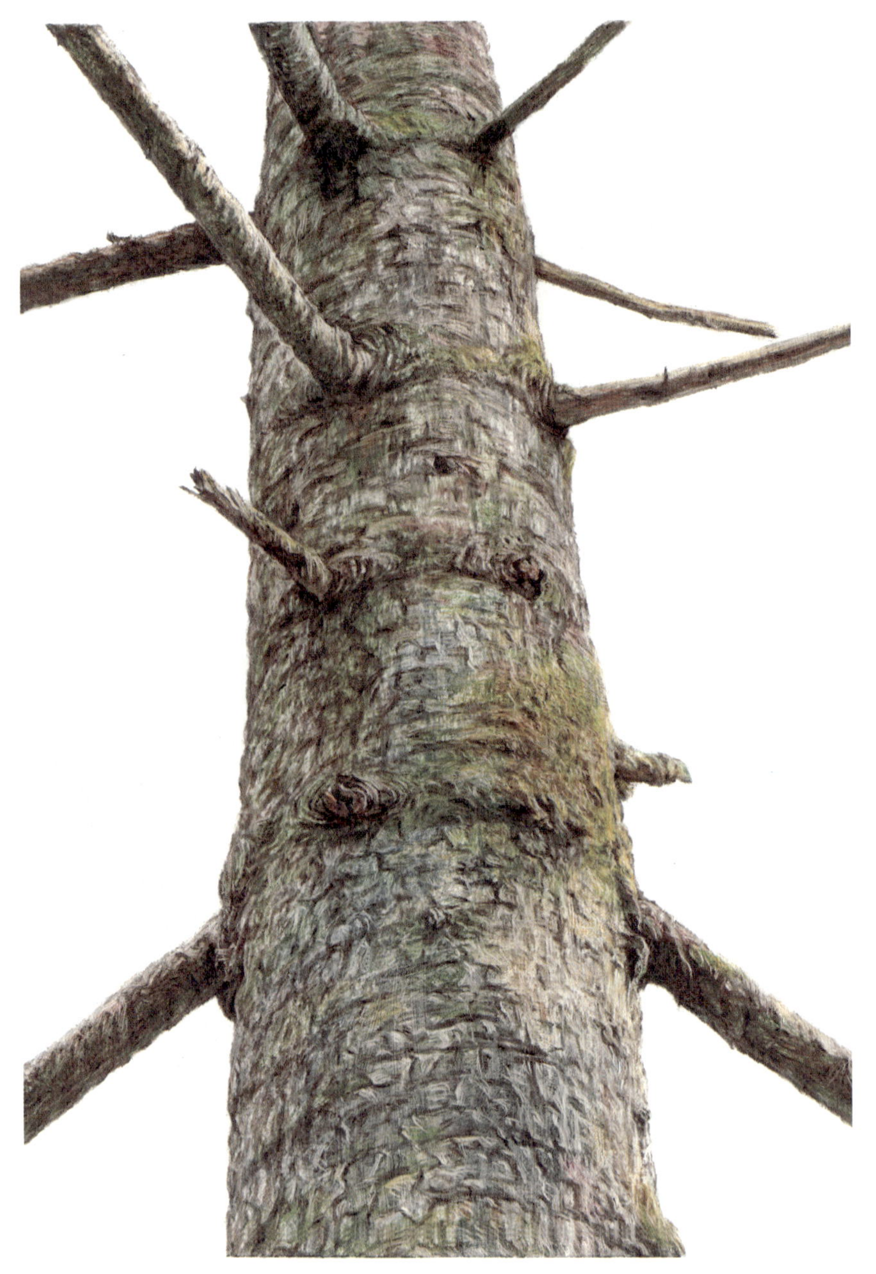

분비나무
왁스페인트, 35x46cm

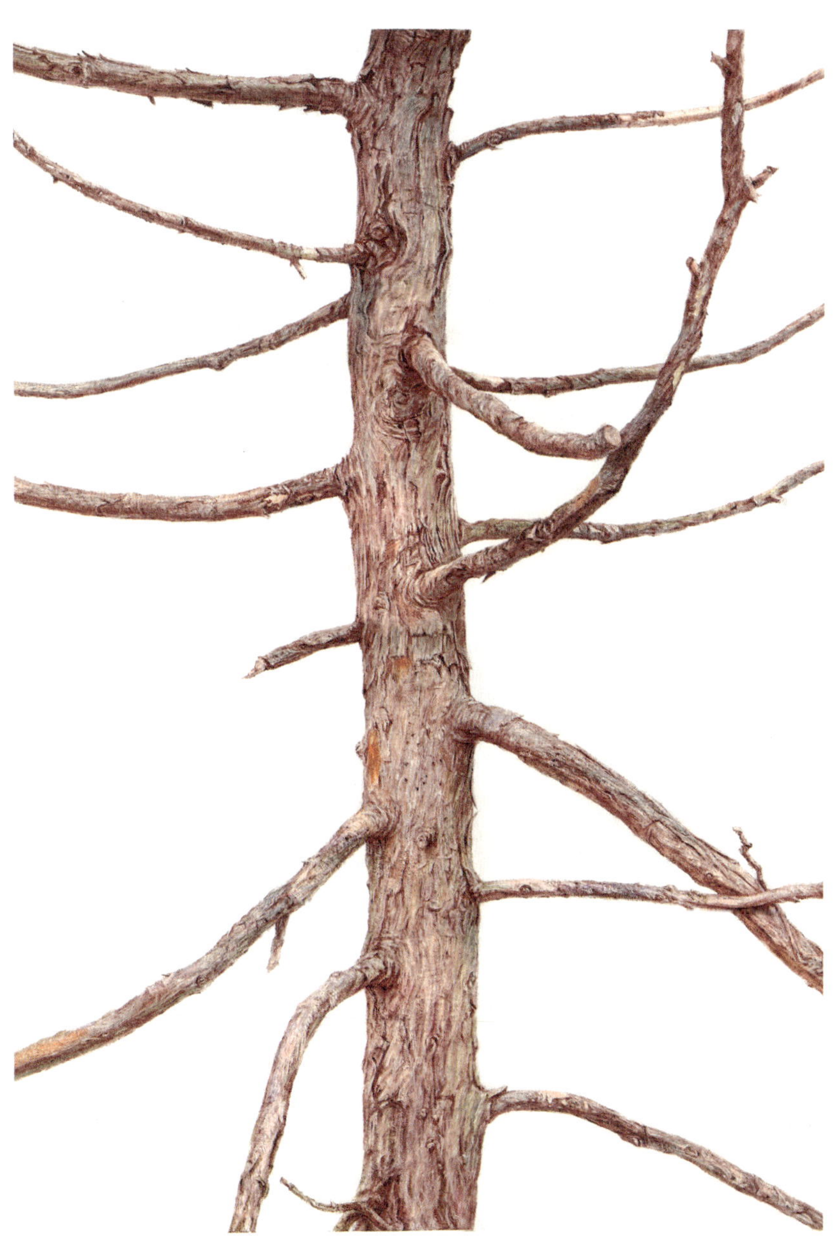

눈측백나무
왁스페인트, 45x50cm
2018년 6월 1일

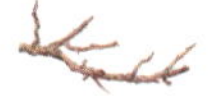

보고 싶으면 올라가야 해

아침 6시부터 걷는다. 안산 갈림길까지 올라갔다 오려면 만만치 않은 하루가 될 거다. 7시 반, 복숭아탕 근처에서 아침 요기하고 또 걷기. 두문폭포 지나고 꽃황새냉이 만난 무릉도원까지 오니 10시다. 벌써 네 시간 걸었지만, 아침 걸음이라 상쾌하다.

이제부터는 처음 가 보는 숲이다. 미지의 숲은 걸음마다 진지하다. 엊그제 온 비로 축축이 우거진 잎사귀들이 길을 덮었다. 큰 잎사귀를 우산 같이 펼친 도깨비부채가 하얀 꽃을 피웠고, 키가 우뚝한 박새도 꽃봉오리를 잔뜩 맺었다.

길이 몹시 가파르다. 경사면에 계단 대신 미끄럼 방지용 나무들이 놓여 있다. 다섯 시간 이상 걸었으니 힘이 빠지는데, 대승령 능선에서 본 풀들이 보이기 시작하니 올라가지 않을 수 없다. 저 산 위에 분명 뭔가 있을 거라는 느낌이 강하게 끌어당긴다.

힘겹게 올라가는데, 녹색 숲에 갑자기 나타난 진분홍 꽃들이 있다. 아! 꽃개회나무다! 묵은 가지에서 꽃이 피는 정향나무만 수없이 봤다. 그래서 새 가지에서 꽃이 핀다는 꽃개회나무를 꼭 만나고 싶었다. 오늘은 이곳의 꽃개회나무가 우리를 부른 거였다.

만나기 어려운 꽃개회나무를 보고 또 보았다.

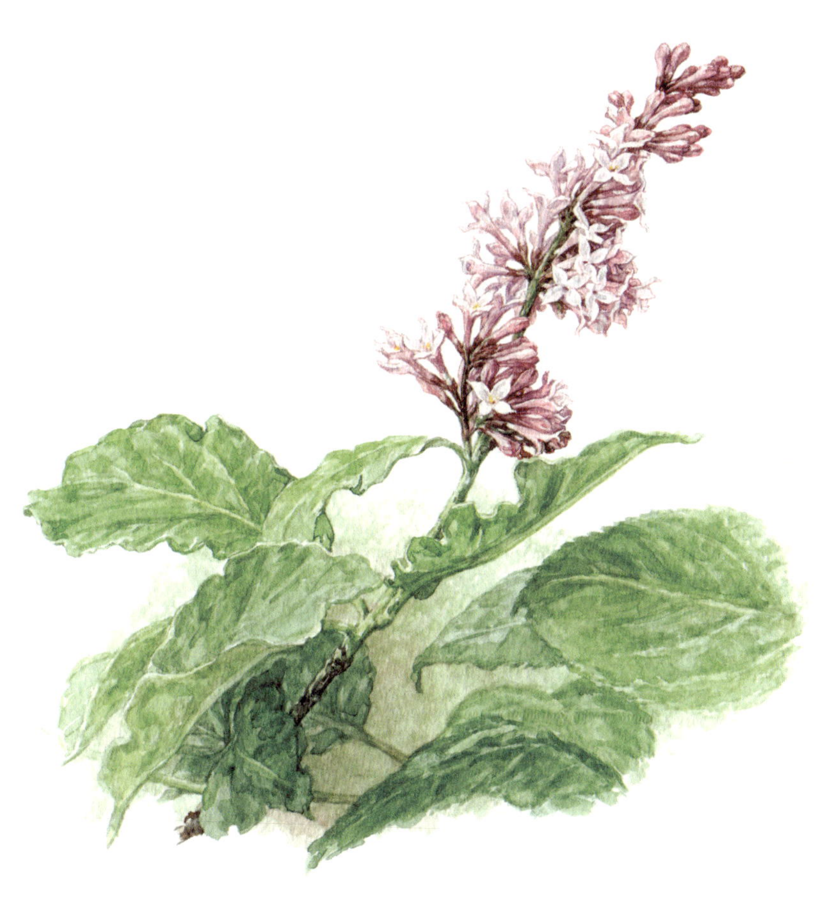

꽃개회나무
수채화, 22x22cm
2018년 6월 13일

정상에 가까워질수록 인가목 꽃이 한창이다. 검종덩굴 꽃도 드문드문 보인다. 꽃개회나무와 인가목에 검종덩굴까지. 기운이 펄펄 난다. 나머지 깔딱 고개는 거뜬히 올라갔다.

해발 1356m 고갯마루에서 도시락을 먹었다. 출발한 지 일곱 시간이 지났다. 힘들게 올라와서 머물 수 있는 시간은 고작 두 시간, 돌아갈 길이 멀어서어서 내려가야 한다.

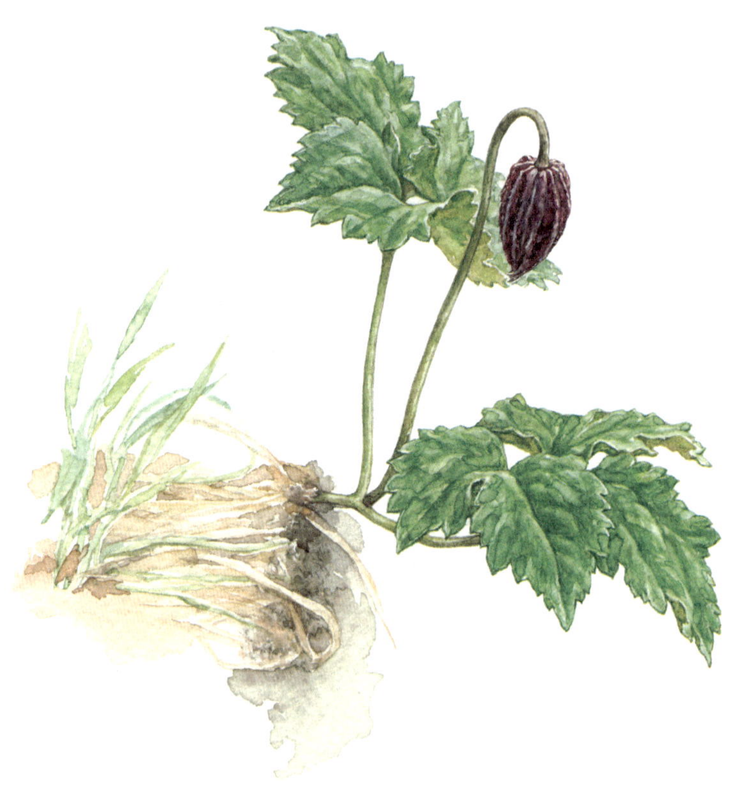

세잎종덩굴 봉오리
수채화, 22x22cm

　아쉬운 마음에 뒤 한 번 돌아보고 내리막길을 시작하는데 바닥에 납작 엎드린 검붉은 봉오리가 있다. 어머나, 세잎종덩굴이네! 봉오리들 사이로 활짝 열린 꽃도 있다.

　역시 능선 길이야. 보고 싶으면 올라와야 해.

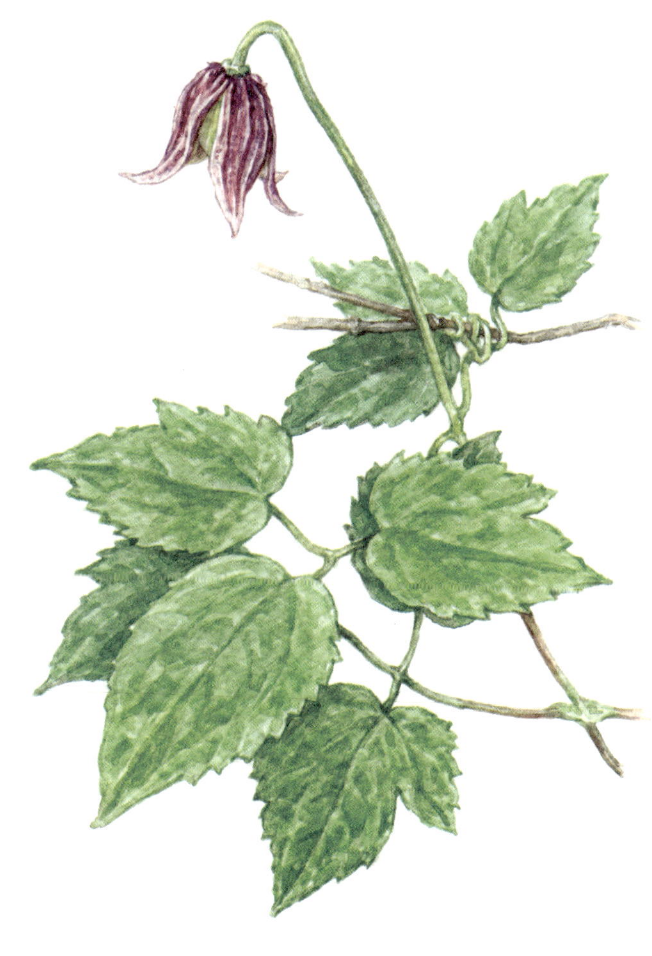

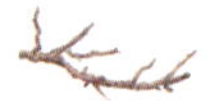

머물고 싶은 능선

이른 아침, 대승령 길을 또 올라간다. 안산 길 능선에서 무릉도원 같은 숲을 본 후 자석에 끌린 듯 가파른 길을 오고 또 온다. 햇수로 9년째, 설악산 풀들을 꽤 만났다 싶었고, 정말 보기 힘든 식물은 못 보려니 했는데, 그 희귀 풀들이 숲 곳곳에서 손짓하는 황홀경에 알 수 없는 힘이 솟는다. 지난번에 남교리부터 안산 갈림길 아래까지 다녀갔으니, 오늘 대승령 너머 안산 쪽, 같은 장소까지 가면 이쪽 능선은 대략 다 보는 거다.

한 달 전에 왔던 길이지만, 그동안 계절이 바뀌어서 눈에 들어오는 풀들이 완연히 다르다. 보이는 풍경이 다르니, 새로운 숲에 온 것 같다. 역시 귀한 풀을 만났다. 청닭의난초! 아직 꽃 피기 전 봉오리의 모습이지만, 둥근 잎사귀가 눈길을 당겼다. 청닭의난초는 높은 산 숲속에 드물게 자라는 풀이다.

300m 깔딱 고개를 올라가서 대승령 고개에서 한숨 돌리고, 안산 쪽 능선 길로 접어든다. 나무가 빽빽이 우거진 오솔길은 높은 고도가 느껴지지 않으며, 아늑하다. 산 낮은 곳에서 만나던 노린재나무가 이렇게 높은 능선에도 있다. 높은 산에서 만나는 노린재나무는 굵지 않은 둥치이지만 풍상이 느껴진다.

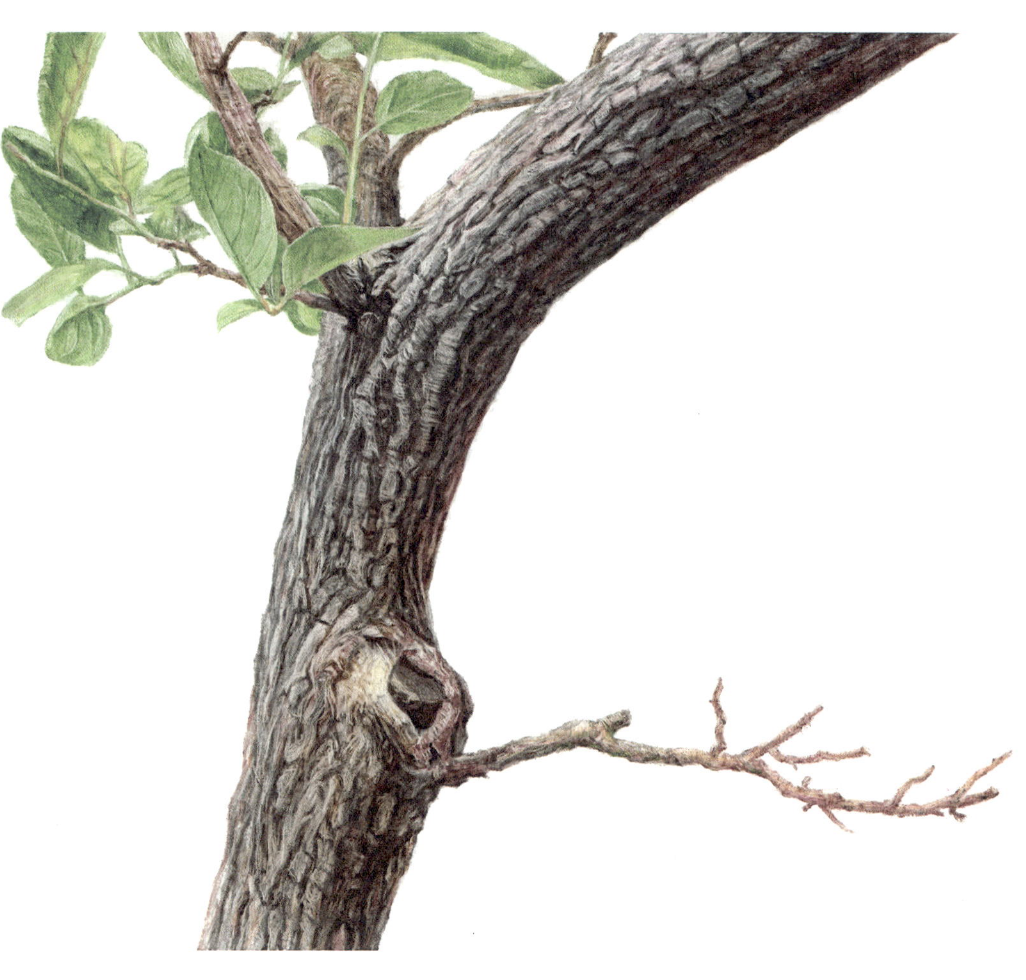

노린재나무
왁스페인트, 46x34cm
2018년 6월 28일

산꽃 도감을 펼쳐놓은 듯 능선따라 꽃들이 이어진다. 좀조팝, 뱀무, 광릉갈퀴, 네잎갈퀴, 나비나물, 붉은참반디, 꿩의다리아재비…. 아, 이곳에 며칠 머물고 싶다.

보름 전에 다녀간 그 자리까지 왔다. 그때 막 피기 시작한 금마타리가 아직도 피어 있다. 같은 자리에서 도시락을 먹고, 세잎종덩굴을 찾아보니, 꽃이 지고 실 같은 모양의 연두색 씨앗으로 바뀌었다. 검종덩굴도 모두 씨앗이다. 검종덩굴 씨앗은 세잎종덩굴보다 굵고 색도 진하다.

대승령고개 갈림길까지 돌아오니, 벌써 3시가 넘었다. 날이 몹시 흐렸다. 가파른 돌길을 조심스레 내려오다 아차 싶었다. 세잎종덩굴 만난 곳에서 조금 내려가면 꽃개회나무가 있는데, 지금쯤 씨앗이 되었는지, 씨앗은 어떤 모양인지 보고 올 걸 그랬다는 생각이 뒤늦게 들었다. 다시 돌아갈 수 없을 만큼 멀리 왔으니 그냥 가는 수밖에 없지만, 만나기 어려운 꽃개회나무를 한 번 더 살피지 못한 게 내내 아쉬웠다.

　4시 반을 넘어, 대승폭포를 지나는데 빗방울이 떨어진다. 예보에서 비는 저녁 6시부터 내린다고 했는데, 후드득후드득 빗줄기가 굵어진다. 잠시 비 피할 곳이 보이지 않으니 쫄딱 맞으며 걷는 수밖에 없다. 사정없이 쏟아지는 빗물이 모여 금방 골짜기를 이룬다. 조심 또 조심, 미끄러운 길을 가까스로 내려오니 완전히 물에 빠진 생쥐다. 사이렌이 울리고, 산행을 중지하고 대피하라는 방송까지 나온다. 꽃개회나무를 다시 본다고 능선에서 지체했으면 저 높은 곳에서 장대비를 만나 위험할 뻔했다.

　'휴, 산님, 고맙습니다! 무사히 내려왔어요.'

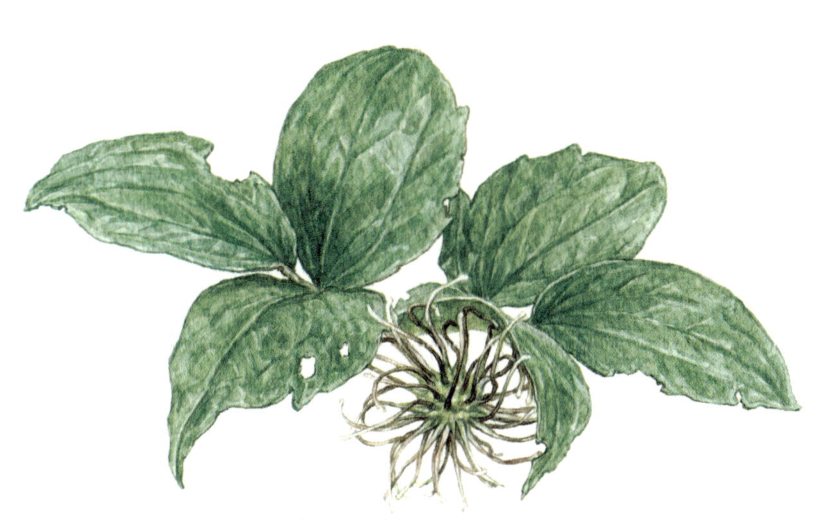

검종덩굴 씨앗
수채화, 18x14cm
2018년 6월 28일

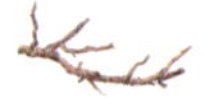

다시 찾아 나선 분취

2013년 흘림골에서 분취 종류의 풀을 만났다. 짐작 가는 이름이 있어서, 일단 그림을 그리며 특징을 더 파악하기로 했다. 태백취도 그리는 동안 줄기에 털이 있는 걸 보고 이름을 찾았으니까. 그림 모델이 될 사진을 살피는데, 관찰의 눈이 부족할 때라 부분 사진만 있고 전체 모습이 없다. 만난 지 여러 해가 지났지만 여러해살이풀이라서 다시 가도 그 자리에 있을 것 같은데, 하필 흘림골에서 용소폭포로 이어지는 등선대 길이 출입금지다. 결국 박그림 선생님께 부탁하여 설악산 관리공단에 식생 조사 목적으로 출입 허락을 받고, 산길도 동행했다.

몇 년 만에 들어선 흘림골은 사람 발자국이 끊어져 자연의 숲으로 돌아가는 중이었다. 낯익은 길이지만 잎사귀들이 무성히 길을 덮어서 새로운 숲에 온 것 같았다.

꽃을 만난 때가 2013년 8월 27일이니 이맘때면 꽃은 지고 씨앗을 맺었을 것이다. 비록 꽃이 졌어도 전체 줄기와 뿌리 잎사귀의 모습을 다시 보고 싶었다. 궁금했던 분취 자리로 가보았다. 그 자리에 오리방풀이 몹시 우거졌다. 근방에서 만났던 물레나물과 말나리도 다시 찾았으니 여기가 분명한데, 분취 같은 풀은 안 보인다. 키가 어른 앉은키만큼 우뚝하고 줄기 아래에 큰 잎사귀가 수북해서 도저히 안 보일 수 없는 풀인데, 왜 없을까? 다른 풀 아래에 잎사귀라도 남았는지 땅 쪽을 아무리 훑어도 분취 종류 잎사귀는 없다.

내려오면서 다시 살피기로 하고 등선대를 향하여 올라갔다. 등선대 정상으로 향한 바위길은 세찬 바람 때문에 얼굴 들기조차 어렵다. 그동안 산에 자주 왔지만 이렇게 센 바람을 만나기는 처음이다.

　그래도 우리의 친구 솜다리는 찾아봐야지. 벼랑 뒤 산솜다리가 있던 바위로 다가갔다. 바위에는 바람꽃이 하얗게 피었고, 산솜다리는 아주 작은 뿌리 잎사귀 한 포기만 바위에 붙어 있다. 그래도 남아 있네. 살아 있어 주어서 고맙다. 등선대 정상의 정향나무는 여전하고, 그 옆에 있는 낯익은 나무가 노간주나무였다. 전에는 이름도 모르고 눈만 맞추다가 이제야 알아보았다. 그러고 보니 햇빛과 바람 많은 정상, 척박한 곳에서 잘 자란다는 노간주나무가 있을 만한 자리다.

　내려오는 길에 분취 자리를 다시 살폈지만, 흔적조차 찾을 길이 없다. 이 정도면 분취는 사라졌다고 봐야 한다. 무성하게 우거져 일대를 덮어버린 오리방풀이 야속하기만 하다. 한편 분취 같이 키가 크고 장대한 풀을, 꽃도 작고 밋밋한 오리방풀이 밀어냈다는 사실이 놀랍다. 한 포기만 놓고 보면 분취가 훨씬 크지만 분취는 홀홀 단신 한 포기였고, 오리방풀은 무리 지어 번식한다. 비록 작아도 민초의 힘이 뭉치면 큰 풀도 몰아낼 수 있는 것이다. 이 또한 숲의 질서이니 어찌하랴.

　뭐든지 영원한 것은 없으니. 그림은 2013년에 만난 모습으로 그렸다.

2018년 9월 5일

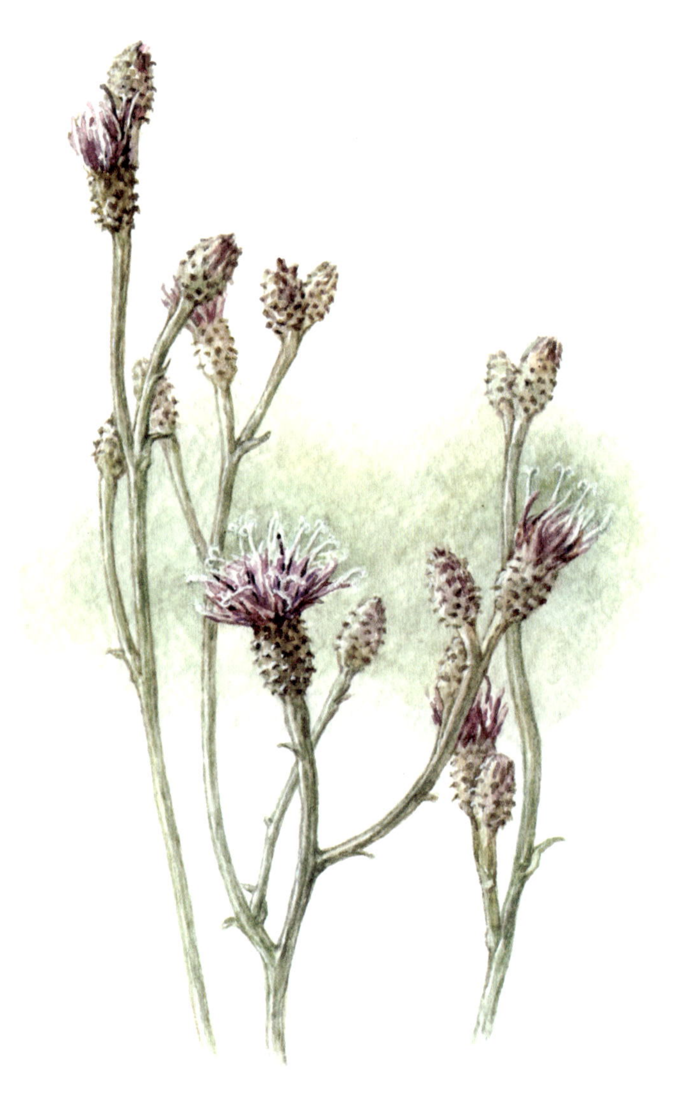

이름 모를 분취 꽃
수채화, 27x21cm
2013년 8월 27일

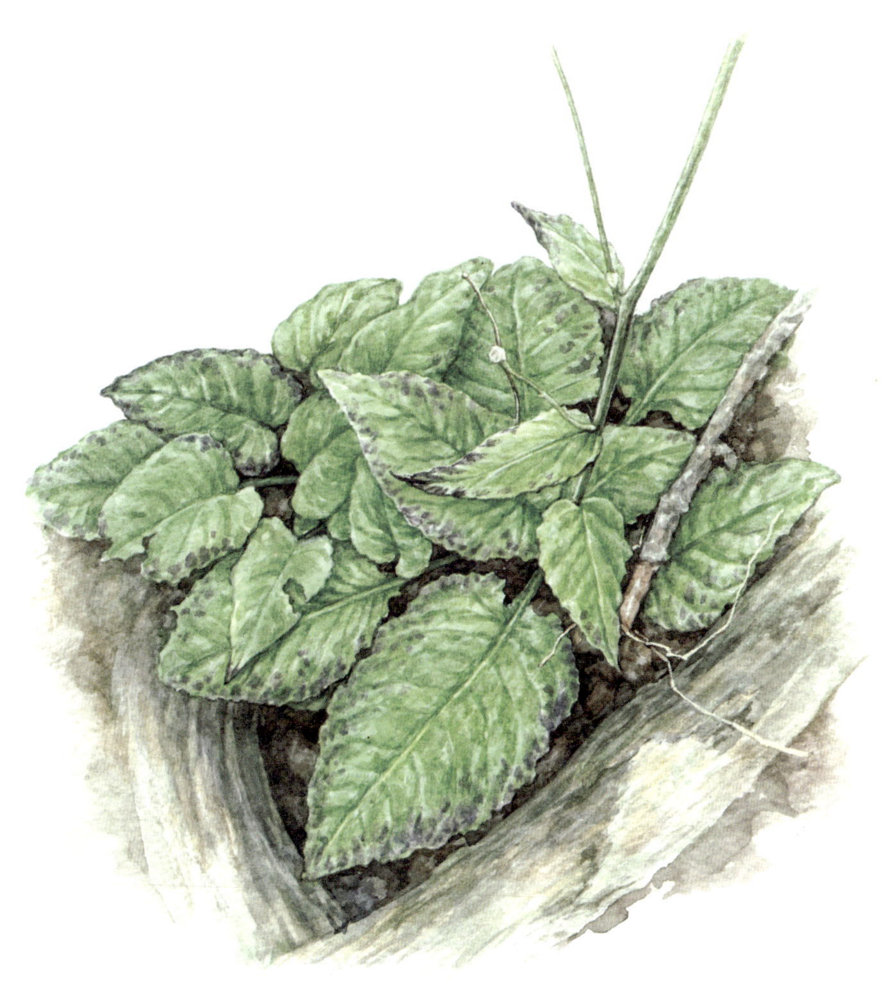

이름 모를 분취 잎사귀

수채화, 29x26cm

2013년 8월 3일

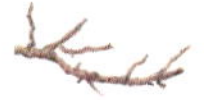

만나야 하는 풀 친구

늦장마 같이 비가 오더니 주전 동굴 앞에 물이 찰랑하고, 용소폭포에도 물이 제법 쏟아진다. 작년 9월 말 용소골에서 반가운 풀을 만났다. 꽃이 지고 있었지만 등선대에서 보던 은분취 모습이었다. 이제는 출입금지가 된 등선대에서 은분취가 우리를 만나러 내려온 것 같은 기분이 들어 무척 반가웠다.

'내년에 꽃 필 때 다시 올게.' 마음으로 약속했다.

풀이 있던 곳을 눈으로 더듬으니 바위틈에 피어 있는 연분홍 꽃이 보인다. 높은 곳은 아니지만, 발 디딜 자리가 마땅치 않다. 나무꾼이 올라가겠다는데 식물 사진은 그릴 사람이 찍어야 해서 내가 넘어진 나뭇가지에 의지하여 올라가고 나무꾼은 아래에서 지켜보았다.

1년 만에 다시 찾아와 풀을 마주하면 스스로 잘 자란 아이를 보는 듯 대견하다. 바람이 계속 불어와 흔들리는 줄기를 붙잡고 겨우 초점을 맞추었다. 꽃 사진을 찍고 내려오는데, 국립공원 유니폼을 입은 아저씨가 다가오며 묻는다.

“거기서 뭐 하고 내려오십니까?”

“꽃 사진 찍었어요.”

“위험하게 올라가시면 어떡해요?” 좀 화난 목소리다.

“은분취에요. 만나기 어려운 풀이죠.”

“네? 뭐라고요? 무슨 꽃이요? 적어야겠네.”

수첩을 꺼내더니, 전화기 사진을 보여 준다.

“꽃 잘 아세요? 이거 뭔지 아세요?”

“까치박달 열매네요.“

“제가 숲 해설가 1기에요. 탐방객이 묻는데 모르겠더라고요.”

“어떻게 다 알겠어요. 그런데, 까치박달은 설악산에 많아요.”

“저도 그 꽃 사진 좀 찍어야겠네요.”

그러면서 내가 섰던 그 자리로 올라간다. 그 모습을 보니 웃음이 나온다.

“그거 보세요. 거기 서야 찍을 수 있다고요.”

직원도 난처한 듯이 웃으며 하나 배웠디고 한다. 조심히 가시라고 인사하며 헤어졌다.

2018년 9월 11일

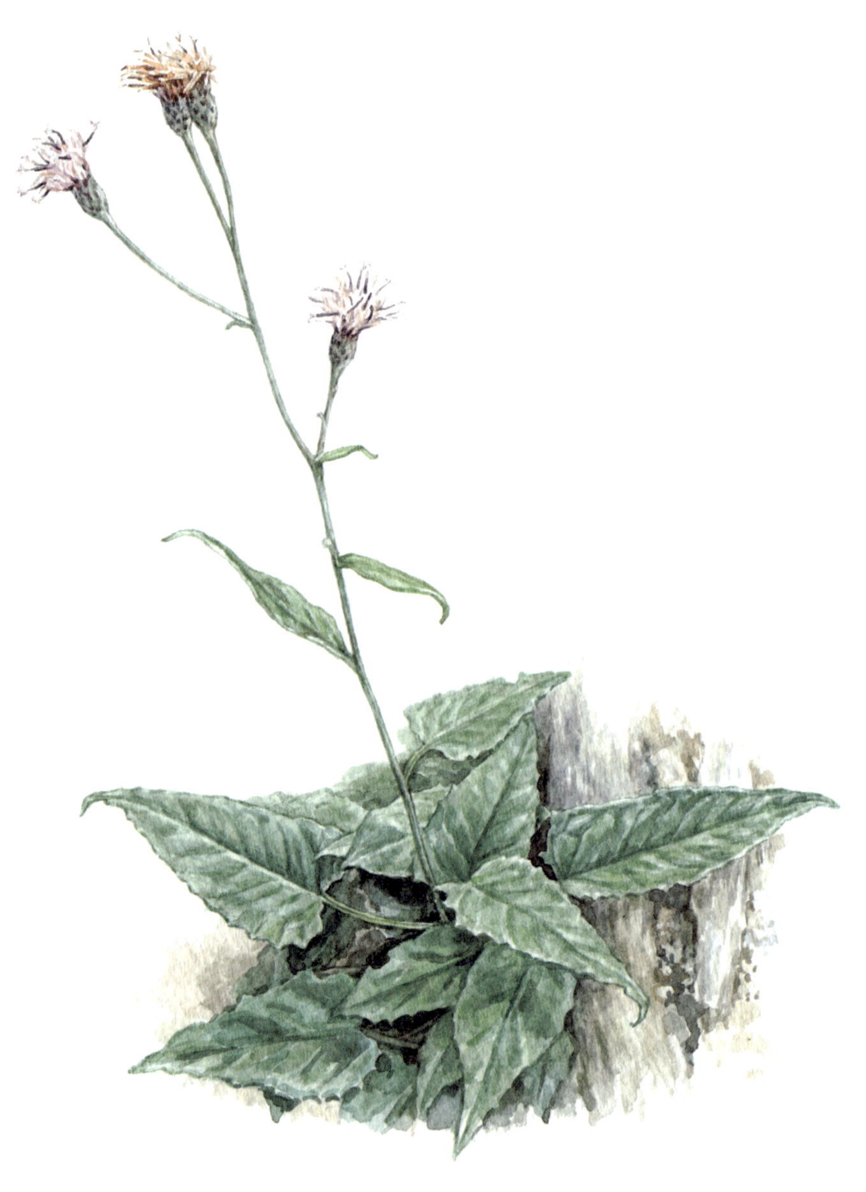

은분취
수채화, 17x24cm
2018년 9월 11일

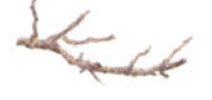

금강분취를 만나러

이맘때 금강분취가 필 때라서 만나러 간다. 곧장 가도 네 시간은 걸릴 테니 중간에 지체 말아야겠다. 지난주 내내 흐리다가 오늘은 화창하게 해가 나고 바람도 없다. 추석 밑이라 사람들 마음이 바빠서인지 이 큰 산에 오직 우리 둘뿐. 오늘은 산님이 우리만 특별히 초대한 것 같다.

복숭아탕을 지나고 두문폭포를 지나 쉼 없이 걷는다. 꽃황새냉이가 있던 물가에 다다랐다. 개울 옆에는 하얀 우산 같이 둥글게 꽃을 피운 궁궁이가 서 있다. 그리고 역시 숲 곳곳에 둥글넓적하면서 끝이 뾰족한 잎사귀가 많이 보인다.

꽃이 지고 있지만, 간혹 남아 있는 꽃도 있다. 진분홍색 가는 꽃잎들이 폭죽 같이 벌어지고 삐쳐 나온 꽃술이 화려한 금강분취다. 몇 해를 기다려서 만난 금강분취를 원없이 보고 또 보았다.

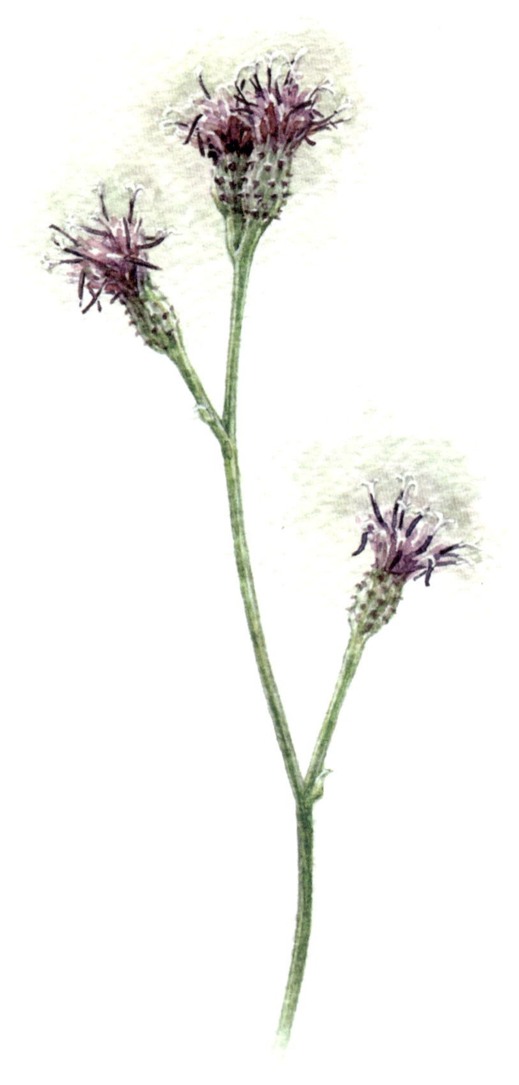

금강분취
수채화, 14x19cm

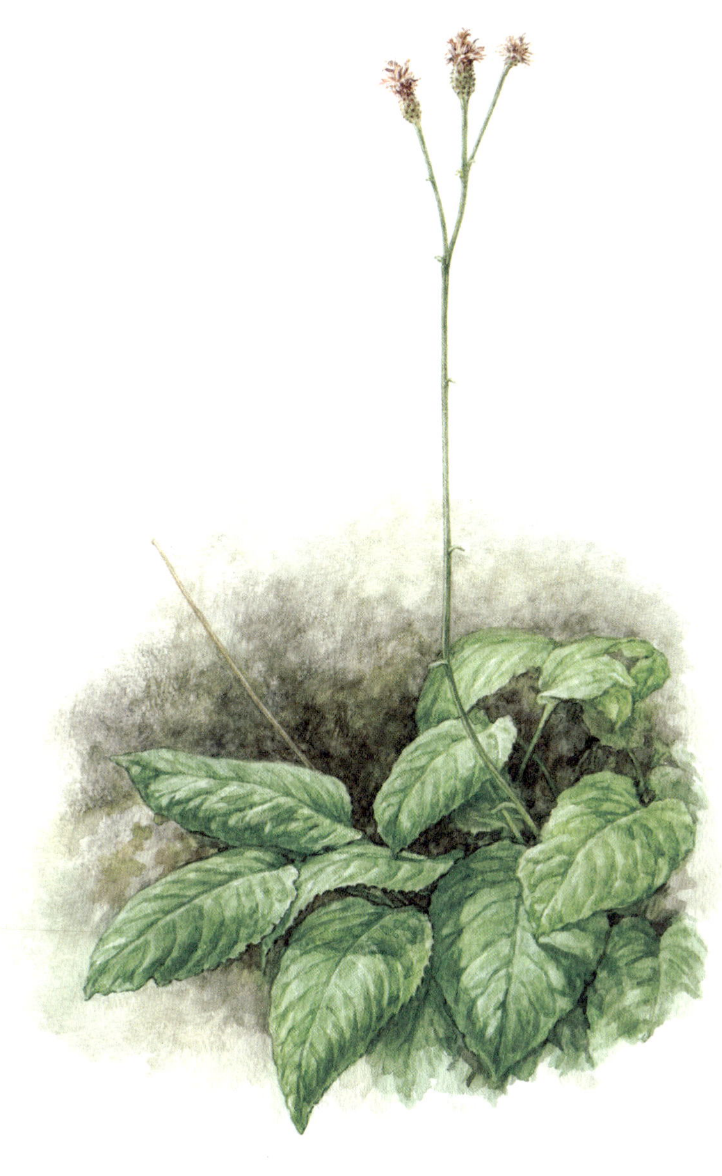

금강분취
수채화, 30x45cm
2018년 9월 18일

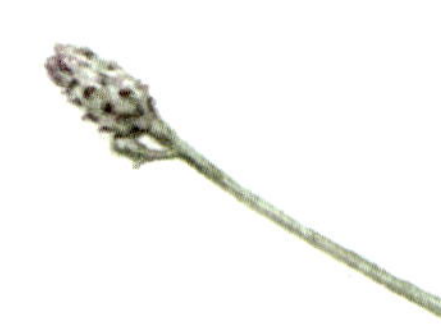

　금강분취를 만나고 내려오면서 머릿속을 채우고 있던 생각이 스르르 풀린다. 2013년 가을, 학명 'Saussurea'로 시작하는 분취 종류를 만난 후, 안 풀리는 문제와 씨름하는 기분이었다. 자주 보는 식물은 이름에 확신이 드는데, 어쩌다가 만나는 귀한 풀은 짐작은 가도 단정하기 어렵다. 만약 짐작 가는 이름이 아니라면 내가 만난 풀은 무슨 분취일까 궁금해서 가을만 되면 때를 맞추어 찾아다녔다.

　식물을 쫓아 다녀보니, 같은 이름의 풀이라도 지역에 따라 차이가 있다. 그래서 지역별로 지켜본 생태 기록이 절실하다. 특히 만나기 어려운 식물은 여러 모습이 있어야 길잡이가 될 텐데, 식물 한 종을 사진 한 장이나 짧은 글로 설명한 도감으로는 부족하다.

　풀을 만나 보면 도감 사진 백 번 보는 것보다 한 번이라도 실물을 보는 게 훨씬 중요함을 느낀다. 모든 풀이 도감과 똑같이 생긴 건 아니라는 눈치도 생긴다. 세상 사람이 모두 똑같을 수 없듯이, 뭇 생명 또한 닮은 듯하며 조금씩 다른 게 자연의 뜻이리라.

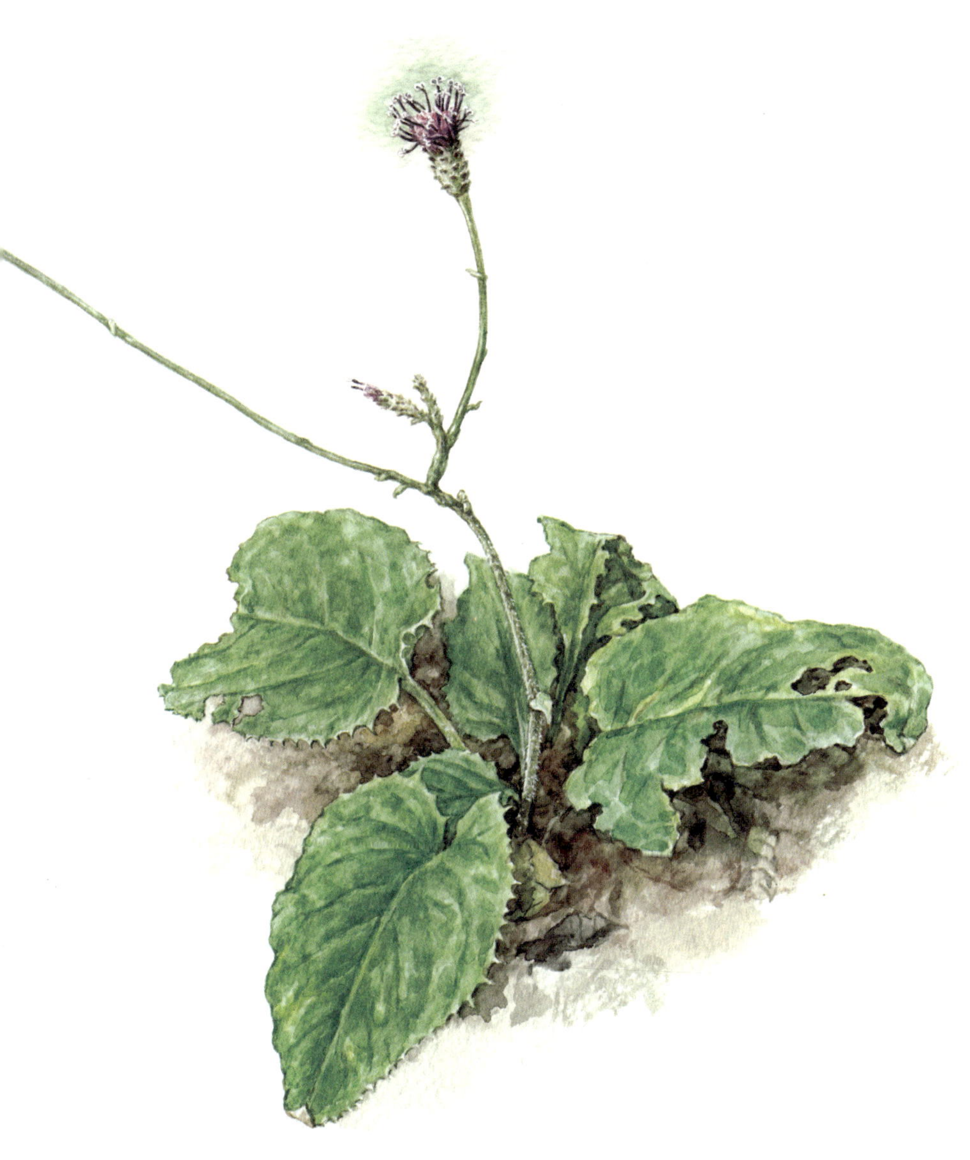

그림을 그리면서 줄기에 털이 있는 걸 보고 이름을 알게 된 태백취
수채화, 35x28cm
2018년 9월 18일

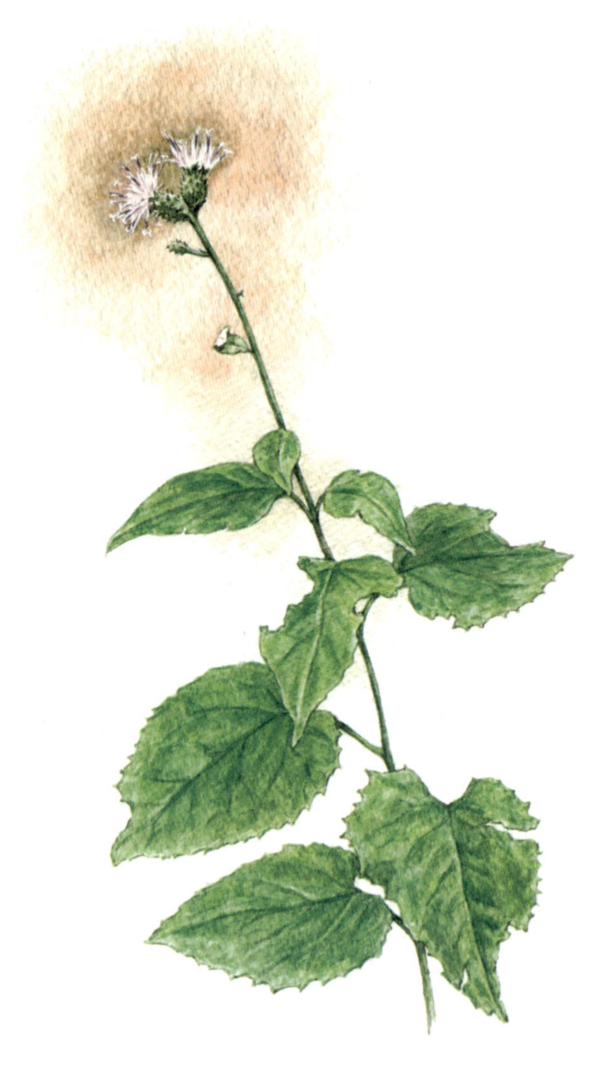

286

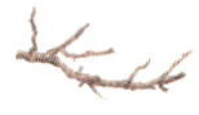

산이 가르쳐 줄 때까지

쌀쌀해진 아침 공기에 옷깃을 여미고 걸음을 서두르는데, 바닥에 꼬물거리는 녹색이 있다. 어머, 박각시 애벌레네! 몸길이가 7~8cm 되어 보이는 애벌레가 부러진 나뭇가지에서 길로 내려와 옆에 있는 나무토막으로 올라가고 있다.

그 모습을 지켜보다 애벌레가 올라간 나무토막을 풀숲으로 옮겨 주었다. 애벌레 걸음으로 기어서 숲까지 가려면 한참 걸릴 텐데, 이른 아침 길바닥이 몹시 차갑고, 혹시 누군가 나뭇잎인 줄 알고 밟기라도 하면 큰일이다. 애벌레는 옮겨간 숲이 낯선지 꼼짝 않고 있다.

괜찮아. 길을 잘 찾아봐. 애벌레에게 손을 흔들어주었다. 애벌레를 만나고 나니 뭔가 좋은 일이 있을 것 같다.

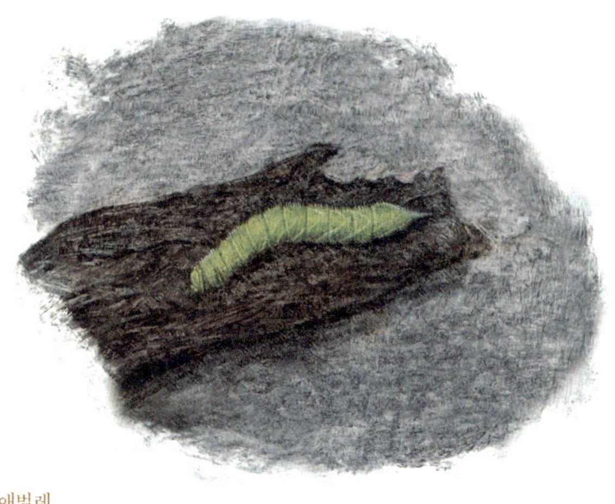

콩박각시 애벌레
왁스페인트, 28x20cm
2018년 10월 1일

오늘은 천당폭포 너머 무너미고개 쪽으로 들어가 봐야지. 부지런히 걸어도 다섯 시간은 걸리겠다. 높은 산, 깊은 숲에 가면 아직도 풀리지 않는 '분취' 잎 사귀를 만날지도 모르지.

굽이굽이 천불동 골짜기를 걷고 또 걷는다. 가을 물이 곱게 퍼진 숲에 노랗게 빛나는 잎사귀가 있다. 가까이 가서 보니 표찰도 있다. 물푸레나무과의 들메나무다.

새로 지어진 양폭대피소를 지나자 끝없는 계단이 시작된다. 이어지는 계단을 오르고 올라 암벽 사이 협곡을 흐르는 좁은 물길과 천당폭포를 지난다. 여기까지는 전에 와 봤고 이제부터 처음 가는 길이다. 가파르고 험한 돌길이다. 어디까지 갈 수 있을까?

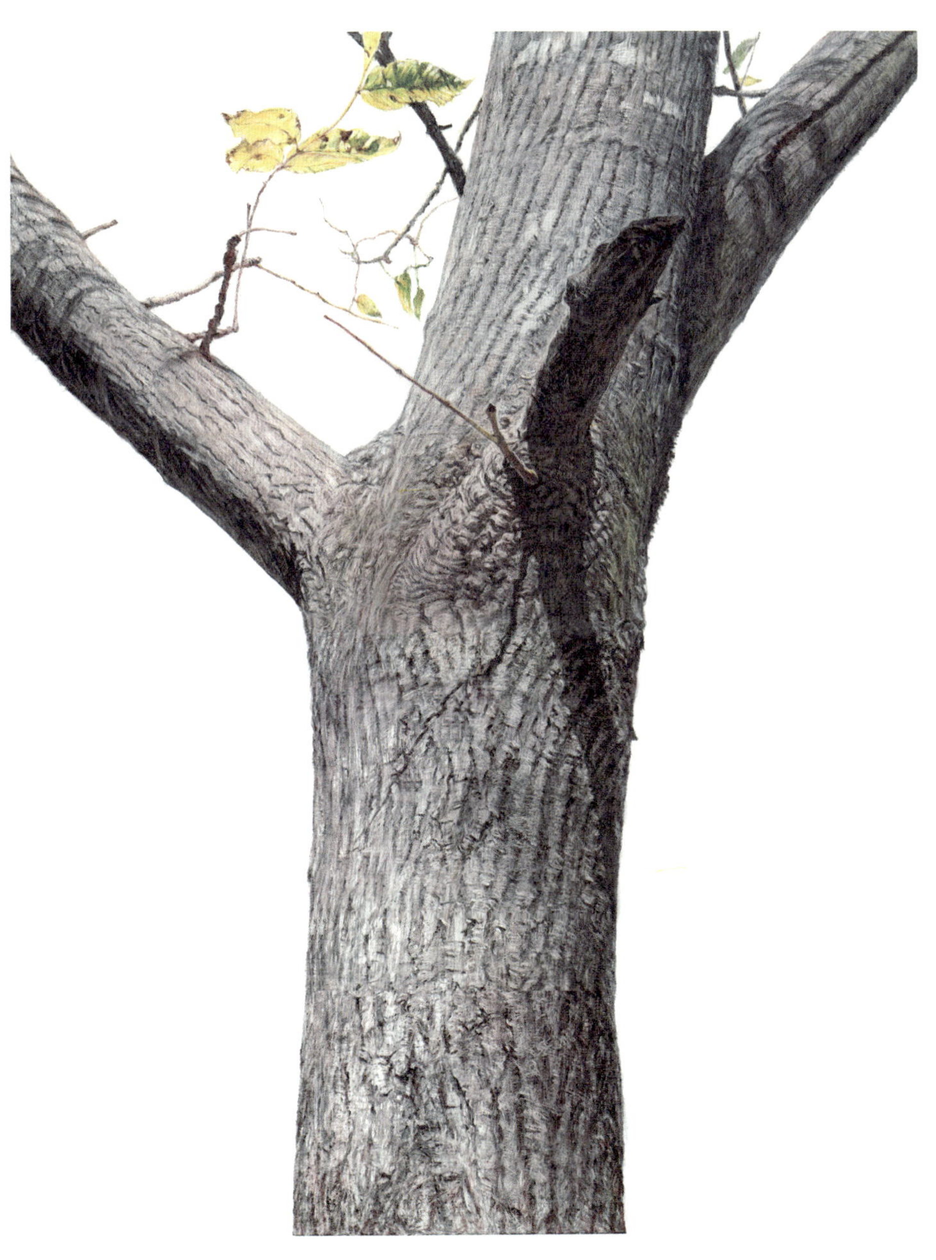

들메나무
왁스페인트, 47x67cm
2018년 10월 1일

길옆으로 넓적하고 두툼한 잎사귀들이 보인다. 분취 종류다. 금강분취를 만났으니 사창분취도 만나면 좋겠는데 조금 더 올라가 보자. 어쩌면 만날 수 있다는 생각에 몸이 빨라진다. 그런데 잎사귀들뿐, 꽃 핀 모습은 안 보인다. 좀 더 가보고 싶지만 돌아서야 할 시간이다. 8시에 출발해서 벌써 1시. 가을 해가 짧아서 6시면 어두워지니, 도시락 먹고 내려가는 길만도 다섯 시간은 걸린다.

도시락 먹을 자리를 찾는다. 어느새 쌀쌀해져서 시원한 물가보다 바람 피할 곳이 더 낫겠다 싶다. 바람막이가 될 큰 바위 아래에서 가방을 풀다가 옆에 서 있는 키 큰 풀에 눈이 멈췄다.

키는 어른 허리춤만 하고, 큰 잎사귀는 수리취만큼 크다. 꽃이 지고 갈색 씨앗이 되고 있지만, 줄기가 갈라지고 꽃이 여럿 달렸다. 분취 종류임이 분명하다.

반가운 마음에 그 모습을 사진에 담으면서 가슴이 두근거린다. 사실, 지난번에 흘림골을 어렵게 다시 간 이유도 찾아간 풀이 오늘 만난 분취와 같은 종류라고 짐작했기 때문이다. 그렇지만 아쉽게도 만나지 못했는데, 오늘 그와 닮은 풀을 만나고 보니, 산님이 그 답을 주려고 이곳으로 불렀다는 생각이 든다.

마음이 들떠서 점심도 먹는 둥 마는 둥, 키 큰 풀 주변을 좀 더 살펴보았다. 주변에는 비슷한 종류의 키 작은 풀도 여럿 있다. 키 차이는 있어도 잎사귀와 꽃의 느낌은 같다. 이제 그만 돌아서야 하는 시간인데, 걸음이 안 떨어진다.

만난 감동이 사라지기 전에 집에 돌아와서 부지런히 그림을 그렸다. 태백취도 그림을 그리면서 식물의 특징을 알게 되어 이름을 찾았으니까. 그리고 사진을 정리해서 짐작 가는 이름이 맞는지 식물학자께 확인을 부탁드렸는데, 확신할 수 없다는 답이 돌아왔다. 아쉽지만 짐작했던 이름이나마 말할 수 없게 되었다. 그림 그리는 사람의 눈으로 보는 식물의 특징은 있지만, 식물학자가 아닌 비전문가 입장이니 전문가의 답을 따를 수밖에. 그저 또 다른 이름 모를 분취로 남게 되었다.

그렇지만 언젠가는 스르르 알게 될 것이다. 산님이 가르쳐 주시려니 믿고 기다린다.

2018년 10월 1일

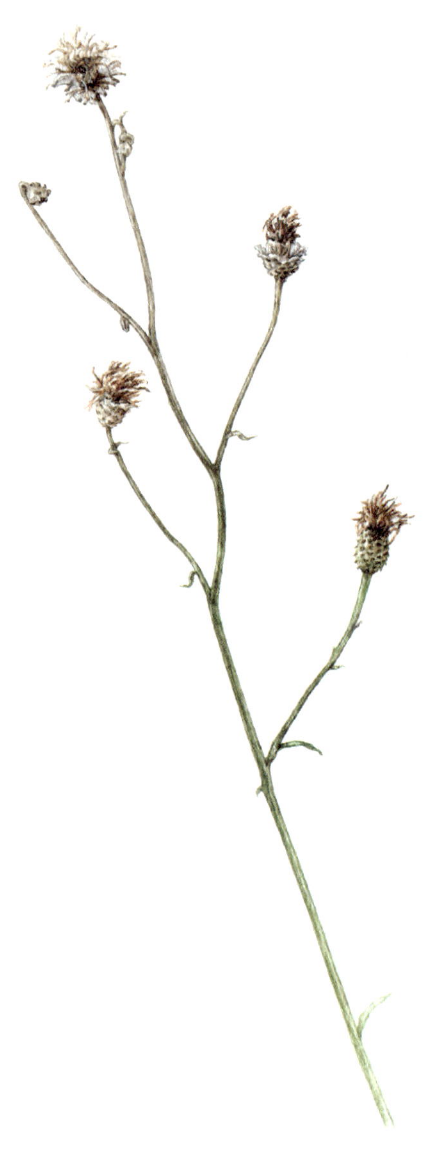

이름 모를 분취
수채화, 24x38cm,
2018년 10월 1일

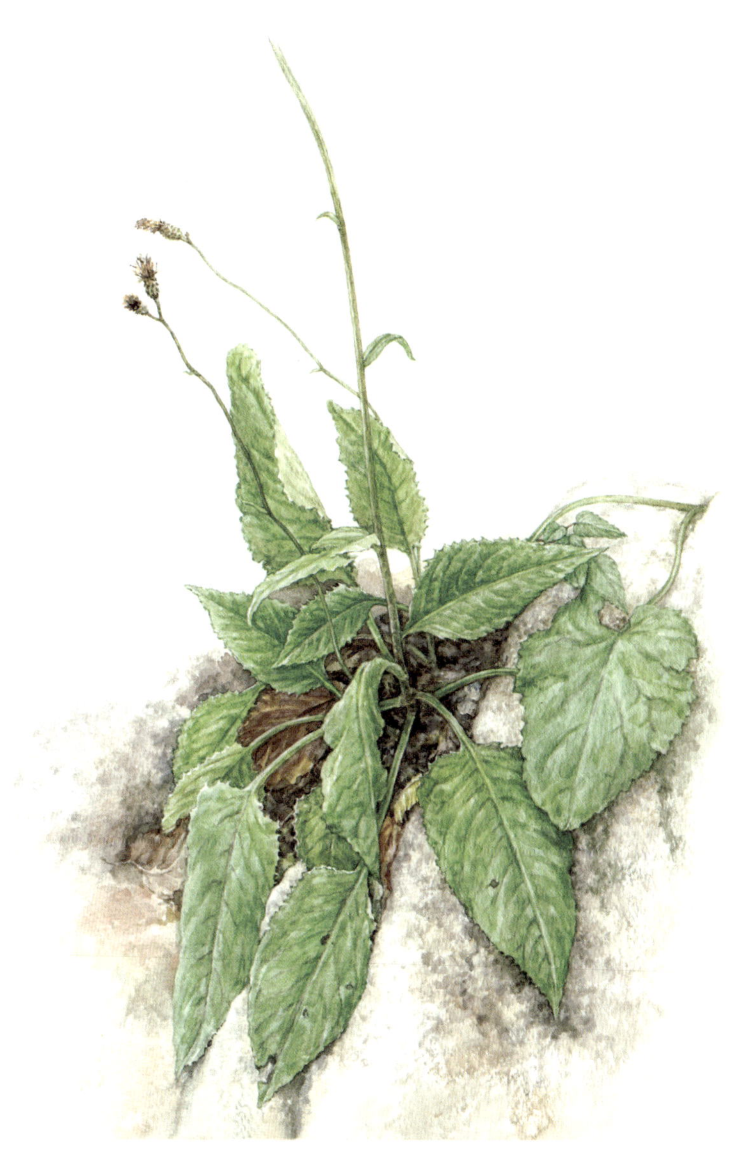

이름 모를 분취
수채화, 32x43cm
2018년 10월 1일

산길을 걸으며

산길을 걸으며
땅이나 산의 소유에 의문이 든다.

무수한 생명이 의지하며 사는 산을
어느 특정 사람이 소유해도 되는 걸까?
공기를 나누어 소유할 수 없듯이,
산과 땅도 그렇지 않을까?

풀과 나무는
바람이 실어다 준 곳에 터를 잡고 살다가
때가 되면 다른 생명에게 자리를 내어주고
흔적조차 남기지 않고 사라지는데,
사람도 풀처럼 나무처럼 살 수 있으면
얼마나 좋을까?

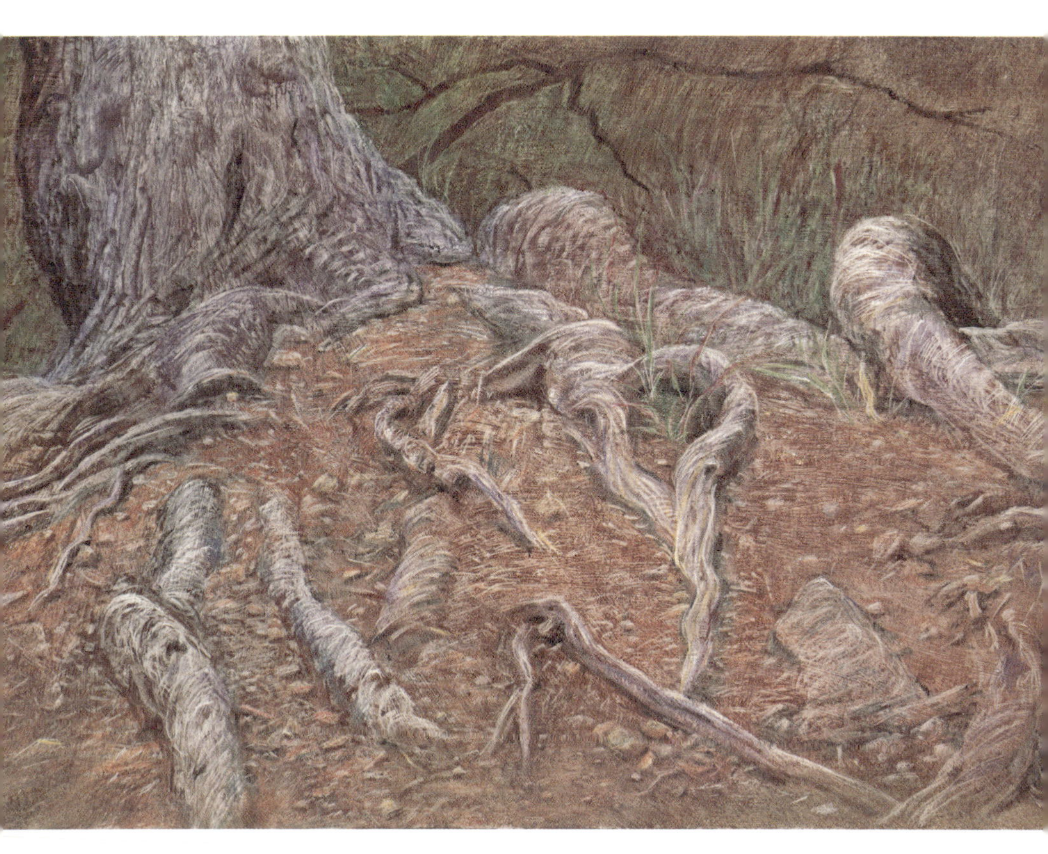

뿌리가 드러난 나무
왁스페인트, 35x22cm
2018년 가을

겨울을 기다리며

가을 옷을 벗은 산은 온통 가랑잎 이불을 덮고, 하늘에는 빈 가지들뿐이다. 안산 갈림길을 여러 번 오면서도 처음 만난 풀과 나무를 보느라 늘 하루해가 짧았다. 지금은 꽃도 열매도 없는 계절이니 호젓하게 나무님만 만나러 간다.

깊은 숲에는 장군 나무들이 있다. 둘레가 어른 둘이 양팔을 벌려도 모자랄 거목이니 나이도 많을 것이다. 오늘 찾아가는 나무를 우리는 '신갈대장군'이라 부른다. 신갈나무는 높은 산 척박한 곳에서 흔히 만날 수 있지만, 안산 갈림길의 그 신갈나무는 장대한 모습에 이끌려 지나칠 때마다 바라보지 않을 수 없다.

세 시간 넘게 부지런히 올라가 신갈대장군 앞까지 왔다. 천천히 나무 주위를 돌아보고, 둥치를 쓰다듬어 보고, 하늘로 뻗은 가지를 올려다본다. 셀 수 없이 많은 가지를 보면 봄부터 가을까지 나무의 한 해 살림이 보통 규모가 아니다. 저 많은 가지에 다 싹을 내고, 꽃을 피우고, 도토리를 맺어, 이제 모두 다 떨구었다.

그리고 또 겨울을 기다린다.

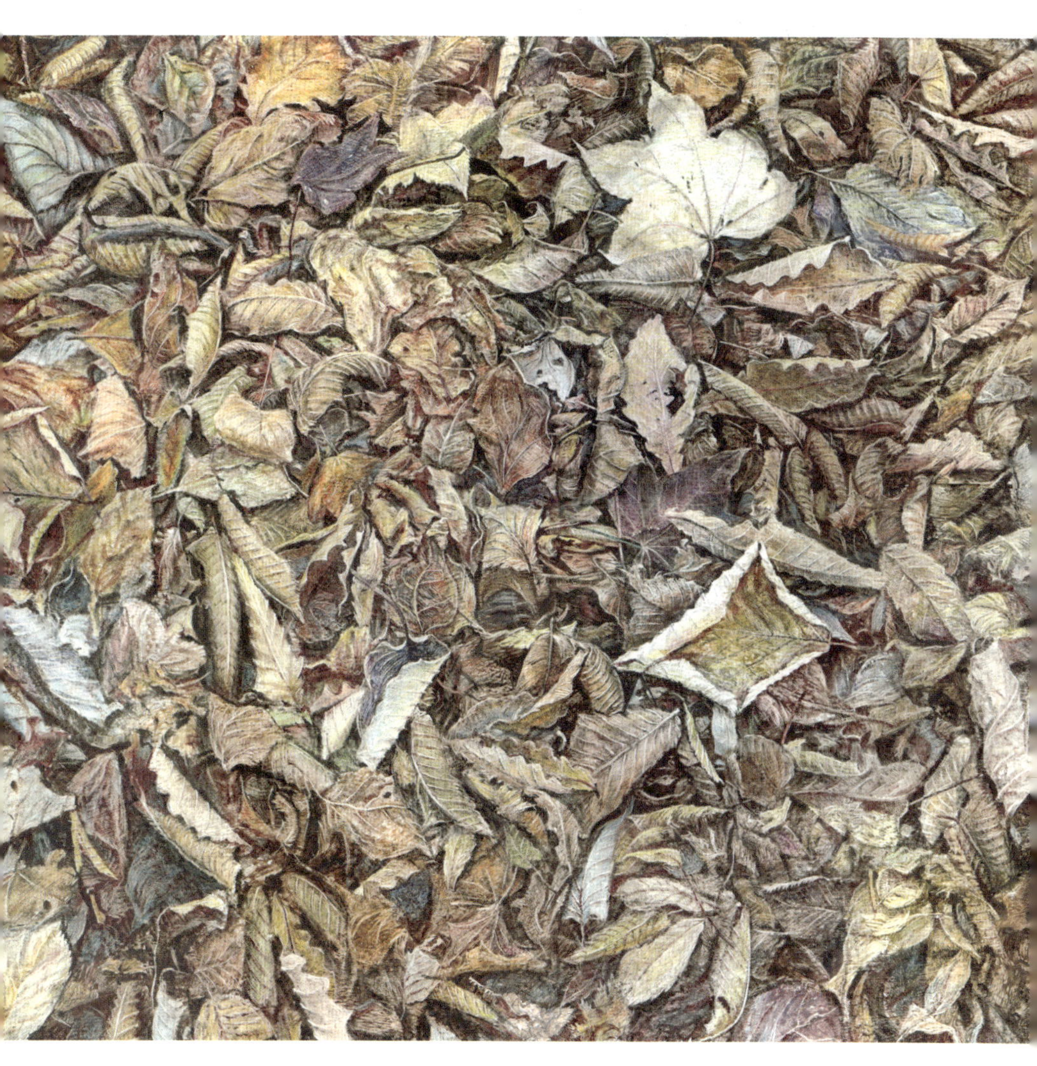

가랑잎
왁스페인트, 73x53cm
2018년 11월 4일

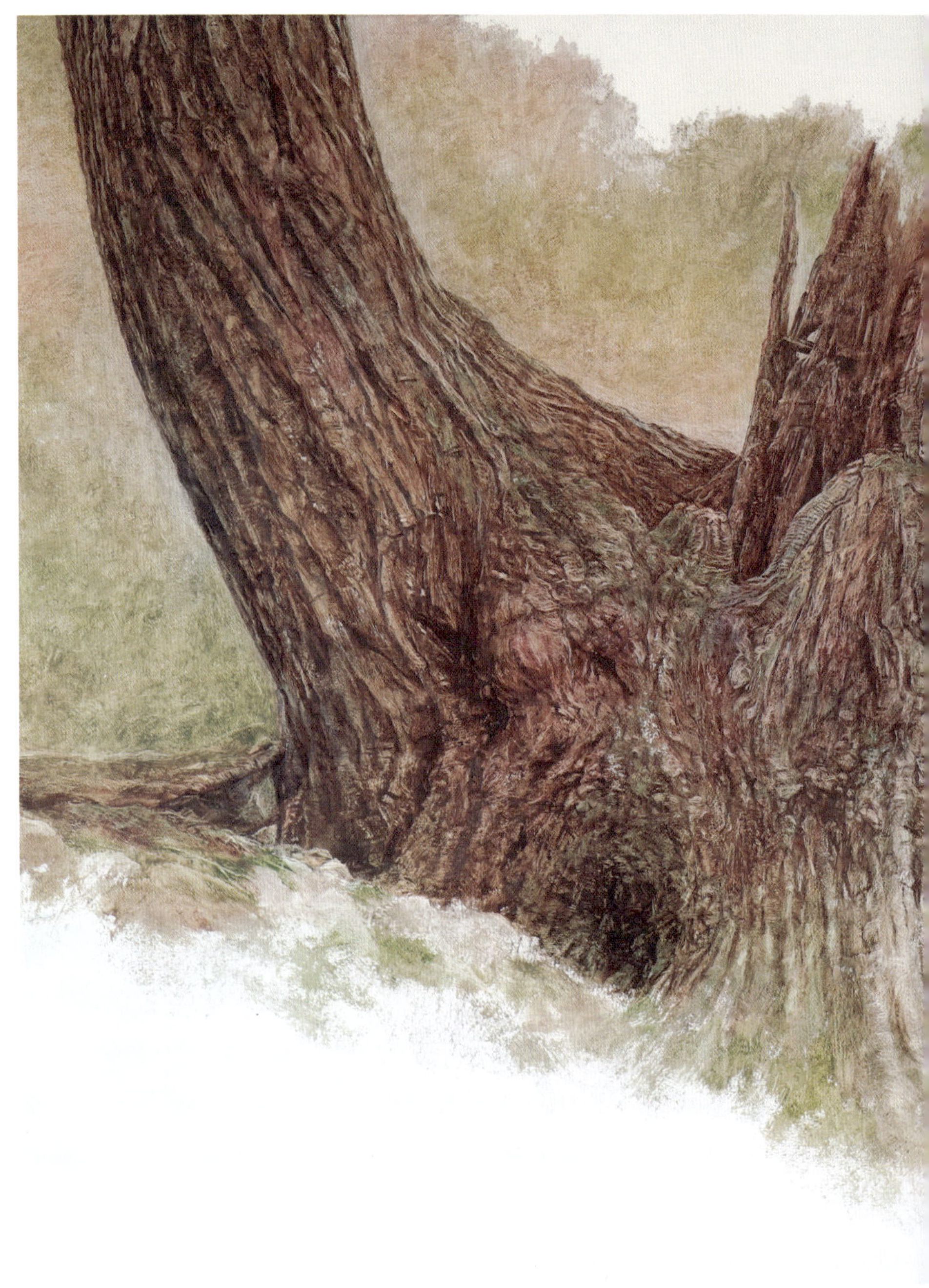

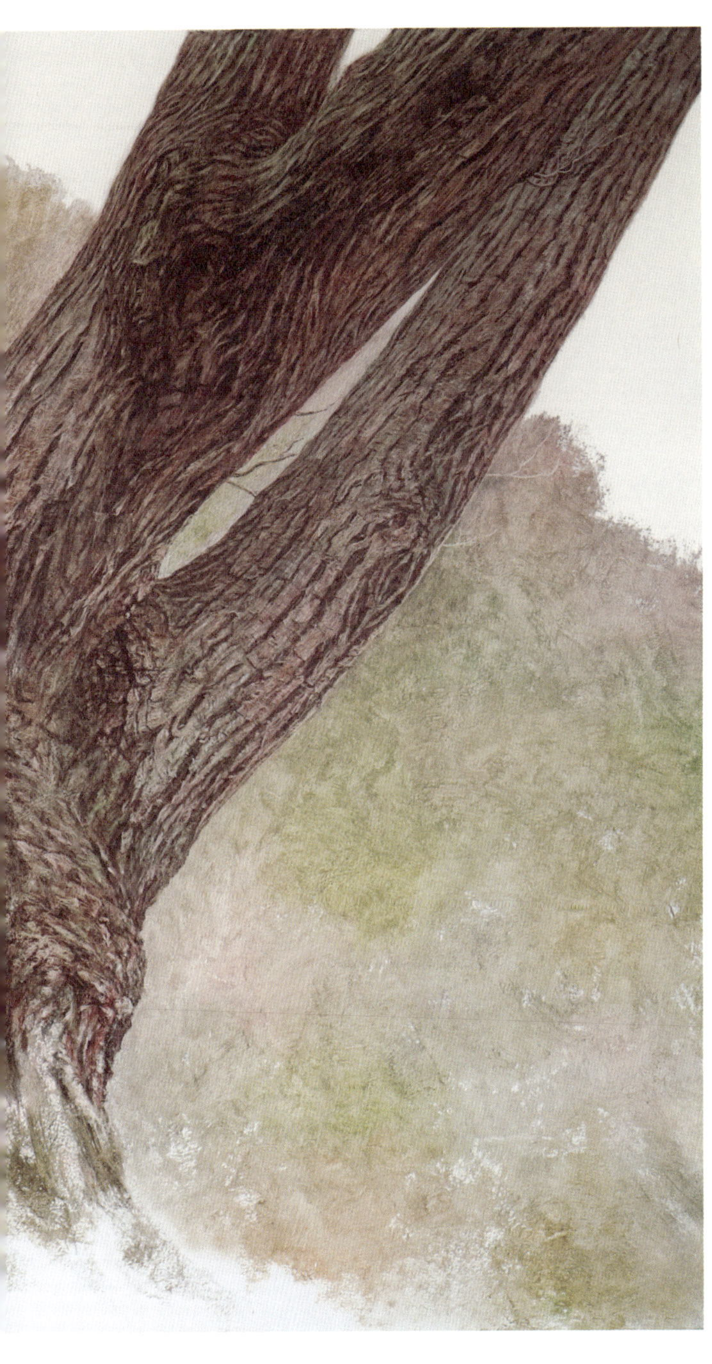

신갈나무
왁스페인트, 200x131cm
2018년 11월 4일

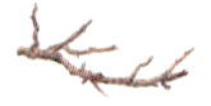

바꿀 수 있는 건 오직 자신뿐

11월 15일이 지나면 산불방지 기간이 시작된다. 얼음이 얼기 전까지는 깊은 산에 들어갈 수 없다.

비룡폭포길을 오랜만에 걸어보니 굴참나무들이 모여 있는 게 보인다. 추워지는 계절이라 굴참나무 둥치의 두꺼운 코르크 옷이 왠지 따뜻해 보인다. 깊게 골진 코르크 껍질을 만져보며 참나무 종류 중에서 왜 굴참나무에만 코르크가 있을까 싶었다.

『석회암 지대의 식물』이라는 책에 이런 설명이 있다.

"굴참나무는 석회암 지대의 물 부족에 적응할 수 있도록 줄기에 코르크층이 잘 발달."

"화살나무도 오래된 줄기에 코르크질 날개가 발달된 호석회식물."

아, 그렇네! 다 다른 나무껍질들 속에 식물들이 환경에 적응하며 생존해 온 지혜가 담겨 있다. 바꿀 수 있는 건 오직 나 자신뿐!

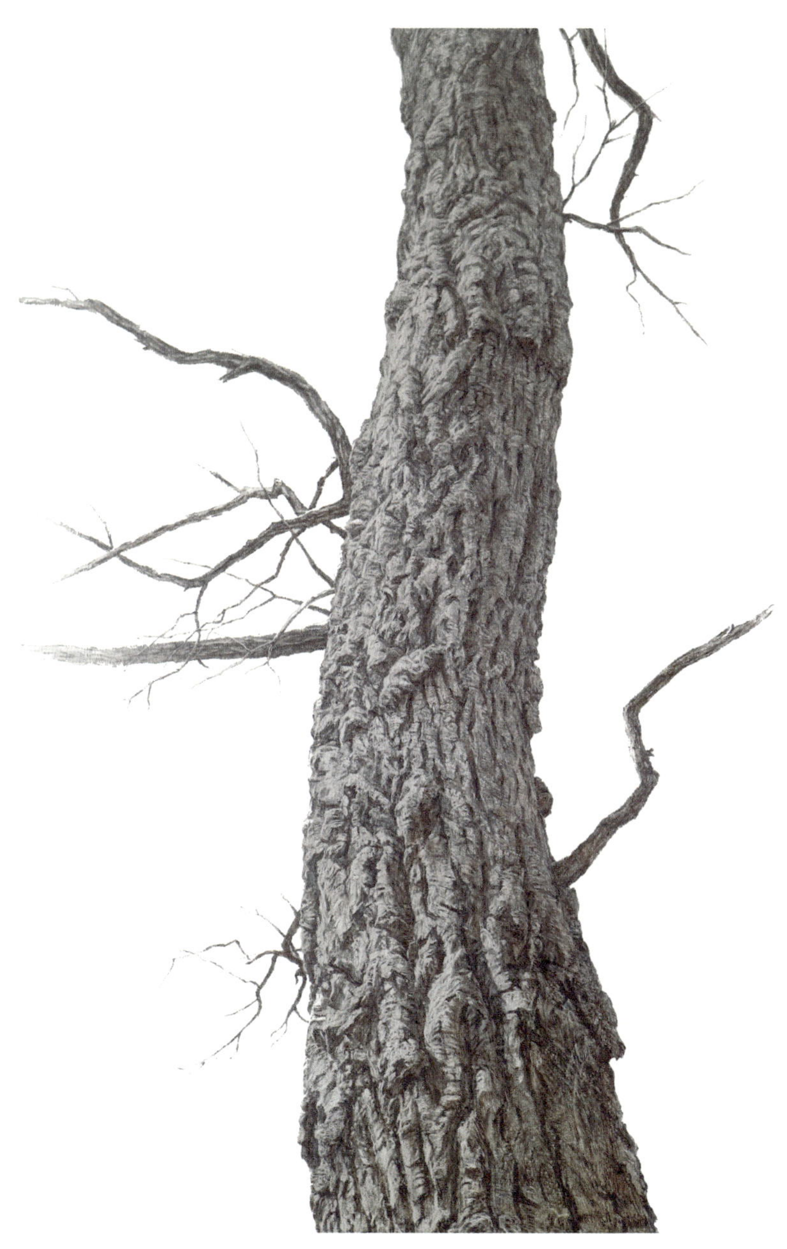

굴참나무
왁스페인트, 97x130cm
2018년 11월 30일

얼음 왕국

골짜기를 달리던 물이 꽁꽁 얼어붙고 온 산이 얼음 왕국이 되었다.

움직이는 물체가 없으니, 잠자는 숲에 들어선 것 같다. 계곡물은 얼었지만, 폭포도 얼었을까? 미끄러운 길을 조심조심 올라갔다. 응봉폭포도 얼었네. 그럼, 복숭아탕은? 장대한 복숭아탕은 흐르겠지. 궁금한 마음에 정말 조심조심 복숭아탕까지 올라갔다. 그런데, 거대한 얼음벽만 있다.

어머나, 세상에! 저렇게 큰 복숭아탕이 얼다니!

얼음산을 내려오며 새삼 물에 대한 생각을 했다. 그동안 산에서 만난 생명은 풀, 나무, 애벌레들만이 아니었다. 생명을 키워내는 원천인 물과 흙과 바위야말로 모든 생명의 근원이었다.

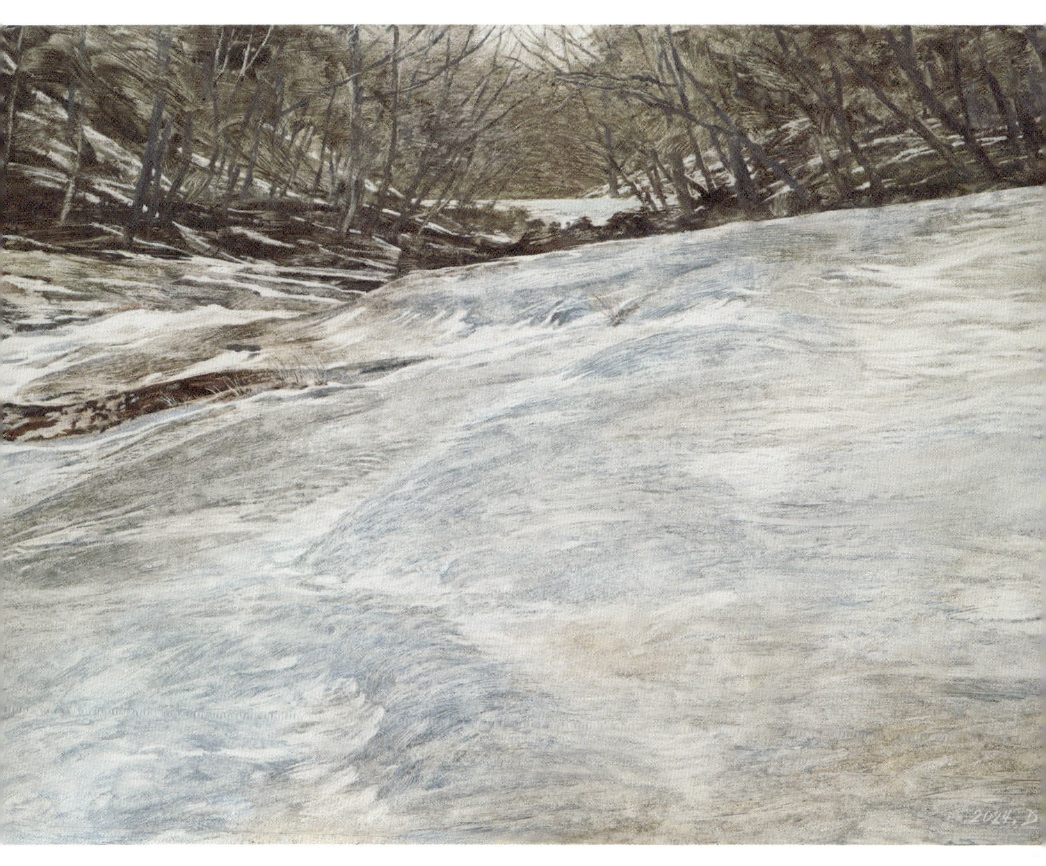

얼어붙은 골짜기
왁스페인트, 46x33cm
2019년 1월 11일

겨울 숲 겨울 산

겨울 숲을 걸으면
하얗게 눈 덮인 숲에서도 손짓하는 나무가 있다.
말라서 오그라진 잎사귀로,
늦게까지 남은 열매로,
봄을 기다리는 겨울눈으로
나무는 눈을 맞춘다.
햇살 드는 나무들 속에서
우리도 잠시 겨울나무가 된다.

겨울 산을 걸으면
얼어붙은 골짜기에도 얼음 아래로 시간이 흐른다.
지나간 시간이 물구멍 옆에 남아 있다.
종종걸음 한 줄, 듬성듬성 발자국,
머물던 시간은 양지바른 언덕에도 남았다.
동글동글 똥 한 무더기, 길쭉한 똥도 한 무더기,
햇살 드는 골짜기에서
우리도 잠시 겨울 동물이 된다.

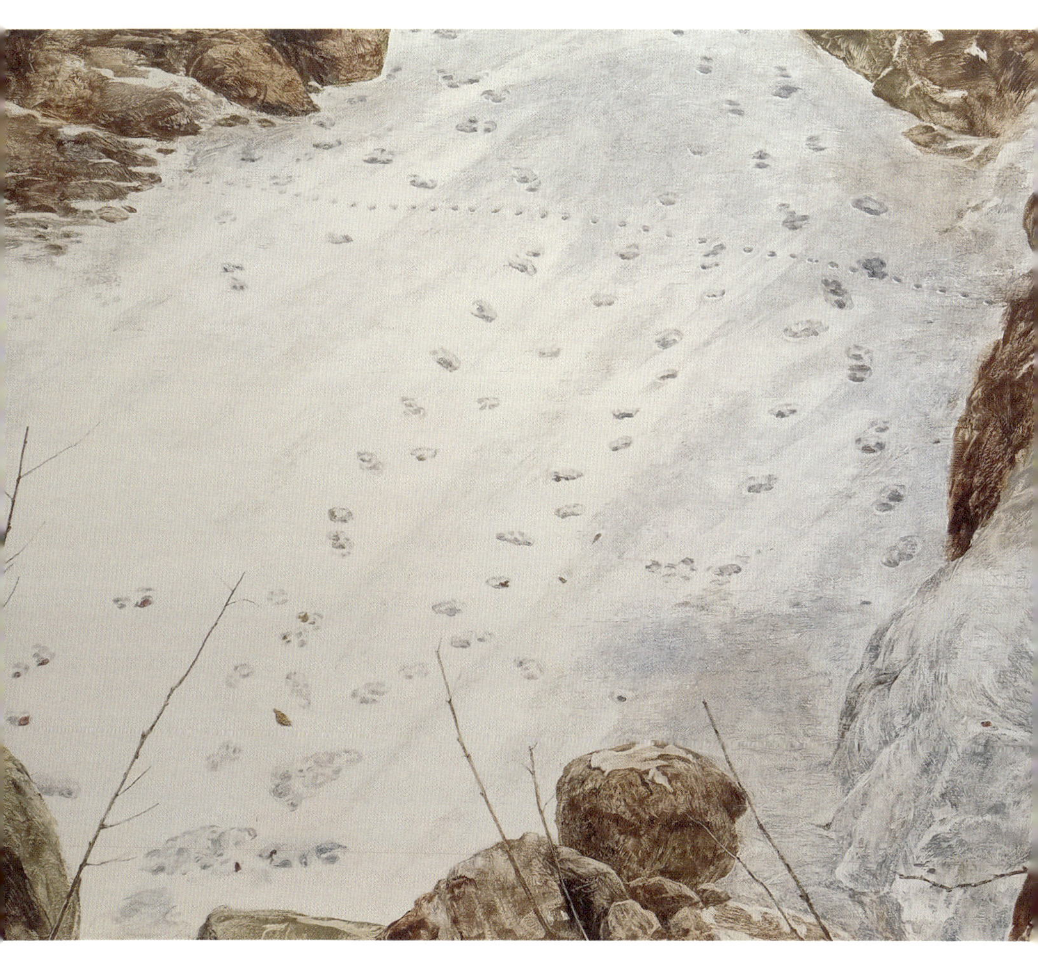

눈 위에 남은 발자국
왁스페인트, 48x34cm
2019년 1월 23일

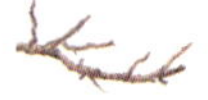

여백 같은 시간에

울룩불룩 서어나무에 겨울눈이 가득하다.
가느다란 가지 끝마다
수많은 겨울눈이 하늘을 바라본다.

하얗게 얼어붙은 계절,
여백 같은 시간에도
나무는 무언가를 하고 있다.
다시 돌아올 봄을 기다리며
겨울눈을 만든다.

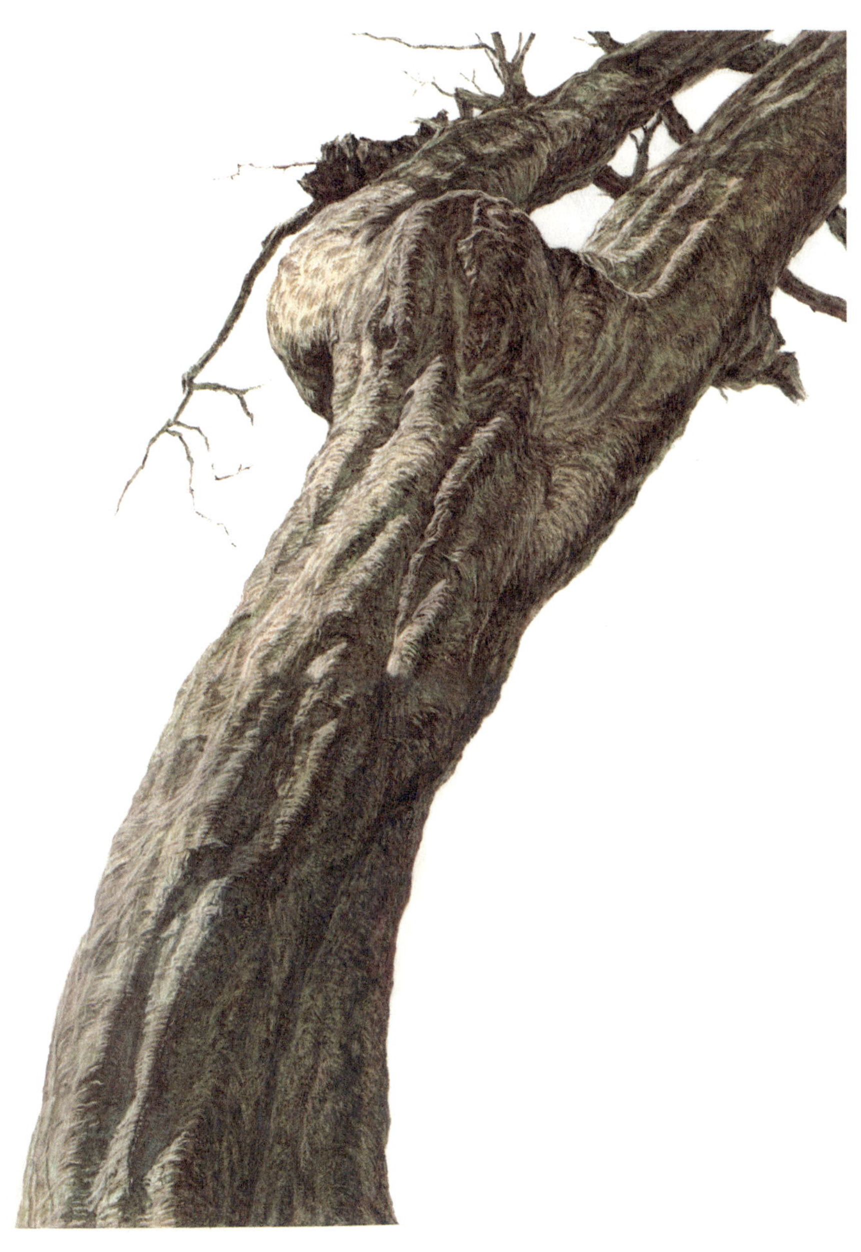

서어나무
왁스페인트, 52x64cm
2019년 2월 4일

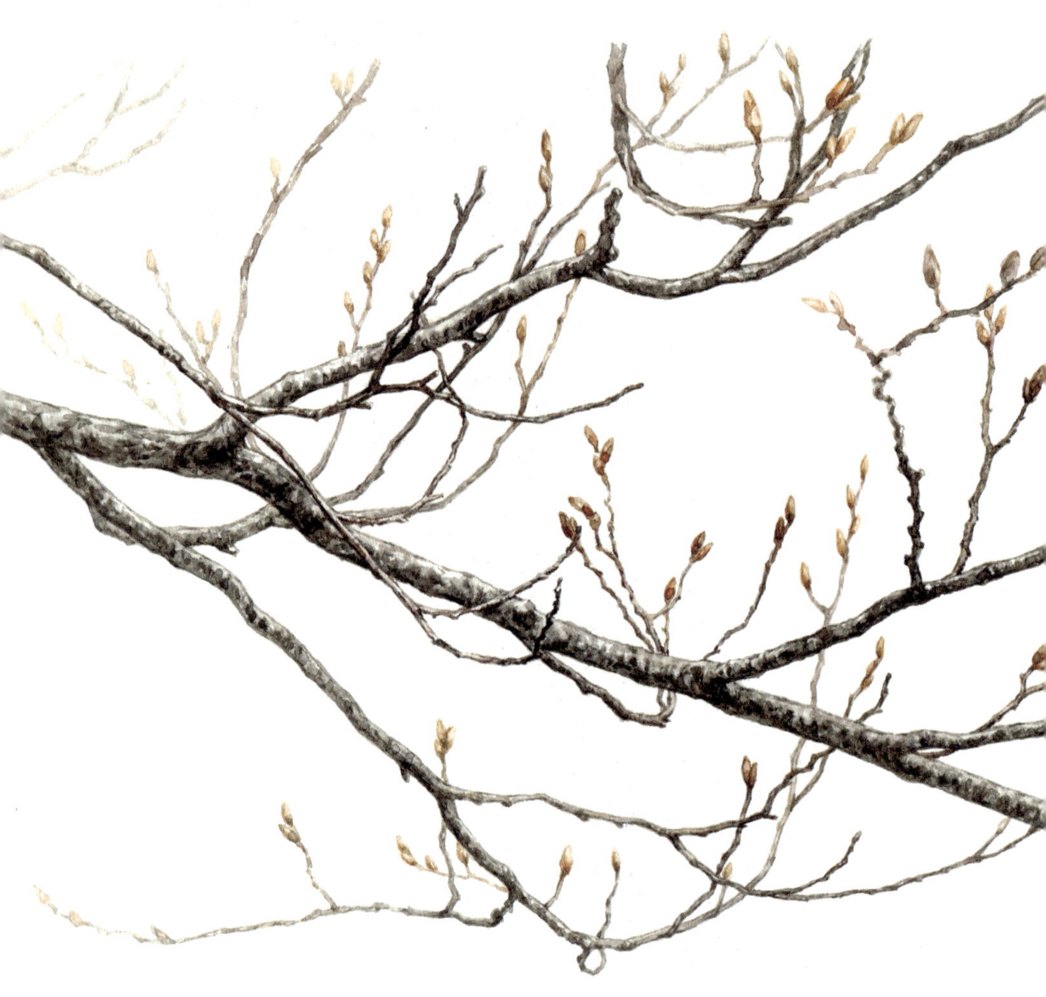

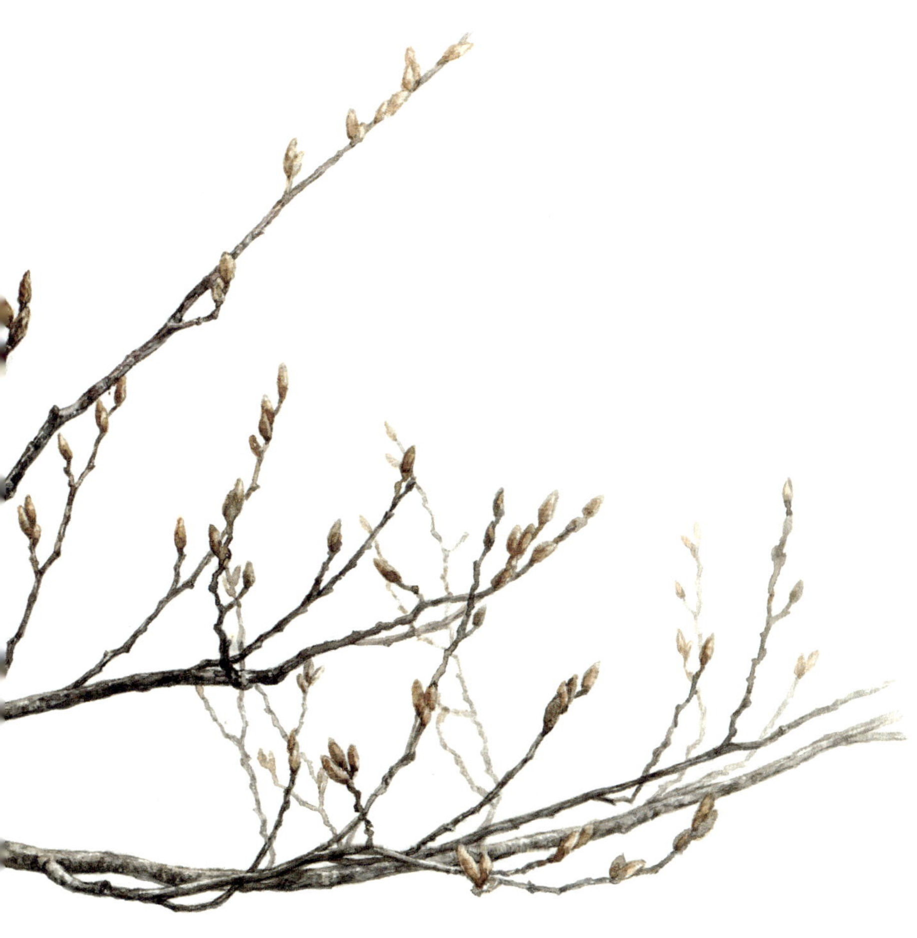

서어나무 겨울눈
수채화, 46x24cm
2019년 2월 4일

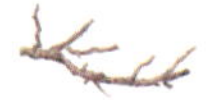

설악산 아래로

설악산 생활 어언 10년. 관찰이 깊어갈수록 걸음도 길어져서, 작년에는 긴 걸음을 많이 다녔다. 대승령으로, 안산 갈림길로, 천당폭포 너머로. 열 시간 이상 다녀오고 나면 다리도 아팠다. 올해는 먼 걸음은 줄이고 그림에 집중했다. 걸음을 줄이면서 산을 보려니 산이 보이는 곳에 살면 좋겠다는 바람을 가지게 됐다. 언젠가 설악산을 떠날 테니 잠시라도 산이 보이는 집에 머무르고 싶었다.

마침 인연이 닿는 집이 나타나서 설악산 아래 농가 주택으로 옮겨왔다. 우리식 표현으로 말해 보자면 산님이 가까운 곳으로 불러준 거다. 아침에 일어나 커튼을 열면 창밖에 설악산이 보인다. 마당에 나가면 장대한 봉우리들이 우뚝우뚝 서 있고, 마당 앞에 작은 개울이 흐른다. 개울 뒤 넓은 운동장을 지나면 긴 쌍천이 흐르고, 쌍천을 건너면 설악산이다.

그림을 그리다가 불쑥 마음이 솟구치면 쌍천 둑으로 나간다. 산으로 향한 오솔길을 걸으며 멀리 봉우리를 올려다 보면 어느 날 산길을 걷던 때가 떠오른다. 다시 그 길을 걸을 수 있을까? 그때 만난 풀과 나무는 잘 있을까?

그리움 가득 담아 또 그림 앞에 앉는다.

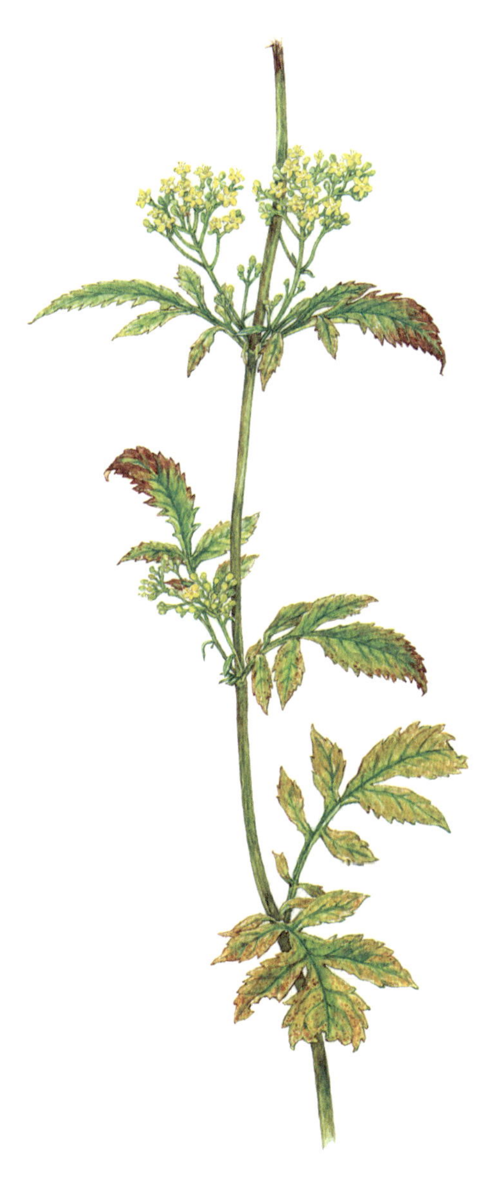

마타리
수채화, 24x40cm
2019년 가을

눈 덮인 설악산

　산 아래에 살아보니, 산은 매일 다른 얼굴을 보여 준다. 산의 얼굴은 하루에도 여러 번 바뀐다. 시시각각 변하는 산의 모습은 산 혼자만이 아니라 산을 둘러싼 대기와 함께 만들어낸 작품이었다. 변화무쌍한 구름이 산의 표정을 만들고, 짙은 안개는 아예 산을 지워버리곤 했다.

　겨울이 되니 산에는 항상 눈이 쌓여 있어서 설악이란 이름에 어울리는 눈바위산이 되었다. 함박눈이 오고 나면 하얀 옷을 입은 설악산은 장대한 모습을 더욱 드러냈다. 속초에서 양양으로 해안도로를 달리는 동안 설악산의 하얀 치마폭이 이어지고 이어졌다.

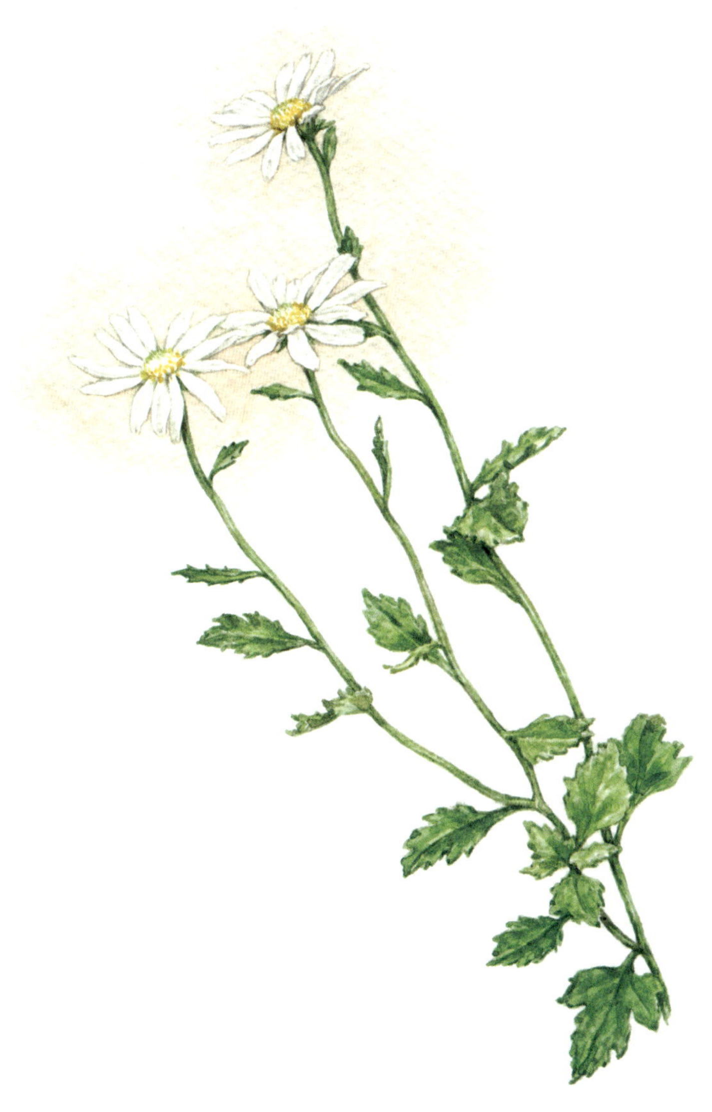

구절초
수채화, 20x28cm
2019년 가을

나무의 무게, 마음의 무게

이사 온 집에는 작은 별채가 있었다. 민박용 한 칸짜리 건물이다. 처음에 집을 보고 반한 이유도 설악산이 잘 보일 뿐 아니라, 별채가 나무꾼의 목공실로 적합해 보였기 때문이다. 미국에서 큰 차고를 전용 목공실로 썼는데, 작은 아파트에서 사는 동안, 층간 소음 눈치를 보며 작업하느라 불편했다. 오랜만에 마음 편히 나무 만질 공간이 생겨서 나무꾼은 신이 났다. 별채 목공실에서 맨 먼저 만든 건 나무꾼의 대형 이젤과 큰 화판들이다.

나무꾼은 큰 그림을 시작했다. 마음이 가는 나무들을 새로 크게 그렸다. 높은 곳에서 만난 사스래나무를 그리고, 숲속의 멋쟁이 쪽동백나무도 그리고, 코르크 옷이 멋진 굴참나무도 다시 그리고, 신갈대장군을 그리려고 더 큰 화판을 만들었다.

'만난 모습 그대로' 실물 크기로 그린다고 해도 설악산의 풀 그림은 별로 크지 않다. 오히려 풀이 너무 작아 그리기 힘들 때가 있다. 그런데, 나무는 부분만 담아도 크다.

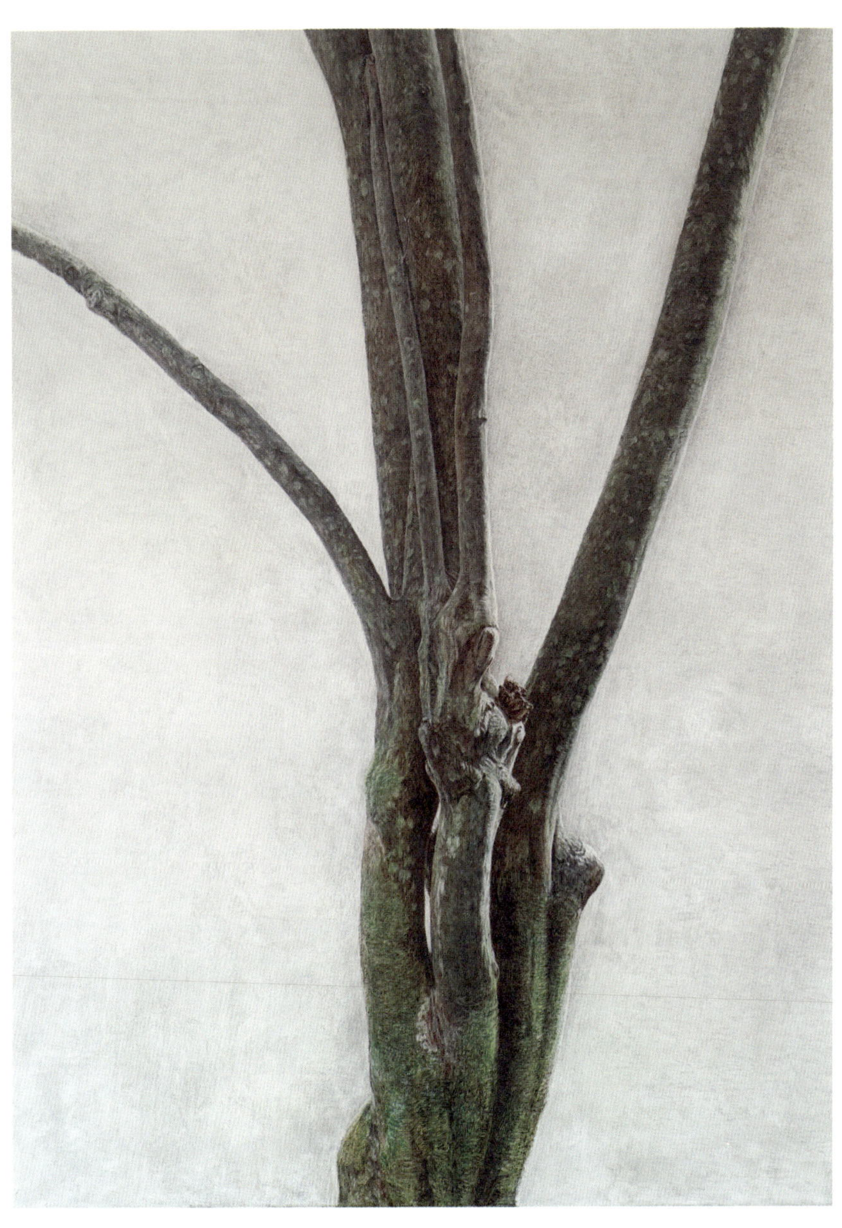

쪽동백나무
왁스페인트, 98x130cm
2020년 3월

그림을 그리는 동안
거목은 나무의 무게만 육중한 게 아니라,
마음의 무게도 굉장함을 느꼈다.
힘은 들었지만 그리고 나니 뿌듯하다.
산님과 나무님이 잘했다고 칭찬해 줄 것 같다.

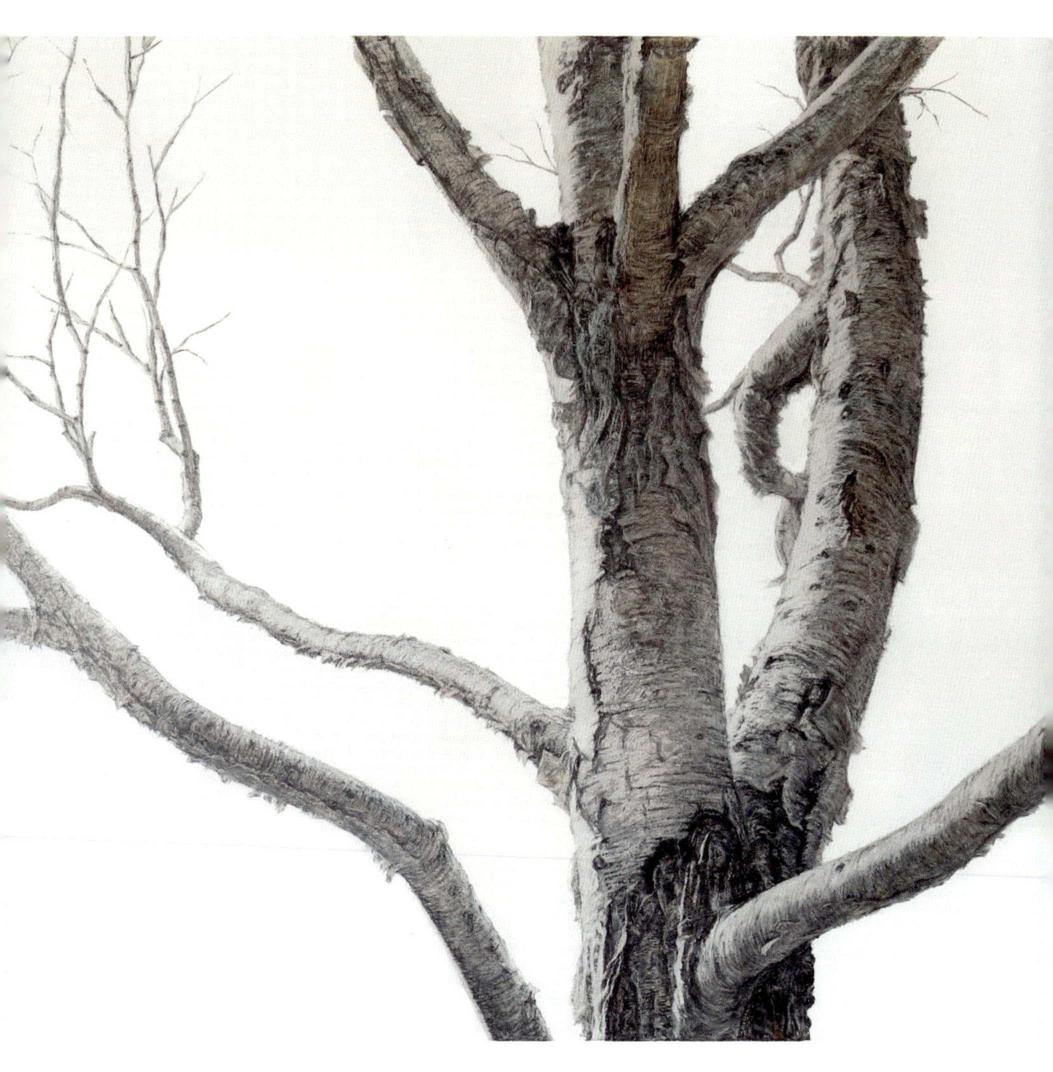

사스래나무
왁스페인트, 118x97cm
2020년 3월

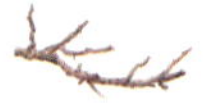

10년 전 그 자리에서

2010년 4월 16일은 우리가 설악산에 첫발을 들인 날이다. 그날 처음 만난 작은 생강나무 꽃에 이끌려 산으로, 산으로 우리의 걸음은 10년간 이어졌다. 10년이면 강산도 변한다는 세월동안 산은 얼마나 변했을까? 또 우리는 어떻게 달라졌을까?

산에 오른 지 10년 되는 날 같은 길을 천천히 올라갔다. 비선대길은 천불동과 금강굴, 마등령에 갈 때 지나다녔지만, 오롯이 비선대까지만 숲에 잠기며 걸어본 적은 몇 번 안 된다. 이 숲에 처음 오는 기분으로 천천히 둘러보며 걷는데, 거대한 숲의 모습은 한결같아 보인다. 하기야 우리의 눈으로 숲의 미세한 변화를 어찌 알겠나. 다만 개화 시기가 빨라져서 생강나무 꽃이 거의 안 보이고 어쩌다 눈에 띄는 생강나무 꽃도 져가는 중이었다. 해가 갈수록 꽃 피는 시기가 빨라진다더니, 10년 동안 기후 변화가 확실하게 나타났다. 남아 있는 눈도 전혀 없다. 10년 전 그날은 골짜기 곳곳에 녹지 않은 눈이 있었고, 날씨도 매우 쌀쌀했다.

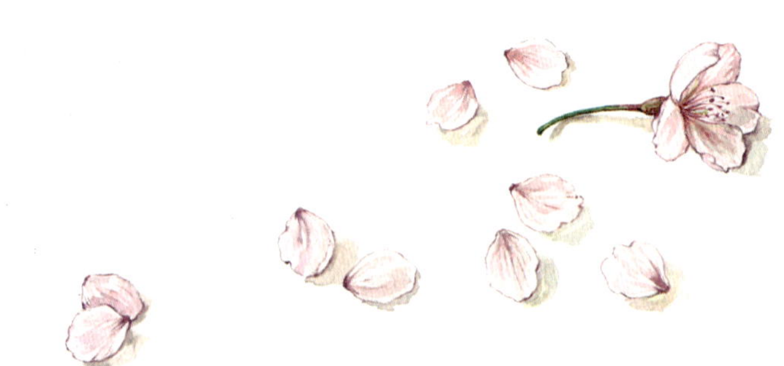

변화된 것은 숲이 아니라 사람들이었다. 산에 오는 사람들 대부분 마스크를 쓰고 있다. 청정한 숲에서 마스크 쓰고 다니는 모습이 어색하고 불편해 보이지만, 느닷없이 들이닥친 전염병 바이러스에 인간은 더없이 나약할 뿐이다. 숲속에 있는 작은 풀이나 다람쥐가 사람들의 이런 모습을 보고 어떻게 생각할까? 만물의 영장이라는 인간이 한낱 보이지 않는 바이러스에 무너지는 걸 보면서, 세상의 생명 중에는 우월한 것도, 열등한 것도 없다고 생각하지 않을까.

느린 걸음으로 비선대에 다다랐다. 비선대 위 다리에 서서 입산 금지 기간에 놓인 천불동 골짜기를 바라보았다. 굽이굽이 저 골짜기 속을 걷던 날들이 스쳐 갔다.

비선대 앞 바위틈에 핀 작은 돌단풍을 들여다보고 발길을 돌렸다. 내려오면서 매화말발도리도 만나고, 키 작은 각시붓꽃도 만났다. 모두 4월 말, 5월 초에 보던 꽃들이다. 일찍부터 흐드러지던 벚꽃들은 꽃잎을 떨구고, 산에는 푸릇한 봄 색이 찬란하다.

"산님, 고맙습니다! 그동안 우리를 초대해 주어서 정말 고마워요!"

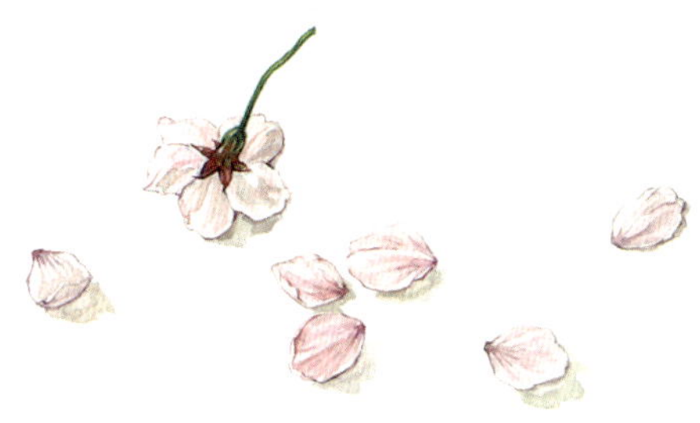

벚나무 꽃
수채화, 34x14cm
2020년 4월 16일

설악산을 떠나며
왁스페인트, 71x56cm
2021년 3월

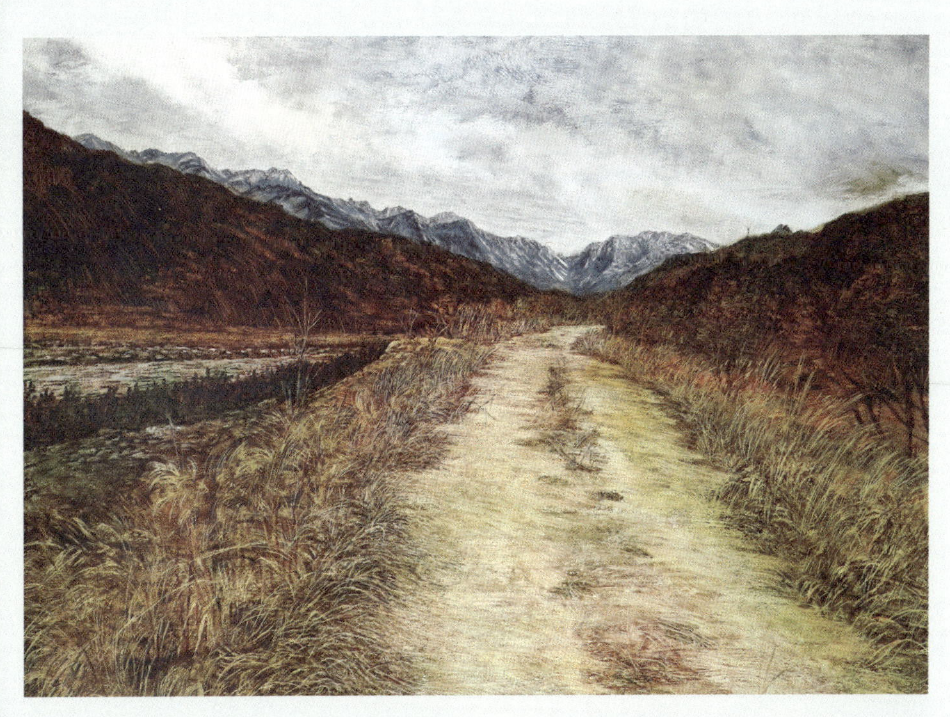

붓과 함께

-김근희

나는 사실적인 그림을 붓으로 그리는 붓쟁이다. 연주자마다 자기와 맞는 악기가 있듯이 화가도 자기에게 맞는 도구가 있다. 나에게는 모든 미술 재료 중에서 붓이 가장 편하다. 붓끝에 마음을 모으고 있으면 시간이 멈춘 것 같이 평화롭다. 아무것도 없는 황무지에 집을 세우는 것처럼 텅 빈 화폭에 사각사각 붓이 오가며 따뜻한 기운이 일어난다.

붓으로 그림을 그리다 보면, 나는 붓을 화폭에 옮기는 일만 하고, 정작 그림은 붓의 의지로 그린다는 생각이 든다. 한 올 한 올 털들이 모여 붓을 이룬 걸 보면, 가느다란 털 한 가닥은 아무 일도 할 수 없지만, 여러 가닥의 털은 물감을 옮기며 차차 그림이 되어간다. 혼자서는 불가능한 일을 여럿이 모여 가능케 하니, 붓이야말로 불가능을 가능하게 하는 도구다.

붓은 부드러우면서도 심지가 있는 것이 좋다. 붓이 너무 부드럽기만 하면, 붓끝을 모을 수 없다. 때로는 넓게, 때로는 힘있게 모아져야 하기 때문에 마음에 맞는 붓 만나기가 쉽지 않다. 그리고 좋은 붓을 만나면 오랜 친구로 잘 지내야 한다. 새 그림을 시작할 때마다 붓에도 마음을 보낸다.
'우리 같이 잘 해봐! 새로 만난 친구의 이야기를 함께 들어 봐' 하고.

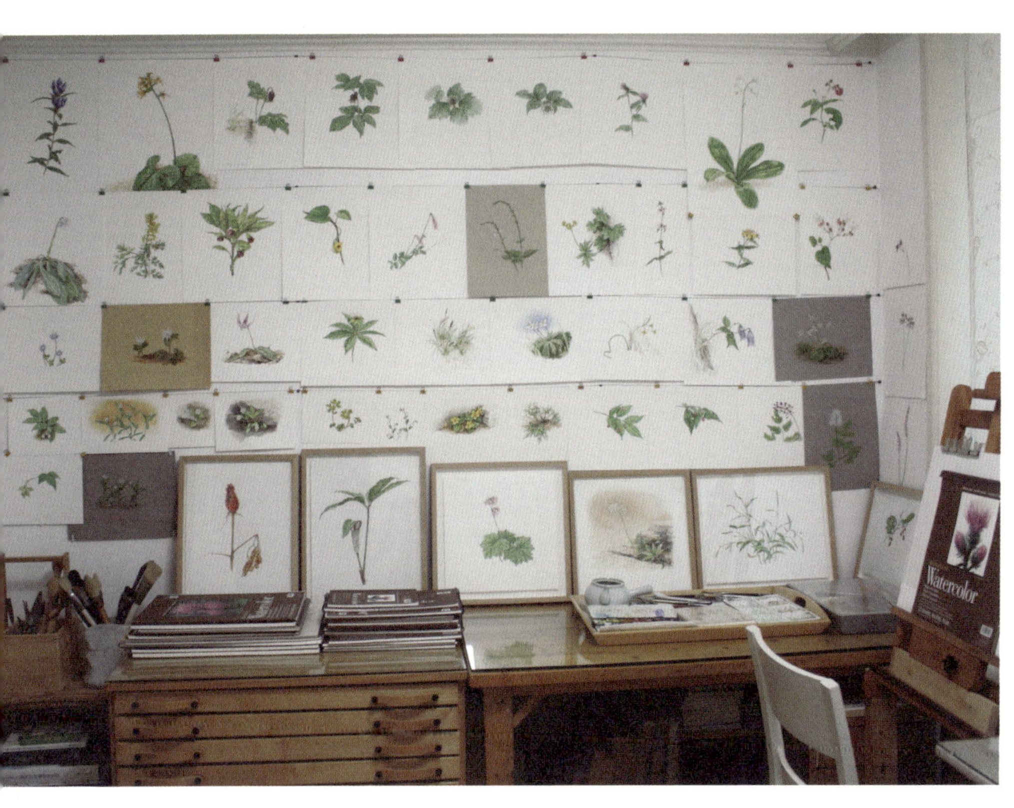

설악산 풀 그림 작업
사진ⓒ 김근희

왁스페인팅

-이담

　왁스페인트는 아주 오래된 채색화 재료다. 왁스 그림은 동양의 수묵화나 소석회에 안료를 섞어 반죽해 그리는 프레스코 벽화만큼이나 역사가 깊어 그리스 시대를 거쳐 이집트 시대까지 거슬러 올라간다. 왁스페인트는 여러 가지 색깔의 안료를 밀랍, 송진과 함께 끓여서 만드는데 열을 가해 녹인 다음 나무판에 그리는 방법으로 사용해 왔다. 식으면서 금세 굳기 때문에 정교한 묘사가 어렵다는 단점이 있지만 수천 년이 지나도록 변색되지 않는 강한 내구성과 접착력이 있다. 실제로 현재까지 쓰이는 어떤 채색 재료보다 강하다고 한다. 이런 이유 덕분인지 1500년대 유럽에서 캔버스에 유화로 그리는 방법이 개발된 이후 왁스페인트 사용은 현저히 감소했지만, 아직도 꾸준히 사용되고 있다.

　나는 왁스페인트를 쓰기 전까지 유화나 아크릴물감으로 그림을 그렸다. 그런데 늘 뭔가 아쉬웠다. 나한테 맞는 재료가 따로 있을 거라는 막연한 생각이 들곤 했다. 어릴 때부터 손으로 주물럭거리며 무언가 만들기를 좋아했고, 평면에 그리는 일 못지않게 입체 작업에도 흥미가 많았다. 대학 시절에는 판화에 재미를 붙여서 단단하고 날카로운 철필의 딱딱함도 편히 느꼈다. 그러다 우연히 칠이 되어 있는 상태에서 긁어가며 그리는 방법에 흥미를 붙였고, 무엇이든 긁기 위해 미리 칠할 수 있는 재료를 찾던 중 왁스페인트를 만났다.

화면 가득 칠해져 있는 왁스를 긁어내면서 생기는 철필 끝의 감촉은 판화의 드라이포인트나 에칭 작업을 연상시키기도 했다. 왁스페인트로 덮여진 어두운 화면에서 밝은 이미지를 찾아 나가는 과정은 조각가가 큰 돌덩어리 하나를 정으로 쪼아내서 그 안에 갇혀 있는 이미지를 끌어내는 것과 비슷하다고 생각한다.

내게 꼭 맞는 재료를 처음 찾아낸 때는 1990년 가을, 그 이후 지금까지 줄곧 왁스페인트로만 작업해 오고 있다.

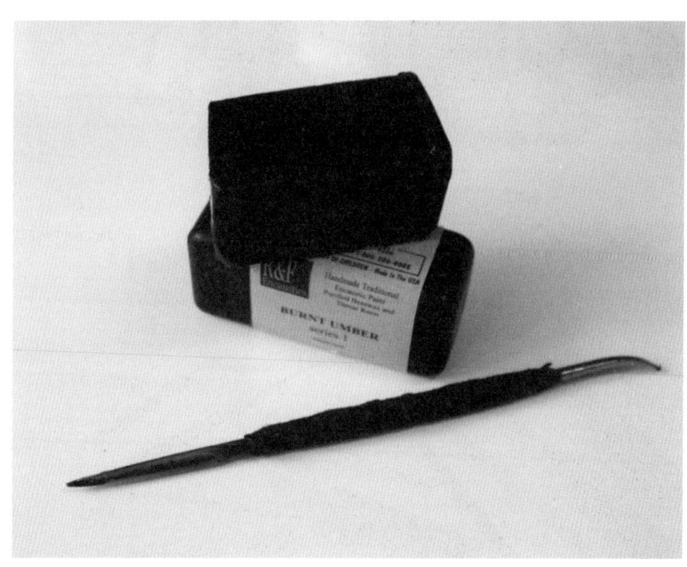

왁스페인트와 철필
사진ⓒ 이담

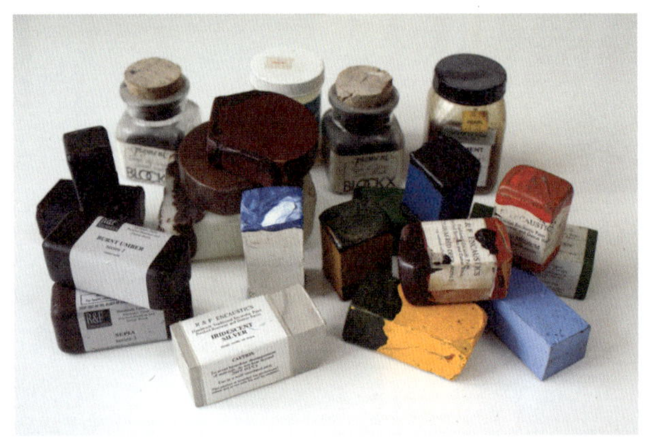

와스페인트를 스토브에 올려서
녹인 후

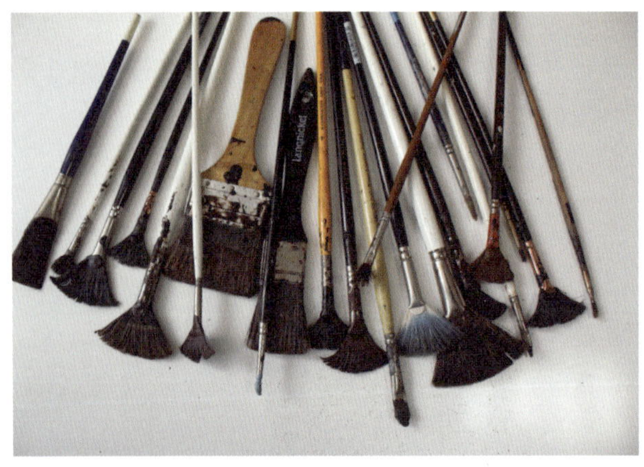

넓은 붓으로 화면에 바르고

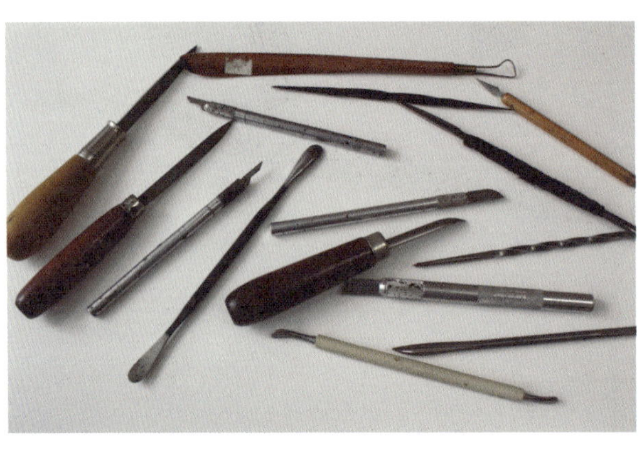

다양한 철필로 긁어내며 그린다.

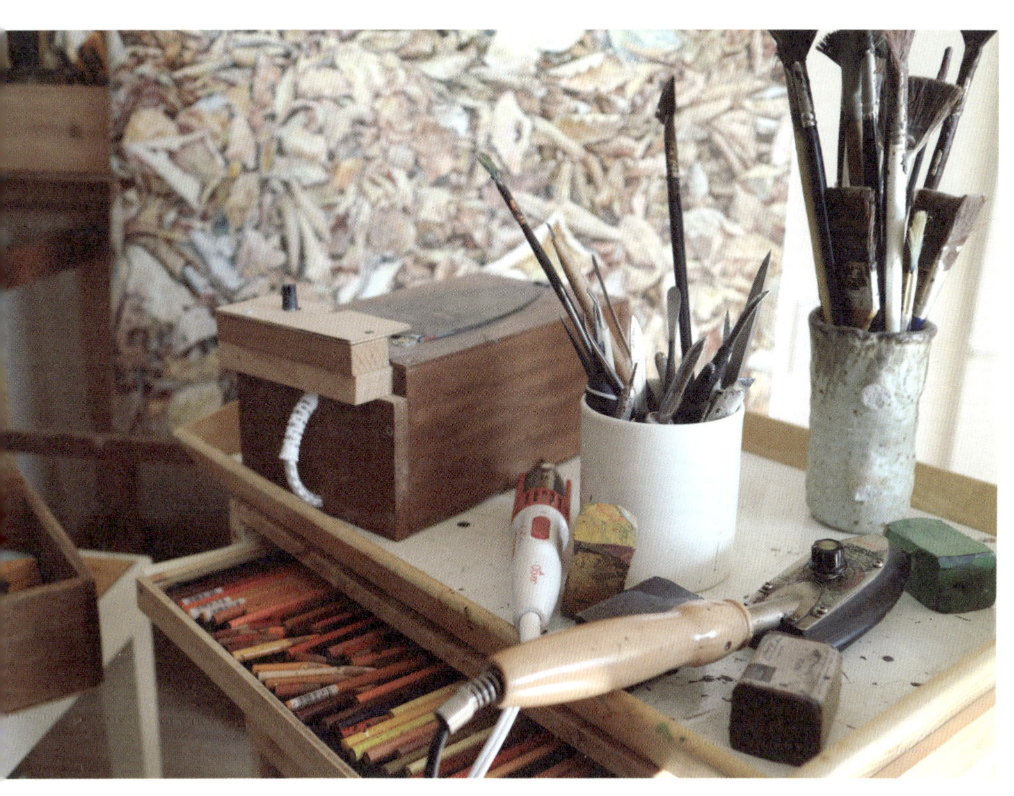

왁스페인트 작업
사진ⓒ 이담

참고 문헌

홍문표, 이호준(2012) 『설악산식물생태도감』 집문당.

김진석, 김태영(2011) 『한국의 나무』 돌베개.

국립수목원(2012) 『석회암 지대의 식물』 지오북.

설악산국립공원사무소(2014) 『설악산국립공원 마루금(능선)식물도감』

박상진(2011) 『우리 나무의 세계1.2』 김영사.

현진오,김사홍(1999) 『설악산 생태여행』 따님.

조양훈, 김종환, 박수현(2016) 『벼과, 사초과 생태도감』 지오북.

이창복(2003) 『원색대한식물도감』 향문사.

이영노(2006) 『한국식물도감』 교학사.

이영득, 정현도(2006) 『주머니 속 풀꽃도감』 황소걸음.

손재천(2006) 『주머니 속 애벌레도감』 황소걸음.

손상봉(2013) 『주머니 속 곤충도감』 황소걸음.

이영득(2010) 『산나물들나물 대백과』 황소걸음.

국가표준식물목록(국립수목원) nature.go.kr

국립생물자원관(환경부) nibr.go.kr

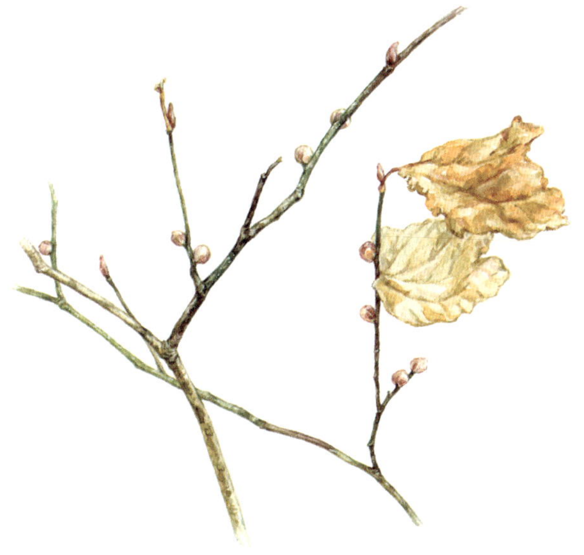

산에서 만난 작은 생명들

초판 인쇄   2025년 8월 27일
초판 발행   2025년 9월 11일

© 김근희 이담 2025

지은이   김근희 이담
펴낸이   최아영

편집   최아영
마케팅   이 책을 읽은 당신
디자인   정나영
인쇄   넥스트프린팅
펴낸곳   느린서재
출판등록   2021-000049호
전화   031-431-8390
팩스   031-696-6081
전자우편   calmdown.library@gmail.com
인스타   @calmdown_library
뉴스레터   calmdownlibrary.stibee.com
블로그   blog.naver.com/calmdown_library
ISBN   979-11-93749-25-8 03810

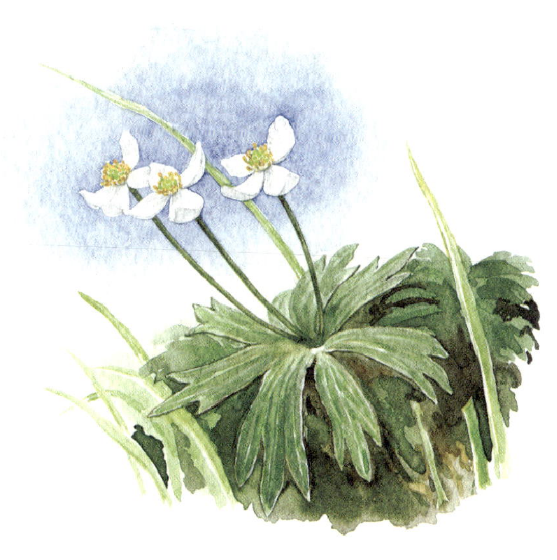

"다시 만날 때까지 잘 있어야 해!"

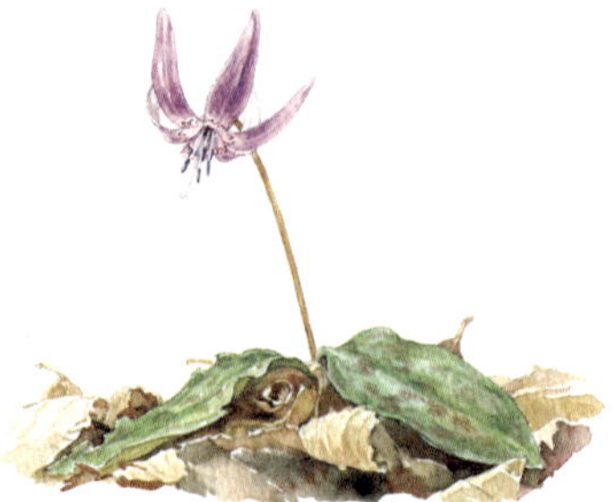